BASTEI
LÜBBE
TASCHENBUCH

Weitere Titel der Autorin:

House-of-Trent-Trilogie

Band 1: Der Herzog
Band 2: Der Schurke
Band 3: Der Spion

Über die Autorin:

Jennifer Haymore hat als Kind mit ihrer Familie die Südsee in einem selbstgebauten Segelboot bereist. Diese Monate auf See haben den Grundstein für ihre Abenteuerlust und Erzählfreude gelegt. Als Autorin von aufregenden, sinnlichen Liebesromanen lebt sie beides aus. Mit ihrem Mann und ihren drei Kindern hat sie sich inzwischen in Kalifornien niedergelassen.
Mehr Informationen unter: www.jenniferhaymore.com

Jennifer Haymore

HOUSE OF TRENT
DER SPION

Roman

Aus dem amerikanischen Englisch
von Angela Koonen

BASTEI LÜBBE
TASCHENBUCH

BASTEI LÜBBE TASCHENBUCH
Band 17500

Dieser Titel ist auch als E-Book erschienen

MIX
Papier aus verantwortungsvollen Quellen
FSC® C014496
www.fsc.org

Vollständige Taschenbuchausgabe

Deutsche Erstausgabe

Titel der amerikanischen Originalausgabe: »The Scoundrel's Seduction«
Originalverlag: Forever, an imprint of Grand Central Publishing,
a division of Hachette Book Group, Inc.
Published in agreement with the author,
c/o BAROR INTERNATIONAL, Inc.,
Armonk, New York, U. S. A.

Textredaktion: Anita Hirtreiter, München
Titelillustration: Guter Punkt, München | www.guter-punkt.de
unter Verwendung von Motiven von © hotdamnstock;
Thinkstock/Matt_Gibson; Thinkstock/kitipol; Thinkstock/
kucele; Thinkstock/Leonid Tit
Umschlaggestaltung: Guter Punkt, München
Satz: Urban SatzKonzept, Düsseldorf
Gesetzt aus der Garamond
Druck und Verarbeitung: GGP Media GmbH, Pößneck
Printed in Germany
ISBN 978-3-404-17500-0

5 4 3 2 1

Sie finden uns im Internet unter www.luebbe.de
Bitte beachten Sie auch: www.lesejury.de

Für Lawrence, meine bessere Hälfte.
Es waren ein paar harte Jahre, aber du warst stets
an meiner Seite und hast mir die Hand gehalten.
Das bedeutet mir unsagbar viel.

1

Samson Hawkins prüfte die Zündpfanne seiner Pistole, dann senkte er sie auf den Schoß und blickte Laurent an, den Jungen, der neben ihm in der Kutsche saß. Dieser schaute mit gerunzelter Stirn geradeaus, in seinen Augen lag ein Ausdruck, den Sam nicht so recht benennen konnte. Laurent war erst fünfzehn und noch neu im Einsatz.

Sam kniff die Lippen zusammen und sah weg. Den Impuls, ihm etwas Tröstliches zuzuraunen, schob er beiseite. Laurent hatte sich dieses Leben ausgesucht. Das war keins für die Schwachen, sondern für die Harten, Mitleidlosen. Sam vergaß das nie, und Laurent sollte das auch nicht vergessen, wenn er in dem Beruf alt werden wollte.

Sam schaute durchs Kutschenfenster an der Fassade des noblen Stadthauses in Mayfair hinauf. Im zweiten Stock blieb sein Blick an einem Fenster hängen, wo goldener Lampenschein durch die indigoblauen Seidenvorhänge drang und davon abgesehen nichts Verdächtiges zu bemerken war.

Viscount Dunthorpe befand sich jetzt in jenem Raum. Vielleicht las er und trank etwas. Vielleicht ging er einer seiner ruchlosen Beschäftigungen nach, die allesamt heimtückischem Verrat dienten. Auf jeden Fall aber wartete er auf Sam – oder vielmehr auf den, für den sich Sam ausgegeben hatte.

Er wartete auf seinen Tod, was er jedoch noch nicht wusste.

Sam holte tief Luft und schloss die Hand um den Griff der Pistole.

»Gib acht auf mein Signal«, sagte er leise zu Laurent. »Gleich nach dem ersten Schuss. Dreißig Sekunden danach bin ich wieder unten. Sobald ich im Haus bin, beobachtest du die Straße und siehst zu, dass alles frei ist.« Er steckte die Pistole in eine Innentasche des Mantels.

»Wird gemacht.«

Ruhig erwiderte er den Blick des Jungen. »Alles in allem sollte es höchstens fünf Minuten dauern. Wenn ich nach einer Viertelstunde noch nicht zurück bin, wisst ihr beide, was ihr zu tun habt.«

»Verstanden.«

Sam langte zum Türgriff, aber Laurent fasste ihn am Ärmel. »Hawk?«

Sam drehte den Kopf zu ihm, die Brauen erwartungsvoll hochgezogen.

»Viel Glück.«

Sam nickte ihm kurz zu.

»Wir müssen das tun. Wir müssen den Regenten schützen.« Laurent musste sich offenbar gut zureden, dass sie das Richtige taten.

»Ja, Junge«, sagte Sam leise. So war es, sie taten das Richtige. Dunthorpe musste eliminiert werden. Der Mann hatte schon zu viele Tote auf dem Gewissen und war für so viel Leid verantwortlich, und wenn er am Leben bliebe, würde er noch viel, viel mehr anrichten.

Sam stieg aus der Kutsche. Gemessenen Schrittes und ohne Hast ging er zum Hauseingang. Es war spät, die Straßen nicht so belebt wie zur Mittagszeit, aber das war London, eine Stadt, die nie vollkommen schlief. Gründlich schätzte er die Passanten ab: eine Frau mit zwei kleinen Kindern, die sich der Kälte wegen aneinanderdrängten, ein Mann, der die Straße entlangeilte, ein Lumpensammler auf seinem Wagen, eine geschlossene Kutsche und eine Hand voll Reiter. Keiner von denen schenkte ihm die geringste Beachtung.

Er stieg die vier Stufen zur Haustür hinauf und betätigte den Klopfer, als wäre er zu einem Anstandsbesuch gekommen.

Ein Diener öffnete. Der Butler, wie Sam wusste. Richards hieß er.

»Ja?«

»Denis Martin«, sagte Sam mit einem ausgeprägten französischen Akzent. Er hatte die Sprache als Kind gelernt und viele Jahre auf dem Kontinent verbracht, weshalb er sie fließend und fehlerfrei wie ein gebürtiger Franzose sprach. »Seine Lordschaft erwartet mich.«

»Natürlich, Sir.« Richards verzog keine Miene, nur sein Blick ließ kurz eine Regung erkennen. Die Franzosen waren derzeit in England nicht sonderlich beliebt, und dieser Mann billigte es offenbar nicht, wenn sein Herr von einem Froschfresser, wie die Engländer sagten, Besuch erhielt.

Der Butler trat beiseite, um Sam hereinzulassen. Sam hatte sich den Hut tief ins Gesicht gezogen und hielt sich halb abgewandt.

»Darf ich Ihnen Hut und Mantel abnehmen, Sir?«

»*Non*. Das ist nicht nötig. Ich habe nur eine Nachricht zu überbringen.« Mit einer Drehung des Handgelenks deutete er ins Innere des Hauses und sodann zur Tür. »Ich werde im Nu wieder draußen sein.«

»Wie Sie wünschen. Hier entlang.«

Sam folgte dem Butler die Treppe hinauf, dann einen Korridor entlang, der mit zwei vergoldeten Wandlampen spärlich beleuchtet war. An der eleganten Tür an dessen Ende blieben sie stehen, und Richards klopfte an, bevor er auf das barsche »Ja?«, das von drinnen kam, die Tür öffnete.

Sam wartete mit gesenktem Blick im Halbdunkel zwischen den Wandleuchtern.

»Monsieur Martin ist da, Sir.«

Ein paar Augenblicke lang erfolgte keine Anweisung, lange genug, dass Sam im Nacken ein warnendes Kribbeln verspürte.

»Er soll hereinkommen.«

Richards öffnete die Tür weiter, um den Besucher vorzulassen. Sam betrat einen üppig eingerichteten Salon.

Sowie er dort stand, hob er den Kopf und nahm mit einem raschen Blick die Umgebung in sich auf. Er war schon einmal in dem Raum gewesen, um ihn auszuspähen. Nichts hatte sich verändert. Die zahlreichen Möbel grenzten ans Pompöse, viel Schnitzwerk, Blattgold, Seide und Samtpolster. Das große Fenster mit dem indigoblauen Vorhang befand sich an der gegenüberliegenden Wand. Er stellte sich Laurent vor, der unterhalb des Fensters nervös auf ihn wartete.

Der Junge würde nicht lange zu warten brauchen. In ein paar Minuten würde Sam wieder in der Kutsche sitzen und mit ihm in den dunklen Straßen verschwinden.

Jetzt aber richtete er den Blick auf sein Ziel. Viscount Dunthorpe stand von einem Schreibtisch auf und kam auf ihn zu, ein Mann von Ende vierzig mit vollem grauem Haar und dunklen stechenden Augen, denen nichts entging. Er war bekannt für seinen beißenden Zynismus und seinen kühlen Verstand und galt als der brillanteste Redner im Parlament.

Er war außerdem ein Verräter.

»Lord Dunthorpe«, Sam behielt den französischen Akzent bei und streckte die Hand aus, »es ist mir eine Ehre, Sie endlich kennenzulernen.«

Mit unbewegter Miene nahm der Viscount seine Hand, drückte sie kurz und sachlich und wandte sich dem Butler zu.

»Das ist dann alles, Richards. Sie dürfen sich für heute zurückziehen.«

Nachdem der Butler gegangen war, fasste Dunthorpe seinen Besucher ins Auge, mit kaltem, berechnendem Blick. Sam dagegen setzte ein völlig nichtssagendes Gesicht auf. Er musste Dunthorpe zwei Minuten hinhalten. So lange würde Richards brauchen, um in sein Dachzimmer hinaufzusteigen.

»Haben Sie den Ablaufplan dabei?«, fragte Dunthorpe.

»*Oui*, wie vereinbart«, antwortete Sam schroff.

Dunthorpe streckte die Hand aus. »Geben Sie her«, befahl er im Ton eines Mannes, der fraglosen Gehorsam gewohnt war.

Sam blickte bedeutungsvoll auf das Teegeschirr, das auf einem runden Tisch in der Ecke stand. »Wollen Sie mir nicht eine Tasse Tee anbieten, Mylord?«

Der Viscount verschränkte die Arme und zog die Brauen hoch. »Ich hatte nichts dergleichen vor.«

Sam rieb sich die kalten Hände. Er trug aus gutem Grund keine Handschuhe. »Es ist sehr kalt draußen. Einen Cognac vielleicht?«

Dunthorpe kniff die Augen zusammen. »Französischen Cognac? Wofür halten Sie mich? Für einen Schmuggler?«

Nein, dieser Mann beging schwerere Verbrechen. Sam schüttelte den Kopf. *»Mais non«*, erwiderte er ernst. »Natürlich nicht, Mylord.«

Dunthorpe blickte höhnisch. »Sie haben nicht einmal den Hut abgenommen. Sie sehen mir nicht aus wie ein Mann, der sich zu einer Tasse Tee oder einem Schluck Cognac niederlassen will, sondern vielmehr wie jemand, der seine Pflicht erledigt und dann lieber davoneilt, bevor ich noch auf die Idee komme, er wüsste zu viel.«

Sieh an. Schon die erste Drohung. Sam sollte nun wohl

Angst bekommen, aber von solchen Bemerkungen ließ er sich nicht einschüchtern. Dafür hatte er schon zu oft mit Leuten wie Dunthorpe zu tun gehabt.

Inzwischen hatte Richards genug Zeit gehabt. Er sollte jetzt in seinem Zimmer sein, sich zu Bett begeben, die Nachtmütze aufsetzen.

»*Alors*, wenn das so ist, gebe ich Ihnen jetzt den Plan, Monsieur.« Sam griff in seinen Mantel. Seine Finger streiften den kalten Pistolenlauf, schlossen sich jedoch um die zusammengefalteten Papiere. Er zog sie heraus und streckte sie Dunthorpe hin.

Dieser riss sie ihm förmlich aus der Hand und faltete sie gierig auseinander. Sam hätte angewidert die Mundwinkel heruntergezogen, wenn er sich eine Regung gestattet hätte. Der Bastard zeigte entschieden zu viel Enthusiasmus, wenn er etwas vernichten konnte, was den Briten lieb und teuer war.

In Wirklichkeit enthielten die Papiere eine Fülle falscher Behauptungen, bei denen Sam mit den Zähnen knirschte. Die Leiter der Organisation hatten entschieden, es sei »allzu schockierend« für das Volk, die Wahrheit über ihren Nationalhelden zu erfahren, der achtzehn Jahre lang als Offizier der Marine gedient hatte. In Wirklichkeit hatte Dunthorpe nur sich selbst gedient. Er dachte lediglich an seinen eigenen Vorteil. Schon als Jüngling hatte er geheime Informationen an Frankreich verkauft und war nun der Drahtzieher dieser Verschwörung, die seinen eigenen politischen und finanziellen Zwecken diente.

Das Volk zu täuschen ging Sam gewaltig gegen den Strich, seine Vorgesetzten jedoch wollten Dunthorpe, diesen Verräter, zum Schluss als Helden hervorgehen lassen. Die mitgebrachten Schriftstücke würden im Nachhinein den Anschein erwecken, der Viscount sei gestorben, weil er seinen Regenten schützen wollte, nicht weil er einen profitablen Plan zu dessen Ermordung verfolgte.

Sam stand es nicht zu, die Entscheidungen seiner Vorgesetzten infrage zu stellen. Das hatte er noch nie getan und würde es wahrscheinlich auch nie tun. Er war hier, um Befehle auszuführen, und nicht, um nach eigenem Gutdünken zu handeln. Das war sein Leben, er setzte es ein für das übergeordnete Wohl ... auch wenn er dabei Zugeständnisse machen musste.

»Was ist das?«

Dunthorpe überflog die Seiten, seine Bewegungen wurden immer hektischer, seine Augen größer – da standen all die schmutzigen Details der Verschwörung, aber mit einem kleinen Dreh, der Dunthorpe von der Liste der Schuldigen entfernte und ihn stattdessen zum Helden machte.

»Sie Bastard. Das ist nicht der Ablaufplan.« Er schleuderte die Blätter von sich. Sie segelten zu Boden, während Dunthorpe ihn finster drohend ansah. »Wer sind Sie?«, knurrte er.

Sam zog die Brauen hoch. Sein Herz schlug so ruhig wie immer. Er hätte ebenso gut an seinem Schreibtisch sitzen und die *Times* lesen können.

Was sagte das über ihn aus? Vor allem, dass er nicht mehr in der Lage war, wie ein Mensch zu fühlen.

Er zuckte die Achseln und antwortete leise in akzentfreiem Englisch: »Ein besorgter Bürger, der Gott, dem König und unserem Vaterland dient, Mylord. Wir können Ihnen nicht erlauben, Ihr Zerstörungswerk fortzusetzen.«

Er griff in die Manteltasche und zog diesmal die Pistole hervor, die er zugleich spannte. Doch Dunthorpe war flinker, als seine alternde Erscheinung vermuten ließ. Er lehnte sich rückwärts über seinen Schreibtisch, riss die Schublade auf und zog eine Pistole heraus, als Sam auf ihn anlegte.

Sam war im Vorteil, denn er zielte bereits. Sein Herz schlug nicht schneller. Er war die Ruhe selbst. Er drückte ab, als Dunthorpes Lauf noch nach unten gerichtet war.

Der Schuss hallte in Sams Kopf und war laut genug, um die Nachbarschaft zu alarmieren. Dunthorpe brach zusammen und sackte vom Schreibtisch zu Boden.

Jetzt erst schlug Sams Herz heftiger, denn für ihn war Eile geboten. Er musste verschwinden, bevor der Butler angelaufen käme. Sam wollte dem Mann nichts antun, denn bisher deutete nichts darauf hin, dass er in Dunthorpes Machenschaften eingeweiht war.

Sam blickte auf Dunthorpes Leiche. Ein sauberer Schuss ins Herz. Rasch bückte er sich und tastete am Hals nach einem Puls. Der Viscount war tot.

Sofort lief Sam zum Fenster und schüttelte den Vorhang, um Laurent zu signalisieren, dass er jetzt das Haus verließe, dann eilte er zur Tür.

Ein Geräusch ließ ihn innehalten, ein leises, weiblich klingendes Wimmern, das er nicht gehört hätte, wäre er nicht im Zustand höchster Aufmerksamkeit gewesen.

Er horchte, woher das Wimmern kam, und wandte sich dem runden Tisch in der Zimmerecke zu, auf dem er zuvor das Teegeschirr bemerkt hatte. Die Tischdecke reichte bis auf den Teppich.

Mit zwei großen Schritten war er dort und riss die Tischdecke hoch, wodurch die Teekanne umkippte und sich der Inhalt über den Tisch ergoss. Der Tee roch gut – stark und frisch. Er wünschte, Dunthorpe hätte ihm welchen angeboten.

Unter dem Tisch kauerte eine Frau.

Eine kleine, zarte, blonde Dame im weißen Kleid, die sich zusammenkrümmte, sich klein machte, so als könnte er sie dadurch vielleicht übersehen.

Verdammt. Ausgerechnet. Sam biss die Zähne zusammen.

Entsetzt schaute sie zu ihm hoch. »Bitte«, wisperte sie, »bitte nicht schießen.«

Als er ihren französischen Akzent hörte, begriff er, wer sie war. Natürlich. Überrascht von ihrer Anwesenheit und weil er sie in einer ganz und gar ungewöhnlichen Lage – unter einem Tisch versteckt – antraf, hatte er sie nicht gleich erkannt. Vor einem Monat hatte er sie einmal gesehen, während er Dunthorpe beschattete. Da war sie am Arm des Viscounts in die Oper gegangen.

Vor ihm kauerte Lady Dunthorpe, die schöne, elegante, kultivierte französische Gattin des Verräters. Sie war während der Revolution aus Frankreich emigriert, nachdem ihre ganze Familie der Guillotine zum Opfer gefallen war. Um sie vor demselben Schicksal zu bewahren, schickte man sie rechtzeitig zu Verwandten nach England, die dort bereits Zuflucht gefunden hatten, und vor zehn oder elf Jahren hatte sie Dunthorpe geheiratet. Dieser konnte zu jener Zeit auch seine französischen Verbindungen stärken.

Weil sie natürlich mit ihm unter einer Decke steckte. Es konnte nicht anders sein.

Sie hätte heute nicht hier sein sollen. Sie war in ihrem Haus in Brighton gewesen und hätte erst in einer Woche nach London zurückkehren sollen. Dieses Haus hatte seit Tagen unter Beobachtung gestanden, und keiner der Männer hatte berichtet, er habe sie hineingehen oder herauskommen sehen.

Verfluchter Mist.

»Stehen Sie auf«, befahl er schroff.

Ihr Blick schnellte zu Dunthorpe. Um das Loch in seinem grauen Rock hatte sich ein Blutfleck ausgebreitet. Sie holte zitternd Luft, doch sie blieb unter dem Tisch.

Sam erwog seine Möglichkeiten. Sie mit Dunthorpes Pistole

zu erschießen war sein erster Gedanke. Aller Wahrscheinlichkeit nach war sie genauso schuldig wie ihr Mann.

Allerdings hatte er sich bei dem, was er für den König und sein Vaterland tun würde, eine Grenze gesetzt: Er würde stehlen, lügen, foltern und töten, aber keinen unschuldigen Bürger kaltblütig umbringen, nicht einmal, um seine eigene Haut zu retten. Er würde nichts tun, was einen seiner Verwandten gefährdete. Und er war nicht bereit, eine Frau zu ermorden.

Diese Grenze war alles, was ihm geblieben war – der dünne Faden, an dem seine Menschlichkeit noch hing, und daran hielt er unter allen Umständen fest.

Sie zu töten schied also aus.

Er könnte sie lassen, wo sie war.

Doch sie wusste bereits zu viel. Aus seinem kurzen Wortwechsel mit Dunthorpe hatte sie genug erfahren, um alles auffliegen zu lassen.

Damit blieb nur noch eins, und das war fast so schlecht wie die anderen zwei Möglichkeiten. Er musste sie mitnehmen.

»Stehen Sie auf«, wiederholte er. Sein Ton war selbst für seine Ohren schroff.

»Ich ... will nicht ... bitte, ich ...«, hauchte sie und bemühte sich ernsthaft, seinem Befehl zu gehorchen, aber vergeblich, denn ihre zitternden Beine trugen sie nicht.

Er steckte die Pistole in seine Manteltasche und ging vor ihr auf ein Knie nieder. Dabei war ihm vollkommen bewusst, dass seine Zeit bereits um war. Sie mussten das Haus verlassen. Sofort.

»Ich werde Ihnen nichts tun«, sagte er und flehte im Stillen, das Versprechen halten zu können. »Aber Sie müssen mitkommen.«

Sie gab einen Laut der Verzweiflung von sich. Seufzend

schob Sam die Arme unter sie und stand auf. Sie war ein zierliches Ding, federleicht, doch sie machte sich steif.

»Ich werde Ihnen nichts tun«, versprach er erneut. Sie glaubte ihm nicht, und das konnte er ihr kaum vorwerfen. Wie auch? Sie hatte gerade miterlebt, wie er kaltblütig ihren Mann erschoss.

Die zitternde Lady Dunthorpe fest an sich gedrückt, wandte er sich der Tür zu, dem einzigen Fluchtweg aus diesem Raum, und erstarrte.

Auf dem Holzboden des Korridors erklangen eilige Schritte, und dann flog die Tür auf.

Verdammt. Er hatte zu lange gezögert.

Mit seinen enormen Händen hielt dieser Mann sie fest und unnachgiebig an sich gedrückt. Élise war noch nie von einem Mann getragen worden, und unter anderen Umständen hätte sie es nicht als unangenehm empfunden.

Dieser Mann war gefährlich. Ein Mörder. Er hatte Dunthorpe erschossen.

Dunthorpe. Ihren Mann. Sie hatte keinen Ehemann mehr. Dunthorpe war tot. Sie war ... sie war ... jetzt Witwe.

Die Arme vor der Brust angewinkelt, krümmte sie sich zusammen. Als könnte sie, wenn sie sich möglichst klein machte, aus diesem schrecklichen Szenario verschwinden. Ihr Atem ging stoßweise, und sie wimmerte leise.

Der Mann blieb abrupt stehen und drückte sie noch fester an sich. Er roch nach frischem Gras und nach Schießpulver.

Die Tür sprang auf. Richards stand halb bekleidet auf der Schwelle und zielte mit einer Pistole auf den Eindringling.

»Was ...? Lady ... Lady Dunthorpe?«, stammelte Richards.

Der Mann, der sie festhielt, rührte sich nicht. »Die Dame ist verletzt«, sagte er ruhig. »Ich muss sie in Sicherheit bringen.«

Élise holte Luft, um zu widersprechen, doch der Mann drückte sie fester – eine klare Warnung, bei der sie erstarrte.

Sie musste etwas unternehmen, um sich von dem Kerl zu befreien. Aber ihr fiel nichts ein, was sie tun könnte. Wenn sie etwas sagte oder sich von ihm losmachte, würde er ihr wehtun, sie vielleicht sogar umbringen. Schließlich hatte er schon Dunthorpe getötet.

Nein, es war nicht möglich, sich zu befreien.

Jedenfalls nicht im Moment. Sie war nicht so viele Jahre durch die Hölle gegangen und hatte die Ehe mit Dunthorpe tapfer ertragen, weil sie etwa ein einfältig lächelndes Dummchen wäre. Sie würde auf eine passende Gelegenheit warten und sie beim Schopf packen. In der Zwischenzeit würde sie den Schrecken aushalten müssen, der sie ungehemmt durchströmte.

Richards sah sich hastig im Zimmer um und entdeckte den am Boden liegenden Dunthorpe. Élise folgte seinem Blick nicht. Sie wollte den Toten nicht noch einmal anschauen. In ihrem Leben hatte sie schon mehr als genug Leichen gesehen.

Von ihrer Angst übermannt, kniff sie die Augen zu.

»Sie haben ihn umgebracht«, keuchte Richards. »Sie haben meinen Herrn getötet, Sie hinterhältiges Miststück!«

Élise erschrak noch mehr, sofern das überhaupt möglich war. Richards glaubte tatsächlich, sie hätte ihren Mann getötet. Sie und dieser Fremde seien Komplizen ... *Mon Dieu, non!* Sie fing am ganzen Leib an zu zittern.

»Mais non«, widersprach der Fremde höflich. Das war verwirrend. Zuerst redete er mit französischem Akzent, dann akzentfreies Englisch, jetzt Französisch. »Die Dame hat es nicht getan. Es war ein Scharfschütze. Der Schuss kam durchs

Fenster.« Und im Ton äußerster Dringlichkeit: »Wir müssen raus. Er könnte noch einmal schießen.«

»Ich sehe keine Glasscherben«, erwiderte Richards misstrauisch.

»*Alors*, begreifen Sie denn nicht, dass wir in Gefahr schweben? Wir müssen den Salon sofort verlassen.« Der Fremde ließ sie mit einer Hand los, weshalb sie die Augen aufriss. Er stieß den Butler zur Seite, trotz dessen Pistole. Élise spannte sich am ganzen Körper an in Erwartung des Schusses, doch Richards taumelte rückwärts aus der Tür, ohne abzudrücken. »So. Für Ihren Herrn kommt jede Hilfe zu spät, aber Ihre Herrin braucht einen Arzt. Holen Sie einen. *Immédiatement!*«

»Ich ... a-aber ...«, stammelte Richards.

»Gehen Sie, Mann!«, rief der Fremde nunmehr verärgert. »Holen Sie den Arzt. Und geben Sie mir die Waffe. Wenn ich den Schützen sehe, werde ich ihn unschädlich machen.« Er wand dem Butler die Pistole aus der Hand.

»Allez!«, brüllte er.

Richards taumelte vor ihnen den Korridor entlang. Der Fremde hielt Élise fest, während er die Treppe hinunterstieg. Unten angelangt blieb er stehen und sah zu, wie Richards die Haustür aufriss und hinter sich zuwarf.

»Verfluchter Mist«, zischte der Fremde, nun wieder in unverfälschtem Englisch.

Den Blick auf die Haustür gerichtet, stand er da und hielt Élise auf den Armen. Sekunden verstrichen.

Élise riskierte einen Blick. Er war eine dunkle, stattliche Erscheinung mit einem schönen, markanten Gesicht, kräftigem Kinn und durchdringenden dunklen Augen, mit denen er sie nun ansah.

»Ich lasse Sie jetzt herunter«, sagte er leise. »Können Sie laufen?«

»*Oui* …« Sie blinzelte, überrascht, weil sie unwillkürlich Französisch sprach. Es war lange her, seit sie einmal vergessen hatte, Englisch zu sprechen. »Ja.«

Langsam und vorsichtig stellte er sie auf die Füße. Sie zitterte noch immer. Seine Finger schlossen sich um ihren Unterarm, damit sie nicht wegrennen konnte, aber auch die Pistole, die er in der anderen Hand hielt, hinderte sie an der Flucht. »Bleiben Sie dicht bei mir. Und kein Wort.«

»Ja«, hauchte sie.

Wie verlangt schwieg sie, während er mit ihr das Haus verließ. Abgesehen von ihrer Angst gingen ihr tausend Fragen durch den Kopf.

Warum hatte er Dunthorpe getötet? Warum hatte er sie verschont? Wollte er sie entführen? Um Lösegeld zu fordern? Aber wenn ja, wie hatte er wissen können, dass sie heute im Haus war? Niemand wusste von ihrer Fahrt nach London …

Draußen am Bordstein wartete eine schwarze Kutsche ohne Wappen. Ihr Entführer blickte zum Kutscher, der sich die Kappe tief in die Stirn zog und den Kopf wegdrehte, bevor Élise seine Gesichtszüge ausmachen konnte. Sie konnte nur erkennen, dass er schon älter war, denn seine Haare waren grau meliert.

Ihr Entführer öffnete den Schlag, hob sie bei der Taille hoch und warf sie in die Kutsche, als wäre sie ein Stück Fleisch, das er beim Metzger erworben hatte.

Taumelnd griff sie nach einem Halt, fiel aber auf einen Kerl, der im dunklen Innern auf der Bank saß.

»Menschenskind!« Der Mann packte sie bei den Schultern und stieß sie von sich. *Dieu*, noch so ein Schurke! Vielleicht war es dumm gewesen, keinen Fluchtversuch zu machen, als sie es nur mit einem großen, Furcht erregenden Mann zu tun gehabt hatte. Der zweite war allerdings kleiner und schmächtiger, das musste sie zugeben.

»Wer ist das, Hawk?«, fragte dieser nun.

»Lady Dunthorpe«, antwortete der Große vollkommen ausdruckslos. Er stieg hinter ihr ein und drückte sie dem Komplizen gegenüber auf die in Fahrtrichtung blickende Bank. Dann setzte er sich neben sie, eine bedrohliche Muskelmasse.

Die Kutsche fuhr los. Der Komplize ihr gegenüber musterte sie fasziniert, den Kopf leicht zur Seite geneigt. Von seinen Gesichtszügen konnte sie ab und zu für einen Moment etwas erkennen, je nachdem, wie das Licht durch den schmalen Vorhangspalt am Fenster des Kutschenschlags fiel. Er war jedenfalls recht jung – fast noch ein Knabe – und hatte ein längliches hübsches Gesicht. Er sah ziemlich … französisch aus.

Sie holte bebend Luft und schloss die Augen.

Dunthorpe ist tot. Dunthorpe ist tot.

Wäre sie eine gute Ehefrau, würde sie jetzt weinen. Aufschreien, wehklagen, tief bekümmert dasitzen, um ihren Gatten trauern. Oder diesen Schurken an die Gurgel gehen, die ihn auf dem Gewissen hatten. Doch sie wusste besser als jeder andere, dass Dunthorpe ihre Tränen nicht verdiente. Überhaupt niemandes Tränen genauer gesagt, obwohl man seinen Tod in England zweifellos als nationale Tragödie betrachtete.

Die Engländer konnten ungeheuer dumm sein.

Es war aufschlussreich: Obwohl sie in der Hand gefährlicher Männer war, empfand sie ihre Situation nicht als so Furcht erregend, wie wenn sie mit Dunthorpe allein gewesen war.

Der Große, Hawk hatte ihn der Junge genannt, hatte versprochen, ihr nichts zu tun. Sie drehte den Kopf zu ihm. Männer versprachen alles, damit eine Frau den Widerstand aufgab, das wusste sie. Sie durfte nicht darauf vertrauen, dass er Wort hielt.

Er begegnete ihrem Blick. Seine Miene verriet keinerlei Regung. Der kühle Ausdruck sandte ihr Schauder der Beklemmung über den Rücken.

»Lady Dunthorpe«, sagte der Junge nachdenklich und ließ seine Überraschung erkennen, »sie hätte gar nicht zu Hause sein sollen.«

»Nein, hätte sie nicht«, bestätigte Hawk düster.

Der Junge holte tief Luft. »Nun ja, was haben Sie mit ihr vor?«

Élise schaute zwischen den beiden hin und her, die über sie redeten, als wäre sie nicht dabei. Jetzt sprach niemand mit französischem Akzent. Vermutlich hatte dieser Hawk diesen nur vorgetäuscht. Aber warum?

Und dann ging ihr ein Licht auf. Das hatte er getan, weil der Eindruck entstehen sollte, Dunthorpes Mörder sei ein Franzose.

Jetzt begriff sie vollkommen. Den Angehörigen eines feindlichen Volkes konnte man viel einfacher als Mörder eines allseits geschätzten Engländers beschuldigen als einen Landsmann.

Hawk schüttelte den Kopf, und sie bemerkte eine leichte Anspannung seiner Lippen. Dieser Mann gab seine Gefühle und Gedanken nicht preis. Wenn sie wissen wollte, was in ihm vorging, würde sie sorgfältig auf kleinste Hinweise achten müssen. Sofern er sie nicht vorher umbrachte, würde sie Gelegenheit haben, seine Beweggründe zu erkennen.

Nun, da ihr Verstand wieder richtig arbeitete, fiel ihr auf, dass sie bereits ein paar Dinge über ihn wusste, und diese zählte sie sich im Geiste auf, während die Kutsche durch eine stille Londoner Straße fuhr. Er war außerordentlich groß und sehr stark. Er war eiskalt und ließ sich nicht das Geringste anmerken. Seine Maske völliger Gleichmut zeigte jedoch feine

Risse. Er verstand sich aufs Töten. Er war kein Franzose. Er wusste etwas über Dunthorpes ruchlose Taten, und das jüngste Komplott, was immer es zum Ziel gehabt hatte, war für ihn der Grund gewesen, Dunthorpe zu töten.

Und er hielt sie vermutlich für eine Komplizin ihres Mannes.

Sie schlang die Arme um sich. Sie fror. Es war ein kalter Frühlingsabend, und sie hatte keinen Mantel an.

Trotz allem erfasste sie eine seltsame Ruhe. Sie war bereit, ihr Schicksal anzunehmen, wie immer es aussah. Dunthorpe war tot, und ganz gleich, was nun geschah, es sollte ihr recht sein. Hauptsache, er war nicht mehr am Leben.

Etwas Schweres legte sich auf ihre Schultern, und sie schaute überrascht den großen Mann an. Er legte ihr seinen Mantel um und zog ihn vorne zu, sodass sie warm eingepackt war wie in eine Decke.

Welch fürsorglicher Entführer!

»Sie im Auge behalten«, brummte Hawk seinem Freund zu, nachdem er mit dem Ergebnis zufrieden war, und drehte sich weg – eine späte und unverbindliche Antwort auf dessen Frage, was er mit ihr vorhabe.

»Ah.« Der Junge nickte, und dann schaute er aus dem Fenster. »Wir sind fast da.«

»Ist uns jemand gefolgt?«

»Ich glaube nicht.«

»Hast du den Butler gesehen?«

»Oh ja. Er stürmte aus der Tür und rannte, als wollte ihm der Höllenhund in den Arsch zwicken.« Er warf Élise einen reumütigen Blick zu. »Bitte um Verzeihung, Mylady.«

Sie sah ihn bloß wortlos an, worauf er sich seinem Freund zuwandte und die Brauen hochzog. »Mir scheint, sie ist deinetwegen vor Schreck versteinert, Hawk.«

Dieser musterte sie kurz und zuckte die Achseln. »Das macht es einfacher.«

Trotzig straffte sie die Schultern und verschränkte die Arme vor der Brust. Als ob sie sich damit gegen diese zwei Schurken schützen könnte. »Wer sind Sie?«, wisperte sie. Ihre Stimme klang, als hätte sie eine Woche lang geschwiegen.

»Niemand«, antwortete Hawk ruhig. »Geister. Schemen in der Nacht. Sie haben uns nie gesehen.«

Sie runzelte die Stirn ob dieser absurden Erklärung und setzte gerade zu einer passenden Antwort an, als die Kutsche abrupt anhielt.

»Und da sind wir schon!«, sagte der Junge gut gelaunt. »Willkommen in unserem trauten Heim.«

2

Den Arm fest um Lady Dunthorpes Taille gelegt, betrat Sam ihren geheimen Unterschlupf. Laurent und Carter kümmerten sich um die Pferde und die Kutsche und vergewisserten sich, dass keine heimlichen Beobachter in dunklen Ecken herumlungerten.

Das Haus befand sich zwischen Covent Garden und Piccadilly, in einem sehr belebten Viertel Londons. Sam hatte vor Langem gelernt, dass man sich mitunter am besten unsichtbar macht, indem man vor aller Augen ein scheinbar normales Leben führt.

Er schloss die Tür des Hauses auf und trat ein. Drinnen war es dunkel, doch er war schon oft mitten in der Nacht ohne Licht durch die Gänge gelaufen. Er führte Lady Dunthorpe eine kurze Treppe hinab und lenkte sorgfältig ihre Schritte, damit sie nicht stolperte. Er öffnete die erste Tür rechts und schob sie hinein.

Ins Verlies.

Zumindest nannten Laurent und Carter diesen speziellen Raum so. In Wirklichkeit war es ein recht gut eingerichtetes Schlafzimmer. Für Gefangene vorgesehen, ja, aber Sams Vorgesetzte hielten sich für äußerst zivilisiert und handelten danach, sofern sie nicht gerade einen kaltblütigen Anschlag auf gewisse Personen arrangierten. Sie benutzten keine Ketten und dunkle feuchtkalte Keller oder Kerkerlöcher, wo Ratten hausten und wo man knöcheltief im Schmutz watete. Nein, sie hielten ihre Gefangenen wie hoch geschätzte Gäste. Viele solcher »Gäste« wussten gar nicht, dass sie Gefangene waren.

Dieser Gast weiß es genau, dachte Sam grimmig, als die Tür hinter ihnen im Schloss einrastete und die Dame bei dem Geräusch starr wurde.

Er sagte nichts, um sie zu beruhigen. Was denn auch? Wenn man sie beruhigen musste, dann war er ganz bestimmt nicht der Richtige dafür. Sie würde in ihm nur den Mann sehen, der ihren Gatten getötet hatte.

Stattdessen sagte er: »Einen Moment bitte«, und ließ sie los, um vor dem Kamin in die Hocke zu gehen und Feuer zu machen, was er nach kürzester Zeit bewerkstelligt hatte. Ohne sie anzusehen, zündete er die Lampe an, die auf dem kleinen quadratischen Nussbaumtisch neben dem vergitterten halbhohen Fenster stand, durch das man, wenn die Vorhänge zurückgeschoben waren, auf die Füße der Passanten blickte. Eisenstäbe vor einem Fenster im Erdgeschoss waren in London gang und gäbe und erregten keinerlei Verdacht. Im Gegensatz zu den meisten anderen dienten diese jedoch dazu, Personen am Verlassen des Hauses, nicht am Eindringen zu hindern.

Schließlich schaute er sie an. Sie stand mitten im Zimmer, kerzengerade und angespannt, und sah ihn mit klaren blauen Augen an. Blonde Ringellocken, die sich aus ihrer Frisur gelöst hatten, hingen ihr ins Gesicht und gaben ihr etwas Wildes, Entrücktes.

Sie war bildschön.

Eine bildschöne französische Verräterin.

Und dabei wirkte sie ungeheuer zerbrechlich. Aber war sie es auch? Vielleicht nicht. Vielleicht hatte dieses zarte Kätzchen bösartige Krallen.

Gegen seinen Willen fand er sie restlos faszinierend.

»Was werden Sie mir antun?«, fragte sie scharf.

»Antun? Nichts.«

Sie blickte ihn an, und ganz offensichtlich glaubte sie ihm nicht. Kluge Frau.

»Sie sollten zu Bett gehen. Morgen früh werden wir uns unterhalten.« Er musste eine Nachricht an Adams schicken. Die Angelegenheit würde sich noch als kompliziert erweisen, da hatte er keine Zweifel. Und er wollte so schnell wie irgend möglich davon befreit sein. Er hatte seinen Auftrag erledigt. Sollte ein anderer sich um Lady Dunthorpe kümmern.

Ihr Blick huschte zu dem großen Bett, das mit Kissen und einer seidenen, mit Silber und Gold bestickten Tagesdecke ausgestattet war.

»Zu Bett gehen«, wiederholte sie ausdruckslos. Als könnte sie den Sinn der Worte nicht so recht erfassen.

»Ja.« Er ging zum Schrank, in dem sie Kleidungsstücke verschiedener Art und Größe aufbewahrten, und nach kurzer Suche fand er ein Nachthemd für sie. Es war ihr gewiss viel zu groß, aber ein anderes gab es nicht. Als er es hervorholte und über die Rückenlehne des chintzbezogenen Lehnstuhls legte, blieb sein Blick an ihrem Kleid hängen. Es entsprach der neusten Mode und erforderte beim An- und Ausziehen die Hilfe einer Zofe.

Sam hätte beinahe gestöhnt, beherrschte sich aber und trat dann scheinbar gleichmütig auf sie zu.

Sie riss die Augen auf und wich erschrocken zurück. »Sie … haben Dunthorpe umgebracht.«

Die Situation war ihm wahrhaft unangenehm. Er konnte von Glück reden, da er bei seinen Taten im Lauf der Jahre wenige Zeugen gehabt hatte. »Ja, das habe ich getan.«

Sie nickte, als müsste sie es sich noch einmal selbst bestätigen. »Ich …« Sie stockte und schien sich eines Besseren zu besinnen. Dann senkte sie den Blick. »Werden Sie auch mich töten?«

Verfluchter Mist. »Nein«, behauptete er fest. »Ich sagte doch, ich werde Ihnen nichts tun.«

»Was ist das Wort eines Mörders wert?«

Nicht viel, das musste er zugeben. »Leider kann ich Ihnen nicht mehr geben.«

Sie blickte auf und sah ihm in die Augen. »Werden Sie sich stattdessen an mir vergehen?«

»Wie bitte? Um Himmels willen, nein!«

»Die anderen denn?« Sie deutete zur Tür und meinte wahrscheinlich Carter und Laurent.

»Nein. Auch darauf gebe ich Ihnen mein Wort. Wir sind keine gemeinen Hunde, Mylady«, versicherte er, obwohl er wirklich nicht erwarten konnte, dass sie ihm vertraute.

Sie holte zitternd Luft, und ihre Schultern entspannten sich sichtlich. Offenbar glaubte sie ihm, zumindest mit einem gewissen Vorbehalt.

»Warum sind Sie heute dort gewesen?«, fragte er schroff. »Sie hätten in Brighton sein sollen.«

Ihre Pupillen weiteten sich ein wenig, als er andeutete, dass er einiges über ihr Leben wusste, doch sie kniff die Lippen zusammen und gab keine Antwort.

»Wusste Dunthorpe, dass Sie da sind?«

Sie schüttelte sacht den Kopf. Um ihm Auskunft darüber zu geben oder um ihm die Antwort zu verweigern? Er tippte auf Ersteres. Also war Dunthorpe vielleicht nicht gewahr gewesen, dass seine Frau anwesend war. Interessant.

Sam wollte daraufhin so einiges von ihr erfahren, durfte sie aber nicht drängen. Ihr Mann war gerade gestorben, und sie stand als Frau allein vor seinem Mörder. Es war ein Wunder, dass sie überhaupt noch stand und ihm ins Gesicht sah.

Er sollte Verständnis für ihre Lage haben. Er spürte seiner alten Mitleidsfähigkeit nach und fand eine kleine Scherbe davon, lang vergraben und vergessen inmitten der unbarmherzigen Rücksichtslosigkeit, die er an den Tag legen musste, um geistig einigermaßen gesund zu bleiben.

Keine Fragen mehr. Nicht heute Abend.

Er räusperte sich. »Ich werde Ihnen eine Mahlzeit bringen lassen sowie Waschwasser und eine Haarbürste.« Sie hatte schönes Haar, schimmernde goldblonde Locken, die in bezaubernder Weise zerzaust waren. Er hatte sie mit der Hand gestreift, als er sie festhielt, und sie waren seidenweich gewesen. Es juckte ihn in den Fingern, ihr durch die seidigen Strähnen zu fahren.

Er schob den Gedanken beiseite.

»Und was Sie sonst noch benötigen«, schloss er. Nach kurzem Zögern fragte er: »Darf ich Ihnen bei dem Kleid helfen?«

Wieder wurde sie steif. Er seufzte. Anderenfalls würde sie in Kleid und Mieder schlafen müssen, was sehr unbequem wäre. Ihre Haltung wirkte jedoch so abweisend, dass er davon Abstand nahm, sie zu berühren, damit er ihr Unbehagen nicht noch vergrößerte.

Das Schlimme war, er wollte sie anfassen. Und noch beunruhigender war, er wollte ihr Unbehagen ersparen. Vielmehr wollte er diesen weiblichen Rundungen Lust bereiten, ihre steifen Muskeln lösen. Sie sollte sich an ihn schmiegen, willig in seinen Armen liegen.

Sie ist eine Verräterin, sagte er sich. Eine französische Adlige mit Verbindungen zur französischen Regierung. Und sie war mit Dunthorpe verheiratet gewesen.

Er war müde. Daran musste es liegen. Ihr hübsches Gesicht, ihr zierlicher, kurvenreicher Körper, das schimmernde Kleid, das diesen Rundungen schmeichelte, die glänzenden blonden

Locken verfehlten nicht ihre Wirkung. Er hatte die zwei Nächte vor seinem Auftrag nicht geschlafen. Er war müde, und die Erschöpfung brachte seine sorgsam errichteten Bollwerke ins Wanken.

Es war verflucht lange her, seit er eine Frau angefasst hatte. Und wie gern wollte er diese anfassen!

Sie stand da und rührte sich nicht, als wartete sie auf seine Berührung. Fast als wollte sie seine Hände an sich spüren.

Nein, das konnte nicht sein.

»Ich hatte dabei nichts Ungehöriges im Sinn«, sagte er. Das war die Wahrheit. Er hatte tatsächlich nichts dergleichen beabsichtigt. Sosehr er sich auch von ihr angezogen fühlte, fast unwiderstehlich ... es durfte keinesfalls passieren. Nicht nur wegen seiner beruflichen Pflicht und Verantwortung. Nicht nur, weil sie vielleicht eine Verräterin war. Nicht einmal, weil er beschlossen hatte, Frauen auf Armeslänge von sich fernzuhalten.

Nein, um Himmels willen, sondern weil er ihren Ehemann getötet hatte. Herrgott noch mal, er musste verrückt sein. Er schüttelte den Kopf.

Sie sah es und zog die Brauen zusammen.

»Verzeihung«, sagte er leise. »Sie werden eine helfende Hand brauchen, um sich das Kleid auszuziehen. Ohne es werden sie besser schlafen. Ich hatte nichts Ungehöriges im Sinn.«

»Also soll ich Ihre Gefangene sein.«

Er nickte mit unbewegter Miene. »Fürs Erste.«

»Wie lange?«

»Bis wir Sie nicht mehr brauchen.« Innerlich zuckte er bei seinen Worten zusammen, denn diese ließen wahrhaftig nichts Gutes ahnen. Überreizte Damen beruhigen hatte bislang selten zu seinen Aufträgen gehört, und er war dabei ein rechter Stümper. Das musste er noch besser hinbekommen.

Er sah sie mühsam schlucken. Sie schaute ihn forschend an.

»Ich bin Ihre Gefangene, doch Sie hegen keine Absicht, mir etwas anzutun.«

»So ist es.«

»Was haben Sie denn dann mit mir vor?«

Ohne sie anzusehen, zuckte er die Achseln. Das war genauso ominös. Doch was sollte er sagen? Adams würde Informationen von ihr bekommen wollen. Aber das sollte ein anderer tun. Seine Fähigkeiten lagen beim Eliminieren von Bedrohungen, nicht bei der Kunst des Verhörs.

Wahrscheinlich würde er schon am nächsten Morgen von ihr befreit werden. Gott sei Dank. Diese Frau … Sein Bollwerk hatte Risse bekommen, und sie versuchte auf geschickte Weise einzudringen. Er musste von ihr weg und die Risse schließen, sonst würde sie bald eine Bresche schlagen.

Sie starrte ihn mit großen Augen an. Plötzlich kehrte sie ihm den Rücken zu.

»Bitte helfen Sie mir mit den Knöpfen, Monsieur Hawk.«

Einen Moment lang blickte er wie gebannt auf die weichen Locken, die ihren Nacken kitzelten, auf die dicht gesetzten Knöpfe, die bis zu ihrem Hintern reichten. Wie sähe sie nackt aus? Schön. Makellos. Bilder von weiblichen Kurven und sahneweißer Haut bestürmten ihn.

Er wollte die Stofflagen wegziehen und erkunden, was darunter …

Er holte tief Luft, trat an sie heran und strich die seidigen Haarsträhnen aus dem Nacken. Sie schauderte, als er mit den Fingerspitzen ihre warme Haut streifte. Er wurde hart.

Konzentriere dich, Hawkins!, befahl er sich zähneknirschend. Doch sein Körper war nicht geneigt, der Vernunft zu gehorchen, sich all den Gründen, weshalb er sich jetzt nicht erregen lassen durfte, geschlagen zu geben.

Er richtete seinen Blick auf die schätzungsweise zwanzig

winzigen Perlknöpfe an ihrem Rücken. Sie trug ein feines elfenbeinfarbenes, goldbesticktes Seidenkleid, das mit Bändern und Perlen verziert war. Elegant und schön war es und passte wie ein Handschuh, was ihre weiblichen Rundungen auf das Schärfste ...

Konzentriere dich auf die verdammten Knöpfe!

Das tat er nun endlich. Von oben angefangen schnippte er einen nach dem anderen aus dem Knopfloch, wodurch der zarte weiße Musselin des Unterkleids zum Vorschein kam. Und mehr blasse Haut ihres Rückens. Sahneweiß und glatt, wie er sie sich vorgestellt hatte.

Ihre Schultern hoben und senkten sich im Takt mit seinen Atemzügen, die in dem völlig stillen Zimmer plötzlich sehr gut zu hören waren. Während seine Finger zwischen Knopfleiste und nackter Haut weiter hinabrückten, gerieten ihre Atemzüge immer ungleichmäßiger. Und er wurde bei dem Geräusch noch härter. Es klang beinahe, aber nur beinahe wie eine Frau in Ekstase.

Er öffnete den untersten Knopf und zog die Säume auseinander, sodass das Kleid aufklaffte. Hastig drehte sie sich herum und hielt es an ihren Busen gedrückt, damit es ihr nicht wegrutschte.

Er musste sich sehr zusammenreißen, um unbeteiligt dreinzuschauen und sie nicht anzustarren wie ein vernarrter Schuljunge, um diesen süßen, bezaubernden Körper nicht förmlich mit den Augen zu verschlingen, sondern einen distanzierten, völlig emotionslosen Blick hinzubekommen.

Sie war eine Schönheit, wie er sehr, sehr lange keine gesehen hatte. Das hatte er schon gedacht, als er sie letzten Monat an Dunthorpes Arm sah, und das dachte er auch jetzt.

Dunthorpe. Allein der Name gab ihm das Gefühl, als hätte man ihm einen Eimer kaltes Wasser übergeschüttet.

Er trat zurück und löste sich von dem Anblick, wie sie das Kleid an die Brust gedrückt hielt. »Nun ... brauchen Sie Hilfe beim Mieder?«

»*Non.*« Scharf und entschieden klang die Antwort, sehr französisch. »Ich komme allein zurecht.«

»Sehr gut. Laurent, der junge Mann, der bei uns in der Kutsche saß, wird Ihnen alles Weitere bringen. Zögern Sie nicht, ihn anzusprechen, wenn Sie noch etwas benötigen.«

Sehr still blickte sie ihn an, die Hand fest am Busen. Das war sein Stichwort, das Zimmer zu verlassen. Doch plötzlich wollte er nicht. Obwohl er Briefe zu schreiben, Anweisungen zu geben, das weitere Vorgehen zu planen hatte. Obwohl er dringend einen klaren Kopf bekommen musste. Und das war nur möglich, wenn er sich entfernte.

»Haben Sie keine Angst vor Laurent«, sagte er sanft. Der Junge hatte strenge Grundsätze, wenn es um Frauen ging – vielleicht strengere als er. »Er wird sich vollkommen anständig verhalten.«

Er sah sie die Schultern straffen. Ihre blauen Augen funkelten trotzig. »Ich habe keine Angst vor ihm.«

Diese Französin, diese englische Viscountess war in reizvoller Weise widersprüchlich, eben noch vor Angst zitternd, dann plötzlich gleichmütig und steif, bevor sie die Krallen ausfuhr.

Er konnte ihr solch schwankendes Benehmen nicht vorwerfen. Sie musste sehr aufgewühlt sein.

Dennoch durfte er kein Mitgefühl für sie entwickeln. Sie hatte sich ihre Lage selbst zuzuschreiben. Sich selbst und Dunthorpe.

»Geht es Ihnen einigermaßen gut?«, fragte er.

Sie nickte knapp. Er nickte ebenfalls, dann deutete er auf den Klingelzug neben dem Kamin. »Läuten Sie, wenn Sie etwas brauchen.«

Sie zog gebieterisch die Brauen hoch, und Ärger leuchtete aus den blauen Augen. »Sie meinen, wenn ich etwas von dem Mann brauche, der meinen Gatten ermordet hat? Der mich entführt hat? Ah ja, gewiss doch. Dann werde ich läuten.« Sie machte eine wegwerfende Geste in Richtung Kamin.

Er runzelte die Stirn. »Ich sagte doch, wir hegen keine Absicht, Ihnen etwas anzutun.«

»Ach, Monsieur Hawk«, begann sie in zynischem Tonfall, doch als sie seinem Blick begegnete, schaute sie klar und aufrichtig, »die ganze Welt hegt die Absicht, mir etwas anzutun. Schon immer.«

Dunthorpe ist tot. Dunthorpe ist tot.

Élise saß in einem fremden Nachthemd in einem fremden Bett, die Arme um die angezogenen Knie geschlungen. Dieser Satz ging ihr immer wieder durch den Kopf, und er war tatsächlich wahr. Dunthorpe war tot, und ihr Leben würde nie wieder so sein wie vorher. Sein Bruder Francis erbte nicht nur den Titel, sondern auch den gesamten Besitz und das Vermögen. Sie war nicht so dumm zu hoffen, ihr Mann hätte ihr auch nur einen Penny hinterlassen.

Nicht dass es von Bedeutung gewesen wäre. Sie entstammte einer reichen Familie, hatte schon einmal alles verloren und schließlich erneut ein Leben in Reichtum geführt. Achtundzwanzig Jahre hatte sie gebraucht, um zu erkennen, dass die ärmsten Jahre die beste Zeit ihres Lebens gewesen waren.

Dunthorpe ist tot.

Sie war frei.

Vielleicht nicht allzu frei. Francis würde versuchen, sie gefügig zu machen. Allerdings hatte er im Gegensatz zu Dunthorpe nicht das Recht, über sie Macht auszuüben. Es würde viel leichter sein, sich von ihm loszumachen, als sich Dunthorpe zu entziehen.

Wenn sie wenigstens die Gelegenheit hätte, Francis zu entkommen. Dazu müsste sie sich erst einmal aus der Gewalt dieser drei Männer befreien.

Wer waren die? Was wollten sie von ihr? Warum hatten sie Dunthorpe umgebracht? Was ihr an Antworten dazu einfiel, war nicht befriedigend. Dunthorpe hatte viele Feinde gehabt, das wusste sie. Diese Männer mochten ihre eigenen Zwecke verfolgen oder auf Befehl eines einzelnen Widersachers handeln oder für eine Regierung arbeiten.

Allerdings waren sie Briten. Gentleman-Spione? Gentlemen waren sie – zumindest Hawk. Das war aus seiner Sprechweise leicht herauszuhören.

Es klopfte leise an der Tür. Sie drehte den Kopf dorthin und zog die Knie bis unters Kinn. Die Tür ging auf, und herein kam Laurent mit einem Tablett, darauf ein Teller mit Essen und ein Glas Rotwein.

Er lächelte sie freundlich an, und sie atmete tief und gleichmäßig, um ihr Zittern zu unterdrücken. Es war so ungewöhnlich, dass ein Mann ihr Zimmer betrat, während sie im Nachthemd im Bett saß. Seit sie das Jugendalter erreicht hatte, war das nicht mehr vorgekommen, abgesehen von den wenigen Malen, da Dunthorpe in ihr Schlafzimmer kam, damit sie ihre eheliche Pflicht erfüllte. Und das war in den vergangenen paar Jahren selten passiert.

»Ich bitte um Verzeihung.« Seine Stimme klang weich, kultiviert und sehr britisch, obwohl er einen französischen Namen hatte. Er war sehr jung. Wenn seine Eltern vor der Revolution geflohen waren, war er vermutlich in England zur Welt gekommen. »Ich wollte Sie nicht stören. Ich bringe nur etwas zu essen – Brot und Käse – und ein Glas Wein.«

Sie schaute ihn an, während er das Tablett auf den Tisch stellte, und wusste nicht, was sie sagen sollte. Es war schwierig, auf alltägliche Weise mit diesen Männern zu reden – wie könnte sie mit den Leuten, die ihren Mann ermordet hatten, freundlich über Nichtigkeiten plaudern?

»Gut«, sagte Laurent, nachdem sie schwieg. »Also, ich gehe jetzt zu Bett, aber wenn Sie etwas brauchen, klingeln Sie bitte. Ich komme dann sofort.«

Sie blieb in ihrer zusammengekrümmten Haltung sitzen, öffnete den Mund, um etwas zu sagen, aber ihr fiel nichts ein, das sie als angemessen empfunden hätte. Danken wollte sie ihm nicht. Darum nickte sie schließlich nur.

Er wünschte ihr eine gute Nacht und zog die Tür hinter sich zu. Sie hörte ihn den Schlüssel im Schloss drehen.

Die Herren mochten schlafen, ihr dagegen würde das nicht möglich sein. Sie würde erst wieder ein Auge zutun können, wenn sie diesen gefährlichen Engländern entkommen war.

Sie hatte sich schon überlegt, nach Hampstead zu Marie zu gehen. Marie war ihre einzige wirkliche Freundin.

Doch diese verfügte nicht über die nötigen Mittel, um Élise vor Francis zu verstecken. Bei Marie war sie letztendlich nicht sicher, und sie wollte ihre Freundin nicht in Gefahr bringen. Daher würde sie dort nur kurz bleiben können, gerade so lange, um sich das Nötigste zu beschaffen, dann würde sie weiterziehen. Sie würde verschwinden. Vielleicht nach Frankreich?

Bei dem Gedanken schnaubte sie höhnisch.

Nein, ganz gewiss nicht nach Frankreich. Lieber irgendwohin, wo niemand nach ihr suchen würde. Ins schottische Hochland vielleicht. Oder nach Irland. Dort würde sie ganz sicher niemand vermuten.

Ein neues Leben. Ein neues Leben würde sie beginnen, wo

niemand etwas von einer Élisabeth de Longmont wusste und wo sie niemand als Lady Dunthorpe kannte. Das war Freiheit.

Aber zuerst einmal musste sie aus diesem Haus fliehen.

Sie wartete zehn Minuten, dann schwang sie die Beine aus dem Bett und ließ sich von der Bettkante gleiten. Die Bodendielen waren kalt unter ihren bestrumpften Füßen. Sie ging zum Schrank, der mit Kleidern für Damen und Herren jeder Größe und Gestalt vollgestopft war. Sie wühlte darin, bis sie ein Hemd und ein Paar Breeches gefunden hatte, die offenbar für einen Jüngling in Laurents Alter gemacht waren.

Sie waren dennoch zu groß, aber davon abgesehen genau das Richtige für sie.

Rasch schlüpfte sie aus dem lächerlichen Nachthemd. Mieder und Unterhemd hatte sie anbehalten und zog sie auch jetzt nicht aus. Das Mieder sorgte für eine flache Brust, und obwohl sie sich keine Illusionen machte, sie könnte wie ein Mann aussehen, würden ihre Zierlichkeit, die Verkleidung und die Dunkelheit dafür sorgen, dass sie nicht auffiel.

Sie zog das Hemd über, das ihr bis über die Knie reichte, und band es am Hals zu. Dann stieg sie in die Hose, aber diese war hoffnungslos zu weit und rutschte ihr von den Hüften. Mit einem Gürtel oder Hosenträgern war sie nicht ausgestattet, und auch der Schrank gab nichts dergleichen her.

Auf der Unterlippe kauend hielt sie die Hose in der Taille fest und überlegte. Langsam drehte sie sich im Kreis und schaute durch das schmucklose Zimmer. Es enthielt den Kleiderschrank, den sie schon durchsucht hatte, das Bett mit der Matratze und ein paar weitere Möbel, eine dicke Bettdecke, einen seidenen Bettüberwurf und vier Kissen, aber keinen Bettvorhang. Sie ging zum Schreibtisch und zog die drei Schubladen auf. Alle leer.

Ihr Blick fiel auf das Kleid, das sie heute getragen hatte.

Sie ließ die Breeches fallen und stieg aus den Hosenbeinen. Ohne dem Tablett, das auf dem Tisch lag, die geringste Beachtung zu schenken, nahm sie das Kleid vom Sessel und trug es zum Bett, um es darauf auszubreiten.

Mit einem energischen Ruck riss sie ein Loch in den Rocksaum und bekam das dünne goldene Band zu fassen, das durch die Hohlsaumstickerei gefädelt war. Es ließ sich mühelos herausziehen.

Als das geschehen war, zog sie die Breeches wieder an und schnürte sich das Band um die Taille. Sie blickte an sich hinunter. Der Hosenbund bauschte sich über Unterhemd und Mieder, zusammengehalten von einem albernen damenhaften Zierband. Es sah unbeschreiblich lächerlich aus. Aber wenigstens brauchte sie nicht nackt durch London zu rennen.

In dem Schrank gab es drei Mäntel. Sie wählte den kleinsten aus und hüllte sich darin ein, dann zog sie eine Haarnadel aus ihrem Chignon und setzte sich eine Wollmütze auf, unter der ihre Haare vollständig verschwanden.

So näherte sie sich der Tür und lauschte. Alles war still. Darauf bückte sie sich vor das Schloss und führte die Haarnadel ein.

Es brauchte mehrere Minuten äußerster Konzentration, in denen sie sich die Zuhaltungen und die Position der Nadelspitze vorstellte. Sie war beileibe keine geübte Schlossknackerin, aber in den elf Jahren Ehe mit Dunthorpe hatte sie aus reinem Selbsterhaltungstrieb ein paar Dinge lernen müssen.

Es klickte.

Sie erstarrte. Nach einem Augenblick angespannten Horchens stieß sie erleichtert den Atem aus.

Behutsam zog sie die Haarnadel aus dem Schloss und schob sie unter der Mütze in den Chignon. Dann öffnete sie ganz langsam die Tür.

3

Carter klopfte Sam auf den Rücken. »Hier.« Er stellte ein Glas Portwein vor ihn auf den Schreibtisch. »Der wird dir guttun.«

Sam schaute von dem Portwein zu Carter hoch.

»Du solltest schlafen gehen«, sagte Carter.

Ja, das sollte er. Aber Carter wusste auch, dass er oft nicht einschlafen konnte. »Ich wünschte, ich hätte Laurents Verfassung«, sagte er. »Kaum liegt er da, schnarcht er auch schon.«

»Zweifellos.« Carter deutete auf das Glas und sagte ruhig: »Der wird helfen. Trink aus, Junge.«

Sam zog die Mundwinkel nach unten. Carter war wesentlich älter als er und schon länger in ihrer Organisation tätig. Aber auch Sam war mit seinen zweiunddreißig Jahren kein linkischer Jüngling. Meistens fühlte er sich sogar viel älter. Außerdem war er der Befehlshaber ihrer kleinen Gruppe. Deshalb irritierte es ihn, wenn Carter ihn »Junge« nannte. Dieser wusste das und grinste.

»Ab ins Bett«, sagte er und drückte Sams Schulter. »Morgen früh überlegen wir uns, was zu tun ist.«

»Ich gehe gleich nach unten.« Sein Zimmer lag neben dem von Lady Dunthorpe. Er schlief immer neben dem Gefangenen, falls dieser während der Nacht etwas brauchte oder etwas Dummes anstellte wie zum Beispiel einen Fluchtversuch.

Carter nickte, dann ging er hinaus und steuerte sein Bett in einem der oberen Zimmer an.

Endlich allein, schaute Sam auf den Schreibtisch. Neben dem Glas Portwein lag der Brief mit dem jüngsten Befehl. Laurent hatte seinen Bericht zu Adams gebracht und war innerhalb einer Stunde mit der Antwort zurückgekommen: *Halten Sie die Frau bis auf Weiteres fest.*

Verdammt.

Er saß in London fest. Musste eine Frau beherbergen, bei deren Anblick sein Herz jedes Mal zu hämmern anfing.

Deren Ehemann er getötet hatte. Die praktisch dabei gewesen war.

Darauf war er nicht im Geringsten erpicht.

Um sich von den Gedanken an Lady Dunthorpe abzulenken, wandte er sich dem zweiten Brief zu, der neben dem Portweinglas lag. Er war von seinem jüngeren Halbbruder, dem Herzog von Trent.

Darin unterrichtete er Sam, wie weit die Suche nach ihrer Mutter gediehen war, die sie seit dem vergangenen Frühling vermissten, also fast ein Jahr nun. Und obwohl sie inzwischen erfahren hatten, dass sie am Leben war und sich in Gesellschaft eines Zigeuners namens Steven Lowell befand, wussten sie noch immer nicht, wo sie sein könnte oder warum sie nichts von sich hatte hören lassen, nachdem sie diesen Roger Morton losgeworden war.

Er faltete den Brief auseinander und las ihn noch einmal.

Sam,

die Suche nach Lowell hat endlich etwas ergeben, auch wenn wir seinen Aufenthaltsort oder den unserer Mutter noch nicht kennen. Allem Anschein nach ist er in gewissen Kreisen in und um London wohlbekannt, denn er ist der Kopf einer fahrenden Truppe von Schaustellern.

Sam rieb sich die Nasenwurzel und schüttelte den Kopf. Fahrende Schausteller. Er hatte die Zeile zehn Mal lesen müssen, bis sie in seinem Verstand angekommen war und er sie in ihrer ganzen Tragweite begriff. Seine Mutter, die Herzoginwitwe von Trent, hatte sich zu einer Bande von Jongleuren, Wahrsagern und weiß Gott was für Leuten gesellt. Vielleicht trat sie gar mit ihnen auf. Wie er seine Mutter kannte, war das nicht abwegig.

Er las weiter.

Unsere Mutter ist mit ihnen in Wales zusammengetroffen und mit ihnen nach Lancashire weitergereist. Wohin sie von dort aus gefahren sind, ist jedoch unklar. Sie scheinen planlos von einem Ort zum anderen zu fahren.

Also war sie vermutlich noch in England. Sie war die ganze Zeit über in England gewesen, während die gesamte Familie nach ihr suchte. Natürlich käme niemand auf die Idee, sie könnte bei einer Bande von Schaustellern untergeschlüpft sein, die von einem Zigeuner angeführt wurde.

Ich schicke Theo und Mark nach Lancashire, damit sie mehr in Erfahrung bringen. Du hörst von mir, sobald wir etwas wissen.

Theo und Mark waren seine jüngsten Brüder. Der mittlere, Luke, hatte kürzlich geheiratet und war mit seiner neuen Familie beschäftigt. Trent konnte sich nicht selbst auf die Reise machen, da er seinen Pflichten im Parlament nachkommen musste, ganz zu schweigen davon, dass seine Frau gerade ihr erstes Kind geboren hatte, einen Sohn, und Trent die beiden nicht so bald allein lassen würde.

Theo und Mark waren tüchtig. Sie würden jeden Hinweis entdecken, den es gab, dessen war er sicher.

Leise lächelnd las er die drei letzten Abschnitte.

In unserem Hause sind alle wohlauf. Der kleine Lukas Samson ist ein kräftiger, gesunder Junge, und die Herzogin hat sich von der Strapaze der Geburt bereits erholt. Luke und seine Frau sind wegen der Taufe angereist. Ich freue mich, berichten zu können, dass wir richtig vermutet haben – die Ehe bekommt unserem Bruder gut.

Ich hoffe, ich sehe Dich bei der Taufe. Aber wenn nicht, hast Du mein vollstes Verständnis.

Bitte komm zu uns zum Essen, wenn Du einen freien Abend hast. Du weißt, Du bist hier jederzeit willkommen.

Trent

Sam faltete den Brief zusammen und legte ihn wieder neben das Glas. Nicht zum ersten Mal wünschte er, er könnte sich tatkräftig an der Suche nach ihrer Mutter beteiligen. Doch seine Pflichten bei der Organisation ließen ihm weder die Freiheit noch die Zeit dazu.

Die Fragen, die sich um ihr Verschwinden rankten, nagten an ihm. Welcher Teufel hatte sie geritten, dass sie mit diesem Lowell durchgebrannt war? Dass sie ihrer Familie diese Ungewissheit zumutete? Dass sie ihn einfach verließ?

Sam hatte sich seiner Mutter immer besonders verbunden gefühlt. Als illegitimer ältester Sohn der Herzogin von Trent wurde er seinerzeit vom Herzog und der ganzen feinen Gesellschaft gemieden. Seine Mutter aber hatte ihm Selbstvertrauen eingeflößt, ihm beigebracht, dass er ein wertvoller Mensch war, und hatte seine Geschwister dazu angehalten, ihn als ihresgleichen zu behandeln, sodass sie das nun als Erwachsene tatsächlich taten. Seine Mutter war ihm Kraftquelle und Halt gewesen, ohne ihre Liebe und Unterstützung wäre er als Kind todunglücklich gewesen.

Wie konnte sie mir nichts, dir nichts aus seinem Leben verschwinden, und das ganz freiwillig, wie sie jüngst erfahren hatten? Das schmerzte, tat höllisch weh.

Er drückte die Finger an die Schläfen und massierte sie leicht. Natürlich würde er bei der Taufe seines kleinen Neffen morgen nicht anwesend sein können. Er würde eine Viscountess bewachen müssen, die er zur Witwe gemacht hatte.

Seufzend stand er auf und reckte sich. Er musste zu Bett gehen. Er brauchte Schlaf – zumindest musste er versuchen zu schlafen. Das würden ein paar sehr lange Tage werden, solange er Lady Dunthorpe im Haus hatte. Jedenfalls hoffte er, es würden nur ein paar Tage sein. Sicher würde Adams bald entscheiden, was mit der Frau zu geschehen hatte.

Er ging zur Tür, aber gerade als er um die Klinke griff, hörte er in der nächtlichen Stille ein leises Geräusch – das Klicken eines Türschlosses.

Laurent oder Carter mochten aus den verschiedensten Gründen im Haus unterwegs sein. Doch er wusste, das war nicht der Fall – er konnte am Geräusch unterscheiden, ob die Haustür oder eine Zimmertür zuschnappte.

Welche Torheit, diese Frau zu unterschätzen!

Er rannte aus dem Salon und den Korridor hinunter und brüllte: »Laurent! Carter!«

Er riss die Haustür auf und schaute rechts und links die Straße entlang. Da rannte sie. In Breeches – in Breeches, du lieber Himmel. Ein paar blonde Locken schauten im Nacken unter der Mütze hervor und schimmerten im Mondschein.

Schon bog sie in eine dunkle Gasse ein und verschwand aus seinem Blickfeld.

Er setzte ihr nach, so schnell er konnte.

Ihm war noch nie ein Gefangener entkommen, und das würde ihm auch heute nicht passieren.

Élise rannte, so schnell ihre Beine sie trugen. Als sie die lauten Rufe aus dem Haus hörte, blickte sie über die Schulter und sah im nächsten Moment die große dunkle Gestalt aus der Tür kommen. Hawk.

Dann schaute sie nicht mehr zurück, das würde sie nur bremsen. Sie war flink, schon immer gewesen, aber es war doch fraglich, ob sie diesem Kleiderschrank von einem Mann davonrennen konnte.

Kleiderschränke rennen nicht, sagte sie sich. Kleiderschränke sind sperrig und wuchtig. Ob Tag oder Nacht, Sommer oder Winter, einen Kleiderschrank würde sie jederzeit abhängen können.

Also rannte sie weiter, bog in dunkle Gassen und schmale Kopfsteinpflasterstraßen ein, bis sie schwer keuchend auf einer Prachtstraße herauskam, die sie kannte. The Mall.

Jetzt wusste sie, wo sie war und wie sie nach Hampstead Heath gelangte, wo Marie wohnte. Das war ein gutes Stück weit entfernt, mindestens fünf Meilen, aber in einer guten Stunde würde sie dort ankommen, also im Morgengrauen.

Sie flitzte, stellte sich vor, sie sei ein Geist, der durch die Luft sausen konnte, obwohl ihr jeder Atemzug in der Brust brannte und ihre Füße von den harten Pflastersteinen schmerzten, denn sie trug noch die Seidenpantoffeln, in denen sie den Salon ihres Ehemanns betreten hatte.

Sie schaute nicht zurück, das wagte sie nicht. Hoffentlich hatte sie ihn abgehängt. Sie flehte zum Himmel, er möge weit,

weit abgeschlagen sein und nicht wissen, wo er sie suchen sollte.

Ihre Geschwindigkeit ließ nach. Sie konnte nicht endlos rennen. Außerdem zog ein junger »Bursche«, der aus Leibeskräften rannte, Aufmerksamkeit auf sich. Es war zwar mitten in der Nacht, dennoch fuhr hin und wieder eine Kutsche vorbei, und sie war an einem halben Dutzend Fußgängern vorbeigekommen.

Hawk würde die Passanten sicherlich fragen, ob sie sie gesehen hätten. Sie stellte sich vor, wie er die Leute ansprach, mit befehlsgewohntem Ton und dominanter Körperhaltung.

Sie würden es ihm sagen. Jeder würde ihm alles sagen.

Weit hinter sich hörte sie schwere Schritte. Da rannte jemand.

Oh nein!

Sie beschleunigte wieder und bog in eine Gasse ein. Die fremden Schritte wurden jedoch lauter, kamen unausweichlich näher. Sie konnte nichts dagegen tun. Nichts blieb ihr als die Hoffnung, dass er sie aus den Augen verlor. Aber wie konnte sie das, wenn er sie doch bis hierher verfolgt hatte?

Schon Augenblicke später packte er sie beim Ellbogen und riss sie zurück. Taumelnd kam sie zum Stehen und erschrak, als er ihr um die Taille griff und sie mit dem Rücken an sich drückte.

Nein! *Nein!*

Ein Schluchzer stieg in ihrer Kehle auf, aber sie rang ihn nieder und setzte eine gleichmütige Miene auf, obwohl sie heftig keuchte.

Zwar stand er hinter ihr und sie hatte kein einziges Mal über die Schulter geblickt, aber sie wusste, es war Hawk. Allerdings war ihr schleierhaft, wie er sie gefunden hatte. Sie war so oft abgebogen …

Sie kniff die Augen zu und weigerte sich, ihn anzusehen.

»Lady Dunthorpe«, sagte er leise. Der Bastard war nicht einmal außer Atem!

Mit einem kräftigen Arm hielt er sie fest an sich gedrückt. Sie spürte seine harten Oberschenkel am Hinterteil.

»Lassen Sie mich los!«

Sie wand sich, aber sein Arm lag wie eine Eisenklammer um ihren Oberkörper.

»Lassen Sie mich auf der Stelle los!«

Er rührte sich nicht.

»Nein«, murmelte er in ihre Haare. Es klang beinahe sanft.

Wie war solch ein Mann zu überwältigen? Sie könnte ihn beißen. Sie drehte den Kopf zu seinem Oberarm, kam allerdings mit dem Mund nicht heran. Sie musste ihn an einer Stelle treten, wo es gehörig wehtat. Sie trat nach hinten aus, traf jedoch auch nichts von Bedeutung. Er reagierte überhaupt nicht darauf. Wahrscheinlich waren ihre Tritte an seinen steinharten Beinen wie sanfte Stupser.

Dann blieb ihr nichts anderes übrig, als zu schreien.

Sowie sie Luft holte, drückte er eine Hand auf ihren Mund.

»Kommt nicht infrage, Mylady.«

Es war zwecklos, sich zu wehren. Sie würde nur ihre Kraft vergeuden, wenn sie versuchte, einen Mann aus Stahl zu bezwingen, der doppelt so groß war wie sie.

Er würde sie in sein elegantes Gefängnis zurückbringen und dabehalten, bis sie ihm alles verraten hatte, was sie wusste. Wahrscheinlich bis sie tot war. Denn Engländer wie er hatten kein Mitleid mit einer französischen *émigrée*, der Ehefrau eines Verräters. Nein, sie würden aus ihr herausquetschen, was sie wissen wollten, und sich ihrer entledigen, als wäre sie ein Eimer Abfall.

Ehe sie es verhindern konnte, entkam ihr ein Wimmern.

Die Eisenklammer lockerte sich augenblicklich. Nicht so sehr allerdings, dass sie sich nennenswert darin bewegen konnte.

»Sind wir schlechte Gastgeber?«, fragte er leise. Aber sein Ton war nicht mehr sanft, sondern klang gefährlich und sandte ihr einen Schauder der Angst über den Rücken.

Sie schüttelte den Kopf.

»Gut. Dann werden wir zurückgehen. Werden Sie nicht laut. Das würde für uns beide unangenehm werden.«

Langsam, ganz vorsichtig nahm er die Hand von ihrem Mund. Als sie keinen Mucks von sich gab, fasste er sie beim Arm und lenkte sie in die Richtung, aus der sie gekommen waren.

Unter düsteren Vorahnungen lief sie neben ihm her. Es könnte durchaus ein schlimmes Ende mit ihr nehmen.

»Es gab keinen Grund zu flüchten, Mylady. Ich hatte versprochen, Ihnen nichts zu tun«, sagte er, als eine Droschke an ihnen vorbeiratterte. »Ich tue Frauen grundsätzlich kein Leid an.«

Aber französischen Spionen? Verrätern? Ja, das tat er. Das hatte sie mit eigenen Augen gesehen.

»Sie werden mir verzeihen, wenn ich Ihnen nicht glaube.«

Er kniff die Lippen zusammen und erwiderte nichts. Schweigend führte er sie die Camden Street entlang.

Es war eine klare Nacht. Hätte der Kaminrauch der vielen Häuser nicht den Himmel verschleiert, hätte sie unzählige Sterne sehen können, so aber waren nur die hellsten zu erkennen, und die Mondsichel beleuchtete gleichgültig ihren Rückweg in die Gefangenschaft.

Sam spürte ihre Resignation. Es war anders als beim ersten Mal, da er sie mitgenommen und sie den beherzten Versuch unternommen hatte, sich aus seinem Griff zu befreien. Da hatte er gewusst, dass sie einen scharfen Verstand hatte und genau abwägte, welche Möglichkeiten sie hatte. Und mit ihrer Flucht aus dem geheimen Stützpunkt hatte sie enormen Mut bewiesen. Trotz seiner Frustration keimte in ihm Respekt.

Aber jetzt ... jetzt war sie mutlos. Sie ging widerstandslos, wohin er sie lenkte. Ihr Gesichtsausdruck wirkte leer, ihre Bewegungen gleichgültig. Sie ging wie ein Mensch, der sich mit seinem Tod abgefunden hatte.

Er konnte das nur schwer ertragen, vor allem weil er dafür verantwortlich war. Er hatte ihr allen Mut genommen.

»Geht es Ihnen gut, Mylady?«, fragte er leise.

Ihre Lippen waren blass, beinahe weiß. Sie nickte.

Wie sie gekleidet war, in dieser zu weiten Hose, verdammt, wenn das nicht das Erotischste war, das er je gesehen hatte. Der gebauschte Wollstoff konnte die weibliche Form ihrer Oberschenkel nicht verbergen, betonte vielmehr die schmale Taille, die Wölbung der Hüften und ihres Hinterns ...

Er fasste um ihre Schultern und zog sie an seine Seite, sodass sie der Länge nach an ihn geschmiegt war. Trüge sie ein Kleid, würden sie aussehen wie ein Liebespaar. Stattdessen wirkten sie wie zwei betrunkene Freunde, die heimwärts schwankten und einander stützten.

»Kommen Sie mit mir ins Haus zurück«, sagte er, »und schlafen Sie. Morgen früh, wenn Sie ausgeschlafen sind, sieht alles besser aus.« Er folgte Carters Beispiel, weil ihm selbst nichts Tröstliches einfiel. Und weil Carter im Grunde recht hatte.

Sie nickte. Dann sah sie zu ihm hoch, und ihre blauen Augen wirkten müde und resigniert. Viel älter als achtundzwanzig.

»Für mich wird es wohl keine Freiheit mehr geben.«

Darauf erfasste ihn eine unangenehme Anspannung. »Verräter sollten keine Freiheit erwarten, nicht wahr?«

»Dafür halten Sie mich, Monsieur? Für einen Verräter?« Sie schnaubte verächtlich. »Und welches Land soll ich verraten haben? Frankreich oder England?«

»Ich weiß es nicht. Sagen Sie es mir. Aber wenn es das eine nicht ist, wird es wohl das andere sein, nicht wahr?«

Sie gab keine Antwort.

»Dann muss ich wohl annehmen, dass Sie England verraten haben«, meinte er schließlich, »wie Ihr Ehemann.«

»Ach, müssen Sie das, ja?«, erwiderte sie, und wenn ihn nicht alles täuschte, kam wieder Leben in ihre Stimme. »Ich habe also England verraten? Das Land, das mir in schwieriger Lage geholfen hat, das mir Schutz bot, als ich noch ein Kind war?«

»Sie haben einen Verräter geheiratet«, gab er zu bedenken.

»Und folglich bin ich seine Komplizin?«

Er zuckte die Achseln. »Außerdem sind Sie keine Engländerin«, fuhr er fort. »In Ihren Adern fließt kein englisches Blut.«

»Das stimmt. In meinen Adern fließt französisches Blut, das Blut meiner Eltern, die eine Generation betrogen haben, das Blut meiner Landsleute, die meine Eltern umgebracht haben. Solches Blut fließt in mir.« Sie klang bitter. »Wer würde nicht loyal bleiben, nachdem er den Kopf seiner Mutter über das Schafott rollen sah? Wer würde nicht loyal bleiben, nachdem er in die toten Augen seines geköpften Vaters geblickt hat?«

Er hielt sie fester. »Die Dinge haben sich geändert, seit Sie ein Kind gewesen sind, Mylady. Viele französische Aristokraten sind wieder mit offenen Armen aufgenommen worden.«

»Ich denn auch?«, fragte sie. »Als Napoleon dem Adel verzieh, wurde ich mit einem englischen Viscount verheiratet. Glauben Sie, er würde mich in seinem Schoß willkommen heißen?«

»Das nehme ich durchaus an«, sagte Sam trocken. »Vor allem da besagter Viscount Geheimnisse an ihn weitergab.«

Sie schnaubte. »Glauben Sie, was Sie wollen, Monsieur Hawk.«

»Soll das heißen, meine Vermutungen sind falsch?«

Sie bogen in eine Gasse ein, eine Abkürzung zum Stützpunkt.

»Denn wenn sie falsch sind«, fuhr er fort, »würde ich mich gern von Ihnen berichtigen lassen.«

Er glaubte nicht, dass er sich irrte. Es stimmte, er hatte keine Beweise für ihre Schuld, anders als bei Dunthorpe. Dieser hatte reichlich Schaden angerichtet, aber in der Organisation hatte man angenommen, seine Witwe würde machtlos sein. Nun dämmerte ihm, dass das ein Fehler gewesen sein könnte. Sie war gerissen und aalglatt. Mit ihrer Weiblichkeit und ihrer Unschuldsmiene wollte sie ihn verleiten, sie für harmlos zu halten.

Das hatte er jetzt durchschaut. In Zukunft würde er bei ihr vorsichtiger sein.

Sie drehte den Kopf und blickte zu ihm auf. In ihren Augen loderte Zorn. »*Non.* Das hat keinen Sinn. Glauben Sie, was Sie wollen, Monsieur Hawk. Ich werde Sie in meine Beweggründe nicht einweihen.« Nach kurzem Zögern fügte sie hinzu: »Außer Sie weihen mich in Ihre ein. Und erst dann entscheide ich, ob Sie meines Vertrauens würdig sind.«

»Dann sind wir in eine Sackgasse geraten.«

»So ist es.«

Sie gingen schweigend weiter. Er grübelte, warum sie ihn immerzu mit Monsieur anredete. Sie lebte seit ihrer Kindheit in England. Das Wort Mister war sicherlich nicht unaussprechlich für sie.

Sie stolperte über einen Kieselstein. Erneut griff er um ihre Schultern und hielt sie fest. Sie versteifte sich.

»Geht es Ihnen gut?«

»Natürlich.«

Er seufzte. Sie hatte einen langen, extrem langen Abend hinter sich. Ungeachtet dessen, was in dem hübschen Kopf vor sich ging, gehörte sie ins Bett. Er würde heute nichts mehr bei ihr erreichen. Das war nicht das erste Mal, dass er das dachte.

Gewöhnlich war er geduldig. Aber bei ihr ... Sie war widersprüchlich. Er wollte – musste – herausbekommen, was sie dachte, warum sie Dunthorpe geheiratet hatte, was ihre Beweggründe gewesen waren.

Und welche sie jetzt hatte.

Als sie vor der Tür des Hauses ankamen, stutzte sie und blickte ihn mit großen Augen an.

»Wir sind schon da«, murmelte sie.

»Ich habe eine Abkürzung gewählt«, erklärte er, sie aufmerksam musternd. Außer der Resignation sah er in ihrem Blick noch etwas anderes ... konnte es aber nicht so recht erfassen.

Sie nickte, und dann traten sie ein. Carter stand im Flur, und als er sie sah, zog er die buschigen Brauen hoch. »Sie haben das Schloss geknackt, ja, Mylady?«

»Ja«, sagte sie knapp.

Er nickte sichtlich beeindruckt. »Das haben Sie gut hingekriegt.« Er blickte Sam fragend an, und dieser schüttelte den Kopf. Er würde sich selbst mit Lady Dunthorpe befassen.

»Laurent sollte in ein paar Minuten wieder hier sein«, sagte Carter.

Laurent war nach Sam aus dem Haus gelaufen, um Lady Dunthorpe aufzuspüren, wahrscheinlich hatte er sich zu Dunthorpes Haus begeben und würde, da sie dort nicht war, erst einmal zum Stützpunkt zurückkommen.

»Gut. Bleib auf, bis er kommt, ja? Ich bringe die Dame ins Bett.«

Er hielt nicht inne, um sich Carters Mienenspiel anzusehen. Stattdessen schloss er die Hand um Lady Dunthorpes Oberarm und schob sie neben sich her zum Ende des Korridors und die Treppe hinunter. Er ging mit ihr in das Zimmer und ließ sie erst los, nachdem er die Tür abgeschlossen hatte. Was immer das nützte. Er brachte das Feuer wieder in Gang, dann drehte er sich zu ihr um.

»Sie werden im Bett schlafen«, sagte er sanft und zeigte dann auf den Teppich nahe der Tür, »und ich dort auf dem Boden.« Falls er überhaupt ein Auge zutun konnte.

Sie schlang die Arme um ihren schlanken Leib, und der Trotz kehrte in ihren Blick zurück.

»Einmal habe ich Ihnen Privatsphäre gewährt«, sagte er.

»Und nun wollen Sie sagen, ich habe sie ausgenutzt«, zischte sie.

»Das taten Sie.«

Sie schürzte die Lippen.

Mit dem Kinn deutete er zum Bett. »Gehen Sie schlafen.«

»Jetzt?«

»Jetzt.«

Darauf kehrte sie ihm den Rücken zu, trat sich wütend die Pantoffeln von den Füßen und kroch vollständig bekleidet unter die Decke. Nicht dass er erwartet hätte, sie würde sich in seinem Beisein umziehen. Eisig schweigend lag sie eine Weile da und starrte an die weiß getünchte Decke.

Er zog sich die Stiefel aus und stellte sie ordentlich neben den Tisch, öffnete den Schrank und kramte darin, bis er eine Decke gefunden hatte. Diese klemmte er sich unter den Arm, ging zum Bett und griff nach einem der Kissen.

»Darf ich?«, fragte er.

»Es sind Ihre Kissen, nicht wahr?«

Genau genommen nicht, aber das war keinen Wortwechsel wert. Er war in dem Haus ebenso sehr Gast wie sie. Letztendlich auch ein Gefangener der Organisation, dachte er.

Nachdem er es aufgeschüttelt hatte, platzierte er es auf dem Teppich und legte sich hin. Er hatte in seinem Leben schon auf schlechteren Böden geschlafen. Er würde es auch diesmal überstehen.

Mit geübtem Schwung breitete er die Decke über sich aus.

»Gute Nacht, Monsieur Hawk«, sagte sie, und es hörte sich ganz so an, als fasste sie wieder Mut.

Gegen seinen Willen musste er lächeln. »Gute Nacht, Mylady.«

4

Der nächste Tag brachte schönes Wetter, aber es war kalt. Der Winter wollte dem Frühling dieses Jahr nicht so recht weichen, und an den Fensterscheiben schien die Sonne auf glitzernden Raureif.

Sam streckte sich und drehte sich, um seine verspannten Muskeln zu lockern. Zu seiner eigenen Verblüffung hatte er zwei Stunden geschlafen. Vielleicht sollte er häufiger die Matratze mit dem Fußboden tauschen.

Es war still im Zimmer. Plötzlich besorgt, Lady Dunthorpe könnte erneut einen Fluchtweg gefunden haben, sprang er auf. Freilich wäre es unmöglich gewesen. Er hatte einen leichten Schlaf, es gab keinen anderen Ausgang als die Zimmertür, und selbst wenn sie das Schloss erneut geknackt hätte, hätte sie ihn vor der Tür wegbewegen müssen, um hinauszugelangen.

Mit zwei Schritten war er am Bett.

Sie schlief noch. Wie friedlich sie dabei aussah! Ihr Gesicht war ein perfektes elfenbeinweißes Oval, ihre Augen waren jetzt geschlossen, aber sie waren groß und hatten ein klares dunkles Blau. Ihre Nase war klein und schmal, eine sehr französische Nase, wie eine kleinere, weibliche Version von Laurents. Ihre Brauen waren dunkelblonde Bögen, ihr Kinn glatt, die Wangenknochen ausgeprägt.

Er sollte ihr Aussehen nicht bewundern, aber …

Sie war schön. Er wünschte … Nun ja, er wünschte, die Umstände wären anders.

Ihre Lider öffneten sich flatternd, dann riss sie die Augen auf, als sie entdeckte, dass er sie betrachtete.

»Monsieur Hawk«, ihre Stimme war tief und rau vom Schlaf, »sind Sie schon lange wach?«

»Nein, eigentlich nicht.«

»Hm.« Sie zog die Decke bis unters Kinn und drehte sich auf den Rücken. »Da ist er, mein erster Tag als Witwe.« Sie lächelte bitter. »Ich dachte immer, er wird mich überleben. Er war so ... verschlagen.«

»Er war sehr von sich eingenommen.« Sam setzte sich auf die Bettkante. Er musterte sie, wissend, dass sie gestern Abend die gesamte Skala der Gefühle durchlaufen hatte. Doch Trauer war nicht das hervorstechende gewesen. »Sie haben ihn nicht geliebt.«

Das war eine Feststellung, keine Frage. Sie ging dennoch darauf ein. »Ah nein. Nicht zu Anfang und auch nicht später.«

»Warum haben Sie ihn geheiratet?«

»Aus törichten Gründen«, antwortete sie und sagte nichts weiter dazu.

»Das tut mir leid.« Sam verstand das, denn er hatte auch aus törichten Gründen geheiratet. Sogar zwei Mal.

Lady Dunthorpe schaute ihn an und dann wieder an die Decke. »Ich sollte Sie eigentlich umbringen«, sagte sie unverblümt.

Seltsam, die Bemerkung freute ihn. Er rang mit seinen zuckenden Mundwinkeln, die sich partout nach oben bewegen wollten. »Sollten Sie?«, fragte er.

»Sie töten Menschen.«

Das konnte er nicht bestreiten.

»Sie haben meinen Ehemann ermordet.«

»Nein.« Er mordete nicht, er eliminierte Gefahren für die Monarchie.

Nach einem skeptischen Blick in seine Richtung fuhr sie fort. »Ich sollte gar nicht mit Ihnen reden. Ich sollte Sie aus ganzem Herzen verabscheuen. Als gute Ehefrau müsste ich Sie hassen. Ich müsste kämpfen und schreien. Ich dürfte keine angenehme Unterhaltung mit Ihnen führen. Nicht ungezwungen mit Ihnen plaudern, sowie ich morgens die Augen aufschlage. Nicht …« Sie stockte abrupt mit brechender Stimme.

»Nicht was?«

»Nicht dankbar sein.«

Darauf zog er die Brauen hoch.

»Dunthorpe war kein freundlicher Mann. Und Sie, Monsieur Hawk … sind der erste Mensch, dem ich das erzähle.« Sie schwieg, bis sie die Stille nicht mehr aushielt. »Was stimmt mit mir nicht?« Sie richtete die Frage an die Zimmerdecke. »Sie haben meinen Mann getötet, und jetzt halten Sie mich gefangen. Und ich hasse Sie nicht einmal. Ich muss Sie doch hassen.«

Er schluckte schwer. Er wollte sie berühren, ihr zeigen, dass er genau verstand, wie sie sich fühlte. Das schlechte Gewissen wegen mangelnder Trauer – das hatte er auch schon gehabt, bei beiden Frauen. In diese Lage sollte niemand geraten müssen. Und ihr wünschte er das nicht, obwohl sie eine Verräterin war.

»Aber ich hasse Sie nicht«, fuhr sie fort, und er hörte ihr an, dass sie sich dafür verdammte. »Ich achte Sie. Wie haben Sie mich überhaupt wiedergefunden? Ich habe versucht, Sie abzuhängen, bin oft abgebogen …«

»Ich wusste, wohin Sie wollten. Zu Marie Rameau.«

Sie stieß einen leisen Pfiff aus. »Sie wissen viel über mich, Monsieur.«

»Ja.« Doch nicht genug. Bei Weitem nicht genug.

Während sie weiter an die Decke starrte, betrachtete er die neue Erkenntnis von allen Seiten. Sie hatte ihren Mann nicht geliebt. Dunthorpe – der Bastard – war zu ihr grausam gewesen.

Vielleicht arbeitete sie doch nicht für Frankreich. Aber sie war Französin und hatte Zugang zu den höchsten Kreisen der britischen und der französischen Regierung gehabt.

Dennoch ... der Gedanke nagte an ihm. Sie konnte durchaus unschuldig sein, in keiner Weise beteiligt an Dunthorpes Machenschaften.

Dass er sich genau das brennend wünschte, verblüffte ihn, erschütterte ihn geradezu.

Abrupt stand er auf. »Möchten Sie frühstücken? Es riecht ganz so, als hätte Carter Eier mit Speck gebraten. Und bestimmt hat er auch Kaffee gekocht.« Die Küche lag nur ein paar Schritte den Gang hinunter. Der appetitliche Duft war ins Zimmer gezogen, und Sam spürte seinen Hunger deutlich.

Sie begegnete seinem Blick. »Ich bin selten hungrig«, sagte sie ernst. »Aber heute könnte ich ein Pferd essen.«

»Wir bringen Ihnen Wasser zum Waschen.« Er zwang sich, zur Tür zu gehen. Ein wenig Abstand von dieser Frau war dringend nötig. Er musste auf andere Gedanken kommen. Scheinbar ohne es eigens darauf anzulegen, schaffte sie es, ihn von seinem Sockel ruhiger Gleichmut herunterzustoßen. Er fühlte sich zerfahren, verwirrt. Als zerschnitte sie nach und nach seine Haltetaue. »Wir sehen uns in der Küche, wenn Sie fertig sind.«

»Warten Sie.«

Die Hand schon an der Klinke, drehte er den Kopf und sah ihr überraschtes Gesicht. »Sie glauben nicht, dass ich noch mal fliehen werde?«

Er grinste breit, was selten vorkam. »Falls doch, werde ich Sie wieder einfangen«, antwortete er sanft.

Erneut erschüttert durch seine unliebsame Reaktion auf sie, flüchtete er aus dem Zimmer und schloss die Tür hinter sich.

Élise fühlte sich sonderbar. Als wandelte sie im Traum durch dichten Nebel. Wie oft hatte sie sich gewünscht, von Dunthorpe befreit zu sein? Sicherlich so häufig, dass sie es gar nicht zählen konnte.

Laurent brachte heißes Wasser, ein Handtuch und sogar einen Kamm für sie. Sie wusch sich und machte sich die Haare. Es war viele Jahre her, seit sie sich selbst frisiert hatte, und da es in dem Zimmer keinen Spiegel gab, konnte sie sich lediglich einen Zopf flechten und im Nacken zu einem Knoten stecken.

Nach einem Blick auf ihr Kleid entschied sie, dass es mit dem Riss im Saum und ohne das Band untragbar war. Allerdings wollte sie es ohnehin nie wieder anziehen.

Es war ein Kleid der Lady Dunthorpe. Man würde sie weiterhin so ansprechen, aber innerlich war sie das nicht mehr. Nein, sie war wieder Élise de Longmont. Eingefangen und eingesperrt von einem von Dunthorpes Feinden, aber ohne die niederdrückende Last, die sie auf den Schultern getragen hatte, als sie noch dem Viscount gehörte. Und genau das war sie gewesen: sein Besitz. Ein Besitz, der ihn störte, den er verachtete.

Sie sollte sich nicht derart leicht fühlen, denn die Zukunft mochte alles Mögliche für sie bereithalten: eine lange Kerkerstrafe, Folter, sogar den Tod. Doch sie konnte nicht anders. Dunthorpe war tot, und ihr war viel leichter ums Herz.

Sie wühlte in den Kleidern im Schrank, bis sie das kleinste gefunden hatte. Wie erwartet war es zu groß, sah an ihr aber nicht so lächerlich aus wie die Breeches. Es war ein schlichtes weißes aus Musselin mit Spitzenbesatz, und nachdem sie es angezogen hatte, fühlte sie sich … rein.

Sie trat an das kleine, von Raureif gesäumte Fenster und schaute auf den Bürgersteig vor dem Haus. Ab und zu sah sie Kutschenräder, Pferdehufe, Rocksäume und Herrenstiefel passieren. Gestern Abend hatte sich ihre Existenz unwiderruflich verändert, aber die Welt drehte sich weiter. Das Leben in London blieb für niemanden stehen. Nicht einmal für Lord Dunthorpe.

Sie sollte ihn betrauern. Obwohl sie ihn nicht geliebt und die halbe Zeit ihrer Ehe für den Teufel persönlich gehalten hatte, sollte sie trauern?

Er hatte ihr immer vorgehalten, sie sei eine schreckliche Gattin. In gewisser Hinsicht hatte er sogar recht gehabt.

Sie drückte die Wange an die Fensterscheibe, die scharfe Kälte drang ihr ins Fleisch. Schuldgefühle waren ebenso nutzlos wie bedeutungslos. Das wusste sie sehr gut. Und dennoch hatte sie ein schlechtes Gewissen. Dagegen kam sie nicht an.

Sie schloss die Augen und stand still, um für ein paar Minuten einfach nur ruhig durchzuatmen. Schließlich hatte sie genügend Kraft gesammelt, um sich den Erfordernissen des Tages zu stellen. Sie straffte die Schultern und ging zur Tür. Sie war überrascht gewesen, als Hawk nicht hinter sich abgeschlossen hatte, und sowie sie auf den Korridor trat, wusste sie, warum.

Laurent stand an ihrer Tür Wache. Als er sie sah, drückte er sich grinsend von der Wand ab. »Hoffentlich haben Sie Hunger. Carter hat ein regelrechtes Festmahl zubereitet.«

»Ich habe sogar einen Bärenhunger.« Und diesen hatte sie in der Tat. Sie fühlte sich halb verhungert, als hätte sie einen Monat lang nichts gegessen.

Er geleitete sie nicht ins Speisezimmer, sondern in die Küche, einen hellen, warmen Raum, in dem ein Feuer im Kamin loderte.

In der Mitte stand ein Tisch mit vier Stühlen, und Hawk und Carter saßen bereits da und aßen. Auf mehreren Platten waren gebratene Speckscheiben und Spiegeleier, geröstetes Brot, Butter, Marmelade und Plundergebäck aufgehäuft.

Beim Anblick all der frischen Köstlichkeiten knurrte ihr der Magen – und laut genug, um die Aufmerksamkeit der drei Männer auf sie zu ziehen.

Laurent tätschelte ihr kichernd den Arm. Hawk schaute von seiner Zeitung auf, aber mit jenem nichtssagenden Gesichtsausdruck, den er offenbar bestens beherrschte.

Carter war vermutlich so alt wie Hawk und Laurent zusammen, aber obwohl er tiefe Falten um den Mund und an der Stirn hatte, war er ein kräftiger, muskulöser Mann. Sein Haar war graubraun meliert, sein Gesicht rund und seine Augen hellblau und freundlich. Er empfing sie mit einem herzlichen Lächeln und deutete auf einen freien Stuhl. »Kommen Sie, Lady Dunthorpe, setzen Sie sich. Ich bin übrigens Carter. Wir wurden einander noch nicht vorgestellt.«

Sie nickte und nahm Platz. »Monsieur Carter.«

»Mögen Sie Eier mit Speck?«

»Ja, gerne«, antwortete sie dankbar und schob sich mit dem Stuhl an den Tisch. Laurent setzte sich auf den letzten freien Stuhl, und mit einem großen Löffel häufte er ihr von den Speisen auf einen Teller und bediente sich dann selbst.

Hawk faltete die Zeitung zusammen und legte sie neben sich. »Möchten Sie ein Plunderstück? Mit Butter und Marmelade?«

»Ja, bitte«, murmelte sie. »Vielen Dank.« *Dieu*, die Männer waren wirklich erpicht, sie satt zu bekommen. Das war charmant, auf eine sehr ungewöhnliche Art.

Sie stach sich mit der Gabel etwas Ei ab. Es war noch heiß, und der herzhafte Geschmack verteilte sich auf ihrer Zunge.

Genießerisch schloss sie die Augen. Sie konnte sich nicht erinnern, dass sie schon mal so hungrig gewesen war. Und eine Speise so sehr genossen hatte.

Ein Weilchen aßen sie schweigend. Genauer gesagt aßen sie und Laurent. Carter schnitt ein Plunderstück auf, um es mit Butter zu bestreichen. Es dampfte, als er es aufklappte – du meine Güte, hatte er in aller Herrgottsfrühe gebacken? Hawk hielt eine Tasse Kaffee in beiden Händen und starrte ihr ins Gesicht.

Seine dunklen Augen schienen sie aufzusaugen, während sie ihre Bissen kaute. Es war enervierend.

Ohne den Blick abzuwenden, stellte er seine Tasse hin. Er war schön, auf eine sehr raue, männliche Art. Seine Miene war düster und undurchdringlich. Er hatte ein rechteckiges Gesicht mit einer großen Nase und einem markanten Kinn, eine breite Stirn mit kräftigen Brauen, wunderschöne volle Lippen, die seine rauen Züge abmilderten.

Auch seine Augen waren schön, ein wenig exotisch sogar, die Wimpern schwarz und dicht.

»Kaffee?«, fragte Carter und lenkte ihre Aufmerksamkeit von Hawk ab.

»Ja, bitte.«

Carter legte das gebutterte Plunderstück auf ihren Teller, dann ging er zum Herd, um den Kaffee zu holen.

Hawk seufzte. »Es steht schon in der Zeitung.«

Er schob sie ihr hin. Es war die *Times*, wie Élise sah. Und da stand es: *Viscount Dunthorpe ermordet.*

Sie legte die Gabel hin und nahm die Zeitung, um die Meldung zu überfliegen. Da hieß es, Lord Dunthorpe sei gestern Abend in seinem Haus in Kensington von einem

Franzosen brutal getötet worden. Der Verbrecher sei mit Lady Dunthorpe geflüchtet, und diese – geboren auf französischem Boden und ihrem Land noch immer zugeneigt – sei an dem Anschlag auf ihren Gatten beteiligt gewesen, vielleicht sogar – der Gipfel der haltlosen Vermutungen – die Urheberin des Plans.

Den Bürgern Londons wurde geraten, sowohl vor der Lady als auch vor einem großen, kräftigen, dunkelhaarigen Franzosen auf der Hut zu sein.

Der übrige Artikel erging sich darin, welche Folgen der Tod des Viscounts für England und den Konflikt mit Frankreich haben werde.

Élise schloss seufzend die Augen. Eigentlich sollte sie nicht überrascht sein. Sie war nie beliebt gewesen, im Gegensatz zu ihrem Mann. Und sie war Französin. Natürlich wurde sie verdächtigt.

Als sie die Augen wieder öffnete, ruhten die Blicke der drei Männer auf ihr. Hawk schaute misstrauisch, Carter besorgt und Laurent neugierig.

»Was, wenn ich für immer verschwinde?«, sagte sie leise. »Keiner würde mich vermissen.«

Laurent schüttelte den Kopf. »Wir werden Ihnen nichts tun. Hawk hat das ganz klar gesagt, stimmt's?«

»Das meinte ich nicht«, erwiderte sie.

»Sie meinen, Sie möchten gern verschwinden?«, fragte Carter.

»Ich ... ich weiß nicht.«

Hawk kniff seine dunklen, wissenden Augen zusammen. »Warum?«

Sie nahm die Gabel wieder in die Hand und spießte einen Bissen Ei auf, dann sah sie ihn an. »Ich habe die Nase voll von Lady Dunthorpe.«

Hawk schien einen Moment lang zu grübeln. »Vielleicht möchten Sie nach Frankreich zurück?«, fragte er dann.

Sie lachte auf. »Vermuten Sie das wirklich? Möchten Sie mich zu dem Geständnis verleiten, ich sei eine französische Spionin? So dumm bin ich nicht, Monsieur Hawk.«

Er zuckte die Achseln. »Die Wahrheit wird irgendwann ans Licht kommen, Lady Dunthorpe.« Er legte besondere Betonung auf den verhassten Namen, vermutlich um sie zu reizen. Aber sie war nicht bereit, sich ärgern zu lassen, sondern ließ seinen sarkastischen Ton an sich abperlen. »Sie würden uns viel Zeit und Mühe ersparen, wenn Sie uns sofort sagen, was wir wissen wollen.«

Sie schüttelte den Kopf. Ihr war klar, worum es ging. Wer was wann verraten hatte, auf welchem Wege und an wen. Das konnte sie ihnen nicht sagen.

Und wenn sie es gekonnt hätte, würde sie es nicht tun.

Sie schaute von einem zum anderen. »Sie sind ungerecht, meine Herren. Sie haben mich entführt, weigern sich, mir zu sagen, wer Sie sind und für wen Sie arbeiten ... Dann geben Sie mir ein höchst bequemes Bett und ein ausgezeichnetes Frühstück. Aber das reicht nicht. Sie können nicht von mir erwarten, dass ich geheime Dinge ausspucke wie etwas Ungenießbares.« Sie schüttelte den Kopf. »*Non.* Es sollte gerecht zugehen.«

Laurent sah Hawk an, der daraufhin sie anschaute, während Carter nur leise lachte.

»Da hat sie recht, Hawk«, meinte Laurent.

Das brachte ihm einen finsteren Blick ein.

»Falls du es noch nicht bemerkt hast«, schnauzte Hawk, »wir verkaufen Erkenntnisse nicht, und wir verhandeln nicht mit Verrätern.«

»Nun, Mylady«, sagte Carter ganz entspannt und heiter.

»Der Mann stellt eine berechtigte Frage, nicht wahr? Sind Sie eine Verräterin?«

»Hawk und ich haben bereits darüber gesprochen«, antwortete sie. »Das Thema wird langweilig.« Zur Betonung biss sie herzhaft in ihr Plunderstück und gab ein wohliges Geräusch von sich. Es war eine buttrige Köstlichkeit.

»Sie behauptet, sie sei keine Verräterin«, sagte Hawk zu Carter.

Hatte sie das behauptet? Nicht ausdrücklich, wenn sie sich recht entsann.

Hawks prüfender Blick blieb auf sie gerichtet. »Sie sagen also, Sie möchten einen Handel eingehen? Was wollen Sie für die Informationen haben? Den Schutz von Leib und Leben?«

Sie sah ihm ruhig in die Augen. »Haben Sie mir das nicht bereits versprochen?«

Er starrte sie an. *Dieu*, wenn er nur nicht so undurchschaubar wäre! Dann schüttelte er langsam den Kopf. »Nein, Mylady. Ich für mein Teil werde Ihnen nichts tun. Und Carter und Laurent auch nicht – dafür lege ich meine Hand ins Feuer. Keiner von uns würde gegen eine Frau die Hand erheben. Aber …« Seine Stimme verebbte.

Sie zog erwartungsvoll die Brauen hoch.

»Aber möglicherweise werden wir Sie nicht ewig beschützen können«, schloss er rundheraus.

Sie sah Carter an, dann Laurent. Beide machten ein grimmiges Gesicht. Hawk sagte die Wahrheit.

Darauf wandte sie ihre Aufmerksamkeit zunächst ihrem Teller zu. Hawks Feststellung verlangte ein wenig Nachdenken. Was würde es ihr bringen, wenn sie ihr spärliches Wissen preisgäbe? Würde es genügen, um die Männer zufriedenzustellen?

Das konnte sie sich nicht beantworten. Im Augenblick fiel ihr nichts ein, was sie ihr vielleicht geben könnten ...

Nun, das stimmte nicht so ganz. Ein neues Leben, die Freiheit ...

Aber an wen gäbe sie das Wissen weiter? Würde es zum Guten oder zum Schlechten benutzt? Das musste sie herausbekommen, ehe sie es preisgab. Sie war nicht besonders eigennützig. Sie hatte ihre Erfahrungen mit dem Krieg und dem Tod und Denunziationen, und sie wollte für nichts verantwortlich sein.

»Das viele Gerede über Verrat gibt zu einer Vermutung Anlass«, sagte sie beiläufig und wechselte damit das Thema, um Zeit zu gewinnen. »Ich glaube, Sie sind englische Spione.«

Hawk zog die Brauen hoch. »Tatsächlich?«

»Oh ja.« Sie schob sich ein Stück gebratenen Speck in den Mund und kaute. »Sie spionieren für die Krone und haben entdeckt, dass Dunthorpe dem Land schadet. Darum haben Sie«, sie deutete mit dem Kinn auf Hawk, »sich einen französischen Akzent zugelegt, damit der Mord einem Franzosen in die Schuhe geschoben wird. Ich nehme an, die Engländer sollten nicht erfahren, was für ein übler Mensch er in Wirklichkeit war. Sie wollten das Volk vor der Erkenntnis schützen und zugleich den Hass auf die Franzosen schüren.«

Alle drei starrten sie an. Innerlich schmunzelte sie, verzog jedoch keine Miene, sondern aß auf ihren Teller schauend weiter.

Sie spürte Hawks Blick. Er machte ihre Haut empfindsam, warm, kribblig. Sie konnte es kaum beschreiben. Es war kein unangenehmes Gefühl und löste in ihr eine Sehnsucht aus, die sie nicht haben durfte, die sie vielmehr fürchten und verabscheuen sollte: die Sehnsucht nach seiner Berührung, nach der Stärke, die er ausstrahlte, nach seinen kräftigen Armen, dem erregenden Druck seines großen, harten Körpers an ihrer zierlichen Gestalt …

Dieu, was war bloß mit ihr los?

Energisch löste sie sich von diesen absurden Gedanken und konzentrierte sich auf ihren Teller. Sie aß, bis sie sich angenehm satt fühlte, dann trank sie ihren Kaffee aus. Er war fast so gut wie in Frankreich, nicht zu vergleichen mit der schrecklichen Brühe, die man sonst in England bekam.

Das Schweigen der drei war vielsagend, genau wie der Kaffee. Ihre Vermutung musste zutreffen. Sie waren englische Spione, die viel Zeit in Frankreich verbracht hatten … die dort spioniert und gelernt hatten, wie man guten Kaffee kochte.

Welchen Nutzen könnten englische Spione aus dem bisschen ziehen, das sie wusste?

Schließlich hob sie den Kopf, mied aber Hawks Blick und wandte sich stattdessen an Carter. Dieser hatte sich die Zeitung genommen und gerade zu lesen begonnen. »Danke für das Frühstück. Jetzt geht es mir besser.«

Er schaute sie über den Rand der Zeitung an. »Gern geschehen, Mylady.«

»Sie sehen aus wie ein Franzose.«

Er grinste. »Ich nehme das als Kompliment.«

»Das sollten Sie.«

Wieder spürte sie Hawks Blick, und diesmal konnte sie seiner magischen Anziehungskraft nicht widerstehen. Sie drehte den Kopf zu ihm.

Während sie einander ansahen, entwickelte sich in ihr eine angenehme Wärme, die sich langsam ausbreitete und bis in die Wangen vordrang.

Seine schönen, dunklen Züge, die nichts preisgaben, machten ihn nur unwiderstehlicher. Sie wollte die teilnahmslose Maske wegreißen und entdecken, was dahinterlag.

Sie schaute ihn mit festem Blick an, und ihre Wangen loderten, als ihr auffiel, dass er sie fortwährend angestarrt hatte. Während des ganzen Frühstücks hatte er kein einziges Mal weggesehen.

Warum?

Vier Tage waren vergangen, und noch keine Nachricht von Adams.

Vier Tage hatte Sam bei Lady Dunthorpe im Zimmer geschlafen. Er hatte jede Mahlzeit mit ihr eingenommen, mit ihr im Salon müßige Stunden verbracht. Jeder Tag, jede Stunde – verflucht, jede Minute – war wie eine Ewigkeit.

Denn – letztendlich hatte er es akzeptieren müssen – er begehrte sie.

Er musste verrückt geworden sein. Ohne jeden Zweifel.

Aber das war nun einmal die Wahrheit, und er wusste nicht, wie er das ändern sollte. Sie übte auf ihn einen Reiz aus, den er nicht ignorieren konnte.

Laurent, Carter und er hatten sie mit Gastfreundlichkeit geradezu überschüttet. An jenem ersten Morgen, bevor sie zum Frühstück gekommen war, hatte Carter ihn daran erinnert, dass es leichter sei und viel humaner, Leute durch Freundlichkeit willfährig zu machen anstatt durch Gewalt. Erlange das Vertrauen eines Menschen, und er wird dir alles erzählen.

Sam hatte erkannt, wie klug das war, und ihm sofort zugestimmt. Nachdem es anfangs schwierig mit ihr gewesen war, weil sie die Eliminierung ihres Gatten miterlebt hatte, waren sie alle drei bemüht, Lady Dunthorpes Freunde zu werden, die für ihre Bequemlichkeit sorgten und an den langen Abenden mit ihr lasen und Scharade spielten.

Laurent und sie waren einander sofort zugetan gewesen.

Beide hatten französisches Blut in den Adern, Laurent als der Sohn eines emigrierten Franzosen und einer englischen Mutter und sie als Emigrantin. Beide hatten bei Hampstead gelebt und bei demselben Bäcker und Gemüsehändler eingekauft. Sie konnten unbeschwert miteinander plaudern, oft bis spät in die Nacht, wobei sie einige Gläser Rotwein tranken.

Und Sam beobachtete sie neidisch.

Worauf er neidisch war, hatte er noch nicht so ganz erkannt. Vielleicht auf ihre ungezwungene Kameradschaftlichkeit. Derlei fiel ihm selbst schwer. Er war zu niemandem besonders nett. Aber wie könnte er eine Frau freundlich behandeln, die bei ihm so zwiespältige Gefühle auslöste?

Dass er sich von ihr angezogen fühlte, ärgerte ihn, brachte ihn aus der Ruhe. Er hatte versucht, es beiseitezuschieben, darüber hinwegzugehen, aber vergeblich. Die Anziehung blieb und wurde mit jeder Stunde, die er in ihrer Gegenwart verbrachte, fordernder. Sein Verlangen schwelte in ihm, und er glaubte, verrückt zu werden, wenn er sie nicht berührte.

Heute würde er das Haus verlassen, was er dringend nötig hatte. Er würde am Nachmittag seine Familie besuchen. Seinen kleinen Neffen kannte er noch nicht, und Luke und seine Frau hatte er einige Monate nicht gesehen.

Sam stand mit Carter im Stall an der Rückseite des Hauses, die Zügel des gesattelten Pferdes in der Hand. Er konnte jetzt losreiten, zögerte aber noch.

Er blickte Carter streng an. »Behalte sie im Auge.«

Carter zog die angegrauten Brauen hoch. »Soll heißen?«

»Seit der ersten Nacht hat sie keinen Fluchtversuch mehr unternommen, aber nur weil sie weiß, dass ich sie wieder einfangen würde. Ich beobachte jede ihrer Bewegungen, und das sieht sie.«

»Laurent und ich beobachten sie genauso scharf.«

»Aber nicht so offensichtlich. Sie könnte glauben, ihr seid nachlässig.«

Carter schnaubte. »Da würde sie sich mächtig irren.«

»Wirklich?«

»Was willst du damit sagen, Hawk?« Carter zog die Brauen zusammen. »Dass du uns nicht zutraust, mit unserem Schützling fertigzuwerden?«

Sam blickte auf das Pferd, einen Apfelschimmel. Er benahm sich wie ein Arschloch, und Carter war zu Recht ungehalten. Seit Jahren arbeitete er mit dem Mann zusammen, und wenn sie einander nicht vollständig vertraut hätten, wären sie beide oder einer von ihnen schon tot.

Was war mit ihm los? Es machte ihn nervös, Lady Dunthorpe bei ihnen zu lassen ... nicht wegen mangelnden Vertrauens. Warum dann? Er wusste es nicht.

»Nein«, widersprach er ruhig. »Ich vertraue euch restlos. Es ist nur ...« Er schüttelte den Kopf, da er sein Unbehagen nicht zu deuten wusste.

Carter schlug ihm auf die Schulter. »Wir werden sie für dich beschützen.«

Sam stutzte. Und da war sie, die vollständige Erkenntnis in Carters Blick. Carter hatte bemerkt, wie sehr sich Sam zu ihr hingezogen fühlte.

Unsicher, was er davon halten sollte, stand er da. Dumm und schwach fand er sich, so viel war klar. Vielleicht machte es ihn auch verlegen. Und er war von sich enttäuscht, weil er seine nüchterne Zurückhaltung verloren hatte, weil seine Kollegen ihm angesehen hatten, was in ihm vorging.

Und er war erleichtert, weil in Carters Blick keine Verurteilung lag.

Da er sich selbst noch mehr überzeugen musste als Carter,

sagte er: »Sie ist eine Zeugin, die nicht hätte dort sein sollen. Und wahrscheinlich eine Verräterin. Das ist alles.«

»Oh, das ist nicht alles«, widersprach Carter leise.

Sam schloss die Augen. »Aber alles, was sein darf.«

Einen Moment lang blieb Carter still, dann drückte er Sam mitfühlend die Schulter. »Sie empfindet dasselbe für dich, weißt du.«

»Was empfindet sie?«

»Ach, das weißt du selbst. Sie wehrt sich dagegen. Sie denkt, es sei falsch. Sie will sich nicht zu dem Mann hingezogen fühlen, der ihren Gatten getötet hat. Aber hätte Laurent oder ich ihn umgebracht ... Mann, Hawk, dann wäre sie schon bei dir im Bett.«

Das löste bei Sam Bilder einer nackten Lady Dunthorpe aus, und sein Mund wurde staubtrocken, sein Körper angespannt.

Er kämpfte gegen die Benommenheit der Lust und versuchte, Carters Argument zu erfassen.

Er war so sehr mit seinen zwiespältigen Gefühlen beschäftigt gewesen, da hatte er nicht im Geringsten überlegt, ob sie welche davon erwiderte. Aber ... fühlte sie sich tatsächlich zu ihm hingezogen?

»Bist du sicher?«, stieß er hervor.

Carter kicherte. »Klar. Ohne jeden Zweifel. Laurent hat es auch gesehen. Bei euch beiden.«

Sam kniff sich in die Nasenwurzel. »Ich habe ihren Mann getötet. Es kann nichts daraus werden.«

»Und wir erhalten wahrscheinlich Befehl, auch sie zu töten«, sagte Carter leise.

Sam ließ die Hand sinken. »Was?«

»Denk doch mal nach.« Carter zählte ihm die Gründe an den Fingern auf. »Sie hat zu viel gesehen. Sie hat deine Unterhaltung mit Dunthorpe gehört. Sie kennt unsere Namen, zumindest unsere meist verwendeten Decknamen. Sie weiß, dass die Tat nicht von einem Franzosen begangen wurde. Sie ist wahrscheinlich Dunthorpes Komplizin gewesen. Ich vermute, Adams zögert mit dem Befehl noch, weil sie eine Frau ist. Er möchte den Frieden zwischen uns bewahren, und weil er weiß, wie wir dazu stehen, das Blut Unschuldiger an unseren Händen zu haben, sucht er noch nach Beweisen, nach einer Rechtfertigung.«

Sam zischte einen ordinären Fluch. »Ich habe ihr ein Versprechen gegeben. Ich habe vor, es zu halten.«

»Du hättest es gar nicht erst geben sollen, und das weißt du auch. Regel Nummer eins, Hawk: Halte Abstand zu deinen Feinden. Vertraulichkeiten sollten immer nur der Täuschung dienen, damit sie sich sicher fühlen und ihr Wissen preisgeben.«

»Also hältst du sie für unsere Feindin?«

Einen Moment lang schwieg Carter stirnrunzelnd. »Nein, das nicht. Aber ich glaube auch nicht, dass sie den Briten völlig loyal gegenübersteht.«

»Nicht dass wir je etwas getan hätten, um ihre Loyalität zu verdienen.«

»Weißt du, da würde dir kaum jemand beipflichten. Wir haben sie zu einer Viscountess gemacht. Das ist mehr, als die meisten Engländerinnen bekommen haben.«

Sam atmete tief durch. Sein Bruder war der Herzog von Trent, daher war er an den Unsinn der Adelstitel und ihrer Bedeutung gewöhnt. Natürlich teilte die Welt seine Ansicht nicht, dass Titel mehr Ärger mit sich brachten, als sie wert waren. Und Carters Argument war stichhaltig.

»Wie dem auch sei«, fügte Carter hinzu. »Es spielt keine Rolle, ob du oder ich von ihrer Schuld oder Unschuld überzeugt sind. Entscheidend ist Adams' Haltung dazu. Und ich habe so eine Ahnung, dass er sie für schuldig erklären wird.«

Verfluchter Mist.

Weder Sam noch Carter hatten je einen von Adams' Befehlen missachtet. Gehorsam gegenüber der Organisation gehörte zu Sams Leben. Die Organisation war sein Lebensinhalt. Ohne sie wäre er nichts.

Wenn der Befehl käme ... was würde er dann tun?

5

Sam hatte seine Kindheit auf Ironwood Park verbracht, dem Landsitz der Trents in den Cotswolds, aber seine Mutter, die das Leben in der Stadt vorzog, nahm ihn damals oft nach London mit. Dort wohnten sie dann im Trent'schen Haus am St. James's Park.

Als Jüngling mochte er dieses Stadthaus nicht besonders und fand auch kein Vergnügen an den Londoner Aufenthalten. Der alte Herzog verbrachte dort die meiste Zeit, zurückgezogen in seinem Arbeitszimmer, das Sam mied wie die Pest. Schon als ganz kleines Kind lernte er, dass er als illegitimer Sohn der Herzogin am besten mit dem Stiefvater zurechtkam, indem er ihm um jeden Preis aus dem Weg ging.

Das gelang ihm tatsächlich sehr gut. Er sah den Mann höchst selten, und wenn, dann wurde er von ihm ignoriert.

Luke, sein jüngerer Bruder, hatte damals nicht so viel Glück. Er wurde in dem Glauben großgezogen, der Sohn des Herzogs zu sein, erfuhr dann aber im vergangenen Sommer, dass er ebenfalls unehelich gezeugt worden war. Der Herzog kannte die Wahrheit von Anfang an, und während Sam ihm aus dem Weg gehen konnte, gelang Luke das nicht, und er hatte sehr zu leiden. Immer wieder verprügelte ihn der Herzog, und Luke verbarg es vor der übrigen Familie.

Nun war der alte Herzog längst tot, und der neue war sein ältester leiblicher Sohn, der nach Sam und vor Luke zur Welt gekommen war. Trent war über jeden Tadel erhaben und verhielt sich gegen seine Geschwister anständig. Sam achtete und bewunderte ihn dafür.

Dennoch bestand eine gewisse Distanz zwischen ihm und seinen Geschwistern. Teils durch seine geheime Arbeit für die Organisation, aber hauptsächlich hatte das mit seiner Erziehung zu tun. Er war in dem Bewusstsein groß geworden, der uneheliche Sohn zu sein, und das hatte ihn unweigerlich von seinen fünf Geschwistern getrennt, die überall in der Gesellschaft mit offenen Armen empfangen wurden.

Der Butler begrüßte ihn höflich, als er die Tür öffnete, und Sam betrat das Haus, das sich seit seiner Kindheit, da er sich in dunklen Ecken herumdrückte und sich aus Angst vor dem Herzog viel in seinem Dachzimmer aufhielt, sehr verändert hatte. Jetzt herrschte dort unbeschwerte Heiterkeit, man lachte viel und war glücklich. Allein in dem hellen, luftigen Flur zu stehen flößte Sam Wohlgefühl ein – was er nach den vergangenen vier Tagen dringend brauchte.

Sosehr er von seiner Familie abgesondert lebte, er liebte sie alle von Herzen. Sie gehörten zu ihm. Und sie fehlten ihm, wenn er sie längere Zeit nicht sah.

Als er in den Gang einbog, der zum Salon führte, kam Esme die letzten Stufen der Treppe herunter und rannte ihn fast um, weil sie einen Brief las und auf nichts anderes achtete. Er fing sie an den Schultern ab. »Aufpassen, Schwester.«

Heftig errötend blickte sie auf. »Oh! Sam! Oh! Wie schön, dich zu sehen.«

Dabei faltete sie hastig den Brief zusammen und ließ ihn in ihrem Kleid verschwinden. Sam fragte sich, von wem er wohl war. Von einem Gentleman?

Er runzelte die Stirn, als der Gedanke seinen Beschützerinstinkt weckte. Esme war seine einzige Schwester. Sie war zwölf Jahre jünger als er, und es fiel ihm schwer, sie als erwachsene

Frau zu betrachten. Jedoch war sie kürzlich zwanzig geworden, also keineswegs zu jung für eine Romanze.

Da ihre erste und einzige Ballsaison eine Katastrophe gewesen war, war ihr Ruf bestenfalls labil zu nennen. Die Aasgeier der feinen Gesellschaft kreisten permanent über ihr und warteten auf die Gelegenheit, mit scharfen Schnäbeln über sie herzufallen. Esme war schön und unschuldig, mit einer großen Mitgift ausgestattet und die Schwester eines Herzogs. Vermutlich hatte die halbe männliche Bevölkerung Londons sie anvisiert.

Sam wusste, dass Trent gut auf sie achtgab, aber sollte ihr jemand zu nahe treten, würde er es mit Sam zu tun bekommen.

Er küsste sie auf die Wange und hielt sie dann mit gestreckten Armen von sich, um sie von oben bis unten zu betrachten. Sie hatte dunkle Haare, dunkle Augen und einen südländischen Teint. Er war immer der Meinung gewesen, dass sie mit ihm von allen Geschwistern die größte Ähnlichkeit hatte, auch wenn er wie ein hünenhafter Rohling, sie dagegen sehr weiblich und zart wirkte.

»Hast du einen Brief bekommen?«

»Hm. Ja.« Sie wich seinem Blick aus und errötete erneut.

»Von einem Gentleman, Esme?«, fragte er leise.

Sie riss die Augen auf und schaute ihn entgeistert an. »Sam! Nein! Natürlich nicht.« Sie schüttelte seine Hände ab. »Ich versichere dir, du irrst dich.«

Sie wirkte gehörig erschrocken, und das beruhigte ihn. Er lächelte sie an. »Gut. Dann ... wo ist Trent?«

Doch er wusste es schon – launige Unterhaltung war aus dem Salon zu hören. Esme und er schauten kurz in die Richtung, dann grinste sie ihn an. »Sie können es kaum erwarten, dich zu begrüßen. Und du musst den kleinen Lukas sehen.«

»Lukas Samson«, korrigierte er. Trent hatte seinen Sohn nach Sam und Luke genannt.

»Richtig«, bekräftigte sie. »Lukas Samson.«

Der Butler hatte sich vor ihnen der Tür genähert und öffnete sie ihnen.

Sams Familie umringte ihn sogleich. Seine Brüder gaben ihm die Hand, zuerst Trent, dann Luke, Mark und Theo. Sarah, die Herzogin, umarmte ihn, ebenso Emma, Lukes Frau. Und dann teilte sich die Schar wie das Rote Meer und gab den Blick auf den kleinen Lukas Samson frei.

Das Kind lag in einem Korb am Boden. Sam ging davor auf ein Knie nieder und schaute in die ernsten blauen Augen seines Neffen.

Sie starrten einander an, bis Sarah lachte. »Du liebe Zeit! Seht ihr? Wie ich gesagt habe.«

Auf Sams fragenden Blick erklärte Trent: »Er scheint das gleiche Temperament zu haben wie du.«

»Ein Kind mit Sams Temperament zu haben ist nicht so übel«, bemerkte Luke. »Ich würde sogar sagen, besser als einen zweiten Luke.«

»Vollkommen richtig«, pflichtete Mark lachend bei. »Wenn er nach dir käme, würde er Tag und Nacht schreien. Andererseits ist Sam doch sehr ernst.« Er sah Sarah mit schmeichelndem Augenaufschlag an. »Wünschst du dir nicht, er hätte mein fröhliches Wesen geerbt?«

Sam blickte auf den Säugling nieder, und die Neckereien traten in den Hintergrund. Er betrachtete das runzlige Gesichtchen, und Lukas Samson schaute ihn an wie ein ernster alter Mann.

Unversehens schoss ihm ein Bild durch den Kopf: wie er damals seinen neugeborenen Sohn im Arm hielt. Schmerzerfüllt kauerte er mit hängenden Schultern auf der Bettkante.

Seine Frau war soeben gestorben. Und sein winziger Sohn, der zu früh zur Welt gekommen war, atmete angestrengt ... rang um sein Leben ... und Sam konnte nicht das Geringste für ihn tun. Auch seiner Frau hatte er nicht helfen können.

Der Schmerz in seiner Brust war so scharf, dass er kaum Luft holen konnte. So sah er seinen Neffen nur an und fühlte sich so niedergeschmettert wie damals.

Er hatte immer eigene Kinder gewollt. Und schon als Knabe hatte er die Augenblicke herbeigesehnt, da er von seiner Mutter und seinen Geschwistern umgeben war – und hatte sich gewünscht, eines Tages eine eigene Familie zu haben. Daher war er freudig erregt gewesen, als Charlotte ihm eröffnete, sie sei schwanger. Ihren Bauch wachsen zu sehen, weil sie sein Kind unter dem Herzen trug, hatte ihn mit Stolz und Vorfreude erfüllt.

Doch es sollte anders kommen. Charlotte wurde ihm kurz nach der Geburt genommen und nur Minuten später auch sein Sohn.

Sam würde sich nicht noch einmal auf das Risiko einlassen, nicht noch einmal eine Familie gründen. Denn solch einen Verlust würde er kein zweites Mal überleben.

Er hörte Stimmen um sich herum. Seine Geschwister. Ihre Frauen. Gütiger Himmel. Er hatte vor ihnen noch nie die Fassung verloren und würde jetzt nicht damit anfangen.

Den Blick noch auf seinen Neffen gerichtet, flickte er die Risse seines Herzens und fand den Atem wieder. Er riss sich zusammen, blinzelte das Brennen in seinen Augen weg und zwang seine Gedanken in die Gegenwart zurück. Er durfte nicht bei der Vergangenheit verweilen. Das führte zu nichts. So viel hatte er inzwischen gelernt.

Sam stand auf und wandte sich Trent und Sarah zu, die Arm in Arm nebeneinanderstanden und ihn angrinsten. »Er ist ...«

So sehr wie mein eigener Sohn, dass es mich schmerzt, ihn anzusehen. »Ein Prachtkerl«, schloss er.

Die glücklichen Eltern strahlten.

»Das finden wir auch«, sagte Trent. Er war sichtlich stolz, und Sam konnte es ihm nicht verübeln.

Trent war früher fast genauso ernst gewesen wie er. Natürlich aus anderen Gründen. Trent war nicht im Krieg gewesen, hatte nicht zwei Ehefrauen und ein Kind verloren und hatte nicht gesehen und getan, was Sam gesehen und getan hatte – Gott sei Dank. Aber Trent hatte schon mit zehn Jahren die Bürde des Herzogtums auf seinen Schultern getragen. Nun war es für Sam seltsam, seinen Bruder so frei zu sehen, so offen liebevoll und heiter. Das war Sarahs Werk, und Sam war ihr dafür dankbar.

Er freute sich für beide Brüder, die in der Ehe Glück und Frieden gefunden hatten. Er hoffte nicht auf dasselbe. Manche Dinge waren ihm eben nicht bestimmt. Zwei Mal hatte er es versucht und war zwei Mal gescheitert. Es durfte nicht noch eine Frau seinetwegen sterben.

Seine Gedanken kehrten zu Lady Dunthorpe zurück.

Und trotz der schmerzvollen Betrachtungen, denen er sich gerade noch hingegeben hatte, wurde er sofort hart.

Verfluchter Mist! Das war nicht der passende Moment, um an sie zu denken. Er war auch nach Ironwood Park geritten, um sie zu vergessen, und genau das würde er jetzt tun.

»Nehmen wir doch alle Platz«, sagte Sarah in die Runde. Alle setzten sich, außer Sam, der sich wie gewohnt neben das Fenster stellte. Sarah lächelte ihn nachsichtig an. »Hast du schon etwas zu dir genommen?«

Er schüttelte den Kopf.

»Gut. Ich habe für uns ein Mittagessen geplant.«

Trent runzelte die Stirn. »Hältst du es für klug, so früh nach deiner Niederkunft schon Mahlzeiten für acht Personen zu planen?«

Sie zog die Brauen hoch. »Es geht mir prächtig. Und ich habe noch nie von einer Frau gehört, die umgekippt wäre, weil sie über drei Wochen nach der Geburt ihres Kindes ein Familienessen geplant hat. Geplant, wohlgemerkt, nicht gekocht! Du meine Güte, Simon, ich denke doch, Kinder bekommen und die Familie beköstigen sind die Dinge, für die Frauen geschaffen wurden.«

»Durchaus, aber …«

Luke klopfte ihm auf die Schulter. »Du kannst jetzt aufhören, dich zu beunruhigen, alter Mann. Mutter und Kind sind wohlauf, fett, stark und gesund wie ein Ochsengespann.«

Sarah errötete, und Trent blickte Luke ungehalten an. »Willst du meine Frau beleidigen?«

»Im Gegenteil«, erwiderte Luke ruhig. »Ich mache ihr Komplimente zu ihrer Gesundheit. Und der des Kleinen. Wie viel wog er noch gleich? Neun Pfund?«

»So ist es.«

Sarah machte ein gequältes Gesicht, offenbar in Erinnerung an die Geburtsschmerzen. Sam schaute erneut den Kleinen an, den Esme aus dem Körbchen gehoben hatte und im Arm koste. Sam hatte nicht bemerkt, dass sein Neffe ungewöhnlich groß und schwer war. Ihm kam er winzig vor, aber natürlich kannte er sich mit Säuglingen nicht aus.

Luke zuckte die Achseln. »Na also, damit wäre es bewiesen, er ist ein kleiner Ochse.«

Ein Dienstmädchen brachte Erfrischungen herein, und alle machten es sich bequem, um einige Stunden vergnüglich zu plaudern. Am frühen Nachmittag wurde ein schlichtes Mittagessen serviert, das aus Brot, kaltem Fleisch und Käse bestand. Zum Dessert gab es süße Orangen.

Nach dem Essen brachen Mark und Theo zu einer Verabredung mit einem Freund aus Cambridge auf. Sobald sie sich verabschiedet hatten, zogen sich die Damen auf ihr Zimmer zurück, um sich auszuruhen. Sie sagten es zwar nicht, aber Sam nahm an, dass Sarah ihr Kind stillen wollte. Sicherlich hatte sie dafür keine Amme eingestellt, und im Beisein der Herren würde sie es gewiss nicht tun.

Als auch die Damen verschwunden waren, fragte Trent seine verbliebenen Brüder, ob sie eine Flasche Brandy teilen wollten, eine aus dem inzwischen doch sehr geschrumpften Vorrat, den der alte Herzog vor dem Krieg aus Frankreich importiert hatte.

Sam sagte, er werde ein Glas mittrinken, aber Luke lehnte ab.

Als Sam und Trent ihn fragend anblickten, zuckte er die Achseln. »Ich erwäge derzeit, auf jeglichen unnatürlichen Rausch zu verzichten.«

Sam und Trent sahen ihn sprachlos an.

»Was denn? Das kann euch nicht derart überraschen, oder? Ihr wisst, ich gebe mich nicht mehr den Ausschweifungen hin wie früher.« Luke grinste. »Oder zumindest verlasse ich dazu nicht mehr das Haus. Ich kann mein Vergnügen daheim finden.«

Trent lenkte die Unterhaltung von Lukes offenkundig lustvollem Eheleben weg. »Also trinkst du nun gar nichts mehr, Luke? Das ist ziemlich puritanisch.«

Luke schmunzelte ironisch. »Ach, Bruderherz, ich bin nicht puritanisch und werde es auch niemals sein. Darauf kannst du dich verlassen.« Er zuckte die Achseln. »Ich stelle nur fest … nun ja, dass ich friedlicher schlafe, wenn ich keine berauschenden Mittel im Blut habe.«

»Sieh an.« Trent klang amüsiert. »Was darf ich dir stattdessen anbieten? Tee? Kaffee? Heiße Schokolade? Wasser?«

»Tee, wenn du nichts dagegen hast.«

»Ganz und gar nicht. Ich werde sofort welchen bringen lassen.«

Kurz darauf stand Sam wieder am Fenster und schwenkte seinen Brandy im Glas. Er setzte sich selten in der Gesellschaft anderer, weil er sich im Stehen wohler fühlte, besonders in der Nähe eines Fluchtwegs, selbst wenn er genau wusste, dass eine Flucht nicht nötig werden würde. Eine eingefleischte Gewohnheit, die er sich vermutlich als Soldat zugelegt hatte. Seine Familie war daran gewöhnt und enthielt sich jeglicher Bemerkung.

»Was haltet ihr von der Sache mit Viscount Dunthorpe?«, fragte Trent, der auf einem Sofa saß und sein Glas Brandy genoss.

Sam wurde angespannt.

»Was ist mit dem Viscount?«, fragte Luke ohne sonderliches Interesse.

»Er wurde ermordet. Hast du davon nichts gehört?«

»Nein. Du kennst mich doch. Ich verfolge das Kommen und Gehen in der Gesellschaft nicht so genau.«

»Nun, sein Abgang ist endgültig«, sagte Trent trocken.

»Was ist passiert?«

Trent blickte zu Sam. »Du hast davon gehört, nehme ich an.«

»Ganz recht«, sagte Sam sanft.

Trent antwortete auf Lukes Frage. »Er ist in seinem Salon erschossen worden, in London. Sein Butler hat den Täter gesehen. Er sagt, es sei ein großer, dunkelhaariger Franzose gewesen.« Er lachte leise. »Nach der näheren Beschreibung und der Zeichnung auf dem Steckbrief sieht der Mann dir ziemlich ähnlich, Sam.«

Sam zog die Brauen hoch und blieb bei dem sanften Ton. »Tatsächlich?«

Verfluchter Mist. Richards hatte ihn wohl ziemlich genau gesehen. Nun, daran war jetzt nichts mehr zu ändern. Allerdings würde er nach der leidigen Angelegenheit mit Lady Dunthorpe London dringend verlassen müssen.

»Ja, durchaus.« Trent trank einen großen Schluck. »Und es heißt, die Viscountess, die zufällig Französin ist, war an dem Anschlag beteiligt. Was hältst du davon?«

»Ich bin mir nicht sicher«, antwortete Sam vorsichtig. »Aber ich kann mir nicht vorstellen, dass Lady Dunthorpe beteiligt gewesen ist.«

»Sie wurde gesehen, wie sie mit dem Franzosen das Haus verließ.«

»Soll ich dir sagen, was ich vermute?«, sagte Sam. »Sie wurde entführt.«

»Wahrscheinlich hast du recht. Ich bin ihr einige Male begegnet und traue ihr solch eine Tat nicht zu.« Trent runzelte nachdenklich die Stirn. »Mir scheint allerdings, an der Sache ist etwas faul. Warum sollte ein Franzose Dunthorpe umbringen? Er ist zwar ein englischer Kriegsheld, aber als Gesetzgeber hat er immer großzügig zugunsten Frankreichs gewirkt. Manchmal dachte ich, seine Gesetzesvorhaben nützen Frankreich mehr als uns. Die Franzosen könnten vom Tod anderer Parlamentsmitglieder mehr profitieren.«

»Aber das einfache Volk hat das aus seinen Gesetzesvorschlägen oder seiner Politik nicht entnommen, nicht wahr?«

»Nein. Manchmal denke ich, das ist nur mir aufgefallen.«

Sam schaute seinen Bruder abwägend an. Trent hatte man nie leicht etwas vormachen können. »Was hältst du von der Geschichte?«, fragte er Luke.

»Ich konnte den Mann nie leiden. Er war ein Bastard. Seien wir froh, dass wir ihn los sind.«

Sam nickte. Es sah Luke ähnlich, es derart auf den Punkt zu

bringen. »Also sollten wir uns vielleicht gar keine Gedanken machen, wer ihn beseitigt hat.«

»Vielleicht nicht«, räumte Trent ein. »Trotzdem ... irgendwie kommt mir die Sache sonderbar vor ...«

»Manches bleibt besser ungeklärt«, sagte Sam leise.

»Das stimmt. Darauf trinken wir.« Luke hob seine Teetasse, und Sam hatte das deutliche Gefühl, sein Bruder dachte dabei mehr an seine eigenen Geheimnisse als an den Anschlag auf Dunthorpe.

»Ich nehme an, am meisten beunruhigt die Leute, dass der große Franzose seine Mordlust noch weiter an den Londoner Aristokraten befriedigen könnte«, sagte Trent. »Aber das scheint mir doch weithergeholt.«

»Nein«, widersprach Sam rundheraus. »Dazu wird es nicht kommen.«

»Du scheinst dir dessen sehr sicher zu sein«, stellte Luke fest.

»Das bin ich.« Mit diesen drei Worten beendete Sam das Thema. Trent und Luke kannten den Tonfall und sagten nichts mehr dazu, aber Trent bedachte ihn mit einem langen, forschenden Blick, bevor er aufstand und sich Brandy nachschenkte.

Seine Familie wusste nicht, was er im Einzelnen tat, nur dass er Aufträge für die Krone ausführte. Sie hatten es längst aufgegeben, ihn näher danach zu fragen. Doch Sam hatte immer geglaubt, Trent könnte viel mehr darüber wissen, als er vorgab.

Zum Glück konnte Sam ihm voll und ganz vertrauen, und das beruhte auf Gegenseitigkeit. Was immer Trent wusste, er würde es für sich behalten.

»Wie lange wirst du in der Stadt bleiben?«, fragte Luke ihn nach einigen Augenblicken nachdenklichen Schweigens.

Sam schaute ihn forschend an, ehe er antwortete. Es sah Luke nicht ähnlich, sich aus Höflichkeit oder gar aus Neugier nach Sams Plänen zu erkundigen.

Vermutlich würde er sich daran gewöhnen müssen, dass sein jung vermählter Bruder neue Verhaltensweisen an den Tag legte.

»Das weiß ich noch nicht so genau ...« Er sprach langsam, da er mit den Gedanken mal wieder bei Lady Dunthorpe war. Er hoffte bei Gott, dass sie gerade in aller Unschuld mit Carter Whist spielte und keinen Ärger machte.

Sobald er sie an jemand anderen übergeben hatte, wer immer sich als Nächster mit ihr befassen musste, würde er eine Zeit lang aus London verschwinden. So war es immer. Die Dunthorpe-Mission hatte sich eine Weile hingezogen und einigen Aufwand erfordert, und Adams würde ihn anschließend mit einem Auftrag woandershin schicken, damit er nicht enttarnt würde.

»Vermutlich bis Ende des Monats«, beendete er seine Antwort an Luke.

Luke winkte ab. »Ich finde, du solltest aus dem Dienst ausscheiden.«

Sam zog die Brauen hoch. Es hatte keinen Sinn, darauf einzugehen. Denn es gab keine derartige Lösung. Er konnte Luke nicht erklären, dass seine Position ein Ausscheiden nicht erlaubte. Es war nicht so, als ginge es um ein Offizierspatent, das er verkaufen konnte, um es ein für alle Mal los zu sein.

Trent lachte leise. »Ich kann mir nicht vorstellen, dass du deinen Beruf je aufgibst. Du wüsstest vermutlich gar nichts mit dir anzufangen.«

»Da hast du wohl recht«, sagte Sam und meinte es ehrlich. Er hatte keine Freunde. Er fand keinen Gefallen an den Beschäftigungen der Londoner Gentlemen. Und was sollte er auf dem Land? Außer seinen Geschwistern, die jetzt ihr eigenes Familienleben führten, kannte er dort niemanden. Er würde ein einsames, unausgefülltes Leben fristen. Er wusste genau, wie das wäre – nach Charlottes Tod war er im Feld angeschossen und zur Genesung nach England zurückgeschickt worden. Da hatte er auf Ironwood Park festgesessen, ohne Sinn und Zweck. Er hatte sich gefühlt, als ob er langsam verkümmerte. Das war sein schlimmstes Jahr gewesen. Und dann war Adams an ihn herangetreten und hatte ihn in die Organisation geholt.

Jetzt hatte er eine Aufgabe.

Er musste das Thema wechseln und blickte auf. »Wann wollen Mark und Theo nach Norden aufbrechen, um unsere Mutter zu suchen?«

»In ein paar Tagen«, antwortete Trent stirnrunzelnd. »Esme möchte sie begleiten.«

»Warum?«, fragte Sam.

»Sie ist seit Monaten in London und behauptet, des Stadtlebens überdrüssig zu sein.«

»Das kann ich ihr nicht verdenken«, meinte Luke. »London ist verdammt ermüdend.«

»Außerdem möchte sie wohl bei der Suche mitwirken.«

Sam verschränkte die Arme vor der Brust und dachte darüber nach. »Nun, sie wird natürlich ihre Zofe mitnehmen und ihre Brüder um sich haben, die auf sie achtgeben.«

»Ich weiß«, sagte Trent, klang aber noch skeptisch. »Sie ist vermutlich schon so lange bei mir, dass ich mich für sie verantwortlich fühle. Und sie und Sarah sind enge Vertraute. Sarah passt auf sie auf.«

»Esme neigt manchmal dazu, sich an andere zu klammern«, sagte Sam. »Vielleicht ist es das Beste für sie, für eine Weile zu verreisen.«

»Richtig«, pflichtete Trent bei, klang allerdings noch immer nicht überzeugt.

»Ich glaube nicht, dass die Suche gefährlich werden kann, Trent. Unsere Mutter wurde nicht entführt, wie wir feststellen konnten. Sie ist freiwillig mit diesem Zigeuner mitgegangen. Er dürfte kaum gefährlich sein.«

Trent seufzte. »Du hast recht. Das ist er nicht. Dem Vernehmen nach ist er ein stiller Mann, überlässt die Auftritte seiner Truppe. Er soll gewinnend und umgänglich sein, aber auch ein gewiefter Verhandlungsführer.«

Daraufhin schwiegen sie für ein Weilchen. Gedanken an Lady Dunthorpe, die Sam den ganzen Nachmittag im Hinterkopf rumort hatten, wurden in ihm laut. Er trat vom Fenster weg. »Ich sollte jetzt aufbrechen.«

»Schon?«, fragte Trent.

»Ja. Ich habe ... mich um einiges zu kümmern.«

Beide Brüder schauten ihn seltsam an, doch natürlich fragten sie nicht weiter nach.

Trent erhob sich vom Sofa und stellte dabei sein Brandyglas ab. »Du benachrichtigst uns, wenn du abreist?«

»Falls möglich.«

»Gut. Vielleicht kannst du uns vorher noch mal besuchen.«

Sam schaute zu Luke. »Bleibst du dieses Frühjahr in London?«

»Das hängt von Trent und Sarah ab«, antwortete Luke. »Emma möchte bei ihnen sein, um die junge Mutter zu unterstützen.«

Sam zog die Brauen hoch. Luke hatte Trent in der Vergangenheit offen gemieden und war nur ab und zu volltrunken auf dessen Türschwelle aufgekreuzt. Sam war immer der Ansicht gewesen, dass die beiden sich insgeheim ein besseres Verhältnis wünschten, nur nicht wussten, wie sie das herbeiführen könnten. Vielleicht erwiesen sich ihre Frauen jetzt als Wegbereiter.

Auf jeden Fall war es gut zu wissen, wo Luke sich im Frühjahr aufhielt. In den vergangenen Jahren war er ziellos umhergezogen. Emma hatte eindeutig einen guten Einfluss auf ihn, denn er wurde beständig. Sie waren miteinander glücklich, und das machte Sam sehr zufrieden. Luke hatte im Leben schon zu viel gelitten und sein endlich gefundenes Glück vollauf verdient.

Sam verabschiedete sich von seinen Brüdern und ging. Als sich die Haustür hinter ihm schloss, empfand er eine schmerzliche Leere.

Seine Geschwister hatten sich immer große Mühe gegeben, ihn in den Kreis der Familie zu holen, aber das Gefühl, der Außenseiter zu sein, war tief in ihm verwurzelt. In ihrer Gegenwart fühlte er sich dazugehörig. Doch sowie er fort war, traf ihn jedes Mal die Erkenntnis, dass er in Wirklichkeit allein dastand. Und dass es immer so bleiben würde.

Wie immer unterdrückte er das Gefühl, und sofort musste er an Lady Dunthorpe denken.

Lady Dunthorpe. Durch sie fühlte er sich ... anders. Wie noch bei keiner anderen Frau. Sie brachte ihn zum Lächeln. Tatsächlich hatte er in den vier Tagen so häufig gelächelt wie seit Jahren nicht mehr.

Er wollte – musste – sie sehen. Um sich zu vergewissern, ob alles in Ordnung war und sie Carter und Laurent keine Schwierigkeiten bereitet hatte – so redete er sich ein.

Doch im Grunde ging es ihm um mehr.

Er merkte, dass er sein Pferd trotz des dichten Londoner Verkehrs immer wieder antrieb. Als er endlich im Stall hinter dem Haus aus dem Sattel stieg, hatte er heftiges Herzklopfen. Er stellte das Pferd in die Box und bürstete es rasch ab.

Kurz darauf eilte er durch die Hintertür ins Haus. Es war vollkommen still, und das schwindende Licht des Nachmittags machte die Flure düster. Nach ein paar Schritten blieb er stehen und rief laut nach Carter.

Ein paar Augenblicke blieb es still, dann: »Hier sind wir!« Das kam aus dem Salon.

Erleichtert stieß er den Atem aus, und die Anspannung, die den Tag über in ihm gewachsen war, löste sich.

Er schloss die Hintertür und verriegelte sie, dann schritt er den Gang hinunter in den Salon.

Laurent und Lady Dunthorpe spielten eine Partie Schach. Nach der Position der verbliebenen Figuren zu urteilen, waren die Gegner gleich stark.

Carter sah von seiner Zeitung auf. »Willkommen daheim.«

Laurent schaute über die Schulter. »Bei Gott, Hawk, du siehst aus, als kämst du von Calais gerannt.«

»Leider kann ich nicht auf Wasser gehen«, erwiderte er schief grinsend.

Laurent riss die Augen auf. »Sag bloß! Ich dachte immer, das kannst du!«

Carter kicherte, und Sam blickte zum Himmel auf. Für einen Jungen von fünfzehn – fast sechzehn, wie er ihnen ständig vorhielt – verhielt er sich recht erwachsen, aber manchmal war ihm sein Alter doch anzumerken.

Sam richtete seinen Blick auf Lady Dunthorpe. »Wie war Ihr Nachmittag?«

»Sehr befriedigend.« Ihr Mund blieb ernst, doch in ihren Augen funkelte etwas, vielleicht Belustigung. »Laurent und Carter sind ausgezeichnete Kerkermeister.«

Laurent griff sich ans Herz. »Ein Kompliment? Habe ich gerade ein Kompliment von unserem geschätzten Gast bekommen?«

»Sofern die Bezeichnung als Kerkermeister ein Kompliment sein kann«, sagte Sam.

Laurent ließ die Hand sinken und warf ihm einen schrägen Blick zu. »Du verstehst es meisterhaft, einem die Laune zu verderben, nicht wahr?«

»Immer«, erwiderte Sam. Aber er konnte den Blick nicht von Lady Dunthorpe abwenden. Und während er sie ansah, durchströmte ihn ein warmes, liebliches Gefühl.

Das erschreckte ihn, warf ihn aus dem Gleichgewicht. Und er wusste ohne jeden Zweifel, dass diese Frau sich in sein Herz geschlichen hatte. Das hatte er noch keiner gestattet, nicht einmal Marianne oder Charlotte.

Er wollte das nicht, war jedoch ratlos, wie er das beenden sollte, wie er die Oberhand zurückgewinnen könnte, wie sich seine Bollwerke wiederaufbauen ließen.

Aber versuchen musste er es.

Hawk war wieder da. Sie hatte den ganzen Tag auf ihn gewartet, war mit jeder verstreichenden Stunde unruhiger geworden. Wohin war er gegangen? Was tat er? Würde er zurückkommen? Jedes Mal wenn sie Laurent oder Carter fragte, gaben sie ausweichende Antworten oder wechselten das Thema oder versuchten, sie abzulenken. Es war zutiefst frustrierend.

Doch dann kam er in den Salon geschritten, und sie war froh, ihn zu sehen. Ihr Herz machte einen Freudensprung.

Einen Freudensprung!

Sie musste verrückt geworden sein. Oder schwachsinnig. Vielleicht beides.

Es hatte etwas Beruhigendes, wie die drei Männer jetzt miteinander redeten. Sie wirkten unbeschwert, gingen kameradschaftlich miteinander um, wie sie es bei anderen Männern noch nicht erlebt hatte. Die drei vertrauten einander. Die zwei älteren beschützten den jüngeren und standen ihm mit ihrem Rat zur Seite, und er verehrte beide sichtlich.

Sie zog mit ihrem Läufer. »Schach«, sagte sie zu Laurent.

»Ah, ich sehe, wie das läuft«, meinte er. »Den Jungen ablenken und dann zuschlagen.«

»Ach, jetzt bist du auf einmal ein Junge?«, fragte Carter.

»Wenn es mir passt«, erwiderte er ernst. »Aber nur dann.« Er rückte mit einem geschickten Zug aus dem Schach.

Sie gewann, aber für den Sieg brauchte sie eine weitere Viertelstunde. Dann bezirzte sie Hawk, er solle mit ihr spielen, und nachdem sie ihm eine Weile zugesetzt hatte, nahm er brummig ihr gegenüber Platz. Ihr war längst aufgefallen, dass der Mann sich selten hinsetzte, und wenn er es tat, hielt er keinen Augenblick still. Diesmal jedoch war er nicht ganz so rastlos wie sonst, und schon nach einigen Minuten hatte er sie gewandt besiegt.

Sie spielte so schlecht wie nie. Seine Nähe wirkte überwältigend und furchtbar ablenkend.

Laurent stand mit verschränkten Armen dabei und verfolgte das Spiel mit finsterer Miene. »Ich sagte ja, er ist gut. Und rücksichtslos. Hawk, gib der Dame eine Chance.«

Hawk zog die Brauen hoch. »Soll ich etwa meinen Ruf ruinieren?«

Ihr Herz schlug höher. Wie sehr sie die spielerische Seite dieses beeindruckenden Mannes mochte! Das hatte etwas ungeheuer Anziehendes.

Carter stand auf, um das Abendessen zuzubereiten – und befahl Laurent mitzukommen, damit er ihm das Gemüse kleinschneiden konnte.

Freundschaftlich zankend gingen sie hinaus.

»Eine Revanche?«, fragte Hawk, als die Tür hinter den beiden ins Schloss fiel.

»Sie möchten mich noch einmal nach wenigen Momenten geschlagen sehen? Sie sind ein Schuft.«

Er zog die Brauen hoch. »Ein Schuft?«

»Ja, ein Schuft.«

Seine Mundwinkel hoben sich. »So hat mich noch niemand genannt. Vielleicht haben Sie sich im Wort vergriffen.«

»Ganz und gar nicht«, widersprach sie mit einem zwingenden Blick.

Er schaute verwirrt, ging aber nicht weiter darauf ein. »Wollen wir etwas anderes spielen?«

Statt zu antworten, schaute sie ihn an. Schweigend hielt er ihrem Blick stand. Ihr Herz klopfte heftig.

Wieso fühlte sie sich bei diesem Mann so sicher? Wie konnte sie ihm glauben, wenn er versprach, ihr nichts anzutun?

Er hat meinen Mann umgebracht! Ihn kurzerhand erschossen!

Sie holte bebend Luft, und er langte über den Tisch und strich ihr eine Haarsträhne hinters Ohr, wobei er mit dem Finger ihr Ohr streifte. Die Berührung jagte ihr einen Schauder durch den Leib.

Ihr Mann lag kaum in seinem Grab. *Mon Dieu*, vielleicht noch nicht einmal das.

»Nein«, hauchte sie.

Er zog die Hand zurück und neigte den Kopf zur Seite. »Nein, was, Mylady?«

»Sie ... dürfen nicht ...« Ihre Stimme schwankte. Sie schüttelte den Kopf. »Sie haben gesagt ... Sie tun mir nicht weh.«

»Sie dachten, das habe ich vor? Ihnen wehtun?« Er sprach leise, seine Stimme klang samtweich, und das Timbre war erregend.

Körperlich würde er ihr nicht wehtun. Er war groß und eine einschüchternde Person, aber sie hatte nicht vergessen, wie er sie hielt, als er sie aus dem Haus ihres Mannes trug. Er war stark wie ein Bär, aber auch sanft zu ihr, als wäre sie eine zerbrechliche Kostbarkeit. Obwohl er sie für eine Verräterin hielt und vermutlich fand, sie habe den Tod verdient wie ihr Mann.

Und jetzt ... dachte er das von ihr noch immer? Vermutlich. Doch er fasste sie an wie eine zarte Rose, die ihre Blätter zu verlieren drohte.

»Ja«, wisperte sie. Denn er würde ihr unweigerlich wehtun, wenn sie ihn in ihr Herz ließe. Sie hatte immer von der Liebe geträumt und keine bekommen. Inzwischen war sie älter und klug genug, um zu begreifen, dass sie nicht erwarten durfte, geliebt zu werden – besonders nicht von einem Mann, der sie zur Witwe gemacht hatte.

Es war verrückt, dermaßen von ihm fasziniert zu sein. Und dennoch ... wie er sie ansah, jetzt zum Beispiel, weckte in ihr den Wunsch, ihn anzufassen, in seine starken, schützenden Arme zu kriechen.

Er sah weg. Dunkle Gedanken zogen seine Brauen zusammen. Es juckte ihr in den Fingern, die Steilfalte über der Nase glatt zu streichen. Ihn zu berühren ... wäre so schön. Sie fühlte sich so sicher bei ihm; es war kaum auszudenken, wie sicher sie sich erst in seinen Armen fühlen würde.

Zugleich war sie über ihren Wunsch entsetzt.

Sie hatte schon vor ihm Männer gekannt, die getötet hatten, Soldaten, französische wie britische, die anderen das Leben genommen hatten, weil ihnen gar nichts anderes übrig geblieben war. Denn so war das im Krieg.

Es traf sie wie ein Hieb vor die Brust, als sie ihn anschaute und er auf das Schachbrett starrte. Auch Hawk tötete aus diesem Grund. Nicht, weil er den Charakter eines Mörders hatte oder weil er Vergnügen am Töten fand, sondern weil Krieg herrschte. Die Briten mussten irgendwie herausgefunden haben, dass Dunthorpe sie verriet. Da hatten sie das Einzige getan, was man mit Verrätern seines Schlages tun konnte. Sie hatten ihn umgebracht.

Und es war ja wahr – Dunthorpe war ein Verräter gewesen. Ein schrecklicher, böser Mann. Wie könnte sie den Engländern, besonders Hawk einen Vorwurf machen? Man hatte Dunthorpe aufhalten müssen. Er war schuld am Tod Hunderter, wenn nicht gar Tausender seiner Landsleute. Ihre Eltern und ihr Bruder waren für viel weniger hingerichtet worden – soweit sie wusste, hatten sie nur selbstsüchtig ihren Reichtum zur Schau gestellt. Sie waren nicht wirklich Feinde Frankreichs gewesen. Aber Dunthorpe war ein wirklicher Feind Englands gewesen. Das war so gewiss, wie der Himmel blau war.

Sie hatte Hawk verziehen, das wurde ihr jetzt klar. Am vierten Abend nach dem Tod ihres Mannes verzieh sie seinem Mörder.

Die Erkenntnis war befreiend. Sehr befreiend. Eine enorme Last wich von ihrer Brust, und sie fühlte sich leicht zum ersten Mal seit Tagen. Seit Jahren vielleicht.

Trotz allem durfte sie dieser seltsamen, schwelenden Anziehungskraft nicht nachgeben. Hawk war ein Spion, sie war Französin, und er hielt sie für eine Verräterin.

Das einzig Vernünftige wäre, aus diesem Haus zu flüchten. Sie sollte Hawk und seine störende Anziehungskraft hinter sich lassen, London verlassen, England verlassen. Irgendwo neu anfangen, wo sie niemand kannte, wo sie frei sein konnte …

»Hawk«, wisperte sie.

Die Luft zwischen ihnen schien zu knistern. Er sah auf, begegnete ihrem Blick. Der seine war dunkel, hart, unergründlich. Er forschte in ihrer Miene, als könnte er ihre Geheimnisse herauslesen.

»Bitte, bitte«, flehte sie, »lassen Sie mich gehen.« Das war ihre einzige Hoffnung. Die einzige Möglichkeit, dem ein Ende zu machen ... was immer da zwischen ihnen passierte.

Er schüttelte den Kopf. »Sie wissen, ich kann das nicht tun.«

»Warum nicht?« Und aus schierer Verzweiflung platzte sie mit der Wahrheit heraus. Weitgehend. »Ich war an Dunthorpes Machenschaften nicht beteiligt. Ich habe nur vermutet, was er tat. Darum bin ich von Brighton früher zurückgekehrt. Ich ahnte, er plant etwas Schreckliches, etwas Großes, das für dieses Land eine Katastrophe wäre. Ich bin heimlich nach London gekommen und habe mich im Salon unter dem Tisch versteckt, weil ich einen Zettel gefunden hatte, auf dem der Treffpunkt und die Uhrzeit notiert waren. Ich dachte, wenn ich ihn aus dem Versteck belausche, werde ich erfahren, was er vorhat.«

Hawk zog die Brauen hoch. In seinem dunklen Blick glaubte sie Anerkennung zu sehen. »Das war ein gefährliches Spiel für Sie«, sagte er.

Sie schluckte schwer und drängte die Erinnerung an ihre Angst und Verzweiflung während der Stunde unter dem Tisch zurück. Wie sollte sie Hawk ihren Leichtsinn erklären? »Ich hatte nichts mehr zu verlieren. Gar nichts.«

»Nicht Ihr Leben?«

»Daran habe ich in dem Moment nicht gedacht. Das erschien mir gemessen an dem, was er vielleicht vorhatte, unwichtig.«

Er starrte sie an, dann schüttelte er langsam den Kopf. »Und Sie meinen, das sei genug, damit ich Sie freilasse?«

Sie senkte den Blick und faltete die Hände im Schoß. »Ja.«

Das wünschte sie sich, wusste aber schon, dass es nicht genügte.

»Nein. Ich brauche mehr.« Er beugte sich vor. »Sehen Sie mich an, Mylady.«

Sie zwang sich, aufzublicken, und wusste, er würde ihr die Angst – und vielleicht noch Peinlicheres – ansehen. Er reagierte nicht auf ihren Gesichtsausdruck, und seine Miene verriet keinerlei Regung.

»Wenn das wahr ist, was Sie erzählen, dann haben Sie mein Mitgefühl.« Das sagte er sanft, aber bestimmt. »Sie waren zur falschen Zeit am falschen Ort. Deswegen werden Sie vielleicht nie wieder freikommen.«

Gerade als sie das begriff, knallte es ohrenbetäubend.

6

Der Knall sprengte den Frieden des Hauses. Die Wände erzitterten. Glassplitter flogen durch den Salon.

Jemand rammte sie. Mit dem Stuhl kippte sie um und landete hart auf der Seite am Boden. Der Teppich tat wenig, um den Sturz zu mildern, da jemand Schweres auf sie fiel.

»Unten bleiben!«

Vage erkannte sie die Brummstimme neben ihrem Ohr als Hawks. Er war es, der auf ihr lag und sie hinter dem Tisch an den Boden drückte. Ihre Kehle war wie zugeschnürt.

Der Schuss war durchs Fenster gekommen. Hawk hatte sie umgerissen, um sie aus der Schusslinie zu holen.

»Wer?«, krächzte sie und rang nach Luft. »Was ...«

»Still!«, zischte er.

Ein zweiter Schuss fiel. Sie zuckte unter dem Knall zusammen, der durch den kleinen Raum hallte. »Verflucht«, raunte Hawk angespannt. »Sie sind nah.« Er rollte sich von ihr herunter. Sie sah Stahl in seiner Hand blinken, als er sich zollweise um den Tisch herumschob und zum Fenster zielte. Er schoss. Der Knall dröhnte ihr in den Ohren, und im nächsten Moment fing sie an zu zittern, ohne dass sie etwas dagegen tun konnte.

Er schaute zu ihr, und sein Blick wurde weich, als er es bemerkte. Auf einen Ellbogen gestützt, fasste er um ihre Taille.

»Ganz ruhig«, murmelte er sanft und rieb ihr beruhigend den Rücken. »Können Sie zur Tür kriechen? Wir müssen hier raus.«

»*Oui*... j-j-ja.«

Während er leise mit ihr weitersprach, lud er seine Pistole nach. »Gut. Bleiben Sie vorerst hier und in Deckung. Ich will nicht, dass die Sie sehen.«

Wieder fiel ein Schuss. Sie stieß einen spitzen Schrei aus. Er fasste ihr beruhigend um die Taille, neigte sich dicht heran, die Lippen an ihren Haaren. »Schsch.«

Sie drängte sich an ihn. Er fühlte sich so fest an, so groß, so als könnte ihr bei ihm nichts passieren. Sie atmete tief durch, um des heftigen Zitterns Herr zu werden. »Schsch«, machte er wieder. »Ihnen passiert nichts. Tun Sie nur, was ich sage, und bleiben Sie ruhig.«

Sie wollte nicken, aber es geriet zu einem ziellosen Zucken.

»Gut.« Er behielt den beruhigenden Ton bei. »Bleiben Sie hier. Ich muss zum Schreibtisch hinüber. Da liegt noch eine Pistole in der Schublade.«

Wieder kam ein Schuss durchs Fenster, und irgendwo im Raum zersprang Glas. Hawk hielt kurz inne, redete dann aber gelassen weiter, als ob keinerlei Gefahr bestünde. Sein Körper dagegen war angespannt, steinhart, wo sie ihn berührte. »Wenn ich zurückkomme, kriechen Sie zur Tür, und ich gebe Ihnen Deckung.«

»Die werden ins Haus dringen«, sagte sie hastig und mit dünner Stimme. »Und dann werden sie ...«

Wieder ein Schuss, der sie zusammenfahren ließ.

»Keine Sorge. Manche kommen von Carter und Laurent. Die halten die Angreifer auf.«

Sie nickte und versuchte, den riesigen Kloß im Hals herunterzuschlucken.

Und dann musste sie auf seine schützende Nähe verzichten, weil er zum Schreibtisch kroch.

Weitere Schüsse fielen, drei davon rasch hintereinander.

Eine Kugel pfiff nah am Tisch vorbei, durchschlug die Tischdecke und brachte sie zum Flattern.

So viele Schüsse. Es war eine richtige Schießerei. Aber worum ging es dabei?, fragte sie sich. Sicher hatte das mit Dunthorpes Tod zu tun. Waren das da draußen seine Leute? Versuchte Francis, ihn zu rächen und Hawk zu töten?

Sie krümmte sich zusammen und schlang die Arme um die Knie. Es schien eine Ewigkeit zu dauern, bis Hawk zurückkam. Währenddessen wurde weitergeschossen.

Und als er wieder bei ihr war, sah sie, dass sein Rock an der Schulter zerrissen war und das Hemd darunter blutig.

Er sah, wohin ihr Blick ging, und brummte. »Das ist nichts. Nur ein Kratzer. Der Mann kann überhaupt nicht zielen. Er hatte mich praktisch vor der Mündung. Sind Sie bereit?«

Der nächste Schuss knallte. Von draußen hörte man Klettergeräusche, Ächzen, dann Schreie.

»Uns wird die Zeit knapp«, sagte Hawk. »Wir müssen los. Laufen Sie tief geduckt.«

Er nahm sie beim Arm und zog sie hinter sich auf die Tür zu, wobei er sich zwischen ihr und dem zerschossenen Fenster hielt und sie mit seinem Körper deckte. Der Wind bauschte die Vorhänge, und kalte Frühlingsluft wehte über sie.

Rufe schallten von draußen herein, und dann knallte es, und eine Kugel pfiff dicht an Élise vorbei. Die Rufe wurden lauter. Jemand schrie vor Schmerz und fluchte auf Englisch, aber in ihrer Panik verstand sie kein Wort.

Ein stöhnendes Gestammel entkam ihr, ehe sie es verhindern konnte, aber Hawk beachtete es nicht, sondern zog sie weiter zur Tür. Er griff zur Klinke hinauf, stieß die Tür auf und drängte sie dahinter, gerade als ein Schuss die Schachfiguren hinter ihnen über den Boden spritzen ließ.

Hawk sprang auf, riss sie mit hoch an seine Seite und warf die Tür zu.

»Schnell«, schnauzte er, zog sie in vollem Lauf den Flur entlang zur Hintertür. Fast stolperte sie über ihre Rocksäume bei dem Versuch, mit ihm Schritt zu halten, aber als sie taumelte, fing er sie ab.

Augenblicke später stürmten sie in den Stall auf dem Hof. Es dauerte eine Sekunde, nach allen Seiten über die Straße zu schauen.

»Hier entlang.« Er führte sie über einen schmalen Weg zwischen zwei Ställen hindurch. Sie gelangten auf eine Seitenstraße und rannten aus Leibeskräften. Dabei rempelten sie ein Pärchen an, das sie erschrocken anstarrte. Élise meinte ihre Blicke im Rücken zu spüren, während sie die Straße hinunterhasteten.

Sie überquerten sie an der Ecke, dann öffnete Hawk ein schmiedeeisernes Tor, führte sie zwischen zwei Häusern hindurch zu einem Stall und riss die Tür auf. Da standen zwei Pferde schon vor eine kleine schwarze wappenlose Kutsche gespannt. Der Kutscher, ein Mann, den sie noch nie gesehen hatte, tippte grüßend an den Hut, blieb aber auf dem Kutschbock sitzen. Hawk öffnete den Schlag und schob Élise in die Kutsche. Im nächsten Moment saß er neben ihr, zog den Schlag zu und klopfte ans Dach der Kutsche.

Diese setzte sich in Bewegung. Élise drehte den Kopf zu Hawk. »Wer ist der Mann?«

»Einer von uns«, antwortete er knapp und zog auf beiden Seiten den Vorhang zu.

»Wohin fahren wir?«

»Wo wir sicher sind.«

»Das ist keine Antwort!« Sie zitterte noch immer und war völlig außer Atem. Ihre Angst musste ihr deutlich anzusehen sein.

Er nahm sie bei den Schultern und drehte sie halb zu sich herum, damit sie ihm in die Augen sah. »Vertrauen Sie mir, Lady Dunthorpe.«

»Bitte ... bitte nennen Sie mich nicht so.«

Die Bitte schien ihn zu erschüttern. »Wie soll ich Sie denn anreden?«

»Ich heiße Élisabeth, aber sagen Sie Élise. So nennt mich jeder.« Jeder, der ihr wichtig war.

Er kniff die Lippen zusammen, aber ohne seinen unerbittlichen Blick abzuwenden, dann nickte er.

»Heißen Sie wirklich Hawk? Ich vermute, nein. Niemand würde sein eigenes Kind so nennen. Hawk. Jedenfalls keine anständigen englischen Eltern, und die haben Sie. Ihre Aussprache verrät Sie.«

Er schnaubte, dann schüttelte er den Kopf. »Eine anständige englische Erziehung vielleicht, aber keine anständigen englischen Eltern.«

»Also heißen Sie nun wirklich so oder nicht?«

Einen Moment lang sah er sie schweigend an, dann fiel die Entscheidung. Sie konnte es ihm geradezu ansehen. Er strich ihr mit dem Daumen über die Wange und antwortete leise: »Ich heiße Samson Hawkins. Hawk ist also eine Kurzform meines wirklichen Namens. So haben mich meine Kollegen von jeher gerufen.«

»Samson Hawkins«, wiederholte sie. »Monsieur Hawkins.«

»Alle nennen mich Sam, oder vielmehr alle, die mich nicht Hawk nennen.«

Sie nickte. »Sam«, sagte sie probehalber.

Sein Blick verfinsterte sich. Der raue Daumen strich erneut über ihre Wange. »Wenn Sie es sagen ... mit Ihrem Akzent, das ist ...« Er ließ sie los und drehte den Kopf weg. »Belassen wir es dabei.«

Sie bekam einen Kloß im Hals. Er hatte ihr das Leben gerettet. Er sah hinreißend aus. Seine Berührung war so sanft, und als er sich mit bewegtem Gesicht abwandte, schmolz sie innerlich.

»Wohin fahren wir?«, fragte sie erneut, aber diesmal klang sie ruppig. Sie hatte noch Angst, zitterte aber nicht mehr, sondern empfand eine Benommenheit bis in die Glieder hinein. Sie fühlte sich allein, beraubt, verängstigt und erschüttert. Sie wollte, dass er sie anfasste, sie festhielt und schützte.

Er blickte sie nicht einmal an.

»Wo wir sicher sind«, wiederholte er.

Sie schaute zu ihm auf, dann stieß sie einen resoluten Seufzer aus. »Ich werde es wohl erfahren, wenn wir dort sind.«

Er nickte. Und weil er sie noch immer nicht ansah, sagte sie: »Aber ich fürchte, Sie werden mich zu Ihren Vorgesetzten bringen. Wo noch mehr von Ihnen sind ... Spione. Die zu mir nicht so freundlich sein werden wie Sie drei.«

»Nein«, widersprach er nüchtern. »Ich bringe Sie nicht zu denen.«

Wohin dann? Sie brauchte nicht zu fragen, er würde es ihr nicht verraten.

»Warum wurde auf uns geschossen?«, wisperte sie.

»Das wissen Sie nicht?«

»Nun ja ... ich ...« Sie schüttelte den Kopf und versuchte bei dem Durcheinander in ihrem Kopf einen klaren Gedanken zu fassen. »Waren das Dunthorpes Leute? Wollten sie Sie oder mich töten?«

Er blickte sie schräg von der Seite an. »Uns beide, nehme ich an.«

Bestürzt lehnte sie den Kopf ans Polster. Dann sagte sie matt: »Selbst Dunthorpes Leute halten mich für Ihre Komplizin.«

Der Gedanke ließ ihre Angst wieder auflodern. Sie hatte sich mächtige Feinde zugezogen, nicht nur Dunthorpes Verbündete hassten sie nun, sondern alle Engländer. Die Bewunderung des Volkes für Dunthorpe war legendär. Und dabei hatte sie gar nichts mit seinem Tod zu tun gehabt. Wie Hawk – Sam – gesagt hatte: Sie war zur falschen Zeit am falschen Ort gewesen. Er hatte vollkommen recht: Sie würde nie wieder frei sein.

Sie holte zitternd Luft. »Sie werden mich umbringen«, sagte sie mit heiserer Stimme. »Sie werden nicht ruhen, bis ich tot bin.«

»Wer?«

Seine Miene war wieder ungerührt. Da war er wieder, der kalte, berechnende Hawk. Der Hawk, der von ihr nichts weiter wollte als geheime Informationen.

»Die Engländer«, antwortete sie.

»Welche Engländer?«

»Alle.« Ihr Atem ging in kurzen Stößen, als ihre Angst sie erneut zu überwältigen drohte. »Sie konnten mich noch nie leiden, und jetzt hassen sie mich. Sie hassen mich.«

Heftig blinzelnd rang sie mit den Tränen.

Plötzlich zog Sam sie auf seinen Schoß und nahm sie in die Arme. »Schsch, Élise. Alles wird gut. Ich lasse nicht zu, dass Ihnen etwas passiert.«

»Wie ... wie können Sie ... das versprechen?«, hauchte sie. Sie bekam kaum Luft. Die Angst drückte ihr die Brust zusammen. Sie konnte nicht richtig durchatmen.

»Ich verspreche es«, bekräftigte er. »Sie können sich darauf verlassen.«

Seine großen Finger drückten sich in den Stoff ihres Kleides und ihren verspannten Rücken. Er zog sie enger an sich, und sie rollte sich an seiner harten Brust zusammen. Jetzt war sie in

Sicherheit. Seine Berührung war beruhigend. Sie empfand … Frieden. Allmählich konnte sie ruhig atmen, und ihr wurde warm. Mit der Wärme kam eine tiefe Sehnsucht, die sie noch nie in ihrem Leben verspürt hatte.

Eine Sehnsucht nach mehr. Mehr von Sam.

Er schaute sie an. Sein Ausdruck war zärtlich, seine Augen glänzten. Und da sah sie es: ein wachsendes Verlangen, das ihrem gleichkam. Ganz langsam glitten seine Hände den Rücken hinauf. Dann fasste er um ihre Wange und drehte ihren Kopf zu sich. Er kam näher, unaufhaltsam. Sie spürte seine Kraft und seine Wärme, zwei lebendige Kräfte in dem winzigen Raum zwischen ihren Mündern.

Dann berührten sich ihre Lippen, ganz zart auf die erregendste Weise.

Élise war schockiert über sich selbst. Sie hätte sich versteifen, abrücken, ihm eine schallende Ohrfeige geben müssen. Doch sie tat nichts dergleichen.

Stattdessen schmiegte sie sich an ihn. Seine Lippen wurden fester, bewegten sich sanft, flößten ihr Ruhe und Stärke ein. Sie glitten über ihren Mund, zärtlich liebkosend, neugierig tastend, schmeckend, tröstend. Seine Lippen waren glatt und warm und schmeckten süß.

Wie konnte solch ein Mann, solch ein großer, männlicher Kerl, süß schmecken? Er tat es jedenfalls. Er schmeckte wunderbar. Sie fasste sein Revers und zog ihn näher zu sich. Sie wollte in ihm versinken.

Er hatte sie entführt und hielt sie gegen ihren Willen fest, ja. Aber trotz der Gewalt, die er jederzeit gegen sie einsetzen konnte, strahlte er auch Güte aus. Er hatte etwas an sich, das ihr Vertrauen weckte. Sie hatte noch nie einem Mann vertraut. Dass sie ausgerechnet ihm vertraute, schien völlig unvernünftig.

Aber sie tat es.

Sie küsste ihn fester, drängte sich an ihn, öffnete ihren Mund für ihn, ließ seinen heißen Atem über sich strömen und in sie hinein, als sie seiner Zunge erlaubte, die Innenseite ihrer Lippen zu berühren. Er knabberte an ihren Lippen, vom Mundwinkel bis zur Mitte. Ihre Nasen streiften einander, als sie den Kopf zur Seite neigten, um sich heftiger und tiefer zu küssen, mehr zu schmecken.

Die Wärme in ihr schwoll zu lodernder Hitze an, die sich in alle Glieder ausbreitete. Sie stand in Flammen, ihr Leib schmerzte vor Sehnsucht … wonach, wusste sie nicht so recht. Aber eines war klar: Ihr Körper wollte Samson Hawkins. Sie wollte ihn.

Sie wollte ihn anfassen, seine Haut unter den Händen fühlen. Ihre Finger bewegten sich zu den stoffbezogenen Knöpfen seines Rocks. Sie fand den obersten und schob ihn durchs Knopfloch.

Abrupt zog er den Kopf weg. Es dauerte zwei Sekunden, bis sich ihr verschwommener Blick klärte.

»Élise … wir können nicht …«

Das war ihr klar. Dachte er, sie wüsste das nicht? Aber ihr Verlangen – ihre Erregung – hatte die Vernunft besiegt. »Eben waren Sie noch ein Schuft, und im nächsten Moment kommt Ihre ehrenhafte Seite zum Vorschein und ringt mit Ihrer durchtriebenen.«

»Ich weiß nicht, ob man diese Seite ehrenhaft nennen kann, doch sie gewinnt immer.«

»Aber ich will auch mal der Schuft sein, wissen Sie. Es spielt keine Rolle, was wir hinter den zugezogenen Vorhängen dieser Kutsche tun, nicht wahr? Niemand wird es je erfahren …«

Er gab ein tiefes Stöhnen von sich. »Es spielt sehr wohl eine Rolle.« Er rückte sie auf seinem Schoß zurecht, sodass sie den harten Wulst seiner Erektion unter ihrem Oberschenkel spürte. Der Druck an ihrer Haut brachte ihren Atem ins Stottern und löste eine dunkle, köstliche Vorfreude aus.

Der Schuft hatte sie gründlich verführt, und ohne dass er es darauf angelegt hätte. Ihr Körper freute sich auf etwas, von dem ihr Verstand wusste, dass es nie passieren würde. Nicht jetzt. Nicht heute Abend und höchstwahrscheinlich niemals.

Sehr sanft hob er sie von seinem Schoß und setzte sie wieder auf die Bank. Sie faltete die Hände im Schoß, als er den Vorhang einen Spalt weit öffnete, um hinauszuspähen.

»Wir sind gleich am Treffpunkt«, sagte er leise.

»Am Treffpunkt?«

Er nickte.

»Wir treffen jemanden?«

»Ja. Laurent.«

»Carter auch?«

»Nein. Der hat nach einem Angriff auf das Haus anderweitige Verpflichtungen.«

»Welche?«

Er zuckte die Achseln. »Den Vorfall melden. Schwierigkeiten beseitigen, wenn ich weg bin und es nicht selbst tun kann. Wir planen für alle Eventualitäten.«

»Ich verstehe.«

Errötend stellte sie sich vor, wie es wohl gewesen wäre, wenn Sam ihr erlaubt hätte, weiterzumachen ... wenn sie ihm den Rock und das Hemd ausgezogen und seinen Körper – seine Haut – unter den Händen gefühlt hätte.

Laurent hätte den Kutschenschlag geöffnet und sie gesehen, wie sie sich schamlos an seinen Lehrmeister schmiegte.

Als die Kutsche anhielt, wusste sie, sie sollte froh sein, weil wenigstens Sam Vernunft bewahrt hatte. Denn mit ihrer war es vorbei gewesen.

Noch immer schmerzte die unerfüllte Sehnsucht in ihr, und zugleich schämte sie sich wegen seiner Zurückweisung. Sie war zu hingerissen gewesen, um aufzuhören, er offenbar nicht … und das traf sie an einer Stelle, von der sie nichts geahnt hatte.

»Bleiben Sie hier«, befahl Sam. Er öffnete den Schlag und stieg aus. Élise drehte den Kopf zu dem Schlag neben ihr und blickte auf die Klinke, in der Brust ein Wirrwarr an Gefühlen – Scham, Gekränktheit, Verlangen und mehr, das sie nicht so rasch enträtseln konnte.

Vielleicht würde sie ihr gelingen – die Flucht von diesem verführerischen, verwirrenden Mann. Sie könnte entkommen, einen sicheren Platz zum Leben finden, wo sie von alldem befreit wäre.

Sie dachte daran, was der Angriff auf das Haus zu bedeuten hatte. Wenn es Francis war, der versucht hatte, sie zu töten – wer konnte es sonst gewesen sein? –, würde sie nirgendwo sicher sein.

Aber Sam hatte versprochen, sie zu beschützen. Er werde nicht zulassen, dass ihr etwas passiert.

Es hätte sowieso keinen Zweck, wegzurennen. Sie hatte nicht vergessen, wie leicht er sie beim ersten Mal eingeholt hatte.

Nein. Das war nicht der rechte Zeitpunkt. Sie kannte die drei jetzt, wusste, wozu sie fähig waren. Sie würden sie im Nu wieder einfangen.

Sie wollte und konnte nicht für immer in Gefangenschaft leben. Irgendwann würde sich die passende Gelegenheit zur Flucht ergeben. Dann würde sie sie beim Schopf packen. Und die seltsamen Gefühle, die sie für ihren Entführer entwickelte, würden an ihrem Plan nichts ändern. Nicht das Geringste.

Die Männer hielten sich nicht lange auf. Nach zwei Minuten stieg Sam wieder ein, und die Kutsche fuhr weiter.

»Laurent sitzt jetzt auf dem Kutschbock«, erklärte er. »Wir lassen Smithy in London.«

»Also ... verlassen wir die Stadt?«

»Ja.«

»Aber Sie wollen mir nicht sagen, wohin wir fahren?«

Er seufzte. »Nach Norden. Zu einem sicheren Versteck in einer entlegenen Gegend, wo uns hoffentlich niemand findet.«

»Wurden Laurent oder Carter angeschossen?«

»Nein. Laurent ist unversehrt. Carter ebenfalls. Der bleibt wie gesagt in London.«

Aber Sam war angeschossen worden. Er hatte eine Schusswunde am Oberarm. *Bon Dieu.* Sie war so durcheinander gewesen, dass sie es ganz vergessen hatte, und in der dunklen Kutsche war der zerrissene Ärmel nicht aufgefallen. Sie schloss die Augen. »Und wie geht es Ihnen?«

»Wie soll es mir gehen?«, fragte er überrascht.

»Sie sind verletzt.«

»Unsinn.«

»Aber Ihr Arm ...«

»Ich sagte doch, das ist nichts.«

»Ich muss es mir ansehen. Bitte zeigen Sie mir den Arm.«

Seufzend wandte er ihr die linke Schulter zu, zum ersten Mal, seit sie die Kutsche bestiegen hatten.

Sie schluckte schwer. Es war eine blutige Wunde mit rissigen Rändern. Bestürzt dachte sie daran, dass er nicht zusammengezuckt war, als er sie in den Arm genommen hatte.

Er war stark. Jetzt war es an ihr, stark zu sein.

»Gibt es in der Kutsche irgendwo eine Flasche billigen Gin?«, fragte sie.

Er schaute sie verwirrt an. »Gin? Was wollen Sie damit?«

»Ich gebe Ihnen einen kräftigen Schluck zu trinken, dann schütte ich ihn reichlich über die Wunde.«

Er zog die Brauen hoch, bückte sich jedoch und zog einen Jutesack unter der Bank hervor, in dem er kramte. Vielleicht hatte er wegen all der Aufregung bisher keinen Schmerz gespürt.

Er zog eine verkorkte Flasche mit roter Flüssigkeit hervor. Sie runzelte die Stirn. »Das scheint mir Wein zu sein.«

»Tut der es auch?«

»Nein. Der genügt nicht. Aber fangen Sie schon mal an zu trinken, wenn es Ihnen nichts ausmacht.«

»Gern«, sagte er. »Ich habe sowieso Durst.« Sein Mund verzog sich zu einem seltenen Lächeln. »Da ist auch eine Ration Salzheringe. Nicht gerade das Abendessen, auf das ich gehofft hatte, aber etwas anderes haben wir nicht.«

»Nein danke«, beschied sie knapp. Der Gedanke an Essen war ihr noch nie so reizlos erschienen wie jetzt. Und Salzhering? Nein … wirklich nicht.

Er zog den Korken heraus und trank einen herzhaften Schluck, bevor er ihr die Flasche reichte. »Auch durstig?«

Das war sie in der Tat. Sie nahm sie und fand sich herrlich barbarisch, als sie sich ebenfalls einen großen Schluck gestattete. Bisher hatte sie Wein stets aus Gläsern getrunken.

Sie wischte sich den Mund mit dem Handrücken ab, und jetzt erst fiel ihr auf, dass sie nichts weiter bei sich hatte, als was sie am Leib trug. Sie hatte nicht einmal Mantel, Handschuhe und Hut. Damit würde sie jedem Passanten sofort verdächtig erscheinen, sowie sie aus der Kutsche stieg.

Mit kläglichem Blick musterte sie das schlichte Kleid, das an ihr hing wie ein Sack. Wenigstens konnte man ihr nicht mehr vorwerfen, die elegante, unnahbare Lady Dunthorpe zu sein. Diese Rolle hatte sie aus so vielen Gründen verabscheut.

»Danke«, sagte sie höflich und reichte die Flasche zurück. »Nun ... Ist noch etwas Nützliches in dem Sack? Ein Krug Wasser vielleicht?«

»In der Tat.«

Für einen Moment wog sie ab, ob es klug war, Wasser statt Wein zu benutzen. »Dann geben Sie es mir bitte.«

»Natürlich.«

Er gab ihr den Krug, der ebenfalls mit einem Korken verschlossen war. Sie stellte ihn auf die Bank und griff an die Knopfleiste seines Rocks, den sie ihm eben noch fast vom Leib gezerrt hätte. Ihre Blicke begegneten sich.

»Ich werde Ihnen Rock und Hemd ausziehen müssen.«

»Wollen Sie das ernstlich tun?«

»Wir haben keinen Arzt bei uns, nicht wahr? Und ich vermute sicherlich richtig, dass Sie die Fahrt nicht unterbrechen werden, um einen Arzt aufzusuchen.«

»Allerdings.«

»Dann schlage ich vor, ich tue mein Bestes. Zwar bin ich kein Arzt, aber ich kenne mich ein wenig mit Wundbehandlung aus.«

In Paris während des Terrors versorgte Marie die Wunden der Adligen, die in dunkle Umhänge gehüllt bei Nacht an ihre Tür geschlichen kamen, weil sie Angst vor Denunziation haben mussten, wenn sie zu einem richtigen Arzt gingen. Sie und Marie lebten damals im Verborgenen, gaben sich zwei Jahre lang als einfache Leute aus, nachdem Élises Eltern und ihr Bruder auf dem Schafott gestorben waren, und schließlich konnte sie zusammen mit Marie nach England flüchten, dank der Hilfe von Élises Onkel.

Während jener heimlichen Zeit in Paris stand Élise still

dabei, schaute zu und ging Marie zur Hand, immer schweigend, aus Angst, der Adlige könnte an ihrer Sprechweise erkennen, dass sie auch von Stand war. Die Patienten hielten sie stets für Maries stumme kleine Schwester. Dabei nahm sie möglichst viel Wissen auf, und Marie unterstützte ihre Neugier. Gemeinsam in England interessierten sie sich weiter für Heilkunde, lernten aber mehr, als dass sie praktizieren konnten.

Jetzt hatte sie wieder einmal eine blutige Wunde vor sich. In dem beengten Raum zwischen den zwei Sitzbänken ging sie vor Sam in die Hocke.

Sam begann sich den Rock aufzuknöpfen, aber sie scheuchte seine Hände beiseite, schob die schwarzen Knöpfe durch die Löcher und zog den Stoff über seine Schultern, behutsam, um die Wunde nicht zu streifen. Dabei berührte sie seine obere Brust, und ihre Erregung flammte auf, sowie sie seine kräftigen Muskeln spürte.

Sie faltete den Rock zusammen und legte ihn auf die Bank. Seinem Blick wich sie aus und schaute nur auf sein Hemd, das noch im Hosenbund steckte.

»Jetzt das Hemd«, murmelte sie, griff in den Stoff und zog daran. Er hielt sich steif und vollkommen still, aber sie spürte seinen Blick.

Die Kutsche rollte über eine Bodenschwelle, und sie taumelte zur Seite, aber Sam fing sie ab. Sie griff an die Sitzkante neben seinem Oberschenkel – seinem steinharten, mächtigen Oberschenkel – und schaute zu ihm hoch.

»Halten Sie den Arm vollkommen still, bis ich ihn verbunden habe«, schalt sie. »Das ist ein Befehl.«

»Ach, tatsächlich?« Er klang belustigt. Er ließ sie los und trank noch einen Schluck Wein.

»Halten Sie still«, befahl sie streng.

Er lachte. Er lachte tatsächlich! Es war das erste Mal, dass sie ihn lachen hörte, und ihr Blick schnellte erstaunt zu seinem Gesicht.

»Wie Sie in solch einem Moment lachen können, geht über meinen Verstand.«

»In solch einem Moment? Was meinen Sie?«

»Einem Moment der Gefahr.«

»Aber wir sind außer Gefahr, Mylady«, erinnerte er sie.

»Élise.«

»Wir sind außer Gefahr, Élise.« Wie er ihren Namen aussprach, ganz ohne englischen Akzent, das jagte ihr einen wohligen Schauer über den Rücken.

»Aber das sind wir nicht«, widersprach sie. »Ich werde gehasst. Offenbar hat jemand beschlossen, ich sei seine Feindin und müsse deswegen sterben.«

»Er wird uns nicht finden«, sagte Sam vollkommen zuversichtlich.

»Niemals?«

Er sah ihr forschend in die Augen, nunmehr ganz ernst. »Ich ziehe es vor, mich auf die Gegenwart zu konzentrieren. Das ist sicherer. Für mich ist es der direkte Weg in den Wahnsinn, wenn ich stillsitze und mir den Kopf über die Zukunft zerbreche. Im Augenblick jedenfalls sind wir vollkommen sicher.«

»Warum sind Sie so dagegen eingestellt? Es ist unvernünftig, sich über die Zukunft keine Gedanken zu machen.« Inzwischen hatte sie das Hemd aus der Hose befreit und zog es nun hoch, sodass sie immer mehr olivenfarbene Haut und harte Muskeln enthüllte.

Er war so schön. Ihre Gedanken schweiften für einen ausgedehnten Moment von ihrer Aufgabe ab. Er hatte aber auch ein paar Narben, eine wulstige, kreisförmige unter der rechten Schulter, und drei längliche, schmale über der rechten Hüfte.

»Weil die Zukunft, über die ich mir Gedanken machen könnte, todbringend ist«, antwortete er leise.

Sie hielt inne und sah ihn an. »Wie das?«

Er zuckte die Achseln. »Denken Sie an meinen Beruf.«

Sie schluckte mühsam und wandte sich wieder ihrer Aufgabe zu. »Ach so. Heben Sie bitte den gesunden Arm.« Er tat es, und sie streifte ihm das Hemd in einem vom Arm und über den Kopf. Während sie es behutsam über die Schusswunde hob, sagte sie: »Ich glaube, Monsieur, ich höre Sie lieber lachen als so traurige Dinge sagen.«

»Ich bedaure, Sie zu enttäuschen.«

»Nein, Sie enttäuschen mich nicht. Mir scheint, Sie lachen nur selten. Es macht mich glücklich, dass ich Sie zum Lachen bringen kann, auch wenn es nicht oft passiert.«

Sie zog das Hemd vom Arm, und nun saß er mit nacktem Oberkörper vor ihr. Sie riss sich zusammen, um ihn nicht anzustarren, und hielt den Blick auf die Wunde gerichtet. Die Kugel hatte ihn gestreift und Stoff und Fleisch weggerissen. Sie war nicht stecken geblieben. Insofern hatte er Glück gehabt.

»Das sollte eigentlich genäht werden, aber ich nehme an, Sie haben dafür nicht das Werkzeug parat.«

»Sie können Wunden nähen?«, fragte er erstaunt.

»Ein wenig.«

»Sieh an.« Er hielt nachdenklich inne, dann sagte er: »Nein, wir haben wohl keine medizinischen Hilfsmittel in der Kutsche.«

»Das ist sehr dumm«, beschied sie.

»So?« Da war er wieder, der belustigte Unterton. »Warum?«

»Weil Sie die Kutsche offenbar zur Flucht benutzen. Haben Sie geglaubt, Sie wären unverwundbar? Sie würden unverletzt bleiben, selbst wenn Sie vor Leuten fliehen, die entschlossen sind, Sie umzubringen?«

»Wir hatten gewiss nicht vor, uns Wunden einzuhandeln«, sagte er. »Aber wie auch immer, wir haben weder chirurgische Erfahrung, noch haben wir vorausgesehen, dass wir eines Tages mit einer Dame fliehen werden, die darüber verfügt.«

Sie schnaubte. »Das ist dumm, wie ich schon sagte. Was, wenn der Schuss jetzt in einem Knochen steckte oder eine Ader angerissen hätte? Dann wären Sie jetzt schon tot.«

»Aber ich lebe noch.«

Sie knurrte leise.

»Macht Sie das froh, Élise?«

»Was meinen Sie?«

»Dass ich noch lebe.«

»Das macht mich sogar unendlich froh«, brummte sie. »So. Ich zupfe jetzt die Stofffetzen aus der Wunde. Das wird sehr unangenehm.«

Darauf gab er wieder das tiefe, leise, kehlige Lachen von sich, das sie geradezu glücklich machte. Ihre Mundwinkel zuckten, weil sie mühsam ein Lächeln unterdrückte.

»Halten Sie still«, befahl sie und zog mit spitzen Fingern den ersten Leinenfaden heraus. »Es ist höchste Zeit, sie zu säubern.«

7

Wenn er bedachte, dass Élise ohne medizinische Hilfsmittel auskommen musste, konnte er an ihrer Wundversorgung nichts aussetzen.

Der Schuss hatte ihn nur gestreift. Er hatte in seinem Leben schon ernstere Verletzungen gehabt. Verglichen mit denen war diese nur ein Kratzer. Aber es ließ sich nicht bestreiten – er verfolgte jede ihrer Bewegungen, als hätte er noch nie eine Frau gesehen. Ihre blauen Augen blieben dagegen auf die Sache konzentriert, ihre Lippen zu einer geraden Linie zusammengekniffen.

Sie zupfte alle Fasern aus der Wunde, reinigte sie mit viel Wasser und tupfte sie mit dem ruinierten Hemdsärmel trocken. Dann riss sie von ihrem Unterrock Streifen ab, mit denen sie die Wunde verband.

Sie war geschickt und tüchtig. Sie war eine ernst zu nehmende Person. Sie war das schönste Geschöpf, das ihm je unter die Augen gekommen war.

Nachdem sie es vollbracht hatte, saßen sie eine lange Weile freundschaftlich schweigend nebeneinander. Es war längst dunkel geworden, und Sam kam ein erotischer Gedanke nach dem anderen. Wie empfänglich sie für seinen Kuss gewesen war. Wie hungrig sie ihn erwidert hatte. In ihr schlummerte unbändige Leidenschaft. Wie wäre es wohl, wenn sie unter seinen Händen kam? Unter seinem Mund? Unter seinem tief in ihr steckenden Schwanz?

Er lehnte den Kopf ans Rückenpolster und unterdrückte ein Stöhnen.

Eine ziemlich verdorbene Fantasie, die sich da bemerkbar machte. Er versuchte, die Bilder beiseitezuschieben, aber ihr warmer Körper war so nah. Ihr süßer Geruch, nach Veilchen, hüllte ihn ein. Ihr Oberarm streifte seinen. Ihr Oberschenkel war an seinen gedrückt. Da er sie in Hosen gesehen hatte, wusste er, wie weiblich ihre Beine waren. Wie sahen sie wohl nackt aus? Blass und wohl geformt …

Die Kutsche hielt plötzlich an und riss Sam aus seinen Gedanken. Sie hatten die Stadt hinter sich gelassen und fuhren nun auf der London Road in Richtung Norden. Nach Lancashire und zum Lake Windermere, wo das Haus stand, das der Organisation als geheimes Versteck diente.

»Bleiben Sie sitzen«, befahl er Élise. Die Pferde mussten gewechselt werden, und Laurent brauchte eine Pause.

Ungehalten blickte sie ihn an. »Sie können nicht erwarten, dass ich bis ans Ende aller Tage in der engen Kutsche bleibe.«

»Das nicht, aber doch, bis wir unser Ziel erreicht haben. Vorher dürfen Sie nicht aussteigen. Sie sind nicht angemessen gekleidet und würden dadurch Verdacht erregen.«

»Und wenn ich … mich erleichtern muss?«

Er seufzte. »Ich habe nicht vor, Sie zu quälen. Natürlich werden wir notfalls anhalten.«

Sie brummte verdrossen.

»Müssen Sie jetzt?«

»Nun ja. Eigentlich schon. Aber nicht dringend. Noch nicht.«

»Gut. Wir werden an der Straße anhalten, sobald eine geeignete Stelle kommt.«

Zu seiner Überraschung lachte sie laut.

»Was ist so komisch?«

»Ich werde zu einer wahren Barbarin«, meinte sie. »Ich trinke aus der Flasche, mache Verbandszeug aus meinem Unterrock, pinkle am Straßenrand.«

Er zog die Brauen hoch.

»Ich glaube, ich werde das barbarische Leben genießen«, schloss sie geziert.

Er schüttelte den Kopf über sie, konnte sich ein Lächeln aber nicht so ganz verkneifen. Dann stieg er aus und ging in den Hof des Gasthauses. Laurent und er beeilten sich mit dem Ausspannen der Pferde. Als sie die ausgeruhten Tiere vor die Kutsche führten, gähnte Laurent hinter vorgehaltener Hand, und Sam klopfte ihm auf die Schulter.

»War ein langer Tag, hm?«

»Eher ein langer Abend«, gab Laurent zu. »Der Tag war gar nicht übel. Hab schließlich die meiste Zeit mit Lady Dunthorpe Schach gespielt. Das ist keine schlechte Art, seine Zeit zu verbringen.«

Sam fand es auch nicht übel, mit ihr zusammen zu sein, doch er machte ein finsteres Gesicht.

Was war mit ihm los? Er war eifersüchtig, stellte er fest. Allem Anschein nach gefiel es ihm nicht, wenn ein anderer sich mit ihr unterhielt oder ihre Gesellschaft genoss. Und vor allem gefiel es ihm nicht, wenn sie die Gesellschaft eines anderen Mannes genoss.

Das war lächerlich. So hatte er noch bei keiner Frau empfunden. Es wäre idiotisch, jetzt damit anzufangen.

Er holte tief Luft. »Stimmt«, brummte er durch die Zähne.

»Aber …« Laurent blickte ihn bedrückt an. »Hawk …« Er schluckte mühsam. »Ich glaube … ich glaub, ich hab einen von denen erschossen.«

Sam wurde schlagartig kalt. Laurents erste Liquidation. Er hatte gewusst, dass es eines Tages dazu käme, aber … Zum

Teufel, das war nicht gerade ein Grund zum Feiern. »Wie geht es dir jetzt?«, fragte er leise.

»Ich ... weiß nicht.«

Verfluchter Mist. Der Junge war noch ein halbes Kind, und er klang schwer erschüttert. Sam drückte ihm die Schulter. »Du hast deine Sache gut gemacht. Du hast Lady Dunthorpe beschützt. Ohne dich wären wir vielleicht nicht mehr lebend aus dem Zimmer herausgekommen.«

Laurent nickte heftig blinzelnd. »Gut.«

»Du hast getan, was du musstest, um uns zu schützen, Junge«, sagte Sam leise. »Ich habe nichts anderes von dir erwartet.«

Laurent lächelte düster. Dann schien er es abzuschütteln. Oder vielleicht wollte er nur das Thema wechseln. Er zeigte auf Sams Oberarm. Offenbar hatte er durch das Loch im Rockärmel den Verband bemerkt. »Lady Dunthorpes Werk?«

Sam nickte.

»Das hat sie gut gemacht. Ich war ein bisschen besorgt.«

»Das ist bloß ein Kratzer«, erwiderte Sam. »Und jetzt hau dich aufs Ohr. Ich wecke dich eine Stunde vor Morgengrauen.«

»Gut.«

Laurent öffnete den Schlag und verschwand in der Kutsche, und Sam stieg auf den Kutschbock.

Er trieb die Pferde nicht zum Galopp an, sondern ließ sie gemächlich laufen. Die Laternen an den Vorderpfosten brannten, aber es war eine dunkle Nacht mit dichten Wolken, und der Mond brach kaum einmal hervor.

Es war still draußen. Man hörte nur den Hufschlag auf dem festen Erdboden der Straße. Die kalte Nachtluft wirkte schwer, so als würde es bald schneien.

Er dachte über Laurent nach. Schon oft hatte er sich gefragt, ob der Junge aus dem passenden Holz geschnitzt war, um in diesem Metier erfolgreich zu werden. Heute Nachmittag hatte er sich gut geschlagen, seine Pflicht ohne Zögern ausgeübt. Er hatte Sam nicht einmal von der Liquidation erzählt, erst jetzt, nachdem sie London sicher hinter sich gelassen hatten.

Die Sache war jedoch die: Laurent hatte ein weiches Herz, war äußerst idealistisch und bestrebt, Gut und Böse zu unterscheiden. Er glaubte an ihre Arbeit und war überzeugt davon, dass sie das Richtige taten.

Aber manchmal verschwamm die Grenze zwischen Gut und Böse, wie Sam sehr genau wusste. Was würde passieren, wenn Laurent zum ersten Mal den Befehl erhielt, etwas zu tun, was er nicht für richtig hielt?

Das war nicht abzusehen. Und das machte Sam Sorgen.

Nachdenklich hielt er den Blick auf die Straße gerichtet und hoffte, dass der Junge in der Kutsche friedlich schlief.

Schließlich wanderten seine Gedanken zu Lady Dunthorpe zurück. Élise. Ihre süßen, zitternden Lippen hatten ihn unaufhaltsam angezogen. Sein Verlangen, sie zu schmecken, hatte einen Gipfel erreicht, und er war nicht mehr fähig gewesen, sich zurückzuhalten. Er hatte ihr nah sein wollen. Er hatte ihre Angst vertreiben, sie den Vorfall vergessen lassen wollen. Er hatte ihren Mund schmecken wollen.

Im Nachhinein betrachtet war er so unvernünftig gewesen wie noch nie. Vermutlich eine Nachwirkung der Schießerei und der hastigen Flucht aus dem geheimen Stützpunkt.

Élise hatte genauso wenig Vernunft walten lassen.

Oder ... ganz im Gegenteil?

Carter hatte gesagt, sie wäre längst in Sams Bett, hätte er nicht ihren Ehemann erschossen. In Wirklichkeit sollte sie sich niemals auch nur in die Nähe seines Bettes wünschen. Nach der einen Tat, die er begangen hatte – sie war praktisch dabei gewesen –, sollte sie ihn meiden wie der Teufel das Weihwasser.

Hatte sie Dunthorpe derart gehasst, dass sie seinem Mörder so leicht verzieh? Dass sie ihn sogar küssen konnte?

Sie hatte etwas an sich, das ihn schwach machte, das ihn bewegte, sich ihr zu öffnen, darauf zu vertrauen, dass sie in Dunthorpes Machenschaften nie verwickelt gewesen und nur ein Opfer seiner Niedertracht geworden war. Er hatte keinerlei Beweis, dass sie mitschuldig war.

Er hatte aber auch keinerlei Beweis für ihre Unschuld.

Sam war unvorsichtig gewesen. Er hatte ihr zu viel erzählt. Er hatte ihr sogar seinen Namen genannt, verflucht noch eins.

Im Stillen hatte er für sich entschieden, sie sei unschuldig, aber das hieß nicht, dass sie es tatsächlich war. Bei der Einschätzung war vielleicht eher sein Herz im Spiel – oder sein Schwanz. Es war sehr gut möglich, dass sie Dunthorpes Komplizin war und mit dessen Leuten unter einer Decke steckte.

Wenn das der Fall war, was wäre jetzt ihr Plan? Sicherlich würde sie möglichst viel über Dunthorpes Mörder erfahren wollen – und auch über seine Auftraggeber. Sie war der Wahrheit schon bedenklich nahe gekommen, als sie meinte, sie arbeiteten für die Krone.

Wie könnte sie sich die Sympathie englischer Spione erschleichen? Indem sie die Unschuldige spielte, die zartbesaitete Frau, die bei einem Schusswechsel zitterte und ihren Gatten des rücksichtslosen Verrats bezichtigte.

Sie würde bei ihnen den Beschützerinstinkt wecken. Als Nächstes würde sie sie verführen, angefangen bei Sam. Er war der Kopf der Gruppe, er hatte Dunthorpe getötet, und er wusste am meisten. Wenn sie ihn um den Finger wickelte, würde sie sich auch Carter und Laurent gewogen machen.

Verflucht. Er schloss die Augen. Er wünschte sich, dass sie

nicht so war, so kalt und berechnend. Für ihn sollte sie die kluge, temperamentvolle, verletzliche Frau sein, die ihn faszinierte. Aber konnte das denn wahr sein? Wie konnte sie ihn küssen, nur vier Tage nachdem er ihrem Mann ins Herz geschossen hatte? Ob sie den nun geliebt hatte oder nicht.

Er rieb sich die Stirn, um die drohenden Kopfschmerzen vielleicht noch abzuwenden.

Er erinnerte sich, dass er ihr versprochen hatte, auf offener Straße haltzumachen, damit sie sich erleichtern konnte. Seufzend zügelte er die Pferde.

Von jetzt an hieß es, äußerst vorsichtig vorzugehen.

Sie fuhren drei Tage und drei Nächte, zwar nicht mit hoher Geschwindigkeit, aber sie hielten nur zum Pferdewechsel an und um Lebensmittel zu kaufen, die sie dann in der Kutsche aßen. Es herrschte trübes Wetter, der Himmel war dicht bewölkt, aber Regen und Schnee blieben aus.

Sam und Laurent wollten ihr nicht erlauben, ihnen auf dem Kutschbock Gesellschaft zu leisten – es sei zu kalt für sie, sie sei nicht passend gekleidet, Passanten würde sie dadurch besonders auffallen.

Also saß sie bis auf die kurzen Pausen, wo sie sich erleichtern durfte, in dem winzigen Passagierraum eingesperrt. Sie versuchte, nicht ärgerlich zu werden, aber wenn Laurent oder Sam so lange darin eingepfercht wären wie sie, wären sie zweifellos übelster Laune oder wütend.

Wenn Laurent bei ihr saß, war er so charmant wie immer, aber nicht mehr so gesprächig. Meistens streckte er sich auf der Bank aus und schlief, während Élise sich in eine Ecke lehnte und sich möglichst still verhielt, um ihn nicht zu stören. Der Junge konnte scheinbar in jeder Haltung schlafen, und sei sie noch so unbequem. Und er schlief immer nach wenigen Augenblicken ein.

Oft betrachtete sie sein unschuldig aussehendes Gesicht und dachte, dass es für einen so jungen Menschen wie ihn doch ein sehr gefährliches Metier war, auf das er sich eingelassen hatte. Und er war Franzose. Wie war er in dieses Leben hineingelangt? Auf mehr als eine Art schien der Beruf nicht zu Laurents heiterem Wesen zu passen.

Dieses unschuldige Aussehen, das er im Schlaf bekam, täuschte gewiss, das war ihr klar. Laurent war älter an Erfahrung als an Jahren. So heiter und harmlos er erschien, er war ein tüchtiger junger Mann, und Sam vertraute ihm bedingungslos.

Sam.

Im Gegensatz zu dem Jungen schien der Mann nie zu schlafen. Heute Morgen war sie mit dem Kopf auf seinem Schoß aufgewacht und hatte ihn ertappt, wie er ihr Haar streichelte. Mehr als einmal hatte sie beim Aufwachen seinen finsteren Blick auf sich ruhen sehen und beobachtet, wie die Zärtlichkeit aus seinem Gesicht verschwand, sobald er bemerkte, dass sie wach war. Dann machte er sofort die gewohnte unbewegte Miene.

Es war früher Nachmittag, und Sam hatte angekündigt, dass sie ihr Ziel bei Sonnenuntergang erreichen würden.

Laurent saß jetzt auf dem Kutschbock, Sam also neben ihr in der Kutsche. Seine Wunde war recht schnell zugeheilt. Sie war bereits verschorft, und Sam sagte, sie jucke wie der Teufel. Sie freute sich, weil sie ihre Sache offenbar gut gemacht hatte. Eine kleine Narbe würde zurückbleiben, davon abgesehen war er bald so gut wie neu.

»Ich finde es albern, dass Sie mir noch immer verschweigen, wohin wir fahren«, sagte sie und brach das lange Schweigen.

»Nun, da haben Sie vielleicht recht.« Sie hörte förmlich, dass er schmunzelte.

»Natürlich habe ich recht«, bekräftigte sie. »Denn schließlich sehe ich es sowieso, wenn wir ankommen, nicht wahr?«

Er seufzte. »Wie ich Sie kenne, werden Sie es sofort erfassen.«

»Und ich weiß ohnehin schon sehr viel.«

»Tatsächlich?«

»Oh ja. Wir sind sehr weit nach Norden gefahren, aber nicht bis zur schottischen Grenze. Wir sind vorgestern durch Birmingham gekommen und heute Morgen durch Preston.«

»Das stimmt.«

»Sehen Sie, da können Sie mir ebenso gut sagen, wie unser Bestimmungsort heißt.«

»Wie weit sind Sie in England herumgekommen?«, fragte er.

»Ich lebe schon viele Jahre hier, Monsieur. Das ist meine Heimat.«

»Das beantwortet meine Frage nicht.«

»Natürlich bin ich weit herumgekommen. Zum Landsitz meines Mannes und zu allen möglichen anderen, wo wir eingeladen waren.«

»Nennen Sie mir einige davon. Ich weiß, Sie haben die meiste Zeit in London verbracht, sich aber auch einige Zeit in Brighton aufgehalten.«

»Ja. Mein Onkel, der Comte d'Ambert, hat ein Haus in Brighton. Er hatte keine eigenen Kinder, darum hat er es mir hinterlassen, wissen Sie, und nun gehört es mir. Es ist groß – sehr groß für eine kleine Frau –, aber es gefällt mir, ich bin gern dort.«

Ein weiterer Vorteil war natürlich gewesen, dass es Dunthorpe nicht gefiel.

»Hm.«

»Und Dunthorpes Landsitz liegt in Yorkshire. Im Lauf der Jahre war ich oft dort, aber nicht besonders gern.«

»Warum nicht?«

»Weil es Dunthorpe gehörte«, antwortete sie schlicht.

»Sie mochten es also nicht, weil sie unliebenswürdig sein wollten?«

Sie nahm den Ellbogen vom Fenstersims und drehte den Kopf zu ihm. »So einfach ist das nicht, wie Ihnen wohl klar sein dürfte.«

Er schüttelte den Kopf, und in seinen Augen glitzerte eine seltsame Entschlossenheit. »Ich weiß sehr wenig über Sie und Dunthorpe, Mylady.«

Sie lächelte verkniffen. »Das ist auch besser so. Es gibt nicht viel zu wissen, vor allem …« Sie zögerte.

Er neigte sich ein wenig heran, was auf diesem beengten Raum zu größter Nähe führte. Sie konnte seinen warmen Atem an ihrer Wange spüren. »Vor allem?«

Sie ballte die Fäuste zwischen den Rockfalten und straffte die Schultern. »Vor allem für Sie, Monsieur Spion. Nicht weil Sie ein Spion sind oder weil er Ihr Feind war, sondern weil es Dinge zwischen Eheleuten gibt, die zu erfahren keiner das Recht hat.«

Er strich ihr mit einem Finger über die Wange. Der Finger war rau. Schwielig. Es kitzelte. Und beschleunigte ihren Herzschlag, trieb ihr die Hitze durch den Leib, und sie schaute verlegen in den Schoß.

In den letzten paar Tagen hatte sie Berührungen so gut wie möglich vermieden. Sie wollte ihn gern anfassen, aber immer wieder dachte sie, wie falsch es wäre. Er unterließ es ebenfalls, und das gab ihr die Kraft, Abstand zu wahren. Vielleicht begehrte er sie gar nicht.

Aber derlei Zweifel verblassten, wenn sie mit dem Kopf auf seinem Schoß aufwachte und er ihr übers Haar strich.

»Was für Dinge?«, fragte er.

Sie schnaubte frustriert und fegte die ärgerliche, beharrliche Aufregung beiseite, die sie fühlte, wann immer er ihr nahekam. »Sie waren nie verheiratet, Monsieur. Anderenfalls wüssten Sie, wovon ich spreche.«

»Ich war verheiratet«, sagte er.

Bestürzt blickte sie ihn an. »Ist das wahr?«

»Ja.«

»Wo ist Ihre Frau?«, fragte sie misstrauisch. Ihr wurde kalt, und mit der Erregung war es vorbei. Bilder einer Frau, die irgendwo auf ihn wartete, drängten sich ihr auf. *Dieu.* Er hatte sich nicht verhalten wie ein verheirateter Mann, aber ...

»Tot«, antwortete er. »Alle beide.«

»Beide?«

»Ja. Ich war zweimal verheiratet.«

»Und beide sind gestorben?« Sie konnte es kaum fassen. Er war doch aber viel zu jung, um schon zweifacher Witwer zu sein.

»Ja.«

Was sie da gerade eben erfahren hatte, machte sie erst einmal sprachlos. Dann fragte sie: »Haben Sie sie geliebt?«

Die unverblümte Frage schien ihn zu überraschen. Er sah sie groß an, dann kniff er kurz die Lippen zusammen. »Beide lagen mir am Herzen. Sie waren mein.«

Wie er »mein« sagte, so besitzergreifend! Und trotz des traurigen Themas wurde ihr schon wieder heiß. *Dieu.* Insgeheim wünschte sie sich, er würde es sagen und ... sie damit meinen.

Sie schüttelte den Gedanken ab. »Wie hießen sie?«

»Marianne und Charlotte.«

»Wie sind sie gestorben?«

»Marianne kam im Krieg um.« Für einen Moment schloss er die Augen. »Sie geriet versehentlich in ein Manöver und wurde getötet. Es passierte auf Malta, wo ich damals stationiert war.«

»Und die andere?«, fragte sie leise. »Charlotte?«

»Charlotte ... starb in Portugal im Kindsbett, sie und unser Sohn. Ein paar Tage nach der Schlacht von Vimeiro ... und dem Ende meiner Militärlaufbahn.«

»Bon Dieu«, murmelte sie tief verunsichert. Sie schaute ihn an und dachte über seine unbewegte Miene und seinen nüchternen Tonfall nach.

Zwei Ehefrauen, beide tot. Ein Sohn, der nach der Geburt gestorben war. Und er war im Krieg gewesen. Sie schluckte schwer. »Was führte zum Ende Ihrer Militärlaufbahn?«

»Ich wurde angeschossen und mit einem Bajonett gestochen. Ich kehrte zur Genesung nach England zurück.«

Die runde Narbe an der Schulter. Die länglichen ... von einem Bajonett. In einer Schlacht. Sie atmete erregt, als ihre Gedanken von den Narben zu seinen schrecklichen Verlusten zurückkehrten. Wie schwer das für ihn gewesen sein musste! Das machte ihr manches an ihm begreiflich, seinen Ernst, seine unbewegte Haltung. Selbst jetzt war sein Gesicht ausdruckslos ... und plötzlich drückte sich darin so viel Schmerz aus. Plötzlich waren ihr die Momente, wo sie ihn hatte lächeln oder lachen sehen, umso kostbarer.

»Das muss entsetzlich gewesen sein«, murmelte sie, und es tat ihr in der Seele weh. »Das tut mir leid.«

Er nahm ihr Mitgefühl mit einem kurzen Nicken entgegen, aber sein Gesichtsausdruck blieb gleichmütig.

Tröstend legte sie eine Hand an seine Wange. »Sie waren ein guter Ehemann.«

Er schnaubte. »Wie kommen Sie darauf?«

»Ich weiß es. Ich dagegen ...« Sie holte tief Luft. »Ich war keine gute Ehefrau.«

»Warum nicht?«

»Ich habe meinen Mann nicht geliebt. Ich konnte ihn nicht einmal leiden. Mit siebzehn Jahren habe ich ihn geheiratet, was ein zu frühes Alter ist. Mit siebzehn wusste ich noch nicht, dass ein gewisses Maß an gegenseitiger Achtung nötig ist, damit eine Ehe gelingt.«

Er neigte den Kopf in ihre Hand und schloss die Augen. »Ich frage mich immer, ob Sie mich anlügen, wenn Sie so über Dunthorpe sprechen.«

Sie ließ ihn los. »*Non.* Ich lüge nicht.« Nicht in dieser Sache.

Er machte die Augen auf, und in der dunklen Kutsche schimmerten sie schwarz wie Obsidian. »Also haben Sie Dunthorpe auch manipuliert? Wie mich?«

»Wie meinen Sie das?«

»Sagen Sie es mir«, erwiderte er. Seine Stimme hatte einen seidigen Klang, der ihr an den Nerven zerrte und sie alarmierte. »In jeder Hinsicht vielleicht?«

»Ich weiß nicht, wovon Sie reden.«

»Ach nein?« Er neigte sich heran, so nah, dass seine Lippen ihre Wange streiften, als er weitersprach. »Sie bezirzen, Élise. Sie verführen. Ist das Ihre Masche, Männer zu manipulieren? Haben Sie damit auch Dunthorpe manipuliert?« Sie versteifte sich, aber das schien er nicht zu bemerken. »Sie haben ihn mit List verführt, ihn zum Verräter gemacht, ja? Für die Liebe einer schönen Frau tut man so manches, wissen Sie. Ganz leicht wendet man sich dann gegen das, was einem zuvor lieb und teuer war. Denken Sie an Helena von Troja.«

»Rücken Sie von mir weg, Monsieur«, verlangte sie angespannt, obwohl ihr Herz heftig klopfte und ihr von seiner Nähe heiß geworden war, obwohl ihr Körper nach seiner Berührung schrie. Aber ihr gefiel nicht, was er da sagte. Das war beleidigend. Grausam.

»Warum? Wollen Sie das nicht?« Mit einem Finger strich er an der Ausschnittkante ihres Kleides entlang, und das erregte sie gegen ihren Willen.

Sie schlug ihm auf die Hand, was ohne Wirkung blieb. Seine große Hand krümmte sich um ihre Schulter und hielt sie fest, sodass sie sich praktisch nicht vom Fleck rühren konnte.

Sie blickte ihn böse an. So wütend war sie in seiner Gegenwart noch nie gewesen. Hielt er sie wirklich für eine Dirne, die Männer verführte, um sie zu manipulieren? »Was tun Sie da?«, fragte sie mit mühsamer Zurückhaltung.

»Ich gebe Ihnen, was Sie wollen.« Er strich mit dem Daumen über ihr Jochbein.

Ihr Zorn wuchs. Aber auch ihre Erregung.

»Und das wäre?«, zischte sie. Seine Berührungen stellten mit ihrem Körper verrückte Dinge an, aber seine Worte ... versetzten sie in Rage.

»Mich.« Er beugte den Kopf, um mit dem Mund ihr Ohr zu streifen. Ein tiefes Zittern durchlief sie. »Ich habe ein brennendes Verlangen nach Ihnen, Élise. Sie machen mich wahnsinnig. Ich kann mich kaum zurückhalten, Sie flach auf die Bank zu drücken und auf der Stelle zu nehmen. Ich möchte Ihnen das schlecht sitzende Kleid vom Leib reißen, möchte mit Händen und Lippen über Ihren Körper wandern. Ich möchte ...«

»*Non!* Nichts davon ist wahr. Sie meiden mich.« Seit sie so unvernünftig gewesen war, ihn zu küssen, als gäbe es kein Morgen mehr, hatte er neben ihr gesessen, mit ihr geplaudert, den Gentleman gespielt und hatte sie fast vergessen lassen, dass er in Wirklichkeit ihr Kerkermeister war. Aber seit dem Kuss hatte er sie ohne jeden Zweifel gemieden.

Er gab ein kurzes sarkastisches Lachen von sich und hob den Kopf. Sein dunkler Blick war durchdringend. »Und was glauben Sie, warum ich das tue? Wenn ich Sie anfasse, will ich mehr. Wenn ich Sie ansehe, will ich mehr von Ihnen sehen. Wenn ich mich fernhalte, will ich Sie bei mir haben. Sie machen mich verrückt, Élise.«

Daraufhin wurde sie ganz still. Sie war sprachlos. Sie starrte ihn mit offenem Mund an.

»Ist das nicht Ihre Absicht? Zum Objekt meiner Besessenheit zu werden? Wenn ja, dann haben Sie Ihr Ziel erreicht, Liebste.« Seine Hand streifte über die Träger ihres Mieders und legte sich schließlich um eine Brust.

Bon Dieu.

Sie stand in Flammen. Helle Begierde brauste durch ihren Körper, zog sie in einen Strudel, in dem ihre Vernunft untergehen würde. Sie konnte nicht anders, sie drängte sich gegen seine Hand. Ihre Brust darin, das fühlte sich so gut an, so wunderbar.

»Welches ist Ihr Preis?«, raunte er.

»Mein ... Preis ...?«, fragte sie durch die Benommenheit der Erregung.

»Wollen Sie mich auch zum Verräter machen?«, krächzte er. »Soll ich Landesgeheimnisse verraten? Soll ich die Leute töten, für die ich arbeite oder die mit mir arbeiten? Soll ich Laurent und Carter die Kehle durchschneiden für eine Nacht mit Ihnen?« Seine Hand glitt zu ihrem Rücken. Mit großem Geschick begann er die Knöpfe zu öffnen.

»Sie sind dumm, wenn Sie das annehmen«, brachte sie atemlos vor Erregung hervor.

»Dennoch küssen Sie mich, vier Tage nachdem ich Ihren

Mann getötet habe. Welchen Beweggrund könnten Sie sonst dafür haben? Ich denke, Sie wollen Rache. Sie haben mir den Tag versüßt, das wissen Sie genau. Sie haben meine Selbstbeherrschung ins Wanken gebracht. Meine innere Ruhe. Doch das reicht Ihnen nicht für ein Leben. Sie wollen mehr – alles, was ich habe.«

»*Non*«, wisperte sie. Vor Wut traten ihr Tränen in die Augen. »Sie glauben, ich biete mich an, um dafür etwas zu bekommen ... als Lohn?«

»Was wollen Sie außer Rache? Ihre Freiheit? Unseren Tod? Informationen? Hier gibt es durch Verführung viel zu gewinnen, Élise.«

Sie schloss die Augen, als er den letzten Knopf öffnete und einen Ärmel herabzog. Er strich mit den Lippen über ihre nackte Schulter. Sie waren so weich, so warm, wie schon bei dem Kuss.

Sie liebte es, wie sich seine Lippen anfühlten.

Aber was er sagte, gefiel ihr gar nicht. Sein Verdacht war ... schrecklich. Und falsch. Was er damit unterstellte, schnitt ihr ins Herz, drang wie eisige Scherben durch all die Hitze, die seine Berührung hervorrief. »Glauben Sie das wirklich? Dass ich Dunthorpe verleitet habe, sein Land zu verraten?«

»Hm ...« Seine Zunge fuhr über ihr Schlüsselbein. »Haben Sie?«

»Sam ...« Sie stöhnte, als seine Lippen an ihrem Hals hinaufstrichen. Ihr Körper bewegte sich ohne ihre Billigung, wie von selbst neigte sich ihr Kopf zur Seite, um seiner Liebkosung Raum zu geben.

Sie hatte sich ihm gegenüber zu frivol gegeben, ihre Beziehung mit Dunthorpe verharmlost, wie auch alles andere seit dem Beginn ihrer Ehe. Aber Samson Hawkins war kein Mann, mit dem man leichtfertig umgehen durfte.

»Ich habe ihn nicht zum Verräter gemacht«, stieß sie hervor. Ihr war zum Weinen zumute ... Sie wollte vor seinem Gerede die Ohren verschließen und nur fühlen, was er tat, wie er sie berührte, wie ihr Körper sich nach seiner Berührung sehnte, danach schrie ... aber das durfte sie nicht tun. Sie wollte, sie musste es ihm erklären. Er hatte sie auf Dunthorpe, dieses Scheusal, angesprochen, und das konnte sie nicht ignorieren.

Eigentlich wollte sie nicht mehr über ihn reden. Nicht einmal an ihn denken. Wenn sie könnte, würde sie die vergangenen elf Jahre aus ihrem Gedächtnis streichen.

Sie wich seinen Lippen aus und rückte so weit wie möglich von ihm weg. Aber die Kutsche war klein, sie konnte nicht annähernd so viel Abstand zwischen sie bringen, wie sie wollte. »Er war schon lange vor unserer Heirat ein Verräter. Er dachte ... er dachte, wenn er mich zur Frau nimmt, würde er in Frankreich bei gewissen mächtigen Leuten Einfluss gewinnen.«

Da hatte er sich allerdings geirrt. Sie war von königlichem Geblüt und verwandt mit vielen politischen Schlüsselfiguren des nachrevolutionären Frankreichs. Aber sie war auch Emigrantin, die den größeren Teil ihres Lebens in England verbracht hatte, und jene Verbindungen, die einst so wichtig gewesen waren, hatten dieser Tage nicht mehr so viel Gewicht. Die Engländer hatten diese grundlegende Veränderung in der Kultur ihres Landes noch nicht begriffen.

Die Franzosen hatten Dunthorpe benutzt. Sie hatten ihn verführt mit dem Versprechen, ihn mächtig und reich zu machen, in ihren Augen blieb er allerdings stets, was er war – ein Verräter. Sie zahlten ihm sein Geld, versprachen ihm immer wieder Macht, aber letztendlich verachteten sie ihn.

Dunthorpe hatte stets vorgegeben, das störe ihn nicht weiter, doch in Wirklichkeit machte es ihn wütend. Und natürlich musste sie oft die volle Wucht seiner verbalen Angriffe ertragen, weil sie Französin war und ein bequemes Ziel für seine Wut darstellte.

»Ist seine Rechnung aufgegangen? Haben Sie ihm zu Einfluss in Frankreich verholfen?« Mit festem Griff langte er hinter ihren Rücken und zog sie zu sich heran. Er küsste sie am Kinn entlang bis zu ihrem Ohr und zog ihr Ohrläppchen sacht zwischen die Zähne. In ihrem Unterleib zog sich etwas zusammen, warm und sehnsüchtig.

»Tun Sie ... mir das nicht an, Sam«, flehte sie.

»Was denn?«

»Machen Sie mich nicht zu etwas, was ich nicht bin.«

»Was sind Sie denn, kleine Hexe?«

»Ich bin doch keine Hexe ...«

»Doch, das sind Sie.«

»Non.«

»Warum haben Sie es dann getan, Élise?« Er streichelte ihre Schulter, seine raue Berührung war so erregend, dass sie beinahe stöhnte. »Warum haben Sie den Mörder Ihres Mannes am vierten Tag nach der Tat geküsst?« Mit der Zungenspitze fuhr er den Ohrmuschelrand entlang.

Eine Träne lief ihr aus dem Augenwinkel und die Wange hinunter. Sie wischte sie weg, damit er sie nicht sah.

»Das ... das weiß ich nicht«, stieß sie hervor. Und das stimmte. Sie wusste es wirklich nicht. Sie fühlte sich zu Sam hingezogen, magisch angezogen von seiner Schutz verheißenden Stärke.

»Soll ich es Ihnen sagen?«

Sie antwortete nicht.

»Weil Sie eine Sirene sind. Sie wollen mich in den sicheren Tod locken.«

Sie schüttelte den Kopf. »Das ist nicht wahr.« Sie seufzte

schwer. »Ja, ich will meine Freiheit wiederhaben. Ich bin nicht gern in Gefangenschaft. Wer könnte das von sich behaupten?«

»Wir haben Sie nicht in einem Kerker angekettet. Wir haben Sie nicht hungern lassen, Sie nicht gefoltert.«

»Aber eingesperrt.«

»Ja«, gab er zu. »Eingesperrt und verwöhnt, das haben wir getan.« Er strich mit dem Mund an ihrem Haaransatz entlang. Ihr Körper verlangte, sie solle an ihn heranrücken, sich an ihn drängen, ihn ebenfalls liebkosen. Stattdessen hielt sie sich zurück, machte sich steif und ballte die Fäuste an den Seiten.

»Eine Gefangene bin ich trotz allem. Ich will nichts weiter als meine Freiheit. Ich möchte von alldem weg.«

»Von alldem?«

»Von Spionen, Verrätern, der Feindseligkeit zwischen Frankreich und England. Ich wollte mich nie mit hineinziehen lassen.«

»Aber Sie wurden mit hineingezogen.«

Das stimmt. Schon bevor ihre Familie unter der Guillotine gestorben war.

»Unbemerkt«, wisperte sie. »Dunthorpe hat mich benutzt. Jetzt benutzen Sie mich.«

Verärgert rückte er von ihr ab. »Nennen Sie mich nie wieder in einem Atemzug mit diesem Mann. Ich habe nichts mit ihm gemein.«

»Aber Sie verlangen von mir dasselbe wie er.«

»Nein.« Sein Ton war kalt, sein Gesichtsausdruck so hart wie noch nie.

»Selbst wenn ich Ihnen alles sage, was ich weiß – und das ist sehr wenig –, würden Sie mich nicht gehen lassen. Welchen Grund hätte ich also, etwas preiszugeben? Sie halten mich weiter gefangen, vielleicht für immer, vielleicht bis Ihnen befohlen wird, mich zu töten. Warum sollte ich meine Geheimnisse enthüllen?«

Er nahm sie energisch bei den Schultern. »Sagen Sie es mir. Wussten Sie, was Dunthorpe vorhatte? Waren Sie in den Plan eingeweiht?«

»Welchen Plan?«, fragte sie matt.

»Den Prinzregenten zu ermorden.«

Ihr blieb die Luft weg. Sie war zutiefst erschrocken.

Sam schüttelte sie leicht und holte sie damit aus der Benommenheit. »Wussten Sie davon?«

»Nein«, hauchte sie. »Ich sagte doch, ich ahnte, dass er etwas plant, etwas Schreckliches. Ich war mit dem Mann elf Jahre lang verheiratet, ich wusste genau, was für ein schlechter Mensch er ist. Seine Überheblichkeit kannte keine Grenzen. Ich hatte den Eindruck, dass sein Plan alle vorigen übersteigt. Er benahm sich so sonderbar, und seine Augen glänzten vor Erregung, das weckte in mir die schlimmsten Befürchtungen. Ich dachte, wenn ich mich unter dem Tisch verstecke, während er mit dem Franzosen spricht – mit Ihnen –, dann würde ich erfahren, worum es geht. Dann könnte ich mich damit an jemanden wenden, vielleicht an ... an den Herzog von Trent.«

Sie schlang die Arme um sich, um sich innerlich gegen ihn zu verschließen – gegen ihn und die ganze Welt.

Ein paar Augenblicke lang herrschte Schweigen.

»Den Herzog von Trent?«, fragte er schließlich leise.

»Ja. Ich bin ihm einige Male begegnet und habe mich ausführlich mit ihm unterhalten. Er ist ein freundlicher Mann und sehr loyal. Er hätte das Richtige unternommen. Er hätte Dunthorpes Machenschaften ein Ende bereitet.«

»Ist Ihnen klar, was passiert wäre, wenn der Herzog Beweise für den geplanten Anschlag in die Hand bekommen hätte? Ihr Mann wäre gehängt worden.«

Sie holte bebend Luft. »Ja, ich weiß.«

Sam stöhnte. »Oh, Élise, Sie ahnen gar nicht, wie gern ich Ihnen glauben möchte.«

Daraufhin blickte sie ihm in die Augen. »Glauben Sie mir. Das ist die Wahrheit.«

Er starrte sie an. In seinem Gesicht zeichneten sich Empfindungen ab, die sie nicht benennen konnte.

Dann zischte er einen groben Fluch, zog sie in die Arme und küsste sie.

8

Sie schmeckte süß wie die Trauben, die in ihrer einstigen Heimat so üppig gediehen. Ganz wie beim letzten Mal, als sie die Arme um ihn schlang. Leise keuchend öffnete sie den Mund.

Der Zweifel nagte an ihm: Warum ließ sie sich von ihm küssen? Gerade jetzt? Er schob ihn beiseite.

Er begehrte diese Frau. Er wollte sie küssen, sie im Arm halten, anfassen, sie heißmachen, sie besitzen.

Sie war seine Schwäche, vielleicht sogar sein Untergang. Aber in diesem Moment kümmerte ihn das nicht. Er musste sie haben, auf ganz primitive, instinktive Art.

Ihren Mund nahm er als Erstes in Besitz, erkundete ihn mit den Lippen, mit der Zunge, schloss die Augen, als die Lust an der Berührung ihm durch und durch ging. Er hatte sie auf seinen Schoß gesetzt, und jetzt drückte sie sich an genau den richtigen Stellen gegen ihn, mit dem Hintern an seinen harten Schwanz, mit den Brüsten an seinen Oberkörper.

Sie war so süß, so verdammt schön. Er bekam nicht genug von ihr. Er wollte mehr.

Er zog den Ärmel tiefer hinab. Dadurch kam die obere Rundung der Brust zum Vorschein, ihr Mieder bedeckte nur knapp die Brustwarze. Er senkte den Mund darauf und küsste sie. Ihre Haut war wunderbar hell und so verflucht süß. Er könnte sich in der Zartheit verlieren.

Sie wölbte ihm die Brust entgegen. Die Hände um sein Revers geklammert, schmiegte sie sich an ihn.

Er schob die Finger in den Rand des Mieders und wollte es mit einem Ruck herunterziehen. Durch die steifen Fischbeinstäbe, die in den Stoff eingenäht waren, widerstand es der Bewegung, gab aber um zwei Zoll nach, sodass eine Brustwarze entblößt wurde.

Er hob den Kopf, um sie zu betrachten: ein rosa Kreis mit der festen Knospe in der Mitte, bereits steif von seinen Aufmerksamkeiten. Erneut senkte er den Kopf und rieb mit den Lippen über ihre Haut. Keuchend drückte sie sich an ihn. Sie war so empfänglich, so heiß auf ihn ... Er schloss die Lippen um die Knospe und saugte.

Verdammt, wie sehr er das brauchte. Er glaubte nicht, dass er je wieder aufhören könnte. Während er ihre Brust küsste, zog er ihren Ärmel ganz herab und streichelte ihren Arm, weil er von ihrer seidigen Haut nicht genug bekommen konnte. Er könnte sie den ganzen Tag anfassen und würde doch mehr wollen.

Ihre Knospe zog sich zusammen, wurde unter seiner Liebkosung härter. Eine ihrer Hände löste sich von seinem Revers, um ihm durch die Haare zu fahren, fasste um seinen Hinterkopf und drückte ihn an ihre Brust.

Während er mit einer Hand ihre zarte, glatte Haut streichelte, griff er mit der anderen um ihren Hintern und zog sie höher auf seinen Schoß. Dabei rückte er sich unter ihr zurecht in dem vergeblichen Bemühen, seinem Schwanz ein wenig Erleichterung zu verschaffen. Was auf diese Weise jedoch nicht zu haben war ... Der einzige Platz, wo sie zu finden wäre, lag in ihr.

Er stöhnte an der prallen Brust, denn sofort sah er es vor sich, wie er in sie eindrang, wie sich ihr heißes, feuchtes, weiches Fleisch um ihn schloss.

»Mhm.«

Bei dem lauten Räuspern riss Sam den Kopf hoch. Laurent stand im offenen Kutschenschlag und starrte sie mit aufgerissenen Augen an. Hastig zog Élise sich den Ärmel hoch, um ihre nass glänzende Brust zu bedecken.

Sam wollte vor allem, dass Laurent woandershin schaute. »Augenblick, Mann«, fuhr er ihn an.

»Äh, ja. Natürlich.« Schamrot im Gesicht warf Laurent den Schlag zu. Schweigend wandte Sam sich Élise zu und half ihr, das Mieder zurechtzurücken. »Drehen Sie sich um, damit ich das Kleid zuknöpfen kann.«

Sie tat es ohne ein Wort. Rasch schloss er die Knopfleiste, dann drehte er sie zu sich herum. Für einen langen Moment schaute er in ihre blauen Augen und schob ihr ein paar Strähnen hinter die Ohren.

»Wir sind da«, sagte er. Er hatte nicht bemerkt, wie die Kutsche in die Einfahrt einbog und anhielt, er war vollauf mit Élise beschäftigt gewesen.

Er durfte nicht noch einmal den Kopf verlieren. Verflucht noch eins, er sollte es wirklich besser wissen!

Sie fasste um seinen Nacken und zog ihn zu sich, Stirn an Stirn. »Glaubst du mir, Sam?«, flüsterte sie. »Sag mir, dass du mir glaubst.«

»Ich ... ich möchte es.« Er wünschte es sich brennend.

Kurz hielt sie ihn noch fest, dann zog sie den Kopf zurück und nickte, wie um zu sagen, sein Wunsch, ihr zu glauben, genüge ihr fürs Erste.

Sie zog ihren Rock glatt, der sich um die Oberschenkel gebauscht hatte. »Ich dachte, ich werde froh sein, wenn wir endlich da sind und ich aus der engen Kutsche aussteigen darf. Aber ich stelle fest, es macht mich nicht so glücklich wie erwartet. Ich wünschte ...« Sie hielt inne und begegnete seinem Blick. »Ich wünschte, wir hätten mehr Zeit.«

Mehr Zeit wofür?, fragte er sich. Um ihr Verlangen zu befriedigen oder um der Wahrheit nachzugehen?

So oder so, die Zeit war um. Sie befanden sich an einem entlegenen Ort und würden mehrere Tage dortbleiben, zumindest bis Adams neue Anweisungen gab.

»Kommen Sie.« Er strich an ihrem Arm hinab und nahm ihre Hand. »Ich zeige Ihnen das Haus.«

Er half ihr aus der Kutsche. Sowie sie auf festem Boden stand, hob sie den Kopf und sah das Cottage.

»Ist das hübsch!«, rief sie aus.

Da konnte er nur beipflichten. Seine Mutter besaß ein Haus am Lake Windermere, und seine glücklichsten Kindheitserinnerungen waren damit verbunden. Wahrscheinlich hatte er dieses Cottage gekauft und als Versteck ausgewählt, weil es ihn an die schöne Zeit von damals erinnerte.

Die Kutsche stand unter einem ausladenden Baum, von wo sie über die Lichtung auf das kleine Steinhaus blickten. Die Wolken hatten sich verzogen, während er sich in der Kutsche über Élise hergemacht hatte. Jenseits des Cottage schimmerte der See tiefblau unter dem klaren Frühlingshimmel.

Rings um das Haus blühten Narzissen und andere frühe Blumen in einem Beet und sprenkelten es mit gelben, roten und violetten Tupfen. In der Ferne erstreckten sich grüne Hügel entlang des Horizonts, und das andere Ufer des Sees, das nur eine Meile entfernt lag, war bei dem schönen Wetter klar zu erkennen.

Das Laub der Bäume hinter ihnen raschelte im frischen Wind, davon abgesehen war es still. Der Platz am See strahlte einen Frieden aus, den Sam in sich aufsaugte, wann immer er sich dort aufhielt.

»Das ist Hawks Lieblingsplatz«, sagte Laurent zu Élise.

Es schien sie nicht verlegen zu machen, dass Laurent sie in

der Kutsche beim Liebesspiel ertappt hatte. Sie warf ihm ein Lächeln zu. »Ich verstehe, warum. Es ist wunderschön hier.«

Sam drückte ihre Hand. »Kommen Sie ins Haus. Ich werde Sie herumführen.«

»Dann kümmere ich mich um die Pferde«, verkündete Laurent.

Sam schaute zu ihm. Der Junge wirkte melancholisch, aber nicht ablehnend. In dem engen Beisammensein während der Reise war die Spannung zwischen Sam und Élise gewachsen. Sicherlich hatte Laurent das gespürt, allerdings dazu kein einziges Wort darüber verloren.

Sam war ihm dafür dankbar, denn er wusste, was er im umgekehrten Fall zu Laurent sagen würde, wenn der Junge von ihrer Gefangenen derart bezaubert wäre: *Sei kein Dummkopf, halte dich von ihr fern.*

Sam hatte das weiß Gott versucht. Aber sie war die verbotene Frucht, süß und äußerst verlockend. Die Anziehung zwischen ihnen war für sie beide gefährlich und musste abgetötet werden. Ob ihm das gelingen würde, wusste er nicht. Er konnte sich nichts mehr vormachen, sein wachsendes Verlangen nach ihr war für ihn essenziell geworden.

Er wandte sich ab und führte Élise ins Haus. Drinnen roch es nach abgestandener Luft, aber dem konnte er abhelfen, indem er ein paar Fenster öffnete.

Sie betraten ein winziges Vorzimmer, dann den Salon. Rechts schaute man durchs Fenster auf den See, geradeaus befand sich der Kamin. Der Boden war mit Teppichen ausgelegt, und bequeme Möbel einschließlich einer Chaiselongue sorgten für Behaglichkeit. An der linken Seite führte eine Treppe ins obere Stockwerk und ein Durchgang in die Küche und das Speisezimmer.

Élise ging zum Fenster, zog die Gardine zur Seite und

schaute hinaus. Sam trat zu ihr. Ein paar Minuten lang blickten sie gemeinsam übers Wasser. Die Sonne stand dicht über der Hügelkette und warf ihr goldenes Licht über den See bis zum Cottage.

Mit einem innigen Seufzer drehte sie sich zu ihm hin. »Hier könnte ich mich beinahe frei fühlen.«

Gut, dachte er.

»Aber natürlich bin ich es nicht.«

Was sollte er sagen? Er konnte nicht behaupten, es sei nur vorübergehend und sie werde bald wieder bei ihren Lieben zu Hause sein. Das war nicht möglich. Sie war ein Risiko – nicht nur aus britischer Sicht, sondern auch für ihre Feinde. Er war nicht bereit, sie den Wölfen in London zum Fraß vorzuwerfen und sich selbst zu überlassen. Irgendjemand, von der einen oder von der anderen Seite, würde dafür sorgen, dass sie nichts ausplaudern konnte.

Würde sie jemals irgendwo sicher sein?

In ihm reifte ein Entschluss. Er wollte der Sache auf den Grund gehen, ihr entlocken, was sie ihm nicht anvertrauen wollte. Seit ihrem Liebesspiel in der Kutsche glaubte er tief im Innern, dass ihr Wissen über Dunthorpe sie nicht als dessen Komplizin entlarven würde.

Dann würde er einen Weg finden, sie zu beschützen. Er schob den Arm um sie und zog sie an sich. Sie passte an seinen Körper wie für ihn geschaffen. Den Mund in ihr Haar gedrückt, atmete er ihren Duft ein, der vollkommen weiblich war. Er schien ihm direkt ins Blut zu gehen und machte ihn heiß – ein Hauch Veilchen und erregende Süße.

In dem Moment hörte er die Türklinke, trat von ihr weg und ließ den Arm sinken. Es hatte keinen Sinn, es zu verbergen, aber er wollte weder Élise noch Laurent in Verlegenheit bringen.

Der Junge kam mit zwei Säcken hereingeschlendert. Den

einen hatte er schon bei sich gehabt, als sie sich in London trafen, und der andere enthielt ein paar wesentliche Dinge, die sie immer im Kutschkasten mitnahmen.

Er grinste Sam an. »Schön, wieder zu Hause zu sein, was?«

Sam folgte Élises Blick, die sich im Salon umsah.

»Das ist Ihr Zuhause?«, fragte sie.

»Nicht ganz, aber ein anderes werde ich wohl nie haben.«

»Das haben Sie sich gut ausgesucht.«

Laurent zwinkerte ihr zu und stieg mit den Säcken die Treppe hinauf. Sam und Élise folgten ihm.

Sam zeigte ihr die drei Schlafzimmer, die alle auf den See hinausgingen.

Als er sie in das größte führte und erklärte, hier werde sie schlafen, schaute sie ihn von unten herauf an. »Und Sie werden mich bewachen?«

»Natürlich.«

»Da ist ein freies Zimmer nebenan«, stellte sie heraus.

»Ja.« Aber das durfte er nicht beziehen. Ihre Leidenschaft für ihn dürfte ihren Wunsch nach Freiheit nicht verringert haben. Sie könnte trotzdem versuchen zu fliehen.

Nicht dass er ihr daraus einen Vorwurf machte, vielmehr achtete er sie dafür. Das bedeutete aber nicht, dass er sie entkommen ließe.

»Ich werde den Topf aufs Feuer setzen«, sagte Laurent. »Es wird guttun, mal etwas Warmes in den Bauch zu bekommen.«

Unterwegs hatten sie hauptsächlich kalten Braten, Käse und Brot gegessen, seit sie London verlassen hatten. Vor einer Stunde waren sie jedoch durch Kendal gefahren, wo gerade Markttag war. Laurent hatte Vorräte für eine Woche eingekauft, und auch eine Gallone Graupeneintopf fürs Abendessen. Sam knurrte der Magen, wenn er daran dachte.

Élise bestand darauf, Laurent in der Küche zu helfen. Also begaben sie sich alle dorthin. Sam zündete im Herd Feuer an, und Laurent füllte die Suppe in den Kessel. Sam ging mit Élise zum Brunnen Wasser holen. Élise wusch das staubige Geschirr und Besteck ab, während er in der Speisekammer kramte. Mit einer Flasche Wein und einem Krug Ale kam er wieder zum Vorschein.

Unbeschwert schweigend arbeiteten sie vor sich hin, ab und zu fragte einer etwas oder machte einen Vorschlag. Bald zog ein appetitanregender Geruch durch die Küche. Élise stellte das Brot in den Ofen, um es zu wärmen, dann ging sie mit sauberen Servietten und Besteck ins Speisezimmer und deckte den Tisch.

Als Tochter und Nichte eines Comte und Witwe eines Viscounts war sie es gewohnt, bedient zu werden, aber sie war überraschend selbstständig und anpassungsfähig. Und trotz des Umstands, dass ihr ganzes Leben vor einer Woche erst in die Brüche gegangen war, zeigte sie der Welt ein gut gelauntes Gesicht. Das fand Sam erfrischend. Er hatte vor Langem vergessen, schon vor seiner Ehe mit Marianne, wie man sich ein heiteres Gemüt bewahrte.

Laurent kicherte, und Sam bemerkte, dass er stocksteif dagestanden und ins Speisezimmer gestarrt hatte, wo Élise gerade verschwunden war.

»Hätte nie gedacht, dich mal so zu erleben, Hawk«, sagte Laurent leise.

Sam hätte das selbst nie gedacht. Verknallt wie ein grüner Junge ... und ohne die Frau und ihre Beweggründe so recht zu kennen. Teufel auch, das sah ihm gar nicht ähnlich. Das war sogar ziemlich erbärmlich. Er seufzte schwer. »Belass es dabei, Laurent«, brummte er.

»Geht klar«, erwiderte der leichthin. »Werde es nicht mehr erwähnen.«

»Gut.«

»Aber«, schob Laurent mit jungenhaftem Mutwillen nach, »es macht mich glücklich.«

»Wie meinst du das?«

»Ich mag sie«, antwortete er prompt. »Ich glaube nicht, dass sie an ihrem Schicksal schuld ist.«

»Nicht?«

Laurent schüttelte den Kopf. Dabei rührte er mit dem langen Holzlöffel im Kessel. »Nee. Sie ist unschuldig wie ein Kind. Aber jetzt sind Dunthorpes Freunde ihre Feinde.« Er pfiff durch die Zähne.

»Du meinst, die haben uns in London angegriffen?«

»Klar.« Laurent warf ihm einen schrägen Blick zu. »Du nicht?«

»Ich vermute das auch, aber wir können dessen nicht sicher sein.«

Laurent schnaubte. »Wer sollte es sonst gewesen sein? Die bedauernswerte Dame hat sich mächtige Feinde gemacht durch ihre Verbindung mit Dunthorpe und kann nicht mal was dafür.« Er blies auf einen Löffel voll Suppe und kostete. Zufrieden nickend nahm er zwei Topflappen und zog den Kessel vom Feuer. »Bei so vielen Feinden bin ich froh, dass sie in dir einen starken Freund hat.«

»Und was ist mit dir?«, fragte Sam ruhig.

»In mir hat sie auch einen. Aber einen starken?« Laurent schüttelte den Kopf.

»Stell dein Licht nicht unter den Scheffel, Junge. Du bist mehr als fähig, wehrlose Frauen zu beschützen.«

Im Durchgang sah Laurent über die Schulter zu Sam. Seine braunen Augen wirkten traurig, als er sagte: »Ich weiß.«

Sie setzten sich an den Tisch. Laurent schöpfte den Eintopf in die Schalen, während Élise das warme Brot aufschnitt, das sie aus dem Ofen geholt hatte. Sam bestrich sich seine Scheibe großzügig mit Butter, und sie aßen eine Weile still vor sich hin, genossen die Aromen von Fleisch, Graupen und diversen Gemüsen.

Schließlich stieß Élise einen Seufzer aus. »Das schmeckt köstlich. Das hast du klug ausgewählt, Laurent. Das beste Essen für heute Abend, wie ich meine.«

Er grinste sie an. »Hast du das gehört, Hawk? Die Dame findet mich klug.«

»In dem Fall muss ich ihr zustimmen«, erwiderte Sam gütig.

»Ich hoffe, Sie behalten mich als den klugen Kopf in Erinnerung«, sagte Laurent.

»In Erinnerung? Das hört sich an, als ob ich dich nie wiedersehe.«

»Das mag schon sein«, sagte Laurent ernst. »Ich muss morgen nach London zurück.«

»Warum?« Élises Augen wurden groß und dunkel wie eine sturmgepeitschte See.

»Ich muss unseren Bericht abgeben und die weiteren Befehle holen.«

»Ah. Ich verstehe. Aber du kommst zurück, ja?«

Laurent blickte unsicher zu Sam.

»Möglicherweise«, antwortete Sam an seiner Stelle. »Oder sie schicken jemand anderen.«

»Carter?«

»Vielleicht.« Sam blieb unverbindlich.

Élise sah ihn stirnrunzelnd an, dann schaute sie in ihre halb geleerte Suppenschale. »Du wirst mir fehlen, Laurent. Du bist der freundlichste von meinen Gentleman-Spionen.«

Laurent blickte Sam mit hochgezogenen Brauen an. »Siehst du? Freundlich und klug.«

Sam schnaubte leise.

»Machen Sie sich keine Sorgen, Mylady«, sagte Laurent. »Morgen früh, bevor ich wegreite, werde ich Hawk noch einschärfen, sich bestens zu benehmen.«

Sie gab wortlos, aber sehr damenhaft zu verstehen, dass dies wohl ein frommer Wunsch bleiben werde.

Da musste Sam ihr recht geben – gutes Benehmen fiel ihm schwer – erst recht, wenn er mit dieser Frau in diesem Haus allein war.

Aber wenn er auch nach außen hin ein Grobian war, blieb er doch im Herzen ein Gentleman. Er würde ihr nichts tun. Er würde sie mit seinem Leben schützen.

Élise wusste das auch, trotzdem sah er eine Spur Besorgnis in ihren Augen, als sie zu ihm aufblickte.

Einige Minuten später stand er auf und schob seinen Stuhl zurück. Er sammelte die Schalen und das Besteck ein. Bevor er Élises Gedeck wegnahm, hielt er inne. »Fertig?«

»Ja.«

»Ich gehe abwaschen.«

Er flüchtete in die Küche, wo er das Geschirr in dem Wasser vom Brunnen abspülte.

Dass er ein paar Schritte Abstand zu ihr hatte, ließ sein heißes Verlangen nach ihr ein wenig abkühlen, aber er wusste schon, es würde nicht einfach werden, wenn Laurent erst einmal fort war.

Seine Sehnsucht nach ihr war stark, zog ihn permanent zu ihr hin. Er glaubte nicht, dass er sich lange bezwingen könnte.

Sam stand im Morgengrauen auf, um Laurent zu verabschieden. Gestern Abend hatte er die Matratze aus dem Bett nebenan genommen und in Élises Zimmer auf den Boden gelegt. Und beim ersten Grau am Himmel schlug er die Decke zurück. Er zog sich die Hose an, griff nach seinem Hemd und schlich hinaus auf den Flur. Lautlos schloss er hinter sich die Tür. Anders als in London konnte man die Zimmertüren nicht abschließen. Zum Glück aber die Haustür, und da das Haus an zwei Seiten von Wasser umgeben war, gab es nur wenige Fluchtwege.

Dennoch ließ Sam sie nicht gern allein. Er hielt Augen und Ohren offen … nur für alle Fälle.

Auf dem Weg nach unten zog er sich das Hemd über und steckte es in die Hose. Er fand Laurent in der Küche, wo er sich gerade einen Schlauch Wasser umhängte und ein paar Scheiben Dörrfleisch für die Satteltaschen einpackte.

»So gut wie fertig?«, fragte Sam.

»Ja. Das Pferd ist auch schon gesattelt.«

Er ließ das zweite Pferd und die Kutsche zurück. So blieb Sam zwar nur ein Reittier, für den Fall, dass er mit Élise fliehen müsste, aber es war unwahrscheinlich, dass jemand sie hier fand.

»Gut«, sagte er. »Laurent … du musst mir einen Gefallen tun.«

»Jeden.«

»Du musst meinem Bruder eine Nachricht überbringen.«

Laurent zog die Brauen hoch. »Dem Herzog?«

»Ja. Du musst ihm sagen, dass er Briefe an das King's Arms in Kendal schicken kann.«

Laurent sah ihn fragend an. »Wegen der Suche nach der Herzoginwitwe?«

»Ja, und allem, was er sonst noch mitzuteilen wünscht. Ich weiß nicht, wie lange ich hierbleiben muss, und ich denke, sie stehen kurz davor, den Aufenthaltsort meiner Mutter zu erfahren.«

Er hatte bei Laurent nicht erwähnt, dass sie zuletzt in Preston gewesen sein sollte, wo sie gestern Morgen durchgekommen waren.

Seine Brüder und Esme waren auch auf dem Weg nach Preston, reisten aber vermutlich wesentlich langsamer, als Laurent, Élise und er es getan hatten. Wahrscheinlich würden sie in ein paar Tagen dort eintreffen. Er würde sich noch überlegen, ob er ihnen auch eine Nachricht zukommen ließ, je nachdem, wie die Dinge liefen und wie lange er noch bleiben musste. Aber Trent zu informieren war vorerst das Beste, was er tun konnte.

So einsam das Cottage auch stand, er war hier immerhin näher am Geschehen, was die Suche nach seiner Mutter betraf.

Schon einige Male hatte er sich gefragt, was sie wohl gerade tat, wo sie war, ob sie glücklich war ... Einige Monate lang hatte er wirklich geglaubt, sie sei tot, aber dann hatten sie aufatmen können, als sie erfuhren, dass sie aus freien Stücken mit Steven Lowell gegangen war.

Wenn die Geschwister sie fanden, wollte Sam es sofort erfahren. Er wollte seine Mutter in Fleisch und Blut vor sich sehen, sich vergewissern, ob sie wohlauf war, und dann von ihr selbst hören, warum sie die Familie auf diese rätselhafte Weise verlassen hatte.

Laurent runzelte die Stirn. »Du hast deinen Bruder noch nie wissen lassen, wo du bist. Ich weiß schon, du verrätst ihm nicht, wo das Cottage steht, aber Kendal ist doch recht nah ...«

»Stimmt, aber ich halte es diesmal für richtig. Sag ihm kein Wort über Lady Dunthorpe oder die Umstände, die uns hergeführt haben.«

Laurent schaute gekränkt. »Das würde mir im Traum nicht einfallen.«

»Ich weiß.« Sam bedachte ihn mit einem schiefen Lächeln – ein besseres brachte er selbst an seinen heitersten Tagen nicht zustande. Außer Élise war bei ihm. In ihrer Gegenwart schien ihm das leichterzufallen. »Dann los«, sagte er ruppig.

Er begleitete Laurent zur Haustür. Der Junge wand die Zügel vom Pfosten los und stellte sich neben das Pferd. »Pass auf sie auf«, sagte er leise zu Sam.

Sam schaute den Jungen prüfend an. Er kannte ihn schon eine ganze Weile. Mit elf Jahren war Laurent zu Adams gebracht worden, als unehelicher Sohn einer adligen Engländerin und eines französischen Emigranten. Seine Mutter wollte ihn zum Gentleman erziehen lassen. Aus ihm sollte etwas werden, jemand, der sich für eine gute Sache einsetzt. Ihr Ehrgeiz verlangte nichts Geringeres von ihm, als ein Held zu werden. Obwohl sie ihn unehelich zur Welt gebracht hatte, liebte sie ihn abgöttisch. Ebenso sehr wie die Herzogin Sam geliebt hatte.

Vielleicht fühlten sie sich einander verbunden, weil sie einiges gemeinsam hatten, was ihre Kindheit und Erziehung betraf. Von Beginn an hatte er auf den Jungen aufgepasst. Als Laurent dreizehn war, wurde Sam sein Lehrmeister.

Unschuldig und eifrig war der Junge damals. Und nun war er fast ein Mann.

»Das tue ich, Junge«, sagte er.

»Ich versuche, so schnell wie möglich wieder hier zu sein.« Laurent verzog den Mund. »Falls Adams es erlaubt.«

Sam nickte. Er hoffte, dass Laurent zurückkehrte und Carter mitbrächte. Sie waren sich in den moralischen Fragen ihres Metiers einig. Zusammen würden sie die bestmögliche Entscheidung treffen, wie mit Adams' Befehlen umzugehen war – ganz gleich, wie diese lauteten.

»Hast du deine Pistolen?«

»Aber gewiss«, antwortete Laurent ruhig. Er klopfte auf die rechte Satteltasche, wo vermutlich aber nur eine steckte.

»Gut. Hüte dich vor Dunthorpes Leuten.« Soweit sie wussten, hatte noch keiner von denen Laurent oder Carter gesehen, aber man konnte nicht vorsichtig genug sein. Sam war ziemlich sicher, dass die Verschwörer ihn gesehen hatten – und zwar deutlich, womit er im Nachteil war, sollte er in ihr Blickfeld geraten, zumal Dunthorpe sehr geschickt verborgen hatte, wer mit ihm unter einer Decke steckte. Sam würde den Feind womöglich erst erkennen, wenn es für ihn zu spät war.

»Geht klar«, sagte Laurent.

»Wirst du bei Masterson übernachten?«

Masterson war einer von ihnen. Er arbeitete als Zöllner an der Zollstation nördlich von Preston. Die Organisation hatte mehrere solcher Leute im Land verteilt. Durch diesen speziellen Posten wusste Masterson immer, wer nach Norden reiste.

Sam und Laurent hatten den Mann über die Umstände unterrichtet, als sie durch seinen Schlagbaum gefahren waren, hatten sich aber nicht lange aufgehalten, da Masterson nicht wissen sollte, wer Élise wirklich war.

»Ich weiß nicht.« Laurent strich mit den Fingerspitzen rastlos über den Sattelrand. »Ich könnte gut zwanzig Meilen mehr zurücklegen …«

»Nein«, fiel Sam ihm ins Wort, »bleib über Nacht dort. Wir sind hier sicher. So viel Eile ist nicht nötig. Von hier nach Preston ist es ein guter Tagesritt, und du musst Masterson ausführlich über alles in Kenntnis setzen und ihn auch genau fragen, wer bei ihm durchgereist ist.«

Laurent zog kaum merklich die Brauen zusammen. »Also gut. Dann bei Masterson.«

Sam nickte und drückte ihm die Schulter. »Gut, und sei vorsichtig. Ich warte auf Nachricht von dir.«

Laurent nickte und stieg in den Sattel. Nach ein paar Augenblicken verschwand er zwischen den Bäumen, und der Hufschlag verklang.

Als Sam ihn nicht mehr hören konnte, kehrte er ins Haus zurück und schloss die Tür hinter sich ab.

Endlich war er allein mit Élise.

9

Sechs Tage waren vergangen, und dieser unbegreifliche Mann hatte sie kaum einmal angesehen. Er hatte den Schuft in sich versteckt und den gleichmütigen Gentleman hervorgekehrt.

Élise saß am Seeufer, die Arme um die Knie geschlungen, und genoss den frischen Wind des Nachmittags. Sam stand ein paar Schritte hinter ihr und beobachtete zweifellos jede ihrer Bewegungen. Inzwischen hatte sie sich daran gewöhnt, dass er dort stand, und fühlte sich unter seinen permanenten Blicken nicht mehr verunsichert.

Frustriert kaute sie auf der Unterlippe. Nicht dass sie erwartet hätte, er werde sofort über sie herfallen, sobald Laurent fort war. Aber diese sture Zurückhaltung – das war absurd. Er bewachte sie lückenlos und redete nur über unbedeutende Dinge wie das Wetter, und wenn er sie ansah, schien er durch sie hindurchzusehen. Sein Gesicht zeigte nie eine Regung, das beherrschte er exzellent. Es war, als ob er zwar körperlich anwesend, mit den Gedanken jedoch ganz woanders sei. Sie fand das höchst irritierend.

Ihre Enttäuschung wuchs. Es war schlimm genug, dass sie gefangen gehalten wurde, aber beobachtet und zugleich ignoriert zu werden war jenseits des Erträglichen.

Sie behielt ihren Ärger für sich, oder vielmehr, wenn sie ehrlich sein sollte, ihre Gekränktheit, und benahm sich wie eine fügsame Gefangene. Sams geistige Abwesenheit bestärkte sie nur in ihrem Wunsch zu fliehen, und sie hatte die einsamen

Stunden hauptsächlich mit Überlegungen verbracht, wie sie das bewerkstelligen könnte.

Infolge ihrer äußerlichen Passivität war Sam beim Bewachen nachlässig geworden. Er schlief noch auf der Matratze in ihrem Schlafzimmer und hielt sich den größten Teil des Tages in ihrer unmittelbaren Nähe auf. Doch es gab Gelegenheiten, wo er sie für einen kurzen Zeitraum allein ließ, und diese Zeiträume wurden jeden Tag ein bisschen länger.

Obwohl durch seine Zurückhaltung verwirrt und enttäuscht, fiel es ihr leicht, ihm Zufriedenheit vorzuspielen. Diese einsame Gegend gab ihr Ruhe, der See war wie Balsam für ihre aufgewühlte Seele. Viele Stunden saß sie am Ufer und beobachtete, wie das Wasser über die Kieselsteine spülte. Dabei machte sie ihren Frieden mit Dunthorpe.

Sie war für immer von ihm befreit, aber die Frage war, was sie mit ihrer Freiheit anfangen wollte. Dunthorpe hatte ihr nichts hinterlassen. Sie besaß lediglich das Haus in Brighton, und das würde sie verkaufen müssen. Von dem Erlös würde sie eine Weile leben können.

Aber wo? Nicht in London, nicht in Brighton, so viel stand fest. Ihre Feinde konnten sie dort viel zu leicht aufspüren.

Vielleicht hier, dachte sie wehmütig. Wenn sie aus freien Stücken hergekommen wäre, nicht als Gefangene, könnte sie sich in dieser Landschaft zu Hause fühlen.

Vielleicht könnte sie einen ähnlichen Platz finden, ein Cottage weit entfernt von einer Stadt ...

Zunächst aber musste sie fliehen.

Geistesabwesend hatte sie neben sich mit den Kieselsteinen gespielt. Jetzt fiel ihr ein flacher in die Finger. Sie warf ihn aus dem Handgelenk und ließ ihn über das Wasser hüpfen.

Die Unterlippe zwischen die Zähne gezogen, dachte sie nach.

Sie würde aus dem Cottage fliehen, aber nicht Hals über Kopf wie in London, so verlockend es auch war, einfach in eine beliebige Richtung zu rennen, Hauptsache fort. Sie brauchte einen Plan, einen gut durchdachten Plan.

Zu Marie durfte sie nicht gehen. Ihre Freundin wurde sicherlich überwacht. Sich dort blicken oder auch nur von sich hören zu lassen wäre für sie beide gefährlich. Unter keinen Umständen wollte sie dem Menschen schaden, den sie am meisten schätzte.

Immer wieder kam sie auf den Herzog von Trent zurück. Sie wünschte, sie hätte ihn vor Sam nicht erwähnt. Er war einer der wenigen Leute, die sie bei ihm erwähnt hatte, und Sam vergaß nichts. Wenn sie flüchtete, würde er auch bei dem Herzog nach ihr suchen. Aber vielleicht könnte sie den Herzog von ihrer Unschuld überzeugen, und er würde ihr helfen zu verschwinden, bevor Sam sie fand …

»Woran denken Sie?«

Élise fuhr erschrocken zusammen, dann drehte sie den Oberkörper und schaute zu ihm hoch. Er stand unmittelbar hinter ihr. »*Mon Dieu!* Sie haben mich erschreckt.«

»Sie wissen doch, dass ich hier bin. Oder waren Sie so tief in Gedanken versunken, dass Sie es vergessen haben?«

»Ja, war ich«, murmelte sie.

»Einen Penny für Ihre Gedanken.« Er hockte sich neben ihr auf die Fersen.

Sie blickte ihn herausfordernd an. »Zuerst den Penny, dann sag ich's Ihnen.«

Seine Mundwinkel zuckten, was sie als großen Erfolg betrachtete. Das war seit vielen Tagen die erste Regung, die sie bei ihm sah.

»Was wollen Sie hier draußen mit einem Penny anfangen?«

»Für Geld finde ich immer eine Verwendung. Morgen gehen

wir auf den Markt, nicht wahr? Da werde ich etwas Schönes für mich finden.«

Er lachte, und Élise hätte am liebsten triumphierend die Faust gereckt. »Ich glaube, ich habe einen im Haus liegen sehen. Wenn Sie mir tatsächlich erzählen, was in Ihrem Kopf vorgegangen ist, soll er Ihnen gehören.«

»Abgemacht.«

Er saß nah bei ihr, zwar ohne sie zu berühren, aber nur eine Handbreit weit weg. So nah, dass sein warmer Atem über ihre Wange strich, wenn er den Kopf zu ihr drehte. Sie mochte es, wie er neben ihr hockte. Nach so vielen Jahren, wo sie zu allen Männern Abstand gehalten hatte, auch zu ihrem Ehemann, war es ein fremdartiges Gefühl, sich nach dieser Nähe zu sehnen.

Sam zog die Brauen hoch. »Nun …?«

Im Stillen ging sie alles durch, woran sie in den letzten Minuten gedacht hatte.

Nichts davon konnte sie äußern, ohne Verdacht zu erregen, das war ihr klar. Und vielleicht wollte sie ihn unbedingt provozieren, denn sie sagte seufzend: »Ich habe an Sie gedacht.«

Er bedachte sie mit einem amüsierten Blick. »An mich?«

»Ja.«

»Warum?«

»Sie haben mich tagelang ignoriert«, erklärte sie rundheraus. Sie schob die Hände zwischen die Kieselsteine, ertastete einen flachen und ließ ihn übers Wasser hüpfen. Sie schaute nicht einmal hin, sondern beobachtete Sams Gesicht, um zu sehen, wie er ihre Antwort aufnahm.

Sein Blick wurde ernst. Er drehte den Kopf weg und schaute zu der Stelle, wo ihr Kieselstein versunken war. »Ich habe Sie nicht ignoriert.«

Sie schlug einen unbeschwerten Ton an. »Und ob Sie das getan haben.«

Er schaute sie wieder an, die Augen so dunkel und unergründlich, dass ihr ein Schauder über den Rücken lief. Er war so faszinierend. Sie könnte ihn ununterbrochen anstarren.

»Sie wissen, warum, Élise.« Er sprach leise und mit einer gewissen Schärfe, und das machte ihr eine Gänsehaut.

»Weiß ich das?«

»Spielen Sie nicht mit mir.«

Sie schürzte die Lippen und stieß den Atem aus. »Tue ich das? Mit Ihnen spielen?«

»Ich denke schon.«

Darüber dachte sie ernsthaft nach. Die Wahrheit war, sie glaubte zu wissen, warum er sie ignoriert hatte. Das machte es nicht weniger ärgerlich.

»Ich ahne, warum Sie sich so verhalten«, räumte sie ein. »Aber ich weiß es nicht sicher. Vielleicht irre ich mich.«

»Sagen Sie mir, was Sie vermuten, dann werde ich es bestätigen oder verneinen.«

»Ich nehme an«, begann sie vorsichtig, »der Schuft in Ihnen ...«, sie schluckte und plötzlich schnürte es ihr die Kehle zu, »begehrt mich. Und Sie ignorieren mich, weil Sie glauben, das Begehren verschwindet dann.«

Er schwieg. Ihr Gesicht glühte, aber sie hob mutig das Kinn und sah ihm ins Gesicht. Sie war noch nie feige gewesen und wollte es auch jetzt nicht sein.

Aber ihr war, als hätte sie sich die Brust aufgerissen und ihm ihr Herz gezeigt, und er hätte nun die Wahl, ihr ein Messer hineinzustoßen oder Gnade walten zu lassen. Seit wann war sie so versessen auf den Mann, dass sie ihm die Macht gab, sie zu verletzen?

Angst kribbelte in ihrem Magen, während er sie völlig ausdruckslos anstarrte. Sie bereute, es gesagt zu haben, doch das wollte sie sich auf keinen Fall anmerken lassen.

»Vermute ich richtig?«, wisperte sie nach ein paar Augenblicken.

»Ja.« Seine Stimme zitterte ein wenig, und er verzog die Lippen. In seiner eben noch ausdruckslosen Miene wurden Gefühle sichtbar – Schmerz, Verwirrung und einiges, das sie nicht deuten konnte.

Ihn so zu sehen ... das brachte ihr Herz zum Schmelzen.

»Hatten Sie Erfolg damit? Ist das Begehren verschwunden?« Ihr Ton war gleichmütig, aber innerlich war sie aufgewühlt. *Bitte ... bitte, sag mir, es ist nicht weg ... du begehrst mich noch immer, denn, Gott steh mir bei, ich will dich auch, ich will dich ganz verzweifelt.*

»Nein«, gestand er leise, und diesmal kam die Antwort schnell. »Es ist nicht weg.«

Wie erleichtert sie war!

Dieu, der Mann hatte sie verführt, ohne es überhaupt darauf anzulegen.

»Dann können Sie mit dem Unsinn aufhören.«

Er blickte sie fragend an.

»Da es nicht wirkt, brauchen Sie nicht mehr mit mir zu sprechen, als wäre ich Ihnen völlig fremd.«

Seine Lippen zuckten wieder. »So einfach ist das, hm?«

»Natürlich.«

Er legte einen Arm um sie und zog sie zu sich heran. Es war das erste Mal seit sechs Tagen, dass er sie anfasste, und sie sank gegen ihn, in den Trost, den dieser starke Arm zu bieten hatte.

»Warum wehren wir uns dagegen?«, fragte sie leise nach einem langen Moment des Schweigens. Denn sie hatte sich auch dagegen gewehrt, gegen die starke Anziehung, das Verlangen, ihm so nah zu sein, wie eine Frau einem Mann sein konnte. Diesen Kampf kämpfte sie schon seit London.

Und sie war des Kämpfens müde.

Er fasste fester zu. »Sie wehren sich auch dagegen?«

Sie blickte auf und nickte. »Ich habe inzwischen meinen Frieden mit Dunthorpe gemacht. Ich bin bereit, die dunkle Zeit mit ihm hinter mir zu lassen. Ich möchte lieber nach vorn schauen.«

»Damit wird wohl kaum jemand einverstanden sein.«

»Vielleicht nicht. Aber mich hat noch nie sonderlich gekümmert, was andere über mich denken. Anderenfalls hätte ich mich verkrochen, die Tür abgeschlossen und den Schlüssel weggeworfen.«

»Sie waren elf Jahre lang mit ihm verheiratet, Élise. Er ist nicht mal einen Monat tot.«

»Und ich bin sehr froh, dass diese elf Jahre keine Fortsetzung finden.«

Er atmete tief durch. »Warum?«

Ein Schauder überlief sie. Würde Dunthorpe immer sein hässliches Haupt zwischen ihnen erheben? Auf Sams Frage gab es keine einfache Antwort, und sie wusste nicht einmal, wo sie anfangen sollte. »Warum muss ich Ihnen das erzählen? Warum glauben Sie mir nicht, wenn ich sage, dass es so ist?«

»Ich möchte Sie besser verstehen.« Nach kurzem Schweigen sagte er: »Er war kein guter Mensch, Élise. Ich will mir gar nicht vorstellen, wie Sie ... und er ...« Er schüttelte den Kopf.

»Ich auch nicht. Das ist nicht angenehm.«

»Erzählen Sie mir, wie Sie sich kennenlernten.«

»Bei einem Ball. Ich war gerade siebzehn geworden, und mein Onkel führte mich in die Londoner Gesellschaft ein. Als wäre ich eine englische Debütantin. Wussten Sie das?«

»Dunthorpe tanzte mit Ihnen bei diesem Ball?«

»Ja. Zwei Mal. Er war sehr charmant. Und mein Onkel, der Comte, wusste, Dunthorpe ist auf Brautschau, und hielt ihn für eine gute Partie. Mein Onkel dachte sehr traditionell und ließ sich leicht beeindrucken, wenn jemand einen Stammbaum und Geld hatte, und Dunthorpe hatte beides.«

»Er machte Ihnen also den Hof.«

Allmählich entspannte sie sich an ihm, er wirkte beruhigend auf sie. »Ja. Es gab Hindernisse auf allen Seiten. Ich fand ihn zu alt – er war sechzehn Jahre älter als ich, und ich sagte zu meinem Onkel, ein Mann sollte eine Frau, die nur halb so alt ist wie er, nicht heiraten dürfen. Wenn Dunthorpe nicht zugegen war, gefiel er meinem Onkel. Wenn sie einander gegenüberstanden, mochte er dessen Benehmen nicht. Er fand ihn aufgeblasen und überheblich, und das war er tatsächlich. Und Dunthorpe, nun ja, meine französische Herkunft störte ihn im Grunde. Er wollte eigentlich eine englische Rose.«

»Aber die Hindernisse wurden offenbar überwunden«, sagte Sam.

»Ja. Ich befand, dass sein Titel und Reichtum sein Alter wettmachten. Ich stand damals unter dem Einfluss meines Onkels, wissen Sie. Er meinte, der Charakter eines Mannes sei nicht wichtig, wenn er blaues Blut und so viel Geld wie Dunthorpe habe. Und der ...« Sie rollte mit den Augen. »Der sagte zu mir, als er um meine Hand anhielt, er habe entschieden, dass meine Schönheit den Makel meiner Herkunft übersteigt und er mich deswegen für wert befinde, seine Frau zu werden.«

»Also haben Sie ihn geheiratet.«

»Töricht wie ich damals war, ließ ich mich darauf ein.« Sie drehte sich zu ihm. »So junge Menschen sollten solch eine Entscheidung nicht treffen dürfen.«

»Dürfen sie ja auch nicht«, sagte er trocken. »Nach dem Gesetz müssen Braut und Bräutigam einundzwanzig Jahre alt sein. Wenn einer jünger ist, müssen die Eltern ihre Zustimmung geben, anderenfalls ist die Eheschließung ungültig.«

»Mein Onkel, der mein Vormund war, gab natürlich seine Zustimmung, und das zeigt, dass er genauso töricht war wie ich.«

»Im Herbst wurde die Ehe dann geschlossen?«, raunte er an ihrem Ohr und spielte mit den Fingerspitzen am Spitzenrand ihres kurzen Ärmels. Auf dem Dachboden stand eine Truhe voller Frauenkleidung, und Élise war froh gewesen, dass früher einmal eine Frau von ihrer Statur in dem Cottage gewohnt hatte.

»Erzählen Sie mir von Ihren ersten Ehejahren«, bat er.

»Das erste Jahr war noch erträglich. Er behandelte mich wie ein Beutestück, wie eine Trophäe, die man auf den Kaminsims stellt. Aber das nahm ich ihm nicht übel. Ich gab mir Mühe, ihm eine gute Gattin zu sein. Mein Onkel und Marie hatten mich für diese Aufgabe erzogen, aber ... nun ja, mein Onkel war ein Mann und seit Langem Witwer. Und Maries Ehe war ganz anders, sehr leidenschaftlich, voller Liebe.«

Sam runzelte die Stirn. »Was geschah mit ihrem Mann?«

»Er kam ums Leben. Gleich zu Beginn der Schreckensherrschaft wurde er getötet, als er meine Familie beschützen wollte.«

Dabei kamen ihr entsetzliche Erinnerungen an jene Zeit vor Augen, und sie holte bebend Luft. Marie und sie hatten alles verloren. Sie hing an Marie, die zehn Jahre älter als sie und ihr während jener Jahre und anschließend in England eine Mutter und Schwester zugleich gewesen war.

Sie erzählte weiter und wurde leise, wenn ihre Stimme zu sehr schwankte. »Er und Marie haben viele Jahre lang zu unserer Dienerschaft gehört. Sie lernten sich schon als Kinder in unseren Diensten kennen. Ein Jahr bevor der Terror begann, heirateten sie. Sie waren bis über beide Ohren verliebt und sehr jung. Daher denke ich, vielleicht können auch jung geschlossene Ehen einmal gelingen.«

Sie schaute auf den Boden zwischen ihrem und seinem Oberschenkel, wo sie mit den Fingern in den Kieselsteinen spielte. Sie strich mit den Fingerspitzen über die glatten Steine und blinzelte gegen die aufsteigenden Tränen an, als die Traurigkeit übermächtig wurde, wie immer, wenn sie an damals dachte.

Sam drückte die Lippen an ihren Scheitel. »Die Erinnerung ist für Sie schmerzlich.«

»Ja. Sie macht mich melancholisch. Mein Leben ... vor der Revolution war es ganz anders. Als ich noch klein war, gab es bei uns zu Hause viel Freude und Gelächter.«

»Und nach der Heirat mit Dunthorpe konnten Sie das nicht zurückgewinnen?«

»Nein. Nach dem ersten Jahr lehnte er mich immer mehr ab. Denn ...« Sie starrte auf die Steine und fragte sich, warum es selbst nach so vielen Jahren für sie noch schmerzhaft war, darüber zu sprechen. Schließlich war es allgemein bekannt. »Ich bin unfruchtbar.« Sie schluckte schwer. »Natürlich wünschte ich mir ein Kind, sehr sogar. Ich ging zu vielen Ärzten und nahm viele übel schmeckende Tränke ein, die den Mangel beheben sollten. Aber man kann nichts dagegen tun. Mein Körper lässt kein Kind in sich wachsen. Und Dunthorpe verabscheute mich dafür.«

»Hat er Ihnen wehgetan?« Sein Ton war ruhig, dennoch wirkte er plötzlich angespannt, und sie zögerte mit der Antwort.

»Nein. Nicht körperlich.«

»Aber auf andere Weise?«

»Er war sehr grausam.« Sie kniff die Augen zu und lehnte den Kopf an seine Schulter. Erschöpft fühlte sie sich, ihrer Kräfte beraubt. »Ich möchte nicht weiter darüber reden.«

Er strich an der Außenseite ihres Armes auf und ab. Wie beruhigend das war.

»Ich habe mich oft gefragt, ob Gott mich damit bestrafen will«, wisperte sie, »weil ich Dunthorpe keinen Sohn gebären konnte oder weil ich ihn überhaupt geheiratet hatte.«

»So ist es mir auch gegangen«, sagte er. »Ich habe mich auch gefragt, ob ich bestraft werde.«

»Bestraft weswegen?«

Er zuckte die Achseln. »Weil ich bin, was ich bin.«

»Weil Sie Männer getötet haben?«

Er schüttelte den Kopf. »Weil ich unehelich zur Welt kam. Ich bin aus der vorehelichen Affäre meiner Mutter hervorgegangen. Wer mein Vater ist, habe ich nie erfahren. Der Ehemann meiner Mutter pflegte zu sagen, dass uneheliche Kinder Teufelsbrut sind und sie die Schlechtigkeit ihrer Eltern geerbt haben.«

Sie blickte ihn skeptisch an. »Und das haben Sie geglaubt?«

»Eigentlich nicht. Aber als Marianne ums Leben gekommen war, da ...« Er stockte und holte tief Luft. »Da habe ich mich gefragt, ob das meinetwegen passiert ist, weil ich es verdiente zu leiden. Und als dann auch noch Charlotte und unser Sohn starben ...« Er kniff die Lippen zusammen und schüttelte den Kopf, sichtlich nicht imstande, weiterzusprechen.

Sie drängte ihn nicht. Wie konnte ein Mann den Verlust von zwei Frauen und einem neugeborenen Sohn ertragen? Das würde jeden niederdrücken, jeden auf quälende Gedanken bringen.

»Freude und Glück waren also auch für Sie schwer zu erreichen«, stellte sie ernst fest.

»In der Tat.« Er schaute übers Wasser. »Aber … Ich habe eine Familie. Ich habe vier Brüder und eine Schwester – mit keinem bin ich zur Gänze verwandt, aber sie haben mich immer als vollwertigen Bruder behandelt.«

»Wollen Sie mir von ihnen erzählen?«

Er sah sie kurz von der Seite an. »Vielleicht ein andermal.«

»Jetzt spielen Sie nicht fair, Monsieur!«, meinte sie und lächelte ihn an. »Aber ich verstehe jetzt, warum.«

»Wirklich?«

»Durchaus. Nachdem ich weiß, dass Sie unehelich geboren wurden, wird mir alles klar.«

»So?« Er klang leicht belustigt. »Verraten Sie mir, was Ihnen klar geworden ist.«

»Nun, zum Beispiel Ihre Aussprache. Sie haben ein Talent dafür, einen fremden Akzent nachzumachen. Ich hörte Sie schon einen Franzosen und einen Kutscher spielen. Aber wenn Sie Sie selbst sind, klingen Sie überaus aristokratisch. Sie, mein lieber Kerkermeister, sind von englischem Adel.«

»Tatsächlich?«

»Oh ja, das sind Sie. Ihre Mutter war eine Adlige, nicht? Sie nahm sich einen Liebhaber gemäß den Gepflogenheiten ihrer Generation, und *voilà*«, sie machte eine schwungvolle Geste, »Sie kamen dabei heraus. Doch Sie wurden erzogen wie ein Adliger, nicht wahr?«

Er schüttelte staunend den Kopf. »Sie beeindrucken mich immer wieder, Élise.«

Sie blickte ihn fest an. »Wer ist sie?«

»Hm?«

»Haben Sie vergessen, dass ich auch zur englischen Aristokratie gehöre? Ich habe in den vergangenen elf Jahren viele Damen der Gesellschaft kennengelernt. Gewiss kenne ich Ihre Mutter. Wer ist sie?«

Er brummte unwillig. »Sie wissen, dass ich Ihnen das nicht sagen kann.«

»Warum nicht?«

Statt zu antworten, seufzte er nur. Er nahm den Arm von ihrer Schulter, und wieder spürte sie, wie er sich von ihr zurückzog.

Sie versetzte ihm einen Stups an den Oberschenkel. Bei der Berührung mit dem steinharten Muskel machte ihr Herz einen Sprung. »Das macht nichts. Zu gegebener Zeit werden Sie es mir sagen.«

»Ich hoffe es«, erwiderte er leise und mit Inbrunst. »Ich hoffe, ich darf es eines Tages.«

Sie legte die Arme um seinen Hals und zog ihn zu sich, um ihm einen Kuss aufs Kinn zu geben. »Ich auch.«

Als er den Kopf drehte, stießen ihre Nasen aneinander, und dann drückte er voller Verlangen seine warmen Lippen auf ihre, fasste um ihre Wangen und hielt ihren Kopf, wie er ihn haben wollte, um ihr einen Kuss zu geben, der nichts zu wünschen übrig ließ.

Sie schwebte auf einer Woge der Erregung. Er war so hart, so fest. So ganz bei ihr. All die elenden Ehejahre rückten in weite Ferne.

Jetzt gab es nur Sam. Wie er sie hielt, sie schützte, sie küsste, als wäre sie das Einzige auf der Welt, das je für ihn gezählt hatte.

Aber dann ließ er sie langsam los, und sie sah sein teilnahmsloses Gesicht zurückkehren, als er äußerlich und innerlich von ihr wegrückte.

Innerhalb von Augenblicken war der Rückzug vollendet.

Wie sehr sie sich wünschte, dieses Begehren, dieses tiefe, intensive Gefühl, das zwischen ihnen wuchs, wäre Wirklichkeit … sie wünschte es sich mit schwindelerregender Heftigkeit.

Aber es war nicht die Wirklichkeit. Dass sie sich gegen ihr Verlangen wehrten, das war wirklich. Und der innere Kampf war nicht vorbei, beileibe nicht. Für einen Moment hatte das Verlangen gesiegt, aber der Sieg war nur vorübergehend gewesen, es gab noch viele Schlachten zu schlagen.

Er war ein schmerzerfüllter Mensch, sie ebenfalls. Sie hatten Schreckliches erlebt und blickten in eine düstere Zukunft. Und die Umstände, unter denen sie einander kennengelernt hatten, taten ihr Übriges dazu.

Glück und Freude entglitten ihr, ehe sie zugreifen konnte, wie immer.

»Es wird kalt«, sagte er nüchtern und hielt den Blick von ihrem betrübten Gesicht abgewandt. »Wir sollten ins Haus gehen.«

10

Am nächsten Morgen zogen sie sich einfache Kleidung an – Sam verzichtete auf einen der vornehmen Röcke, wie er sie in London trug, und Élise wählte ein schlichtes weißes geblümtes Musselinkleid – und spannten das Pferd vor einen Wagen. Sie setzten sich nebeneinander auf die Kutscherbank und sahen für jeden Passanten aus, als gehörten sie zum niederen Landadel.

Sam genoss diese Einfachheit. Es war ein schöner Tag, klar und frisch, mit kleinen weißen Wolken am strahlend blauen Morgenhimmel.

Unterwegs wahrten sie ein angenehmes Schweigen, doch das Angenehme war vielleicht eine Illusion. Ihn quälte noch dasselbe wie in den vergangenen sieben Tagen. Gestern hatte sie die Gründe für sein Verhalten ans Licht gezerrt. Sie hatte ihm ein gutes Argument genannt, weshalb er die kühle Distanz aufheben sollte.

Doch diese erschien ihm wie die letzte Bastion. Wenn er die aufgäbe, würde er etwas Dummes tun, so viel war gewiss.

Halte Abstand, in jeder Hinsicht, befahl er sich. Er versuchte es. Er verwandte seine ganze Kraft darauf.

Für sie sah es so aus, als ob er auf grausamste Weise mit ihr spielte, das war ihm klar. Mal war er leidenschaftlich und konnte sich kaum bremsen, dann war er plötzlich kühl und beherrscht.

Besser ein grausamer Rückzug als …

Als was?

Als sich von blinder Lust hinreißen zu lassen.

Als ein Mann zu sein, der sich erlaubte zu lieben und dem dann unweigerlich alles entrissen wurde.

Er musste sich gegen sie verschließen. Aber das hielt er nicht durch, seine Versuche waren jämmerlich. Immer wieder ließ er sich von ihren Reizen betören, ehe er die Beherrschung zurückgewann.

Élise dagegen erschien während der Fahrt nach Kendal vollkommen beherrscht und gelassen.

Er kannte sie nun fast zwei Wochen, und ihm entging nicht die Schärfe in ihrem Blick, die Anspannung in den Mundwinkeln. Sie war gereizt. Vielleicht nur weil sie sich zum ersten Mal gemeinsam in der Öffentlichkeit zeigten. Vielleicht weil sein Verhalten sie verwirrte, sie verletzte.

Teufel noch mal, er wollte sie nicht verletzen!

Aber wahrscheinlich war es längst passiert. Er war wirklich ein Bastard.

»Bleiben Sie auf dem Markt dicht bei mir«, sagte er ruhig. »Ich werde Sie die meiste Zeit wie ein besorgter Ehemann beim Ellbogen nehmen. Es mag aber vorkommen, dass ich Sie loslassen muss.«

Sie sagte nichts dazu, aber ihre Brust hob und senkte sich unter einem schweren Seufzer.

»Versuchen Sie nicht zu fliehen«, riet er in demselben ruhigen, nüchternen Tonfall und verabscheute sich dafür. »Denn ich würde Sie wieder einfangen.«

Sie schauderte sichtlich.

Hieß das, sie wollte wieder eingefangen werden? Er sollte sie einfangen und dann …

Nein. Er brach den Gedanken ab, denn er wusste sehr gut, wohin er führte.

Sie schwieg dazu beharrlich. »Élise?«, fragte er darum. »Haben Sie mich verstanden?«

»Aber ja.« Sie drehte den Kopf und blickte ihn an. »Keine Sorge, Monsieur Kerkermeister. So töricht bin ich nicht, dass ich versuche zu fliehen. Nicht heute. Nicht hier.«

»Gut.«

Am Rand des Marktes hielt er zwischen den vielen anderen Fuhrwerken an. Er stieg ab, band das Pferd an und half Élise herunter. Dann nahm er sie beim Arm und lenkte sie zu den Ständen.

Auf dem Markt von Kendal herrschte Gedränge und Lärm, und während sie im Strom der Leute zwischen den Gängen entlangschlenderten, schlugen ihnen überall Gerüche von rohem und gebratenem Fleisch und Gewürzen entgegen. Bei einem Stand, der frisches Geflügel anbot, blieb Sam stehen und kaufte einen großen Truthahn.

Élise billigte die Wahl. »Das wird ein köstliches Abendessen für heute geben«, sagte sie fröhlich.

»Und für morgen und wahrscheinlich noch für übermorgen.«

»Ich werde Kräuter kaufen, um den Vogel zu würzen. Die Vorratskammer im Cottage ist für Leute gefüllt, die ihr Essen gern geschmacklos haben.«

Er nickte ziemlich nachdenklich, dann trat er beiseite und ließ sie um Kräuter und Gewürze feilschen, von denen er die meisten überhaupt nicht kannte. Sie verhandelte hartnäckig, und schließlich warf der Händler entrüstet die Hände hoch. »Also, meinetwegen! Einen Shilling Sixpence und keinen Penny weniger!«

»Sehr gut«, sagte Élise. Sie wandte sich an Sam und zog erwartungsvoll die Brauen hoch. »Dann brauche ich von Ihnen einen Shilling und fünf Pence, Monsieur.«

Er verkniff sich ein Lächeln, als ihm der Penny einfiel, den er ihr gestern Abend bei ihrem kargen Mahl aus Dörrfleisch, Röstbrot und Käse gegeben hatte. Er klaubte Münzen aus seiner Börse und reichte ihr zwei Shilling, für den Fall, dass sie die übrigen sechs Pennys für etwas anderes ausgeben wollte.

Sie schenkte ihm ein strahlendes Lächeln, das ihm unter die Haut ging, und wandte sich wieder dem Händler zu. Dieser gab ihr für die Münzen einen ziemlich großen Beutel mit frischen und getrockneten Kräutern und Gewürzen.

Als sie sich von dem Tisch entfernt hatten, sagte Sam: »Ich habe nicht geahnt, dass Sie solch ein Feinschmecker sind.«

»Ich bin Französin, mein lieber Sam. Muss ich noch mehr sagen?«

Dieser Kommentar brachte ihn doch zum Lächeln – ihre direkte Art und die Anrede »mein lieber Sam« waren entwaffnend. »Nein, durchaus nicht«, räumte er ein.

Eine Weile schlenderten sie noch über den Markt. Sam kaufte alles, was sie in der nächsten Woche benötigen mochten. Mit Élises Hilfe wählte er einige Gemüsesorten und weitere Beilagen aus, die sie zu dem Truthahn zubereiten konnten – Sellerie, Zwiebeln, Kohlrüben, zwei Köpfe Weißkohl, Möhren, ein halbes Pfund Walnüsse, Haferflocken, einen Laib Brot, Kaffee, Tee und Zucker.

Mit so vielen Paketen und Tüten im Arm konnte er Élise nicht weiter festhalten, aber auch sie hatte viel zu tragen, und sie blieb dennoch dicht bei ihm, wofür er ihr dankbar war.

Er würde ohne Zögern alles fallen lassen und ihr nachsetzen, wenn nötig. Darüber war sie sich zweifellos im Klaren, denn nichts deutete darauf hin, dass sie eine Flucht in Erwägung zog.

Bis zum nächsten Markttag sollte Laurent wieder bei ihnen sein. Eigentlich erwartete Sam ihn jeden Tag zurück. Vielleicht käme er schon morgen.

»Sam? Bist du das?«

Er erstarrte. Das war die Stimme seiner Schwester. Seiner Schwester, gütiger Himmel.

Er warf einen Blick zu Élise, die ihn mit hochgezogenen Brauen und großen Augen ansah. Doch sie gab keinen Laut von sich, als er sich langsam zu Esme umdrehte.

Da stand sie in ihrer mädchenhaften Frische mit rosa Wangen und glänzenden dunklen Locken, die unter ihrer Haube hervorschauten. Sie freute sich sichtlich über das unerwartete Wiedersehen. Schräg hinter ihr stand ihre Zofe, wie er zufrieden feststellte.

Er fragte sich, ob Esme und Élise einander wohl kannten. Denn Élise hatte erwähnt, dass sie sich mehrmals mit Trent unterhalten hatte. Allerdings kannte diesen jeder. Andererseits fühlte sich Esme bei gesellschaftlichen Anlässen außerordentlich unwohl, und deswegen hatten die Hawkins sich sehr bemüht, sie davon zu verschonen. Vor zwei Jahren hatte sie an einer Londoner Ballsaison teilgenommen, war aber noch vor dem Ende nach Ironwood Park zurückgekehrt und hatte seitdem die vornehme Gesellschaft gemieden.

Darauf gründete er seine Hoffnung, dass sie einander noch nie begegnet waren, und sollten sie sich dennoch kennen, nun, Élise sah ganz anders aus als an jenem Abend vor der Oper, wo Sam sie beobachtet hatte. Da war sie eine glänzende Erscheinung gewesen, makellos in schimmernde Seide gehüllt und mit funkelnden Diamanten geschmückt. Jetzt trug sie keine Juwelen, und ihr Kleid war schlicht und unmodern.

Makellos schön war sie dennoch. Vielleicht umso mehr sogar, dachte er, denn in diesem Aufzug wirkte sie nicht unnahbar. Sie wirkte im Gegenteil so zugänglich, wie die eiskalte Dame vor der Oper nie hätte sein können.

Er klemmte sich die Päckchen sämtlich in eine Armbeuge

und streckte seiner Schwester die Hand hin. »Esme.« Sein Ton drückte eine Freude aus, die er nicht empfand. Er war durchaus froh, sie zu sehen, aber nicht so sehr wie sonst. Diese Begegnung barg zu viele Risiken. Für sie alle drei. »Ich habe nicht erwartet, dich hier zu treffen.«

»Ich bin ebenso überrascht wie du«, gab Esme zurück und schaute dann Élise an.

»Esme, das ist eine Freundin von mir, Élisabeth de Longmont.« Er nannte den Mädchennamen, und Élise zuckte dabei nicht mit der Wimper.

Esme lächelte sie schüchtern an.

»Madame, das ist meine Schwester.« Er zögerte, dann sagte er schlicht: »Esme.«

Er ließ den Titel und den Familiennamen weg, denn während es ihn nicht überraschte, dass Élise den Namen Samson Hawkins nicht mit dem House of Trent in Verbindung gebracht hatte, war Esmes Name in der Gesellschaft wohl bekannt. Élise würde gewiss sofort von »Lady Esme Hawkins« auf Sams Verwandtschaft mit dem Herzog von Trent schließen.

Er musste Esme zugutehalten, dass sie ebenfalls ein gleichmütiges Gesicht wahrte, auch wenn sich ihre Pupillen für einen Moment weiteten. Gewiss war sie noch nie in ihrem Leben auf diese Art jemandem vorgestellt worden.

Es schien ihm nicht mehr so wichtig wie bisher, vor Élise geheim zu halten, wer seine Familie war. Er fing an zu glauben, dass seine Geheimnisse bei ihr sicher waren. Aber die Vorsicht seines Metiers war ihm in Fleisch und Blut übergegangen. Er achtete immer sehr darauf, Beruf und Privatleben getrennt zu halten. Dazu hatte er viele Gründe, nicht zuletzt den, dass er niemanden aus seiner Familie in Gefahr bringen wollte.

Élise lächelte seine Schwester an. »Oh, Mademoiselle Esme.

Ich würde Sie umarmen, wenn ich nicht mit all den Päckchen beladen wäre! Es ist wunderbar, die Schwester meines guten Freundes kennenzulernen. Und wie schön Sie sind!« Sie warf Sam einen strafenden Blick zu. »Sie haben mir nicht erzählt, was für ein reizendes Geschöpf Sie zur Schwester haben, Monsieur.«

Zur Anerkennung dieser Tatsache neigte Sam den Kopf zur Seite. »Da haben Sie recht, Madame. Wie nachlässig von mir, es nicht zu erwähnen.«

Ihm wurde warm ums Herz. Élise ließ ihn in der Situation nicht im Stich.

Errötend schaute Esme auf den morastigen, zertrampelten Rasen nieder. »Nun ... äh ... vielen Dank«, murmelte sie.

»Aber was führt dich hierher?«, fragte er sie. »Du solltest doch mit unseren Brüdern in Preston sein.« Auch diesmal nannte er keine Namen.

»Nun ja, wir waren ein paar Tage in Preston. Aber ...« Sie blickte auf und schaute für einen Moment unsicher zu Élise, was ihm nicht entging. »Nun, wir haben dort etwas entdeckt, das uns veranlasste, nach Kendal zu fahren«, antwortete sie geheimnisvoll.

»Ich verstehe«, sagte er. Mark und Theo mussten in Preston einen Hinweis zum Verbleib ihrer Mutter erhalten haben.

Wie jedes Mal, wenn jemand von seinen Geschwistern eine weitere Spur entdeckte, war er aufgeregt. Doch er ließ sich davon nichts anmerken, sondern gab sich nach außen hin weiterhin ruhig und gelassen.

»Wo seid ihr abgestiegen?«, fragte er seine Schwester.

»Im Crown Inn.«

»Gut.«

»Du musst zu uns zum Abendessen kommen«, sagte Esme. Dann besann sie sich. »Und Sie natürlich auch.«

»Vielen Dank«, sagte Élise liebenswürdig. »Das ist sehr freundlich.«

»In der Tat, aber wir können nicht kommen.« Er beugte sich nach vorn und raunte: »Es ist mir nicht gestattet, ich bedaure.« Aber er war in Versuchung, nicht nur weil er seine jüngeren Brüder gern wiedergesehen hätte, sondern weil er verflucht neugierig war, was sie herausgefunden hatten.

Es wäre jedoch mehr als dumm, sich mit den Hawkins-Geschwistern in der Öffentlichkeit sehen zu lassen – und dazu noch mit Lady Dunthorpe.

Apropos, sie hielten sich schon viel zu lange auf dem Markt auf.

»Wir müssen uns verabschieden, Esme, aber ich freue mich, dass wir uns gesehen haben.«

Überraschenderweise spürte er die Freude deutlich und war sogar enttäuscht, weil er nicht mehr Zeit mit ihr verbringen und seine Brüder nicht treffen konnte.

Trent würde ihn irgendwann wissen lassen, warum sie nach Kendal gefahren waren. Aber wann der Brief käme, das wusste der Himmel.

Sam beugte sich zu seiner Schwester, was wegen der vielen Päckchen etwas umständlich geriet, und küsste sie auf die Wange. »Ich werde mich in eurem Gasthaus hoffentlich mal blicken lassen können, bevor ihr abreist.«

»Es war mir eine Freude, Sie kennenzulernen, Mylady«, sagte Élise.

Sam stockte der Atem. Natürlich hatte diese verflucht gewitzte Frau erraten, dass Esme einen Titel trug. Verstohlen warf er einen Blick auf sie und sah sie leise lächeln.

Er schüttelte den Kopf und deutete fingerschnippend in die Richtung, wo er Pferd und Wagen abgestellt hatte. »Nach Ihnen, Madame.«

Élise bestand darauf, den Truthahn selbst zuzubereiten. Seit Sam sie aus ihrem Haus entführt hatte, hatten die Männer für sie gekocht, zuerst Carter und dann Sam. Ihre Passivität war mehr der Gewohnheit geschuldet als dem Umstand, dass die Männer diese Aufgabe wortlos und selbstverständlich übernommen hatten.

Tatsächlich hatte Élise seit vielen Jahren keine unzubereiteten Lebensmittel mehr in die Hand genommen, und eine Küche mit der Absicht zu betreten, eine Mahlzeit zuzubereiten, war ein ganz sonderbares Gefühl. Als wäre sie in die Vergangenheit hineingeraten, in die gefährlichen zwei Jahre zwischen der Hinrichtung ihrer Familie und ihrer Ankunft in Dover, wo ihr Onkel sie abholte und unter seine Fittiche nahm.

Auch nachdem sie damals bei ihrem Onkel lebte, verbrachte sie viel Zeit mit Marie, besuchte sie oft in ihrem Haus und half ihr beim Kochen und bei anderen Arbeiten und begleitete sie bei Besorgungen. Als sie schließlich die Viscountess Dunthorpe wurde, wurde Marie der Standesunterschied zwischen ihnen wieder bewusst, und sie bestand darauf, dass Élise das alles nicht mehr tun dürfe.

Heute Abend nun betrat sie die Küche, nicht um sich die Freude des Kochens zu gönnen, noch um ein köstliches Festmahl für die Männer zu bereiten, die sie inzwischen mehr bewunderte, als sie sollte.

Sie schaute auf die Kräuter, die vor ihr ausgebreitet lagen, und bemühte ihr Gedächtnis.

Viele Menschen, alte und junge, reiche und arme, hatten während der Schreckensherrschaft unter Albträumen gelitten. Marie, die sich mit Kräutern auskannte – das Wissen war in ihrer Familie von Frau zu Frau weitergegeben worden –, braute damals ein Schlafmittel, durch das sie sich über die Stadtgrenzen von Paris hinaus einen Ruf erwarb.

Freilich war das nicht ihre Absicht gewesen. Sie hatte auf sich und Élise keine Aufmerksamkeit ziehen wollen. Dennoch hatten sie monatelang überlebt, indem sie Phiolen mit Maries Tonikum an Hunderte ihrer Landsleute verkauften, denen die Augen ebenso vom Schlafmangel wie von Angst und Trauer brannten.

Die entsprechenden Zutaten hatte Élise nun auf dem Markt gekauft, während Sam ihr geduldig beim Aussuchen und Feilschen zusah. Gewiss dachte er, er erlaube ihr großzügig eine Laune, da auch ihm klar gewesen sein dürfte, dass die Kräuter nicht alle für den Truthahnbraten gebraucht wurden.

Durch den Truthahn war sie auf die Idee gekommen. In dem Moment fiel ihr nämlich ein, dass ihre Mutter immer lächelnd sagte, nichts verschaffe ihrem Vater einen so tiefen, gesunden Schlaf wie Truthahnbraten. Élise achtete im Lauf der Jahre darauf und stellte fest, dass sie selbst tatsächlich auch danach sehr schläfrig wurde.

Als Sam also den Truthahn kaufte, hatte sie plötzlich eine Idee, und ihr Plan nahm Gestalt an, als sie die große Auswahl am Kräuterstand bemerkte.

In dem Moment wusste sie, wie sie ihre Flucht bewerkstelligen würde. Das entscheidende Mittel hatte sie heimlich in der Tasche ihres Kleides verschwinden lassen. Jetzt schob sie die Hand hinein und fühlte die Phiole, die sie vom Tisch des Apothekers stibitzt hatte.

Laudanum.

Sie waren auf dem Rückweg zum Wagen, als sie daran vorbeikamen. Sie hatte die Sorge wegen des Schlaftrunks aus ihren Gedanken verbannt, da sie wusste, sie hatte viele schläfrig machende Zutaten gekauft, wenn auch nicht das stärkste. Sie dachte an Sams schöne junge Schwester, Lady Esme, die mit großer Bewunderung zu Sam aufsah.

Und dann fiel ihr der Stand des Apothekers auf, auf dem die Arzneien gestapelt waren. Und am Rand ein Schild mit großen schwarzen Buchstaben: Laudanum.

Zeit, um nachzudenken und es sich noch einmal anders zu überlegen, hatte sie nicht. Sie führte eine kleine Szene auf, indem sie auf dem Weg zu dem Stand immerzu Päckchen fallen ließ und wieder aufhob. Vor dem Stand griff sie dann nach Sams Arm, sodass auch ihm die Päckchen hinfielen.

Die Phiole stand an der Tischkante zusammen mit einem Dutzend anderen. Alle Leute bückten sich und halfen ihr beim Aufheben, und dabei ließ sie eine Phiole in ihrer Hand verschwinden und steckte sie ein. Das Laudanum zusammen mit dem Truthahnbraten und den Kräutern würde Sam einen tiefen und langen Schlaf bescheren.

Sie zog die Hand aus der Tasche und hob den Truthahn aus der Pökellauge.

Sie würde Samson Hawkins ein feines Mahl bereiten, das beste, das er seit Wochen genossen hatte.

Heute Abend wollte sie ihn noch einmal glücklich machen, denn morgen würde er sie hassen.

11

Sam trank sein Glas Wein aus und lehnte sich zurück. Heute Abend empfand er einen ungewohnten Frieden. Gutes Essen, guter Wein, gute Gesellschaft, daran musste es liegen.

Unter halb gesenkten Lidern schaute er auf seine Tischdame. Wie immer saß sie kerzengerade auf ihrem Stuhl, eine zierliche, kleine Schönheit, aber enorm beeindruckend, voller Elan und Heiterkeit.

Bei keinem Menschen hatte er sich so lebendig gefühlt wie bei ihr.

»Hat es Ihnen geschmeckt?«, fragte sie sanft. Wie er ihre Stimme liebte! Diese Melodik, der sanfte Rhythmus ihres französischen Akzents. Als streichelte die Stimme seine Haut.

»Ausgezeichnet«, sagte er und hörte selbst, wie zufrieden er klang.

Sie lächelte. »Wunderbar. Ich habe mich so vollgegessen, dass ich jeden Moment platze.«

Mühsam stand er auf. Zwar würde er sich jetzt viel lieber mit ihr im Salon entspannen, musste aber vorher das Geschirr abwaschen. Das war das Mindeste, was er tun konnte, nachdem sie den ganzen Nachmittag in der Küche gestanden und gekocht hatte. Er gab ihr einen Kuss auf die Wange, bevor er ihren Teller und das Besteck nahm. »Danke für das Abendessen.«

»Gern geschehen.« Sie wollte sich ebenfalls erheben, aber er ließ es nicht zu. »Nein. Ich kümmere mich um die Küche. Sie ruhen sich aus.«

Sie lächelte ihn an. »Wenn Sie denken, ich sei von der außerordentlichen Strapaze des Kochens erschöpft, dann irren Sie sich, mein lieber Sam.«

Er drückte ihren Arm. »Ich kann mir nicht vorstellen, Sie je erschöpft zu sehen, Élise.«

»Ihr Zutrauen rührt mich. Aber nun erlauben Sie mir zu helfen.«

Er seufzte. »Wenn Sie es wünschen.«

»Das tue ich.« Sie wollte nach den Weingläsern greifen und zögerte dann. »Aber die Gläser lassen wir stehen, ja? Wir werden noch ein Glas zusammen trinken, wenn wir mit der Küche fertig sind.«

»Einverstanden.«

Sie gingen in freundschaftlichem Schweigen zu Werke, Sam wusch das Geschirr und Élise trocknete es ab und stellte es weg. Wie immer erledigten sie die Arbeit zügig, und wieder einmal war er beeindruckt, weil diese Frau so gar keine verwöhnten Allüren an den Tag legte. Es machte ihr nicht das Geringste aus, die fettigen Truthahnknochen mit bloßen Händen anzufassen.

Es überraschte ihn immer wieder, was für ein Mensch sie in Wirklichkeit war. Seit er sie zum ersten Mal von Weitem vor der Oper gesehen hatte, hatte er alle möglichen Vermutungen über sie angestellt, und nur wenige hatten sich als wahr erwiesen.

Er ging nach draußen, um das Spülwasser wegzugießen, und als er in das warme Cottage zurückkehrte, fand er sie im Speisezimmer, wo sie gerade Wein einschenkte. Sie reichte ihm sein Glas. »Gehen wir in den Salon?«

»Gern«, sagte er halb seufzend, halb stöhnend. Seine Glieder fühlten sich schwer an. Dabei war der Tag gar nicht so anstrengend gewesen … Vielleicht machten sich aber doch die Ereignisse der vergangenen Wochen körperlich bemerkbar.

Sie begaben sich in den Salon, wo Sam noch einmal Holz aufs Feuer legte, dann setzte er sich zu Élise aufs Sofa.

Er nahm sein Weinglas vom Tisch und trank einen großen Schluck. Der Wein, den er aus dem Keller geholt hatte, hatte einen leicht bitteren Nachgeschmack, aber davon abgesehen war er sehr gut.

Er stellte das Glas ab, und in einem schwachen Moment schlang er einen Arm um Élise. Sie schmiegte sich an ihn. Ihre runde Brust drückte sich an seine Seite. Sein Schwanz wurde hart und heiß.

Er fragte sich, ob ihr so ganz klar war, welche Wirkung sie auf ihn hatte.

Er tat einen langen, gemächlichen Atemzug. Diesmal würde er sich beherrschen. Er würde sich zusammenreißen. Jeder Tag hatte ihn diesbezüglich mehr gefordert, denn er fand sie immer reizvoller, schöner, anziehender. Und er schloss sie immer mehr ins Herz, ebenso wie sein körperliches Verlangen nach ihr von Mal zu Mal stärker wurde.

Er ließ die Fingerspitzen an ihrem Arm auf und ab gleiten. Er mochte es, wie sich ihr schlanker Arm anfühlte. Sie war so ungeheuer weiblich …

Er griff nach seinem Weinglas und trank einen Schluck. Sein Schwanz war noch immer steinhart. Es tat schon beinahe weh.

»Was glauben Sie, wann Laurent zurückkommt?«

»Das kann jeden Tag passieren, vielleicht schon morgen. Oder übermorgen. Auf jeden Fall wird er nicht länger als eine Woche wegbleiben. Aber erinnern Sie sich: Vielleicht ist es gar nicht Laurent, der zu uns kommen wird. Es kann auch Carter oder jemand anders sein.«

Sie seufzte. »Hoffentlich ist es Laurent oder Carter. Ich mag die beiden.«

»Sie mögen Ihre Kerkermeister?«

»Sie sind nicht eben von der niederträchtigen Sorte. Sie verhalten sich wie Gentlemen.«

Zweifellos mehr als er. Er seufzte, und mit dem Atem schien ihn die Kraft zu verlassen, er fühlte sich schwer und schwach. Bei einem Blick zu seinem Weinglas versuchte er sich zu erinnern, wie viel er getrunken hatte. Gewiss nicht genug, um sich derart betrunken zu fühlen. Er konnte kaum noch die Augen offen halten.

Élise löste sich von ihm und schaute ihn mit ihren schönen meerblauen Augen an.

»Sind Sie etwa müde?«, fragte sie sanft.

»Ein wenig«, gab er zu.

Sie nahm ihm das Glas aus der Hand, und er stellte fest, dass es leer war. Sonderbar. Er konnte sich nicht entsinnen, es ausgetrunken zu haben.

Sie beugte sich mit ihrem geschmeidigen Körper über ihn und stellte das Glas ab.

Ihre eleganten Finger strichen an seinem Arm hinab, fassten seine Hand. »Vielleicht sollten wir zu Bett gehen.«

Er wusste, was sie damit meinte. Etwas anderes als er. Aber ihre Worte lösten eine Flut erotischer Bilder in ihm aus. Er kniff die Augen zu, als könnte er sie dann nicht mehr sehen.

Nach einem Moment sagte sie: »Sam?« Sie klang unsicher.

Er öffnete die Augen. Wenigstens hatte er seine Fantasie zügeln können. Einigermaßen.

»Ja?«

»Sollen wir uns hinaufbegeben?«

Einen Moment lang musste er nachdenken, um ihre Frage

zu begreifen. Dann nickte er. Das war vermutlich das Beste. Er war verflucht müde.

»Élise?«, murmelte er und hielt sie auf, indem er sie am Handgelenk festhielt, als sie aufstehen wollte.

Sie sank zurück auf das Sofa. »Ja?«

Mit heiligem Ernst schaute er sie an. »Ich will Sie küssen«, sagte er, aber es kam schroff heraus.

Er wollte nur einen Kuss. Nur einen kleinen Kuss, damit sein Verlangen nicht mehr ganz so stark wäre.

Sie starrte ihn an. Und dann leckte sie sich über die Unterlippe. Er stöhnte leise und zog sie an sich.

Er versuchte, sich nicht wie ein Grobian zu benehmen. Denn am liebsten wäre er gierig über sie hergefallen und hätte sie genommen. Zugleich wollte er sie zärtlich lieben, ihr zeigen, wie sehr sie seinen Beschützerinstinkt geweckt hatte.

Er wollte, dass sie die Seine würde. Wie sehr er sich danach sehnte, verflucht. Zu wissen, dass sie ihm gehörte, ihm ganz allein, das wäre das schönste Gefühl …

Ihre Lippen waren weich und warm, schmeckten nach Rotwein und den Kräutern vom Abendessen, aber auch nach ihrer eigenen natürlichen Süße. Ihr Körper passte so wunderbar an seinen, als wäre sie für ihn geschaffen worden.

Er zog sich einen Zoll weit von ihr zurück und flüsterte an ihrem Mund: »Du bist so schön, so wunderbar.«

Teufel auch, er war sonst keiner, der Süßholz raspelte, doch sie sollte es wissen – er hatte es ihr sagen müssen …

»Sie auch, mein lieber Sam.«

»Nein«, stöhnte er. »Ich bin ein Mörder. Ich habe deinen Mann getötet.«

Jetzt hatte er es ausgesprochen. Er zog den Kopf weiter zurück, ließ die Arme sinken.

Sie fasste ihm unters Kinn und zwang ihn, sie anzusehen.

»Sie schützen den König und Ihr Vaterland«, widersprach sie sanft. »Und ich trage Ihnen das nicht nach.«

Alle Anspannung wich plötzlich von ihm, er fühlte sich ungeheuer träge. Sie gab ihm einen sanften Kuss auf den Mund. »Kommen Sie«, sagte sie leise. »Ich bringe Sie nach oben.«

Wieder nahm sie ihn bei der Hand, und diesmal ließ er sich von ihr hochziehen. Sein Körper war bleischwer.

Er wollte nur noch schlafen. Morgen früh würde es ihm besser gehen, da würde er frisch und ausgeschlafen sein. Es war doch ein anstrengender Tag gewesen. Ein anstrengendes Leben.

Sie löschte die Lampe, ließ aber im Kamin das Feuer brennen. Er gab einen schweren Seufzer von sich, als sie zur Treppe gingen. Es schien ewig zu dauern, bis sie auf dem oberen Treppenabsatz ankamen. Sie zog ihn zu ihrem Schlafzimmer, und sie gingen hinein. Er schob seine Matratze vor die Tür, dann ließ er sich darauf fallen.

Ein leiser Gedanke nagte an ihm, dass etwas nicht stimmte, dass er auf der Hut sein solle. Aber er war so verflucht müde. Sosehr er sich auch die Augen rieb, es nützte nichts. Er musste sie kurz schließen, nur für ein paar Minuten, dann wäre er wieder munter.

Élise kniete sich vor ihn und zog ihm die Stiefel aus.

Wie nett von ihr, dachte er noch.

Das war das Letzte, woran er sich später erinnern würde.

Nachdem Sam das Bewusstsein verloren hatte, sah sich Élise nicht imstande, sofort zu gehen. Zuerst machte sie es ihm auf der Matratze bequem, was keine leichte Aufgabe bei so einem schweren Mann war. Sie brachte seine Arme und Beine in eine angenehme Lage, schob ihm ein Kissen unter den Kopf und deckte ihn zu. Dann betrachtete sie ihn.

Im Schlaf sah er friedlich aus, die harten, ernsten Züge entspannten sich ein wenig. Aber jung wirkte er nicht, sondern wie ein erwachsener Mann, der die Hölle durchgemacht hatte und verbrannt und voller Narben daraus hervorgegangen war.

Er war einer, der immer wieder auf die Beine kam. Genau wie sie.

Sie strich ihm über die Wange. Er zuckte nicht einmal. Das hätte sie vielleicht beunruhigt, wenn er nicht kraftvoll geatmet hätte. Es war deutlich zu hören, und seine Brust hob und senkte sich sichtlich. Nur vorsichtshalber prüfte sie seinen Puls und war nun restlos beruhigt, da sein Herz gleichmäßig und kräftig schlug.

In ihren Augen war er ein schöner Mann. Stark, entschlossen, klug und loyal. Ihr war noch kein Mann begegnet, der diese Eigenschaften in sich vereinte. Sie fand sie sehr anziehend, denn sie zeigten ihr, dass er etwas Besonderes war.

Und nun hatte sie ihn betrogen.

Nein, eigentlich nicht, denn sie hatte ihm nichts versprochen. Sie hatte ganz klar gesagt, dass sie noch immer fliehen wollte. Dennoch konnte sie ihr schlechtes Gewissen nicht so ganz besänftigen.

Sie zog und zerrte und schob an der Matratze, bis die ein Stück weit von der Tür abgerückt war. Bei alldem rührte Sam sich nicht.

Sie richtete sich auf, öffnete möglichst leise die Tür und zwängte sich durch den Spalt. Sie stieg sofort auf den Dachboden, wo sie schon heimlich Jünglingskleider herausgesucht hatte, ähnlich denen, die sie in London bei ihrer Flucht getragen hatte.

Eine allein reisende Frau würde zu sehr auffallen, da machte sie sich nichts vor. Daher musste sie erneut aus sich einen Jüngling machen. Wahrscheinlich würde sie trotzdem Aufmerksamkeit auf sich ziehen, aber mehr als sich verkleiden konnte sie nicht tun.

Hastig zog sie sich Kleid und Unterrock aus und schlüpfte in die graue Wollhose, das Hemd und den Rock. Die Haare stopfte sie unter die graue Wollmütze und zog sich zuletzt den altmodischen Pelerinenmantel über. Der Vorteil dieses Aufzugs war, dass sie auch ein paar Stiefel gefunden hatte, die wohl einmal einem dreizehn oder vierzehn Jahre alten Knaben gehört hatten. Sie waren ihr ein kleines bisschen zu groß, aber das war allemal besser, als barfuß zu laufen. Als sie auch die Stiefel anhatte, raffte sie Kleid und Unterrock zusammen und stieg so leise wie möglich vom Dachboden.

Ein letztes Mal schaute sie nach Sam, nur um sich zu vergewissern, dass es ihm gut ging.

Er lag noch genauso da wie vorher und atmete gleichmäßig und kräftig. Sie widerstand dem Drang, ihn anzufassen, und verließ das Zimmer. Die Tür zog sie leise hinter sich zu.

Mit einer glühenden Kohle aus dem Herd zündete sie sich eine Laterne an. Dann holte sie sich Wegzehrung aus der Speisekammer.

Aus Sams Geldbörse, die er in der Schreibtischschublade im Salon verwahrte, stahl sie zwei Kronen und einen Shilling.

Ich bin eine Diebin geworden, dachte sie schuldbewusst. Dafür kann er mich hängen lassen, wenn er mich wieder schnappt.

Vielleicht würde er es aus Zorn über ihre erneute Flucht sogar tun.

Kleider und Wegzehrung unter den Arm geklemmt, eilte sie mit Herzklopfen in den Stall. Dort machte sie sich daran, den

Wallach zu satteln. Sie war beileibe nicht darin geübt. In Brighton war sie aber häufig ausgeritten und hatte dem Stallburschen zugesehen, wie er das Pferd sattelte. Freilich war das ein Damensattel gewesen.

Auf der Unterlippe kauend, stellte sie die Laterne auf einen Sims und ließ ihre Sachen auf einem Heuballen, dann legte sie dem Tier einen Sattel auf und gürtete ihn fest. Nun musste sie ihm das Zaumzeug anlegen. Während sie dem sanften Braunen gut zuredete, brauchte sie sechs Versuche, aber endlich war es geschafft. Es hatte viel zu lange gedauert, das war ihr bewusst. Eine halbe Stunde wenigstens. Sam regte sich vielleicht schon im Schlaf, weil die Wirkung nachließ, und bemerkte, dass sie nicht im Bett lag …

Sie fand die Satteltasche auf einem der Regale und packte ihren Proviantbeutel, das Geld und ihre Kleider hinein. Mit zwei großen Steinen sicherte sie das Stalltor, nachdem sie es aufgestemmt hatte, stieg auf den Heuballen und von dort in den Sattel.

Als sie sicher saß, hielt sie einen Moment inne, um sich mit der peinlichen Haltung der gespreizten Beine anzufreunden.

Als Kind war sie mit ihrem Bruder zusammen so geritten. Ihre Mutter wäre entsetzt gewesen, wenn sie sie dabei ertappt hätte, daher war es ein Geheimnis zwischen ihr und Anton geblieben.

Mit den Gedanken bei ihrem Bruder fand sie die Steigbügel und schob die Füße fest hinein. Anton war ein sehr freundlicher großer Bruder gewesen. Obwohl er fünf Jahre älter als sie und meistens in der Schule war, hatte er stets ein paar liebe Worte für sie übrig und sie umarmt, wenn sie zusammen waren. Und er hatte sich immer Zeit genommen, um mit ihr zu spielen, hatte ihr Dinge beigebracht, die sie kein anderer gelehrt hätte, zum Beispiel zu reiten wie ein Mann.

Aus ihm wäre ein freundlicher, großzügiger Mann geworden. Aber nein. Die Revolutionäre nahmen ihm das Leben, als er erst vierzehn Jahre alt war.

»Nun gut, *mon bon ami*«, raunte sie dem Tier zu und klopfte ihm auf den Widerrist. »Bist du bereit für die Flucht?«

Der Braune machte einen Schritt nach vorn, was mehr Antwort war, als sie erwartet hatte, und sie nahm das als Zustimmung.

»Ausgezeichnet«, flüsterte sie und griff nach den Zügeln. »Dann breiten wir mal unsere Flügel aus.«

Sie lenkte das Pferd aus dem Stall und die lange Auffahrt entlang, die zur Hauptstraße führte.

Es war totenstill draußen, aber der halbvolle Mond lugte immer wieder hinter den ziehenden Wolken hervor und warf ein schwaches graues Licht auf die Straße, sodass sie ein wenig sehen konnte.

Der Ritt nach London würde lang werden und wahrscheinlich eine Woche dauern, mindestens. London war vielleicht nicht das beste Ziel, da sie dort so viele Feinde hatte. Aber der Herzog von Trent hatte in der Hauptstadt ein Haus und war gewiss anzutreffen, solange das Parlament noch tagte. An ihn konnte sie sich um Hilfe wenden.

Ihr stand eine harte Woche bevor: von morgens bis abends im Sattel, ihr wahres Geschlecht verbergen, in Heuschobern schlafen. All das hatte sie schon einmal tun müssen, damals in Frankreich. Sie würde es auch diesmal ertragen. Und in einer Woche würde sie zum Herzog von Trent gehen, und dieser würde ihr gewiss helfen.

Wenn Sam sie nicht vorher schnappte.

12

Sam rang mit schwerer Schläfrigkeit. Mühsam machte er die Augen auf, aber die Lider sanken sofort wieder herab, und ihm wurde schwindlig.

Grundgütiger.

Er hielt die Luft an, um seinen rebellierenden Magen zu beruhigen, und zwängte erneut die Lider auseinander. Das trübe Morgenlicht stach ihm in die Augen, sodass er leise stöhnte.

Er stemmte sich auf die Ellbogen und versuchte, sich zu erinnern, wie er ins Bett gelangt war. Sie hatten zusammen zu Abend gegessen, dann im Salon gesessen, waren die Treppe hochgestiegen, sie hatte ihm die Stiefel ausgezogen …

Seine Stiefel standen nebeneinander am Fußende der Matratze. Élise …

Er warf die Decke zurück, drehte sich auf die Knie und richtete sich auf, um aufs Bett sehen zu können.

Es war leer.

Schlagartig war er wach, als hätte ihm jemand einen Eimer kaltes Wasser übergeschüttet. Und er begriff, was sich abgespielt hatte. Glasklar sah er es vor sich, und das gab ihm einen mächtigen Stich.

Sie hatte ihn betäubt und war geflohen.

Kälte strömte durch seine Glieder. Er kniff die Lippen zusammen. Nein, er würde jetzt nicht vor Wut brüllen. Er würde die Situation mit kühler Überlegung handhaben und das Problem lösen wie schon so oft in den vergangenen Jahren.

Weil er das konnte, war er in diesem Metier tätig. Er war sogar einer der Besten.

Methodisch suchte er das Haus nach Hinweisen ab. Vom Dachboden hatte sie die Kleidung des Jungen genommen, aus der Speisekammer Wegzehrung für einen Tag, aus seiner Geldbörse zwei Kronen und einen Shilling – eine krumme Summe. Er an ihrer Stelle hätte die ganze Börse mitgenommen.

Im Stall brauchte er gar nicht erst nachzusehen, aber da er gründlich sein wollte, tat er es.

Der Braune war nicht mehr da. Natürlich.

Als im Osten der wolkige Himmel grau wurde, machte sich Sam zu Fuß auf den Weg.

Er ging nach Süden, denn eine andere Richtung konnte Élise nicht genommen haben. Der Norden böte ihr keinerlei Vorteile. Im Süden wurde es für sie gefährlich, aber sie war nicht feige, und dort hatte sie eher Hilfe zu erwarten. Zuversichtlich marschierte er in diese Richtung.

Innerhalb einer Stunde saß er im Sattel, nachdem er auf einem Hof in der Nähe eines Dorfes ein Pferd gekauft hatte.

Nach zwei Stunden begann es zu regnen, und Kendal durchquerte er bei einem wahren Wolkenbruch.

Am King's Arms hielt er an, aber ein Brief von Trent war noch nicht gekommen. Nach kurzem Abwägen ritt er zum Crown Inn, wo seine Geschwister abgestiegen waren.

Seine Brüder lagen noch im Bett, aber Esme saß im Gastraum beim Frühstück, wie er erfuhr. Er schritt in den Raum, wo mehrere Tische besetzt waren, zumeist von Gästen, die ebenfalls frühstückten. Esme saß an einem kleinen Tisch und schrieb in ihr Notizbuch, während die Zofe geduldig in einer dunklen Ecke saß und wartete.

Er stand bereits neben ihr, als sie aufblickte. »Sam! Äh …« Hastig klappte sie das Notizbuch zu und legte es auf ein verschnürtes Päckchen von ähnlicher Größe, das neben ihrem Teller lag.

»Guten Morgen, Esme.«

»Ich habe nicht erwartet, dich hier zu sehen. Wo ist Madame de Longmont?«

Das verriet ihm einiges über ihre Vermutungen, was seine Beziehung zu Élise betraf, wenn sie diese so früh am Morgen schon an seiner Seite erwartete.

»Ich bin allein hier.« Mehr gedachte er nicht preiszugeben.

»Oh ... ah ...« Esme schaute auf ihren halb geleerten Teller. »Ach, bitte, setz dich doch zu mir.«

»Nun gut, für ein paar Augenblicke«, sagte er. Sobald er ihr gegenübersaß, nahm er den Hut ab und legte ihn auf den Tisch. Dann beugte er sich vor und raunte: »Ich habe nicht viel Zeit, aber ich wollte mal hören, ob ihr alle wohlauf seid, wenn ich zufällig durch Kendal komme.«

Zwischen Esmes Brauen erschien eine kleine Steilfalte. »So? Verlässt du die Gegend wieder?«

»Das steht noch nicht fest. Vielleicht komme ich zurück, vielleicht auch nicht.«

Esme schaute ihn an und rätselte sichtlich, dann sagte sie schlicht: »Ich verstehe.«

»Erzähl mir, warum ihr hier seid. Was habt ihr herausgefunden?«

»Zuerst sollten wir dir etwas zum Frühstück kommen lassen ...«

Er griff um ihr Handgelenk. »Ich habe nicht die Zeit dazu.«

Die Falte zwischen ihren Brauen wurde deutlicher. »Eine Tasse Kaffee wenigstens?«

»Ja, gut.« Er blickte auf, und wie es der Zufall wollte, kam eine Schankmaid mit einer Kanne vorbei. Er winkte ihr, und im nächsten Moment stellte sie eine Tasse mit dampfendem Kaffee vor ihn hin.

Esme schob ihm die Platte mit dem Toast zu. »Hier, iss wenigstens etwas Brot.«

Dankbar nahm er eine Scheibe. Sein Magen wehrte sich noch ein wenig. Weiß der Henker, was Élise ihm gestern Abend in den Wein gekippt hatte. Vielleicht war trockener Toast jetzt genau das Richtige. Er schaute seine Schwester an. »Und nun erzähl es mir.«

Sie seufzte. »Wir sind nach Kendal gefahren, weil Mark mit jemandem gesprochen hat, der beim Abbau von Lowells Lager in Preston half. Laut diesem Mann sind die Schausteller in südöstlicher Richtung weitergefahren. Mit Ausnahme von zweien, Lowell und einer Frau. Die seien nach Norden gefahren.«

»Aber warum Kendal?«

Esme blickte auf ihren Teller, nahm aber keinen Bissen. »Wir wussten es zuerst nicht, aber dann stießen wir auf einen Mann in Lancaster, der einem Zigeuner namens Steven Lowell begegnet war, und auch der Frau, die bei ihm ist. Ich bin sicher, sie ist unsere Mutter. Er hatte gehört, wie sie davon sprachen, zum Windermere hochzufahren. Angeblich wollte sie zu dem See dorthin, weil …«

Sie hielt inne, und Sam wartete geduldig, obwohl Élise sich mit jedem Augenblick weiter von ihm entfernte.

Dennoch war der Vorteil auf seiner Seite, denn er hatte etwas, das Élise fehlte: Erfahrung und Geschick. Durchs Land zu reiten, ohne bemerkt zu werden, dazu fehlten ihr die Fähigkeiten. Er dagegen hatte viel Erfahrung darin, Flüchtige zu fassen.

Er holte tief Luft. »Weil unsere Mutter dort ein Haus hat?«

Sie schüttelte den Kopf. »Nein. Ich nehme nicht an, dass sie zu dem Haus wollen. Das wäre zu offensichtlich, weißt du.«

Sie verschränkte die Arme und errötete tief. »Nun ja ... offenbar gelten die Seen da oben als das beste Reiseziel für Verliebte.«

Er sah sie verständnislos an, schluckte seinen Bissen Toast hinunter und trank einen Schluck von dem heißen, bitteren Kaffee. Dann fragte er langsam: »Unsere Mutter und dieser Lowell ... fahren zum See, um ... ein romantisches Intermezzo zu genießen?«

Esme nickte, äußerst verlegen über den Gegenstand ihres Gesprächs.

Sam rieb sich die Nasenwurzel. »Gütiger Himmel.«

»Und wenn man von Süden kommt, muss man durch Kendal, wenn man zu den Seen fahren will. Sie müssen also hier durchgekommen sein. Mark und Theo fragen hier jeden aus, um Näheres zu erfahren.«

»Und du, Esme?«, fragte er mit Blick auf ihr Schreibzeug und das Notizbuch.

Sie sah, wohin er schaute, und holte scharf Luft. »Ich ... äh ... nun ja, ich unterhalte mich hier auch mit den Leuten. Zum Beispiel gestern auf dem Markt.«

»Was ist in dem Päckchen?«, fragte er und war nicht einmal besonders neugierig, da er annahm, darin sei etwas für Sarah oder seinen kleinen Neffen, das sie nach Ironwood Park schicken wollte.

Doch jetzt sah er die Angst in ihren Augen und war höchst alarmiert.

»Was ist es?«, fragte er nun schärfer.

»Ich ...« Sie schluckte mühsam und wisperte: »Das kann ich dir nicht sagen.«

Er zog die Brauen hoch. »Ich bin dein Bruder. Natürlich kannst du es mir sagen.«

Statt es zu tun, schob sie schützend den Arm um das Päckchen und das Notizbuch und schüttelte den Kopf. »Ich kann nicht.« In ihrem Blick lag eine düstere Entschlossenheit.

Ein paar Momente lang sah er sie forschend an. Das war doch mehr als seltsam. Esme war noch nie rebellisch gewesen ...

Dann begriff er plötzlich und sprach es sofort aus: »Das ist für einen Mann, stimmt's?«

Heftig blinzelnd widersprach sie: »Nein!«

»Esme ...« Er verlegte sich auf einen väterlichen Ton, der zudem warnend klang. Verdammt, wer hatte dem armen Mädchen je ein gutes Beispiel geben können? Er und Trent waren viel älter und hatten schon ihr eigenes Leben geführt, als Esme ins Jugendalter kam. Ihre Mutter hatte Dutzende Liebhaber gehabt und praktisch vor den Augen ihrer Tochter ein wüstes Leben geführt. Esme hatte ihren Vater, den alten Herzog, nicht mehr kennengelernt. Er war kurz vor ihrer Geburt gestorben.

»Es geht nicht um einen Mann, ich schwöre es dir hoch und heilig. Du irrst dich!«

»Worum geht es denn?«

»Das kann ich dir nicht sagen!«, erklärte sie mit leiser Verzweiflung.

»Dann muss ich wohl nachsehen.« Blitzschnell griff er mit beiden Händen über den Tisch, hob mit der rechten ihren Arm an und schnappte mit der linken das Päckchen und das Notizbuch.

Sie sprang auf, dass die Stuhlbeine über den Boden scharrten, und sprang an seine Seite. »Bitte, Sam, nicht!«

Er hielt beides unerbittlich fest, und obwohl sie energisch danach griff, nützte es ihr nichts. Sie zerfloss in Tränen.

Verflucht. Er hatte seine kleine Schwester noch nie zum Weinen gebracht. Allerdings hatte er noch nie Grund gehabt zu vermuten, sie sei etwas anderes als die Unschuld in Person.

»Du ziehst Aufmerksamkeit auf uns, Esme«, brummte er leise. »Setz dich hin.«

Sein Ton duldete keinen Widerspruch, und sie tat wie geheißen. Schwer sank sie auf ihren Stuhl nieder. Ihre Hand zitterte, als sie sich die Augen rieb. »Bitte …«

»Beruhige dich.« Er gab sich Mühe, sanft zu klingen. »Sag mir doch einfach, worum es dabei geht.«

Sie holte einige Male tief Luft und gab sich Mühe, sich zu fassen. Dann wisperte sie klagend: »Du wirst es gewiss nicht billigen.«

»Das ist mir jetzt schon klar. Anderenfalls würdest du es nicht vor mir geheim halten wollen.«

»Aber …« Sie rieb sich erneut die Augen. »Du wirst mich zwingen, es aufzugeben … und … und das will ich nicht, Sam. Ich kann es nicht.«

»Was aufgeben?«

Sie zögerte, dann murmelte sie: »Das Schreiben.«

Kurz schaute er auf das Päckchen und das Notizbuch, das er noch immer energisch festhielt. »Das Schreiben? Da drin ist, was du geschrieben hast?«

»Ja.«

Jetzt erst schaute er genauer hin. Auf dem Päckchen stand eine Londoner Adresse, die er nicht kannte. »Wohin schickst du es?«

»An … meinen Verleger.«

Er starrte sie sprachlos an. Es dauerte einen Augenblick, bis er das so ganz begriffen hatte. »Deinen Verleger?«

Sie nickte.

»Was du schreibst, wird veröffentlicht?«

Sie nickte abermals.

Er konnte es noch immer nicht so ganz fassen. »Also … du hast etwas geschrieben, was ein Verleger als Buch herausgibt?«

Wieder nickte sie nur.

»Und … dieses Buch kann man kaufen? Und die Leute lesen es?«

»Sie«, wisperte sie. »Die Leute lesen sie. Es sind schon drei. Das ist mein viertes.« Sie deutete auf das Päckchen.

Er starrte sie noch immer an. Seine Schwester war gerade zwanzig geworden und veröffentlichte heimlich Bücher. Bisher waren schon drei erschienen.

»Hast du Trent davon erzählt?«

Sie schüttelte den Kopf. »Nein. Niemand außerhalb des Verlages weiß davon.«

»Esme … was für Bücher sind das?«

Sie errötete heftig. »Nun ja … ich fürchte … es sind glühende Liebesromane, Sam. Bitte … lies sie nicht.«

Er war sprachlos. Seine süße, unschuldige, unverheiratete Schwester, die noch nicht mal einen Verehrer hatte, schrieb heimlich glühende Liebesromane unter der Bettdecke. Zum Donnerwetter!

Er wusste nicht, was er sagen sollte. Ihm fehlten die Worte.

»Bitte, verrate mich nicht an Trent«, flehte sie leise.

Und zu seiner Überraschung fühlte er Respekt aufkeimen und gehörig wachsen. So jung sie war, sie hatte Geschichten geschrieben, die ein Verleger der Veröffentlichung für wert befand. »Also, da muss ich dir wohl gratulieren«, sagte er mit schwankender Stimme.

Sie riss die Augen auf.

»Ich werde deiner Bitte entsprechen und sie nicht lesen. Was du getan hast, beweist enormen Mut. Wie lange hältst du das schon geheim?«

»Über ein Jahr inzwischen.« Allmählich verwandelte sich ihre Angst in Stolz. »Das erste Buch wurde veröffentlicht, kurz nachdem Mutter verschwunden war.«

»Und du willst weiterhin solche ... Geschichten schreiben?«

»Oh ja. Solange ich kann.«

Er schob das Päckchen mitsamt dem Notizbuch zu ihr hinüber. Ihm war wieder ein wenig schwindlig. Seine Welt war heute Morgen aus den Angeln geraten, als er Élises Flucht entdeckte, und jetzt erfasste ihn ein Gefühl der Unwirklichkeit.

Seine Schwester war kein Kind mehr. Sie war eine bereits bekannte Schriftstellerin, die das zudem erfolgreich vor aller Welt geheim hielt – vor allem vor ihrer Familie, die das Nesthäkchen stets überängstlich behütete.

Er musste entschieden mehr Zeit mit Esme verbringen. Um seine kleine Schwester besser kennenzulernen, die ganz unbemerkt zur erwachsenen Frau geworden war.

Leider war ihm das im Augenblick nicht möglich.

»Ich würde das gern zur Post bringen, bevor Mark und Theo aufstehen.«

»Dann will ich dich nicht davon abhalten.« Er seufzte. »Ich habe es ebenfalls eilig.« Im Geiste sah er Élise immer weiter nach Süden reiten.

Er setzte sich den Hut auf und erhob sich, beugte sich zu seiner Schwester und gab ihr einen Kuss auf die Wange. »Wir plaudern bald weiter darüber.«

Sie nickte. »Du wirst es Trent nicht verraten?«

»Das ist schließlich nicht mein Geheimnis, nicht wahr?«

»Danke«, sagte sie lächelnd.

Er erwiderte das Lächeln. »Viel Glück bei der Suche nach Mutter. Ich hoffe, mich euch bald anschließen zu können.«

»Das hoffe ich auch.«

Nachdenklich und leicht verunsichert verließ er den Tagesraum. Aber sowie er nach draußen in den Regen trat, gewann er die alte Entschlossenheit wieder.

Es war Zeit, Élise zu finden.

Die Arme um sich geschlungen, taumelte Élise die Straße entlang.

Alles, was an Fehlschlägen denkbar war, hatte sie ereilt.

Noch bevor sie Kendal erreichte, lahmte das Pferd. Sie musste es eine Meile weit am Zügel führen.

In Kendal wartete sie auf die Postkutsche, die um sieben Uhr eintreffen sollte, während ihre Angst wuchs, dass Sam jeden Moment des Weges käme.

Schließlich stieg sie ein und verließ Kendal noch rechtzeitig. In der Kutsche wich sie den schrägen Blicken der anderen Passagiere aus, die ihre Jünglingskleider und ihr Gesicht musterten. Gewiss vermutete jeder, dass sie kein Jüngling war.

Und dann begann es zu gießen wie aus Eimern, und gegen Mittag, als sie kurz vor Preston waren, sank die Kutsche in tiefen Morast ein und kam nicht mehr los. Immer mehr schlammiges Wasser strömte über die Straße. Obwohl die Fuhrleute und die Passagiere mit vereinten Kräften versuchten, die Kutsche aus dem knietiefen Schlammloch zu schieben, war ihnen kein Erfolg beschieden. Die Räder steckten unabänderlich fest.

Die Passagiere beschlossen, zu dem Dorf zurückzulaufen, das sie gerade passiert hatten, und dort auszuharren, bis die Kutsche herausgezogen war und der Regen nachgelassen hatte. Aber Élise wollte nicht zurück. Sie beschloss, nach Süden zu laufen. Sie glaubte, den Regen ertragen zu können. Preston war ein größeres Städtchen, da würde sie einen warmen, trockenen Platz finden, um sich auszuruhen, bevor sie nach London weiterreiste.

Doch der Regen ließ nicht nach, sondern prasselte härter hernieder. Es war ein wahrer Wolkenbruch. Es schien, als wäre jeder andere auf der Welt klug genug gewesen, zu Hause zu bleiben, denn weit und breit war niemand zu sehen. Allmählich drang die Nässe durch ihre Kleidung bis auf die Haut, und sie fror so entsetzlich, dass sie mit den Zähnen klapperte.

Sie wollte nur noch ein warmes, trockenes Plätzchen finden, sich hinlegen und schlafen. In der vergangenen Nacht hatte sie kein Auge zugetan. Ihr war nicht klar gewesen, dass man sich nach einer schlaflosen Nacht schon so elend fühlen konnte.

Ihr taten alle Knochen weh, jeder einzelne, vom Hals bis zu den Zehen. Kopfschmerzen hatte sie auch. Ihr Rachen fühlte sich heiß und rau an, und wenn sie schluckte, brannte es.

Schließlich blieb sie stehen und schaute durch die Regenschleier die Straße hinunter, die sich bis zum Horizont erstreckte und überhaupt nicht mehr aufzuhören schien.

Eine hübsche Gegend, dachte sie sarkastisch. Sie war nicht nur übermüdet, sie fühlte sich krank. Vielleicht hatte sie sich erkältet. Aber wenn das eine Erkältung war, dann die schlimmste ihres Lebens. Vielleicht weil es kalt war *und* regnete. Kein Mensch setzte sich derart dem schlechten Wetter aus, wenn er sich bereits erkältet hatte.

Ihr dagegen blieb nichts anderes übrig, als weiter voranzustapfen. Ihre Schritte wurden immer schwerer und langsamer. Preston konnte nicht mehr weit sein. Nur dreieinhalb Meilen, hatte der Kutscher gesagt. Dreieinhalb Meilen konnte sie jederzeit bewältigen.

Außer vielleicht heute.

Sie stolperte über einen abgebrochenen Zweig, der auf der Straße lag, und fiel auf die Knie. Das rechte brannte, als sie wieder aufstand, und sie stellte fest, dass sie jetzt ein Loch in der Hose hatte und blutete.

Nur ein aufgeschürftes Knie, sagte sie sich. Solche habe ich als Kind ständig gehabt. Bis Preston ist das verschorft.

Unerklärlicherweise verschwamm ihr die Sicht. Die Welt

ringsherum sah sie nur noch undeutlich. Der Regen stach ihr in die Wangen wie Eisnadeln.

Erneut stolperte sie. Diesmal brauchte sie länger, um wieder aufzustehen. Das schon aufgeschlagene Knie tat jetzt entsetzlich weh, und sie atmete gegen den Schmerz an, bis er ein wenig nachgelassen hatte.

Schließlich stemmte sie sich hoch. Hoffnungslos blickte sie sich nach allen Seiten um. Ringsherum nur Felder, nichts, wo sie sich unterstellen konnte.

Zur Rechten lag ein niedriger glatter Felsbrocken, lang wie eine Bank. Darauf würde sie sich eine Weile ausruhen, Kraft und Mut sammeln und dann weiterlaufen.

Sie hinkte darauf zu und setzte sich. Die Satteltasche, die sie über der Schulter getragen hatte, ließ sie auf den Boden fallen. Sie zitterte zu sehr und war zu erschöpft, um sich das Knie anzusehen. Es brannte, als hätte der Höllenhund seine Zähne hineingeschlagen.

Ein Dach. Sie brauchte ein Dach über dem Kopf. Sie war krank, fror und hatte keine Kraft mehr. Sie würde nicht mehr viel weiter laufen können.

Der Kutscher hatte gesagt, es seien noch dreieinhalb Meilen bis Preston. Mindestens zwei musste sie gelaufen sein – vielleicht zweieinhalb. Noch eine Meile also, und sie wäre dort und würde sich unterstellen können.

Der Gedanke brachte sie wieder auf die Beine. Resolut hängte sie sich die Satteltasche um. Eine Meile noch, das konnte sie schaffen.

Eine Meile war ja fast nichts.

13

Spät am Nachmittag ritt Sam in gemächlichem Tempo Richtung Preston. In dem heftigen Regen durfte er das Pferd nicht stärker antreiben, aber es kostete ihn Überwindung, darauf zu verzichten.

Irgendwo in dieser Gegend war Élise zu Fuß unterwegs. Er hoffte bei Gott, sie zu finden, bevor sie Preston erreichte. Preston war ein größeres Städtchen, und sie dort aufzuspüren würde schwierig werden.

Diese törichte, sture Frau. Als er auf die Postkutsche gestoßen war, ahnte er nichts Gutes. Die Kutscher, die ihre Fracht nicht allein lassen durften, hatten im Innern gekauert und gewartet, dass der Regen nachließ und Hilfe eintraf.

Wie vermutet war ein schlanker, weibischer Jüngling in Kendal zugestiegen, und dieser habe, nachdem die Kutsche festsaß, mit heller Stimme gemurmelt, er werde nach Preston gehen, anstatt wie die anderen Passagiere die Viertelmeile zu dem Dorf zurückzulaufen.

Obwohl er gestern fast zu Tode betäubt worden war, war er hellwach und blickte aufmerksam in die Umgebung. Außer dem prasselnden Regen, der sich in großen Pfützen sammelte und die Straße in ein Schlammbecken verwandelte, bewegte sich kaum etwas. Nirgends ein Zeichen von Leben – kein Vogel, kein Waldtier kauerte in den Büschen, an denen er vorbeiritt. Jedes lebende Wesen mit einem Funken Verstand hatte sich ins Trockene geflüchtet und wartete das Unwetter ab.

Élise fehlte dieser Funke offenbar.

Er lenkte sein Pferd um eine enge Biegung, und als der nächste Straßenabschnitt in Sicht kam, erschrak er, denn am Straßenrand sah er eine zusammengesunkene Gestalt liegen. Er zügelte das Pferd so abrupt, dass es auf die Hinterhand stieg. Bis es wieder auf allen vier Hufen stand, war Sam schon aus dem Sattel gesprungen und rannte auf die Gestalt zu.

»Élise!«, rief er mit heiserer Stimme. Die Gestalt war ein dunkler Fleck nasser Wolle und praktisch kaum zu erkennen. Doch er wusste, sie war es. Schlitternd fiel er auf die Knie und drehte sie zu sich herum.

Sie war bewusstlos und leichenblass. Er fasste um ihre Wangen. Die Wut und Enttäuschung, die sich in den letzten zwölf Stunden in ihm zusammengeballt hatten, verflogen im Nu.

Sie fühlte sich eiskalt an, und ihre Lippen waren blau. »Élise, kannst du mich hören?«

Sie stöhnte leise, und er stieß einen heftigen Seufzer aus.

Sie war am Leben. Das war doch schon mal etwas.

Er hob sie auf die Arme und trug sie zum Pferd. Er wusste genau, wo sie sich befanden und wo der nächste Unterstand war.

Bei Masterson.

Fünfzehn Minuten später zügelte Sam das Pferd vor dem Schlagbaum.

Élise war bei dem kurzen Ritt für einen Moment zu sich gekommen. Mit glänzenden Augen hatte sie ihn angeblickt, »mein lieber Sam« gekrächzt und sich noch enger an ihn geschmiegt. Dann war sie wieder eingeschlafen.

»Masterson!«, brüllte er jetzt.

Der Mann streckte seinen fast kahlen Kopf aus der Tür der Hütte, die neben dem Schlagbaum stand. Er riss die Augen auf, als er Sam sah, und kam kurz darauf mit einer Ölhaut gerannt, die er ihm um die Schultern legte.

»Hawk, was tun Sie denn hier?«

Sam blickte vielsagend auf die bewusstlose Frau in seinen Armen. »Die wollte mir abhauen.«

Masterson brummte unwirsch. »Hätte sich keinen besseren Tag aussuchen können, was?«

»Sicher nicht«, sagte Sam trocken.

»Was ist mit ihr? Haben Sie sie angeschossen?«

»Nein, war nicht nötig. Sie ist ... ich weiß es nicht genau. Vermutlich ist sie durchgefroren, vielleicht auch erkältet. Und sie blutet am Knie. Ist vielleicht gestürzt. Ich muss sie aufwärmen.«

»Natürlich.« Masterson streckte die Arme aus. »Geben Sie sie mir.«

Unwillkürlich drückte Sam sie fester an sich. Doch dann holte er tief Luft und übergab sie ihm, was angesichts ihrer Bewusstlosigkeit ein wenig mühsam war. Ihm kam der Gedanke, dass sie auch etwas von dem Betäubungsmittel genommen haben könnte, das sie ihm verabreicht hatte.

Er stieg aus dem Sattel, nahm Masterson die Frau wieder ab und drückte ihm die Zügel in die Hand. Dieser stellte das Pferd unter, dann führte er Sam einen morastigen Weg entlang zu seinem Cottage, das hinter einer dichten Reihe von Fichten stand.

Masterson geleitete Sam in ein kleines Schlafzimmer. »Legen Sie sie da hin. Ich hole Handtücher für Sie, muss aber gleich wieder zum Schlagbaum zurück. Nehmen Sie sich einfach, was Sie brauchen.«

»Danke.«

Masterson nickte und ging. Kurz darauf brachte er die Handtücher und verschwand wieder, nachdem er Sam gesagt hatte, er werde gegen sechs Uhr zurückkommen und sie könnten sich beim Abendessen unterhalten.

Sowie der Zöllner die Tür hinter sich geschlossen hatte, wandte sich Sam der durchnässten, bewusstlosen Élise zu, die auf dem Bett lag.

Den Mantel hatte er ihr vorher schon ausgezogen, darum fing er bei den Füßen an und zog ihr die Lederstiefel aus, die ihr an der Haut klebten. Sie rührte sich nicht, während er ihr die Hose, den Rock und das Hemd auszog. Alles war völlig durchnässt. Er warf sie auf einen Haufen auf den Boden.

Er würde sie nackt ausziehen müssen, um sie aufzuwärmen.

Sie war eine praktisch denkende Frau. Wenn sie zu sich käme, würde sie gewiss einsehen, dass das nötig gewesen war.

Er schnürte das Mieder auf und entfernte es, dann das Unterhemd.

Schließlich war sie nackt. Er vermied es, sie anzustarren, damit er nüchtern und ruhig bleiben konnte, aber natürlich erfasste er auch mit einem flüchtigen Blick, wie schön sie war. Atemberaubend. Wie er vermutet hatte.

Rasch rieb er sie mit einem Handtuch trocken, dann deckte er sie mit allen verfügbaren Decken zu. Nur einen Moment später fing sie an zu zittern. Das waren keine flüchtigen Schauder, sondern ein starkes Zittern, das den ganzen Leib erfasste. Der Anblick zog ihm das Herz zusammen.

Er nahm sich ein Weilchen Zeit und streifte durch das Cottage auf der Suche nach etwas, womit er sie schneller aufwärmen könnte, aber im Kamin brannte kein Feuer – er war auch zu weit vom Bett entfernt, als dass es etwas bewirkt hätte –, und eine weitere Decke fand sich nicht, außer er nähme die von Mastersons Bett. Kurz entschlossen schnappte er sich diese. Er würde sich später mit Masterson auseinandersetzen.

Damit kehrte er zu Élise zurück und legte die Decke zusätzlich auf sie. Ein paar Augenblicke lang sah er dem heftigen Zittern zu. Er kam sich dabei hilflos vor.

Dann fiel ihm die Lösung ein. Er musste es tun, das wusste er. Er riss sich die Kleidung vom Leib, selbst die Unterwäsche, denn auch ihm war der Regen bis auf die Haut gedrungen.

Splitternackt stieg er zu ihr unter die Decken. Er zog ihren feuchtkalten Körper an sich. Sie war wie ein Eisklotz.

Er schloss die Augen und beugte den Kopf um ihre feuchten Haare, hielt sie fest und drückte sie an möglichst vielen Stellen an seine nackte Haut. Sein Schwanz wurde sofort hart, doch er biss die Zähne zusammen und ignorierte ihn. Stattdessen konzentrierte er sich darauf, Élise zu wärmen und wieder eine rosige Farbe in ihr hübsches Gesicht zu bringen.

Élise schwitzte. Sie brannte förmlich. Ihr war, als hätte sie jemand in einen Glutofen geworfen. Ihre Haut war glühend heiß.

Sie hielt es nicht mehr aus. Sie nahm alle Willenskraft zusammen und strampelte mit den Beinen, um das schwere Gewicht abzuschütteln, das auf ihr lag. Ein dumpfer Schmerz pochte im rechten Knie, aber das war nichts verglichen mit ihren Kopfschmerzen.

Sie hörte ein missbilligendes Brummen, dann fühlte sie zwei Arme um sich, die sie fester packten.

Und nackte Haut an ihrer. Wie sonderbar.

Sie riss die Augen auf und hörte im selben Moment eine dunkle Stimme. »Na, na, Sie wollen doch nicht wieder kalt werden.«

Wer war das? Sam? Aber sie war doch geflohen! Sie war nach Preston gegangen …

Ihre Gedanken verliefen im Sande. Sie versuchte, sich aufzurichten, im Dunkeln etwas zu erkennen, um zu begreifen, wo sie war. Wieso lag sie in einem Bett? Sie erinnerte sich an die

Postkutsche. Sie war im Schlamm stecken geblieben, und sie war zu Fuß weitergegangen … und hatte sich elend gefühlt …

Oh … ihre Kopfschmerzen. Ihr tat auch der ganze Körper weh. Ihr ging es noch immer schrecklich, und ihr war furchtbar heiß.

»Heiß …«, stieß sie mit trockener Kehle hervor.

Starke Arme halfen ihr, sich aufzusetzen. Ein Licht flammte auf – eine Kerze, und sie sah Sams dunkles Profil. Er hatte bei ihr gelegen.

»*Comment* … wie … haben Sie …?« *Dieu*, sie musste wohl wieder neu sprechen lernen. Und ihr Hals schmerzte bei jeder Silbe.

»Schsch.« Er drehte sich weg, um nach etwas zu greifen. Neben dem Bett stand ein Tischchen. »Sie sind krank. Hier, trinken Sie etwas.«

Er drückte ihr eine Tasse an ihre Unterlippe, sie trank einen Schluck. Das kühle Wasser fühlte sich an den Lippen und auf der Zunge gut an, aber das Schlucken war eine Qual.

Sie war krank? Sie fühlte sich konfus. »Was … ist passiert?«

»Ich habe Sie am Straßenrand gefunden, eine halbe Meile vor Preston. Sie waren bewusstlos.«

Sie stöhnte. War sie ohnmächtig geworden? Offenbar. Sie war nicht in Preston angelangt, weil sie in Ohnmacht gefallen war, und Sam hatte sie gefunden.

Was wäre aus ihr geworden, wenn er sie nicht gefunden hätte?

Das wollte sie sich lieber nicht ausmalen. Ihr Kopf pochte dann nur umso heftiger.

Kraftlos ließ sie sich gegen das Kopfbrett sinken. »Wie spät ist es?«

»Es ist fast Morgen. Hier, trinken Sie«, befahl Sam.

Wieder drückte sie sich die Tasse an den Mund und trank, obwohl es in der Kehle brannte. Sie verzog das Gesicht dabei.

»Tut weh, ja?«

»*Oui.*« Ihr fehlte die Kraft, um Englisch zu sprechen.

»Sie waren völlig ausgekühlt, als ich hier mit Ihnen ankam«, erklärte er. »Nachdem ich Sie endlich warm bekommen hatte, bekamen Sie Fieber. Masterson wird morgen einen Arzt holen.«

Sie wusste nicht, wer Masterson war, doch sie konnte dafür keine Neugier aufbringen.

Sie schloss die Augen und döste schon fast wieder ein, aber ...

Er war schrecklich nett zu ihr. Sollte er nicht ungeheuer wütend sein?

Plötzlich war sie aufgeregt. Sie wusste nicht so recht, warum, und war auch zu kraftlos, um darüber nachzudenken, glaubte allerdings nicht mehr, je nach London zum Herzog von Trent zu gelangen. Doch irgendjemand musste davon erfahren, Francis musste aufgehalten werden.

Sie musste es Sam sagen. Sofort.

»*Je dois te dire ...*« Sie schüttelte den Kopf. *Englisch. Ich muss Englisch mit ihm sprechen.* »Ich muss dir etwas sagen«, murmelte sie.

»Später.«

»*Non ... maintenant.* Jetzt.«

Er blickte missbilligend und hatte einen Zug um den Mund, der von Verärgerung sprach. Ihr Blick streifte seine muskulösen nackten Schultern. Dass er kein Hemd trug, schien völlig unerheblich verglichen mit dem, was sie ihm sagen musste.

»Es ist sein Bruder«, wisperte sie.

Sam sah sie verständnislos an.

»Sein jüngerer Bruder Francis. Er tritt die Nachfolge an.«

»Ja.« Sam verstand noch immer nicht. »Er ist Dunthorpes Erbe und somit der neue Viscount. Soweit man weiß, wollte Dunthorpe ihm alles vermachen.«

»Ja, aber das ist nicht alles.« Sie packte seinen Arm, begierig, es endlich loszuwerden. »Dunthorpe war gegen die Monarchie. England war ihm gleichgültig. Ihm war nur sein persönlicher Gewinn wichtig, und er tat alles, um sein Ziel zu erreichen.«

»Ja, das weiß ich alles, Élise.« Er rang um Geduld, das hörte sie, aber er konnte dabei nicht stillsitzen, und wie er die Brauen zusammenzog, deutete an, dass er nicht mehr lange ruhig bleiben konnte.

Sie wollte ihn ungehalten anblicken, merkte aber, dass das zu viel Kraft kostete. »Ich möchte Ihnen mein wertvollstes Geheimnis verraten, mein lieber Sam. Da ist es nicht brillant, ungeduldig zu werden.«

Er holte tief Luft. »Dann sprechen Sie. Was hat Dunthorpes Bruder mit der Sache zu tun?«

»Er war seine rechte Hand. Seit sechs Jahren. Damals sagte Dunthorpe ihm, ich könne keine Kinder bekommen und er werde einmal alles erben. Von da an war Francis wie besessen, genau wie Dunthorpe.«

»Er wusste von dem Mordkomplott?« Sam begriff endlich.

»Er muss es gewusst haben, denn er wusste immer alles. Sie waren sehr vertraut miteinander und sehr geheimnistuerisch. Sie planten alles gemeinsam. Er war Dunthorpes Protegé.«

»Ich verstehe.«

»Es gibt noch einen Komplizen, und vor dem müssen Sie sich besonders in Acht nehmen. Edmund Gherkin. Der ist klug, gefühllos und berechnend, das Gegenteil von Francis, der unbeherrscht und widersprüchlich ist. Ich habe nie auch nur den Anflug eines Gefühls bei Gherkin gesehen.«

»Ich weiß, wer er ist«, sagte Sam. »Dunthorpes Anwalt.«

»Ja.«

Die Unterhaltung hatte sie erschöpft, ihre Glieder waren schwer. Sie fühlte ihre Schultern sinken und lehnte ermattet am Kopfbrett. Sam schaute besorgt. »Das viele Reden tut Ihnen nicht gut. Sie müssen schlafen. Wir unterhalten uns später weiter.«

»Aber Dunthorpe …«

»Ich habe verstanden, Élise, und ich bin froh, dass Sie es mir gesagt haben. Wir werden entsprechend vorgehen.«

»Gut«, murmelte sie. »Nur … lassen Sie sich nicht wieder aufspüren … die werden Sie umbringen. Ich will nicht, dass Sie …«

»Kommen Sie.« Sanft, aber bestimmt schob er den Arm unter sie und zog sie vom Kopfbrett aufs Kissen. »Sie müssen jetzt schlafen.«

Er legte sich neben sie und zog sie in seine Arme. Er war … sie war … nackt. Sie erschrak und machte sich steif.

»Ihre … meine … unsere Kleider!«

»Schsch, alles ist gut«, raunte er an ihren Haaren.

Und während sie vergaß, warum die Nacktheit sie erschreckt hatte, ließ sie sich in seine beruhigenden Arme sinken und schlief wieder ein.

»Das ist die Influenza«, teilte der Arzt leise und ernst mit.

Sam schaute zu der kleinen Gestalt in dem Bett, die reglos dalag. Denn obwohl wach und bei Verstand, war sie zu schwach, um sich zu bewegen.

Er fasste den Arzt beim Ellbogen und führte ihn hinaus.

Draußen im Flur zog er die Tür hinter ihnen zu und sprach den Mann ohne Umschweife an.

»Wird sie wieder gesund?«

Der Arzt schaute ihn durch seine Brille eulenhaft an.

Sam biss die Zähne zusammen, bevor er die Frage mit schlecht verhohlener Ungeduld wiederholte. »Wird sie wieder gesund?«

Der Arzt blähte die Wangen und blies den Atem aus. »Das werden wir erst morgen wissen. Die Wunde am Knie ist bisher nicht schlimm, darf aber nicht eitern. Ich habe sie fest verbunden. Um die brauchen Sie sich also nicht zu kümmern. Sie müssen allerdings das Fieber senken. Halten Sie die Patientin kühl.«

»Aber Kälte hat den Zustand ausgelöst«, wandte Sam ein.

»Das mag sein, aber Wärme treibt das Fieber weiter in die Höhe.«

»Nun gut. Wie kann ich es senken?«

»Mit kalten Waschungen. Benetzen Sie ihre Haut, sobald sie sich heiß und trocken anfühlt.«

Sam nickte. »Noch etwas?«

»Geben Sie ihr Kaltes zu trinken. Am besten Gerstenwasser.«

»Was kann man sonst noch tun?«

»Ich empfehle einen Aderlass.«

»Nein.« Sam hatte einen solchen bekommen, als seine Schusswunde eiterte. Das war nicht nur die übelste Erfahrung seines Lebens, sondern hatte ihn auch derart geschwächt, dass er einen ganzen Tag bewusstlos gewesen war.

»Eine Blasentherapie wäre ebenfalls ratsam …«

»Nein.« Er hatte Soldaten nach der Behandlung gesehen – das schien ihm genauso scheußlich zu sein wie ein Aderlass.

»Eine Dosis Blausäure könnte lindernd …«

»Kommt nicht infrage.« Er hatte mal einen Mann daran sterben sehen. Das Zeug war das reinste Gift.

Der Arzt seufzte.

»Was noch?«

»Kühl halten, Mr. Hawkins. Und geben Sie ihr lauwarme Brühe, kein schweres Essen.«

Sam verzog spöttisch den Mund. Sie ließ sich kaum dazu bringen, Wasser zu trinken. Schweres Essen würde sie gewiss nicht verlangen.

»Das ist alles?«

»Nun heißt es abwarten. Wie gesagt, die nächsten vierundzwanzig Stunden werden es zeigen.«

Sam biss die Zähne aufeinander. »Woran erkenne ich, ob sich die Krankheit verschlimmert?«

»An steigendem Fieber. Sie ist offenbar entkräftet, aber wieder ganz bei Bewusstsein. Wenn das Fieber steigt, wird sie delirieren. Gefährlich wird es, wenn sie krampft. Dann folgt der Tod unausweichlich.«

Sam erstarrte. Dann kam er in Wut. Den Mann so beiläufig von Élises Tod reden zu hören ... das konnte er nicht hinnehmen.

Er entließ den Arzt mit einem schroffen Nicken, wandte sich ab und ging wieder in das Schlafzimmer. Sollte der Mann doch selbst hinausfinden.

Er setzte sich auf die Bettkante. Élise sah so klein, so zerbrechlich und harmlos aus, wie sie dalag. Dabei war sie ein derart quirliger Mensch und sprühte nur so vor Lebendigkeit. Er würde nicht zulassen, dass dieses Leben erlosch.

Sie schaute zu ihm hoch, ihre Augen unnatürlich glänzend. »Was hat er gesagt?«, fragte sie heiser.

Er wollte ihr keine Angst machen, sie aber auch nicht belügen. Die Tage, wo sie einander belogen, sollten vorbei sein.

»Sie haben Influenza.«

»Ah.« Das schien sie nicht übermäßig aufzuregen.

»Erfreulich ist, dass das Fieber in ein, zwei Tagen vorbei sein sollte.«

»Gut.« Sie klang ein wenig wehmütig. »Aber von Verbänden versteht er nichts. Mein Knie ist viel zu fest umwickelt. Sie müssen den Verband noch einmal abnehmen.«

Er sah sie skeptisch an und zögerte.

»Erinnern Sie sich, wie ich Ihnen in der Kutsche die Wunde versorgt habe, mein lieber Sam?«, fragte sie sanft.

»Ja.« Diese hatte er schon fast vergessen, so gut war sie verheilt.

»Ich kenne mich damit aus. Der Arzt ist unfähig. Wenn wir den Verband so lassen, wird die Wunde eitern.«

Die Lippen fest zusammengekniffen, wickelte er die Bandage ab und legte anschließend unter ihren genauen Anweisungen, die sie ihre letzte Kraft zu kosten schienen, einen neuen an.

Schließlich schob er ihr eine Strähne hinters Ohr und fasste um ihre Wange. »Schlafen Sie. Ich muss ein paar Dinge holen und mit Masterson sprechen. In einigen Minuten bin ich wieder hier.«

Sie drehte den Kopf und gab ihm einen Kuss in die Handfläche. Ihre Lider schlossen sich flatternd. Als er die Hand wegnahm, um aufzustehen, strich er mit den Fingerspitzen über ihre Wange. Sie fühlte sich sengend heiß an.

Er ging in die Küche, wo Masterson das Geschirr vom Frühstück abwusch. Er blickte über die Schulter, als Sam hereinkam, und stellte einen sauberen Teller über sich in den Schrank. »Was hat der Arzt gesagt?«

Sam setzte den Wasserkessel auf den Herd. »Sie hat Influenza. Das Fieber sollte bald zurückgehen. Wenn nicht, dann …«

Er schüttelte den Kopf. Der Gedanke an das Schlimmste schnürte ihm die Kehle zu. Dieser verfluchte Arzt und seine düstere Prognose. Er könnte dem Kerl den Hals umdrehen.

Denn die Wahrheit war ... er liebte Élise. Sie so geschwächt zu sehen von dieser Krankheit, das konnte er kaum ertragen. Und sie womöglich sterben zu sehen ...

Er straffte die Schultern. »Haben Sie einen Schwamm?«

»Ja.« Masterson verschwand in die Vorratskammer und kam einen Moment später mit einem großen Schwamm zurück, den er Sam gab. »Wofür brauchen Sie den?«

»Der Arzt rät zu kalten Waschungen, um das Fieber zu senken.«

»Ach so.« Masterson wandte sich ab, aber Sam sah noch, wie er schmunzelte.

»Denken Sie es nicht einmal«, knurrte Sam drohend.

Masterson hob beschwichtigend die Hände. »Ich denke gar nichts.«

»Oh doch, das tun Sie.«

Masterson kicherte. »Es hat Sie schlimm erwischt, was?«

Sam gab keine Antwort. Was sollte er auch sagen?

Masterson wurde ernst und setzte sich mit einer Tasse Kaffee an den kleinen Tisch. »Ich habe noch eine Minute Zeit, bis ich Tom an der Schranke ablösen muss. Ich muss mit Ihnen etwas besprechen.«

Müde seufzend setzte sich Sam gegenüber. Es dauerte ohnehin noch ein bisschen, bis das Wasser im Kessel kochen würde. Trotzdem ... »Dann rasch.«

»Sie waren während der Nacht ziemlich beschäftigt ...«

»Sagen Sie es ohne Umschweife. Ich muss zu ihr zurück.«

Masterson rang beherzt mit seinen zuckenden Mundwinkeln. Sam schaute den Mann böse an, der offenbar doch klug genug war, um sich das Grinsen zu verkneifen.

»Ich habe mir Gedanken wegen der Herzoginwitwe gemacht.«

»Was ist mit ihr?«

»Nun ja, Sie wissen ja, Ihre Brüder haben mich ausgefragt, als sie durch meinen Schlagbaum wollten. Bei der Gelegenheit konnte ich mich nicht erinnern, die Herzoginwitwe gesehen zu haben, genauso wenig den Mann, der bei ihr ist.«

»Und?«

»Aber nach dem, was Sie gestern Abend sagten – Sie sprachen von einem romantischen Intermezzo –, ist mir etwas eingefallen. Vor einem Moment ist ein älteres Pärchen durchgereist. Die beiden schienen«, er räusperte sich und schaute in seine Tasse, »mächtig ineinander verliebt zu sein.«

Sam zog die Brauen hoch.

Masterson blickte auf und sah Sam ruhig ins Gesicht. »Wenn die Frau die Herzoginwitwe war, dann ist sie ein Meister der Tarnung.«

»Inwiefern?«

»Niemand würde sie für eine Herzogin halten, Hawk. Ihre Haare hingen ihr bis zur Taille herab, sie ging barfuß, und sie trug ein schlichtes, leuchtend buntes Kleid. Sie und ihr Mann fuhren in einem offenen Wagen mit zwei alten Kleppern und waren schwer miteinander beschäftigt ...«

Sam hob die Hand. »Schon gut, das reicht.«

Masterson schüttelte den Kopf. »Jedenfalls, je mehr ich darüber nachdenke, desto mehr bin ich überzeugt, dass sie es war. Und der Mann muss dieser Lowell sein.«

Sam nickte. Seine Mutter und der Zigeuner mussten Mastersons Schlagbaum passiert haben, wenn sie nach Norden wollten. »Haben sie erwähnt, wohin sie wollten?«

»Sie unterhielten sich über Wasserfälle.«

»Wasserfälle?«

Masterson nickte. »Ja. Als ich an den Wagen trat, um den Zoll zu kassieren, sagte er gerade zu ihr, er werde ihr sämtliche Wasserfälle Englands zeigen.«

»Angefangen bei denen am Lake Windermere?«, fragte Sam.

»Das scheint der naheliegende Ausgangspunkt zu sein. Meiner Meinung nach brauchen Sie nur die Wasserfälle abzuklappern, wenn Sie die Herzoginwitwe finden wollen.«

Sam nickte. »Das klingt vielleicht ein bisschen abwegig, grenzt aber das Suchgebiet etwas ein. Ich werde meine Brüder hinschicken.«

Masterson zog die grauen Brauen hoch. »Oder Sie begeben sich selbst auf die Suche.«

Sam schaute zur Tür des Schlafzimmers. Er sollte nun wirklich zu ihr zurück.

»Nehmen Sie sie mit«, riet Masterson und erlaubte sich jetzt ein breites Grinsen. »Wasserfälle sind äußerst romantisch, Mann.«

Als Sam ihn drohend ansah, stand Masterson leise lachend vom Tisch auf.

Sam nahm das Wasser vom Herd und brühte für Élise eine Kanne Tee. Er goss kaltes Wasser in eine Schüssel, die er zusammen mit dem Schwamm ins Schlafzimmer trug, in der anderen Hand die Kanne Tee. Élise wachte auf, als er ans Bett trat.

»Da sind Sie wieder«, murmelte sie. Ihre blauen Augen hatten einen grauen Glanz bekommen.

»Ja.« Er setzte sich auf die Bettkante und musterte sie. Ihr Hemd war inzwischen getrocknet, und er hatte es ihr angezogen, bevor er den Arzt zu ihr ließ. Sie lag nur noch unter einer Decke, mehr wollte sie nicht auf sich haben. »Ich werde eine kalte Waschung vornehmen.«

Sie zog die Brauen hoch und bekam, obwohl sie sichtlich litt, einen ironischen Gesichtsausdruck hin. »Ach, tatsächlich?« Ihre Stimme klang tiefer als gewöhnlich und sehr rau. Er hörte ihr an, dass jedes Wort im Hals schmerzte.

»Ja, auf ärztliche Anweisung«, erklärte er sanft. »Aber vorher müssen Sie den Tee trinken.«

Ohne Begeisterung beäugte sie die Kanne. Er half ihr, sich aufzusetzen, und dann drängte er sie geduldig, eine ganze Tasse zu trinken, während sie viele Pausen einlegte und sich beklagte. Als die Tasse endlich geleert war, stellte er sie neben die Wasserschüssel. Dann griff er nach dem Schwamm und drückte ihn gut aus.

Sie schnaubte, sowie sie ihn sah. »Damit wollen Sie mich nass machen?«

»Ja. Wir fangen beim Dekolleté an.« Er zog die Bettdecke weg und löste die Schleife am Ausschnitt des Unterhemds, um ihn sodann zu weiten, wobei er ihre Brust bedeckt ließ. Ganz sanft strich er mit dem feuchten Schwamm über ihre heiße, blasse Haut an Brust und Schultern, dann an den Armen.

Sie schauderte.

»Ist das Wasser zu kalt?«

»Nein. Es ... fühlt sich gut an.«

Er bemerkte, dass sie ihn ununterbrochen ansah. Sein Herz klopfte heftiger, und er sah weg, um sich auf seine Aufgabe zu konzentrieren.

Ein paar Momente lang setzte er die Waschung fort und fühlte ihren Blick auf sich ruhen.

Der Schwamm wurde rasch warm, weshalb er ihn erneut ins kalte Wasser tauchte. Als er ihn ausdrückte, sah er sie heftig blinzeln, als hätte sie Mühe, scharf zu sehen.

»Wie fühlen Sie sich?«, fragte er.

»Sehr schwach«, sagte sie. »Aber ... im Augenblick ein bisschen besser. Das ist sehr wohltuend, Ihre Berührung.«

Er wollte sie gern davon ablenken, wie schlecht es ihr ging. Mit Wasser und Schwamm konnte er ihr körperlich Linderung verschaffen, und vielleicht konnte er auch für ihr Gemüt etwas tun – mit der Wahrheit.

14

Élise hatte noch nie so furchtbare Kopfschmerzen gehabt. Zudem war ihre Haut glühend heiß, und ihr taten alle Glieder weh.

Wenn Sam sie mit dem feuchten Schwamm bestrich, war das eine wunderbare Linderung. Sie genoss es und schnurrte beinahe wie eine Katze. Vermutlich hätte sie das sogar getan, wenn sie die Kraft dazu gehabt hätte. Stattdessen aber schloss sie die Augen und schwelgte in dem unbeschreiblichen Wohlgefühl.

Er tauchte den Schwamm erneut ins Wasser. »Ich werde jetzt das Hemd herunterziehen und Ihre Brust benetzen.«

Sie sagte kein Wort, sondern rang mit ihrer Verlegenheit. Sie wusste, der Mann hatte sie nackt ausgezogen, als sie bewusstlos gewesen war. Natürlich hatte er das tun müssen, anderenfalls wäre sie an Unterkühlung gestorben. Er hatte in der Nacht nackt neben ihr geschlafen, vermutlich um sie zu wärmen.

Sie schämte sich keineswegs für ihren Körper, sie war es nur nicht gewohnt, von anderen nackt gesehen oder gar berührt zu werden. Schon gar nicht von Männern. Der einzige Mensch, der sie nackt gesehen hatte, war Dunthorpe, und das war sehr lange her.

Es war befremdlich, aber sehr wohltuend und angenehm. Auf jeden Fall war sie zu krank, um sich dagegen zu wehren.

Mehr als ein grüblerisches Seufzen bekam sie nicht zustande, und instinktiv machte sie sich steif, als er ihr das Unterhemd bis zur Hüfte herunterzog.

Er lachte leise. »Sie sind mir nie schüchtern vorgekommen.«

»Das bin ich auch nicht.«

»Nein«, bestätigte er heiser, und sein Blick ruhte auf ihrem Oberkörper. »Sie sind das schönste Geschöpf, das ich je gesehen habe.«

»Im Augenblick wäre ich wohl eine jämmerliche Geliebte, mein lieber Sam.«

»Aber niemals.«

Sie holte tief Luft und verzog das Gesicht. Selbst das Atmen schmerzte im Hals.

Er bemerkte es wohl, denn seine Miene verfinsterte sich. »Keine Sorge. Sie sind zu schön, als dass ich es nicht bemerke, aber ich werde solche Gedanken wegschieben. Das Wichtigste ist, dass Sie gesund werden. Wir können«, er begegnete ihrem Blick, »danach über derlei Dinge reden.«

Eine tiefe Sehnsucht klang aus seiner Stimme, und sie sah sie auch in seinen Augen. Ihr Herz schien zu stolpern. »Ja«, murmelte sie. »Später.«

Wenn es ihr besser ging ... wenn sie wieder sie selbst war, dann würde sie ihn begehren. Sie würde ihn so sehr begehren und nie wieder loslassen wollen.

»Fürs Erste«, sagte er, als er mit dem kühlen Schwamm zwischen ihren Brüsten entlangstrich, »möchte ich Sie einiges wissen lassen.«

»Was denn?« Sie gab ihren schweren Lidern nach und schloss die Augen. Seine Berührung war wohltuend, aber wenn sie seine Stimme hörte, fühlte sie sich sicher. Nach einem Leben, in dem ihr wenig Schutz gewährt worden war, sehnte sie sich danach.

»Zwischen uns soll es keine Geheimnisse mehr geben.«

Sie versuchte, vollkommen still zu liegen, ahnte aber, dass er sah, wie sie sich innerlich anspannte.

»Ich weiß, Sie waren nicht Dunthorpes Komplizin. Ich glaube Ihnen.«

Sie seufzte erleichtert, wartete jedoch gespannt auf das, was er als Nächstes sagen würde.

»Heute Morgen, bevor der Arzt kam, sagten Sie, Sie hätten sich an den Herzog von Trent wenden wollen, damit er Ihnen hilft.«

»Ja«, wisperte sie.

»Der Herzog von Trent ist mein Bruder.«

Sie riss die Augen auf, und ein heiserer Laut der Überraschung entkam ihr, ehe sie es verhindern konnte.

Er schaute sie ernst an und hielt mit dem Schwamm in der Faust inne.

»Ja. Genauer gesagt bin ich sein illegitimer Halbbruder.«

Sie erinnerte sich an alles, was er über seine Familie erzählt hatte: wie nah er seinen Geschwistern stand und dass sie ihn als ihresgleichen behandelten.

Der Bruder des Herzogs von Trent.

Sie war verblüfft.

»Ich bin achtzehn Monate älter als er, und wir wurden gemeinsam erzogen. Als wir erwachsen waren, kaufte er mir mein Offizierspatent, und ich ging zum Militär. Dann heiratete ich Marianne und nahm sie mit nach Malta, später in Portugal heiratete ich Charlotte. Nachdem sie und unser Sohn tot waren ...« Er stockte und wandte sich ab, um den Schwamm ins Wasser zu tauchen und auszudrücken. Sie konnte sein Gesicht nicht sehen, aber sie sah an seiner Haltung, wie niedergeschlagen er war.

Den Schwamm in der Hand, drehte er sich zu ihr herum und sprach leise weiter. »Nach ihrem Tod wurde ich im Gefecht verwundet. Die Wunde heilte nicht gut, und ich wurde heimgeschickt zur Genesung. Als die Tortur vorbei war, verkaufte ich mein Offizierspatent. Ich wurde von einem Colonel, unter dem ich gedient hatte, für eine Geheimorganisation angeworben.«

»So wurden Sie Spion?«, fragte sie.

»Wir sind keine Spione. Wir spionieren nicht die Geheimnisse unserer Feinde aus, sondern wir schützen die Interessen des Königs und der Monarchie. Kurz nach der Revolution in Frankreich wurde die Organisation von gewissen Leuten in einflussreicher Position heimlich gegründet. Nur sehr wenige wissen von ihrer Existenz.«

Dass ausgerechnet sie nun dazugehörte, gab ihr zu denken. Warum erzählte er ihr das alles? Sie hatte versucht, diesen Leuten zu entkommen! Sie hatte ein Verhalten an den Tag gelegt, das bei Sam nicht gerade Vertrauen wecken dürfte …

»Es gibt ein Agentennetz, das sich über den gesamten Einflussbereich Großbritanniens erstreckt. Unser einziger Zweck ist es, unsere Monarchie zu schützen und Verrat zu unterbinden.«

»Wie Dunthorpe ihn begangen hat«, murmelte sie.

»Ganz recht.« Er kühlte mit dem Schwamm ihre Seite.

»Sie bekamen den Befehl, ihn zu töten, weil er eine Bedrohung für die Monarchie war.«

»Ja.«

»Und jetzt warten Sie auf einen mich betreffenden Befehl.«

Einen Moment lang schaute er sie durchdringend an, dann antwortete er ruhig: »Ja.«

Was, wenn seine Vorgesetzten entschieden, sie solle dasselbe Schicksal erleiden wie Dunthorpe?

Sie blickten einander in die Augen, dann sah er weg. Ihre Frage stand ihr sicherlich ins Gesicht geschrieben.

Würde er es tun? Würde er die Pistole ziehen und sie erschießen? Sie konnte das nicht glauben. Und dennoch … er war Soldat. Ein kampferprobter Soldat und Agent der britischen Regierung. Er befolgte Befehle. Er widersetzte sich ihnen nicht.

Das war der Mann, bei dem sie sich sicher fühlte. Was für eine Illusion! Er hatte sie entführt, sie nach jeder Flucht wieder gefasst, und nun konnte er jeden Tag den Befehl erhalten, sie zu töten.

Sie hatte immer ums Überleben gekämpft und vieles ertragen, die Hinrichtung ihrer Familie, die Schreckensherrschaft, Armut und zuletzt die Ehe mit Dunthorpe. Aber wenn Sam das über sich brächte … wenn er sie töten konnte für den König und sein Vaterland …

Sie war nicht zornig. Sie hatte nicht einmal Angst. Aber sie fühlte sich geschlagen … und unendlich müde.

Aber sie wollte mehr wissen. Sie wollte alles über ihn wissen, um ihn zu verstehen. Er war gerade in der Stimmung, sich ihr anzuvertrauen. Wenn ihr Fieber vorbei war, würde er dann noch genauso denken? Und auch noch, wenn er den Befehl erhielt, sie zu töten?

»Ihre Mutter … ist also die Herzoginwitwe von Trent?«, murmelte sie mit geschlossenen Augen. Sie schauderte, als er sie wieder ein Stück mehr aufdeckte. Nun strich er mit dem Schwamm über ihr Bein, wobei er den Verband am Knie aussparte.

»Ja.«

»Sie ist diejenige, die seit letztem Frühjahr verschwunden ist?«

Sam stieß einen langen Seufzer aus. »Ja.«

»Dann … wurden Sie geboren, bevor sie den Herzog von Trent heiratete?«

Er nickte. »Der Herzog duldete mich in seinem Hause. Das war ihre Bedingung, in die Heirat einzuwilligen.«

»Sie hätte seine Hand ausgeschlagen, wenn er Sie nicht mit aufgenommen hätte? Sie muss Sie sehr geliebt haben.«

»Ja«, sagte Sam schlicht.

»Und dann brachte sie den Erben zur Welt …«

»Trent wurde geboren und zwei Jahre später Luke, dann Mark und Theo und zuletzt Esme, die wir auf dem Markt getroffen haben. Ich bin zwölf Jahre älter als meine Schwester.«

»Lady Esme«, murmelte sie schon im Halbschlaf. »Ich wusste doch gleich, dass sie von Adel ist. Das sehe ich immer sofort, wissen Sie. Ich bin nicht dumm.«

»Gewiss nicht, Élise«, hörte sie ihn wie aus weiter Ferne sagen. »Sie sind die klügste und schönste Frau, die ich je …«

Aus ihren Schultern wich die Spannung, und ihr Atem ging langsamer. Sam sah es, als sie einschlief. Er setzte die Waschung fort und betrachtete dabei ihren schönen Körper.

Es war höchst unanständig, sie begehrlich anzusehen, wenn sie so krank war. Aber er war ein Mann. Und sie war … sie war makellos.

Makellos, aber noch immer heiß vom Fieber. Die Feuchtigkeit auf der Haut verdunstete rasch. Fast erwartete er, sie dampfen zu sehen.

Zwei rote Flecke erblühten auf ihren Wangen, aber davon abgesehen war sie zu blass.

Er tat einen bebenden Atemzug. Die Sorge wuchs in ihm wie eine wild wuchernde Pflanze, die nicht auszumerzen ist.

Er besah die Wunde am Knie, dann bedeckte er ihre Brüste mit dem Unterhemd und setzte die Waschung fort.

Ihre Haut wurde nicht kühler. Und Élise wurde auch nicht mehr wach. Als Masterson heimkam, schritt Sam im Zimmer auf und ab und raufte sich die Haare vor lauter Hilflosigkeit.

Das Fieber ging nicht zurück. Vielmehr stieg es. Ihre Haut war unvorstellbar heiß und trocken. Sie atmete unregelmäßiger. Ab und zu wimmerte sie im Schlaf, wurde aber nicht wach.

Diese Hilflosigkeit hasste er zutiefst. Er hatte sie schon einmal erlebt, als Charlotte in den Wehen lag – und da war es ganz anders gekommen, als jeder gehofft hatte.

Manchmal schien das Glück zum Greifen nah zu sein, wie mit Élise in seinem Cottage am Windermere, aber immer entglitt es ihm, wenn er es festhalten wollte.

Darum hatte er sich angewöhnt, nicht mehr danach zu greifen. So war das Leben leichter. Doch bei Élise war es ihm umgekehrt vorgekommen: als ob das Glück nach ihm greifen wollte und er nicht die Stärke besaß, es abzuwehren.

Und nun stand er doch wieder kurz davor, es zu verlieren.

Die Tür wurde behutsam geöffnet, und Mastersons Gesicht erschien im Türspalt. Mit einem Blick nahm er die Szene in sich auf. »Sie schläft?«, fragte er leise.

Sam war abrupt stehen geblieben und nickte nun.

Masterson deutete mit dem Kopf in den Flur. »Kommen Sie heraus. Ich muss Ihnen etwas sagen.«

Sam schaute noch einmal zu Élise, und da sie sich nicht rührte, folgte er Masterson auf den Flur.

Besorgt zog der alte Mann die Brauen zusammen. »Gerade hat eine sehr interessante Kutsche den Schlagbaum passiert.«

Sam war sofort alarmiert. »Was für eine?«

»Eine von Dunthorpes.«

Sam kniff die Augen zusammen. »Mit dem neuen Viscount darin?«

»Ja.«

»Was hat er angegeben, warum er nach Norden fährt?«

»Das ist eine interessante Frage, nicht wahr? Dunthorpe hatte kaum Verbindungen dorthin und reiste selten in diese Richtung. Ich habe danach gefragt, aber der Kutscher war nicht gesprächig und sagte, das sei eine private Angelegenheit.«

Sam machte ein finsteres Gesicht. Es war, wie Élise gesagt hatte. Dunthorpes Bruder war sein Komplize gewesen – höchstwahrscheinlich seine rechte Hand und jetzt der Anführer der Verschwörerbande.

»Dunthorpe ist hinter uns her.«

»Scheint so.« Masterson grinste schief. »Aber er ahnte nicht, dass Sie nur hundert Schritt von ihm entfernt waren, und nun fährt er zweifellos zu einem leeren Cottage.«

»Und noch immer kein Wort von der Organisation?«

»Nichts.«

Gewöhnlich waren seine Vorgesetzten sehr entschlussfreudig in solchen Angelegenheiten. Dass es diesmal so lange dauerte, bereitete ihm ein mulmiges Gefühl im Magen.

»Was wollen Sie jetzt tun?«, fragte Masterson.

»Ich muss Adams benachrichtigen. Können Sie jemanden hinschicken?«

»Natürlich.« Masterson ging mit Sam in den winzigen Salon, wo er ihm Briefpapier, Tinte und Feder gab.

Sam schrieb einen langen Brief, in dem er alles mitteilte, was er seit dem Aufbruch von London erfahren hatte, auch was er von Élise über den neuen Viscount Dunthorpe und Edmund Gherkin wusste.

Am Ende fasste er sich kurz und äußerte freimütig, er sei von Lady Dunthorpes Unschuld überzeugt. Dann bat er darum, seine Befehle direkt an Masterson zu senden, da er und

Lady Dunthorpe sich für einen unbestimmten Zeitraum an geheimen Orten aufhalten würden.

Zum ersten Mal seit er der Organisation diente, würden seine Vorgesetzten nicht wissen, wo er sich befand. Eingedenk dessen, was sie ihm vielleicht befehlen würden, war es jedoch am besten so.

Schließlich versiegelte er den Brief und gab ihn Masterson, der sofort nach Preston aufbrach, um ihn von einem seiner Leute zum Hauptsitz nach London bringen zu lassen.

Sam ging in die Küche, um eine Schale Brühe für Élise zu holen, und als er ins Schlafzimmer zurückkehrte, wusste er sofort, dass sich etwas verändert hatte.

Élise klang entsetzlich. Sie atmete mühsam. Ihr fieberheißer Körper hatte das Zimmer erwärmt.

Sam stieß das Fenster auf und atmete tief die kühle Luft ein, dann drehte er sich zu ihr um. Sie war totenbleich. Die roten Flecke auf ihren Wangen waren verschwunden. Ihre Augen waren geschlossen, aber ihre dünnen Arme lagen über der Bettdecke, und sie hatte den Stoff in die Fäuste gerafft.

Er setzte sich wieder zu ihr. »Élise, sind Sie wach?«

»Sam?« Ihre Stimme klang schwach und brüchig, und die Augen machte sie erst gar nicht auf.

»Ich bin hier.« Er strich ihr die Haare aus der Stirn und erschrak über die Hitze. Sein Herz klopfte heftig. Sie war so verflucht heiß.

»Thymian ...«, hauchte sie.

»Was sagen Sie?«

»Thymian, das Kraut. Tee. Gut gegen Fieber. Und Süßholzwurzel. Tee.«

Sie redete zusammenhangloses Zeug. Er geriet in Panik.

Sie war viel zu heiß. Sie delirierte, und sie machte die Augen nicht mehr auf.

Einen Moment lang saß er wie versteinert da und versuchte, seinen hämmernden Herzschlag zu beruhigen. Schließlich stand er auf und tauchte ein Handtuch in die Schüssel mit frischem Wasser. Er wischte ihr damit die Stirn ab, dann faltete er es zusammen und legte es ihr auf die Brust.

Sie wird sterben. Sie wird sterben, und ich kann nichts dagegen tun.

Er atmete tief durch. Nein, er würde nicht aufgeben. Noch nicht. Sie war noch am Leben, rang um jeden Atemzug, ihr Gesicht war noch nicht vom Tod gezeichnet.

Sie war eine Kämpferin, und er würde ihr in dem Kampf beistehen.

»Élise«, sagte er sanft, »was brauchen Sie?«

»Mir ist kalt«, krächzte sie. »So kalt.«

Er begriff nicht. Wieso war ihr kalt? Sie fühlte sich sengend heiß an. Wie konnte das sein?

Während er sie anstarrte, fing sie unter der Decke an zu zittern und zu schlottern.

Er eilte aus dem Zimmer in die Vorratskammer und stellte fest, dass Masterson tatsächlich Thymian hatte, wenn auch keine Süßholzwurzel. Er kochte einen starken Tee und eilte zurück zu Élise. Sie schlotterte so stark wie vorher. Wahrscheinlich hatte es wenig Zweck, ihr Tee einflößen zu wollen.

Aber versuchen musste er es.

»Élise, ich habe Ihnen Thymiantee gekocht. Jetzt müssen Sie ihn trinken.«

Sie gab einen kleinen hellen Laut von sich, und fast lächelte er, als er begriff, dass sie spöttische Verwunderung äußerte. In Gedanken hörte er sie sagen: *Oh mein lieber Sam, kaum zu glauben!*

Zärtlich hob er sie an und lehnte sie aufrecht gegen die Kissen. Er nahm einen Löffel voll Tee und hielt ihn ihr an die Lippen. Darauf machte sie ein wenig die Augen auf, aber die Lider sanken ihr sogleich wieder herab, als wären sie zu schwer. Dafür machte sie den Mund auf und trank den Löffel Tee. Es schien ewig zu dauern, bis er sie schlucken sah.

Eine gute Stunde brauchte sie für die halbe Tasse, dann drehte sie den Kopf weg, kniff die Lippen zusammen und verweigerte den Rest.

Er strich ihr über die Stirn. »Müssen Sie sich erleichtern?«

»Nein«, krächzte sie. Er überlegte, wann sie zuletzt den Nachttopf benutzt hatte. Vor über zwölf Stunden.

»Sie trinken zu wenig.«

Sie gab einen Laut von sich, der sich halb nach Quietschen, halb nach Schluchzen anhörte. Er wollte sie nicht drängen. Nicht jetzt, nachdem sie gerade Tee getrunken hatte. Etwas später würde er versuchen, ihr wieder eine halbe Tasse voll einzuflößen.

Aber im Moment zitterte sie erneut heftig und brauchte Ruhe. Er legte sie wieder flach hin und begann mit einer Waschung. Dabei wurde das Zittern heftiger.

»Nein«, stöhnte sie. »Hören Sie auf.«

Resigniert schloss er die Augen, dann legte er den Schwamm in die Schüssel. »Was möchten Sie, Élise? Was kann ich für Sie tun?«

»Halten Sie mich im Arm, Sam«, murmelte sie.

Er zog bis auf Hemd und Unterwäsche alles aus und legte sich zu ihr unter die Decke. Als er sie im Arm hielt, spürte er, wie es ihren Körper schüttelte. Alle paar Atemzüge wimmerte sie. Er hielt sie zärtlich fest und murmelte: »Schsch. Alles wird gut.«

»Ich sterbe«, wisperte sie ein Weilchen später.

Er erschrak. »Nein.«

»Bitte. Sagt Marie … sagt Marie, ich liebe sie. Sagt Sam, ich liebe ihn.« In ihrem Delirium merkte sie offenbar gar nicht, dass er bei ihr war.

Die Verzweiflung brannte in ihm, aber er hielt still, während sie an ihm zitterte, denn wenn er sich bewegte, würde er zerbrechen.

»Bitte«, flehte sie leise schluchzend, »bitte sagt es ihnen, bitte.«

»Das werde ich«, sagte er rau und zog sie enger an sich.

Eine Stunde später begann sie zu krampfen, und Sam konnte nichts für sie tun, außer sie festzuhalten. Und zu Gott zu flehen, der ihn noch nie erhört hatte.

15

Élise fühlte sich so matt und benommen, sie konnte sich nur mühsam darauf besinnen, was los war.

Sie war krank, sehr krank.

Sam war da gewesen. Sam hatte sich um sie gekümmert.

Sie war früher schon einmal krank gewesen, während ihrer Ehe, da hatten die Hausmädchen sie gepflegt. Dunthorpe schenkte ihr damals keine Beachtung. Aber Sam hatte ständig an ihrem Bett gesessen.

Auf der Bettkante gesessen und bei ihr gelegen.

Etwas Schweres klebte an ihren Hüften. Etwas angenehm Warmes und Schweres. Doch sie war nass. Pitschnass.

Sie war in den Regen gekommen. War sie davon noch nass?

Sie war verwirrt. Sie stieß einen unwilligen Laut aus, weil sie das alles nicht verstand.

»Élise?«

Sams Stimme. Tief und schroff vom Schlaf. Was über ihrer Hüfte lag, war sein Arm. Sie rückte unruhig hin und her. Es könnte sich schön anfühlen … wenn sie nicht so nass wäre.

Der Arm kam unter der Bettdecke hervor. Sie spürte eine fremde Hand an ihrer Stirn. Dann hörte sie einen Seufzer der Erleichterung und machte die Augen auf. Im Halbdunkel sah sie ihn neben sich liegen. Es war Nacht, aber eine kleine Lampe brannte auf dem Nachttisch, die ihn von hinten beschien.

»Sam«, murmelte sie.

»Das Fieber ist weg«, sagte er verwundert.

Sie runzelte die Stirn. »Wie lange sind wir schon hier?«

»Drei Tage.«

Drei Tage. Sie dachte darüber nach. Drei Tage Fieber, das war lang. »Wo sind wir?«

»In Mastersons Haus. Außerhalb von Preston.«

»Oh ja, ich erinnere mich.« Vage.

»Wie geht es Ihnen?«

Auch darüber musste sie nachdenken. Sie fühlte sich, als würde es sie alle Kraft kosten, wenn sie auch nur den kleinen Finger rührte. »Sehr müde.«

»Aber besser?«, fragte er, und ihre Mundwinkel zuckten, als sie seinen hoffnungsvollen Ton hörte.

Er möchte, dass ich gesund werde, dachte sie. Und er streichelte beruhigend ihren Arm. Sie seufzte zufrieden. Noch zufriedener wäre sie, wenn sie nicht so furchtbar nass wäre.

»Warum bin ich nass?«

»Sie schwitzen.«

»Das ist ... unangenehm.«

Er stützte sich auf einen Ellbogen und schlug die Decke zurück. Kühle Luft strich über sie. Ihr nasses Unterhemd klebte an ihr, und sie fing an zu frieren. Er fasste es prüfend an. »Aha. Sie müssen das ausziehen, Liebes. Kommen Sie, ich helfe Ihnen.«

»Inzwischen haben Sie mich schon oft ausgezogen, ja?«

»Ja«, bestätigte er.

Wehmütig seufzend hob sie die Arme und ließ sich das Hemd über den Kopf ziehen. »Das ist ziemlich skandalös.«

»Ich weiß. Aber niemand weiß es außer uns.«

»Und Masterson«, grummelte sie.

Er lachte leise. »Masterson hält dicht. Damit verdient er sich seinen Lebensunterhalt. Der wird uns nicht an die Skandalblätter verraten, glauben Sie mir.«

Sie fror. Es war ein kalter Abend, und sie war nicht nur klamm, sondern auch nackt. Zitternd schlang sie die Arme um sich.

Sam grinste bloß. Er … grinste! Sie erwiderte es, denn wenn sie ihn so sah, durchfuhr sie eine wilde Freude.

»Es geht Ihnen besser«, stellte er in schroffem Ton fest.

Sie nickte. »Ich bin schrecklich müde, aber es geht mir viel besser.«

»Und Sie frieren wieder.«

Sie nickte. Er deckte sie zu und zog sie an sich. Sie war viel kleiner als er, aber wenn sie sich an ihn schmiegte, passten sie genau zusammen. Es war bequem und warm. Und es machte ihr nichts aus, dass sie nackt war.

Erst ein paar Minuten später, als sie sich fester an ihn schmiegte, denn da spürte sie, wie sein Schwanz hart wurde.

Sie holte scharf Luft und wollte ein wenig abrücken, doch er hielt sie eisern fest. Sie versuchte nicht noch einmal, wegzurücken. Sie wollte es auch gar nicht.

Die Krankheit hatte Élise stark geschwächt, und nachdem das Fieber abgeklungen war, dauerte es noch eine Woche, bis sie wieder bei Kräften war. Dann erst verkündete Sam, sie sei so weit genesen, dass sie in ein paar Tagen aufbrechen könnten.

Während dieser Zeit erzählte er ihr, dass er seine Mutter in der Nähe vermutete, am Lake Windermere, und er überlege, dorthin zurückzukehren, um nach ihr zu suchen. Und Élise erzählte ihm von ihren Jahren mit Dunthorpe. Sie habe den vagen Verdacht gehegt, dass er Geheimnisse an Frankreich verkaufte und dass dieser und jener Freund und Verwandter in seine Machenschaften eingeweiht gewesen sein könnte.

Sam wusste nun alles, was sie bislang für sich behalten hatte, und sie war froh darüber. Es ließ sich nicht leugnen, dass er ihr das Leben gerettet hatte, und verglichen damit erschienen ihr diese mageren Geheimnisse lächerlich.

Nun wollte Sam sich der Suche nach seiner Mutter zuwenden, und sie konnte ihm keinen Vorwurf daraus machen. Es würde noch Zeit genug sein, Beweise zu sammeln und die Männer, die mit Dunthorpe im Bunde standen, dingfest zu machen. Viel Zeit sogar, da sie, nachdem ihr Anführer tot war, nicht allzu bald einen neuen Anschlag versuchen würden. Sie würden wenigstens ein paar Monate brauchen, um sich neu zu organisieren und Vorbereitungen zu treffen.

Sam hatte ihr gesagt, der neue Viscount Dunthorpe habe Mastersons Schlagbaum passiert, offenbar auf der Suche nach ihnen beiden. Irgendwie hatte Francis erfahren, dass Sam und sie nach Norden gereist waren, und zum Glück nicht geahnt, wie nah er ihnen gekommen war. Also hatte er nicht alles herausgefunden.

»Dunthorpe war ein schlechter Mensch«, sagte sie. Sie gingen auf einem Weg an der Straße nach Preston spazieren. Am Wegrand blühten Glockenblumen, und es roch nach Frühling. »Aber Francis …« Sie stockte.

»Wie ist er?«

»Anders, aber nicht besser, denke ich. Er war immer neidisch auf seinen Bruder, liebte ihn jedoch auch und schaute zu ihm auf. Er schwankte stark zwischen Liebe und Hass.« Sie atmete tief durch. »Ich glaube, er ist nicht ganz richtig im Kopf. Aber eigentlich verehrte er Dunthorpe. Und deshalb vertraute der ihm seine Geheimnisse an. Francis hätte seinen Bruder nie verraten, und der wusste das.«

Sam kniff die Lippen zusammen. Sie sah ihm an, dass er fieberhaft überlegte.

»Sie haben keine Beweise gegen ihn?«, fragte sie.

»Nein, Dunthorpe war sehr vorsichtig.«

Sie nickte. »Ich wünschte, ich könnte Ihnen sagen, wer an dem Mordkomplott beteiligt war. Ich könnte nicht einmal guten Gewissens behaupten, dass Dunthorpe dazugehörte.«

»Er war der Anführer«, sagte Sam. »Aber er kann das nicht allein geplant haben.«

»Zweifellos waren die Franzosen daran beteiligt.«

Sam nickte, dann sah er sie stirnrunzelnd an. »Warum sprechen Sie von Ihren Landsleuten mit solchem Abscheu?«

Sie schnaubte. »Ich bin angewidert von ihren Einmischungen, von ihren Versuchen, unser Land zu infiltrieren und unseren Regenten zu töten.«

Sam hakte sich bei ihr unter und führte sie um einen Felsbrocken herum, der fast den Weg versperrte. »Unser Land?«

Sie warf ihm einen Seitenblick zu. »Ich habe die meiste Zeit meines Lebens hier verbracht, bin elf Jahre lang eine englische Viscountess gewesen. Warum kann ich keine Engländerin sein?«

»Meinetwegen können Sie sein, was Ihnen beliebt«, antwortete er. »Aber die Leute werden Sie immer als Französin betrachten.«

Sie seufzte. »Ich weiß. Doch ich bin keine mehr. In England habe ich als Kind Schutz gefunden. Daher ist England mein Land. Natürlich werde ich immer ein Herz für Frankreich haben, aber ich werde niemals für Napoleon sein noch den Irrsinn meiner Landsleute während der Revolution gutheißen.«

»Ich verstehe«, sagte er. Und sie glaubte es ihm.

Am Abend nahm sie zum ersten Mal seit Tagen ein Bad. Eigentlich konnte man es so nicht nennen, da Masterson keine

Wanne besaß. Aber Sam ließ sie für eine Weile allein, und sie wusch sich von Kopf bis Fuß mit dem Schwamm, mit dem er sie während des Fiebers gekühlt hatte.

Es gelang ihr sogar, sich die Haare zu waschen. Sie schäumte sie mit Seife ein und spülte sie, den Kopf über die Schüssel gebeugt, tassenweise mit warmem Wasser aus. Dann trocknete sie sich ab, zog sich ihr Unterhemd an und ging zu Bett.

Sie fühlte sich angenehm schläfrig und döste gerade ein, als Sam hereinkam. Er trat ans Bett und setzte sich auf die Kante, um sie lächelnd zu betrachten. Wie so oft schob er ihr eine Strähne hinters Ohr.

»Sind Sie müde?«, fragte er.

»Nein.« Sie gähnte. »Deshalb war ich fast eingeschlafen, als Sie hereinkamen.«

»Ach. Soll ich gehen?«

Sie sah in seine funkelnden dunklen Augen und verspürte einen Zug im Unterleib. Hitze kroch unter ihrer Haut entlang, und sie wusste genau, was sie jetzt wollte.

»Nein«, wisperte sie. »Sie sollen bleiben.«

Sam war klar, er sollte sie schlafen lassen. Sie brauchte noch Erholung, und er hatte sein Verlangen schon so lange bezwungen, er war sich nicht sicher, ob er es heute Abend noch einmal schaffte, besonders wenn sie ihn so ansah mit diesen blauen Augen, die Dinge versprachen, die sie nicht versprechen sollte.

Wenn er seinem Verlangen freien Lauf ließe ... Zum Teufel, er wollte ihr nicht wehtun.

Eigentlich sollte er auf dem Sofa im Salon schlafen.

Doch er rührte sich nicht, saß wie angewurzelt da. Im Bann ihrer blauen Augen.

Ihre Schönheit fesselte ihn. Die Farbe war in ihre Wangen zurückgekehrt, und sie waren runder geworden. Sie hatte ihre Stärke zurückerlangt. Eigentlich nicht verwunderlich, denn sie war jung und stark, eine Kämpferin.

Sie streckte ihm eine Hand hin, und er nahm sie und drückte sie leicht. Er hatte sich so lange nach ihr verzehrt, ein tiefes, schmerzliches Verlangen hatte sich in ihm festgesetzt.

»Komm ins Bett, Sam«, murmelte sie mit schläfriger Stimme, auf die sein Schwanz sofort ansprach. Im Nu war er hart.

Er holte tief Luft und zögerte noch. »Du brauchst Ruhe.«

»Das ist wahr«, pflichtete sie bei. Dann warf sie ihm ein Lächeln zu. »Hinterher.«

Einen Moment lang überlegte er noch, dann nickte er. Er wandte sich ab, zog sich aus und stieg zu ihr ins Bett.

Nur mit dem dünnen Unterhemd bekleidet drückte sie sich an ihn. Sie hatte während der Krankheit Gewicht verloren, sodass nun ihr Hüftknochen gegen seinen Bauch drückte. Sie war vorher schon zierlich gewesen, und nun wollte er sie aufpäppeln, ihr Frühstück ans Bett bringen …

Er betrachtete ihr Gesicht, schob einmal mehr eine Locke aus ihrer Stirn. Sie lächelte ihn an. »Mir fehlen deine Küsse.«

»Wirklich?«

»Ja, sehr. Sie sind …« Sie seufzte sehnsüchtig. »Du küsst sehr gut. Du machst mich damit glücklich. Bei jedem Kuss will ich mehr.« Sie blickte ihm in die Augen. »Schon bei dem ersten war es so.«

Wie könnte er diese Frau zurückweisen? Er beugte den Kopf und küsste sie.

Sein Körper wurde munter. Obwohl er nicht vergaß, dass er sie sanft behandeln musste, weil sie sich von einer Krankheit erholte, die leicht tödlich hätte ausgehen können, küsste er sie wie ein stümperhafter Jüngling. Wie ein Junge, der zum ersten Mal die Lust am Körper einer Frau entdeckt.

Die Wahrheit war, er konnte nicht genug von ihr bekommen. Von ihrem Veilchenduft, von ihrem süßen Geschmack, der ihn an Trauben erinnerte, von ihrem Körper, ihrem scharfen Verstand, ihrem wachen Blick, ihrem Witz, ihrer temperamentvollen Persönlichkeit, ihrem …

Gütiger Himmel. Er hatte noch nichts im Leben so sehr gewollt wie sie. Noch nie. Er konnte vor Verlangen kaum atmen.

Keuchend zog er den Kopf zurück. Unbemerkt war er während des Kusses auf sie gelangt und drückte sie nun mit seiner Masse an die Matratze.

Er sah sie forschend an, ob sie vielleicht doch wollte, dass er aufhörte, ob es ihr zu viel war, ob sie Schmerzen hatte …

»Sag mir, ich soll aufhören«, flüsterte er.

Ihre Pupillen weiteten sich.

»Das ist nicht gut«, sagte er. »Sag es. Sag mir, ich muss aufhören.«

»Sam …«

Er biss die Zähne zusammen, wappnete sich dafür. Er hatte ihretwegen den Kopf verloren, aber er hoffte, sie würde einen Rest Vernunft bewahrt haben.

Sie holte bebend Luft. »Sam, ich glaube nicht, dass ich noch einen Tag länger aushalte, ohne dich in mir zu haben.«

Sie hatte die Arme um ihn gelegt und nicht losgelassen, und jetzt zog sie ihn an sich, mit glühendem Blick und halb gesenkten Lidern.

Er schauderte. Sein Schwanz lag gegen ihren Oberschenkel gedrückt, so schwer und hart und heiß, dass es schmerzte. Er wusste, sie spürte es, denn sie bewegte sich in einem fort dagegen.

»In mir«, flüsterte sie. »Ich brauche dich.«

Er schüttelte den Kopf, wippte aber mit dem Unterleib gegen ihr Bein. Er war nicht imstande, das zu lassen. »Ich will dir nicht wehtun.«

»Ich bin eine sehr starke Frau, mein lieber Sam«, erwiderte sie mit jener lüsternen, rauen Stimme und lächelte. »Nimm keine Rücksicht. Du kannst mir nicht wehtun.«

Er schüttelte den Kopf und musste ebenfalls lächeln. Er küsste sie und rieb sich weiter an ihr. »Keine Rücksicht? Das darf ich nicht … nicht heute.«

Sie seufzte. »Das weiß ich. Dafür bist du zu anständig, *n'est ce pas?*« Und dann spürte er an der Brust, dass sie lautlos lachte.

Er streichelte ihre Seite, spürte ihren Körper, die Kurve ihrer Taille, die Wölbung ihrer Hüfte. Er krümmte die Finger in den Stoff des Unterhemds und zog es langsam an ihrem Bein hinauf, während er sie, berauscht von ihrem Geschmack, weiter küsste.

Er strich mit den Lippen über ihre Wange, dann unter ihr Kinn zum Hals, knabberte und saugte, als sie den Kopf nach hinten bog und sich seinem Mund überließ.

Er wanderte weiter nach unten, leckte über ihr Schlüsselbein und die Wölbung der Brüste oberhalb des Hemdausschnitts. Mit den Zähnen packte er den Saum und zerrte ihn ungeduldig nach unten.

»Soll ich das ausziehen?«, fragte sie leicht belustigt. »Das werde ich gern tun, wenn du dieses übergroße Hemd ablegst und auch die Unterhose.«

Er ließ den Ausschnittsaum los und stemmte sich auf die Arme. »Ist das ein Befehl, Madame?«

»Mais oui.«

Nachdem er ihr aus dem Unterhemd geholfen hatte, stieg er

aus dem Bett und streifte sich die Kleider ab. Sie verfolgte jede seiner Bewegungen, und er warf ihr von der Seite schief lächelnd einen Blick zu.

»Gefällt dir, was du siehst?«

»Jeder Zoll. Du bist sehr groß und sehr muskulös und hast einen sehr, sehr großen ...« Sie stockte abrupt, und er lachte. So stieg er zu ihr ins Bett und zog sie erneut an sich. Sie hielten beide still, sowie sie die nackte Haut des anderen an sich spürten. Élise war glatt und weich und warm und passte perfekt an seinen Körper. Ihm war, als könnte er sie ewig so halten.

»Die Größe erschreckt dich nicht?«, murmelte er, den Mund an ihren Haaren, und atmete ihren Geruch ein.

»Aber ganz und gar nicht, Sam«, schnurrte sie. »Sie erregt mich. Sehr sogar.«

Er stöhnte. Verdammt, diese Frau würde ihn noch um den Verstand bringen.

Er schob die Hand an ihrem Rücken hinunter und griff um ihren runden Hintern, um sie an ihn zu drücken.

Sofort rieb sie sich an ihm, dabei zog sie seinen Kopf zu sich und küsste ihn innig. Sie war so verdammt erregend.

Er schob die Hand um ihren Oberschenkel herum und legte sie auf ihr Geschlecht. Keuchend schob sie ihm das Becken entgegen.

»Wie lüstern du doch bist«, neckte er sie.

»Sonst bin ich das nie. Nur bei dir. Nur wenn du Sam der Schuft bist und ich dich so sehr begehre, dass es schmerzt.«

Bei dieser Erwiderung durchlief ihn eine tiefe Befriedigung, und er küsste sie stürmisch.

Dabei schob er die Finger weiter zwischen ihre Beine und steigerte ihre Erregung. Er streichelte sie, las ihr Gefallen daran aus dem Zucken und Schaudern ihres Körpers und aus dem Wimmern, das aus ihrer Kehle drang.

Sie mochte es … genau da. Probehalber strich er über ihre Öffnung. Ja. Sanftes Gleiten war ihr lieber als harter Druck. Darum tat er es immer wieder, bis sie unter seiner Hand vibrierte, und er nahm ihren heftig keuchenden Atem in sich auf, während er sie küsste.

Sie bewegte sich immer rastloser. »Sam …«, hauchte sie.

»Komm für mich, Liebste.«

Sie griff nach seinem Arm, als müsste sie sich festhalten, dann wurde sie langsamer, versteifte sich und stieß einen leisen, klagenden Schrei aus, und ihr Leib begann zu wogen.

Streichelnd dehnte er ihren Höhepunkt so lange wie möglich aus, bis sie erschlaffte und das Gesicht an seiner Brust barg. Er küsste sie auf den Scheitel und konnte den männlichen Stolz, der ihn durchströmte, nicht unterdrücken. Er hatte sie zum Kommen gebracht. Er hatte seiner Frau Lust bereitet.

Er fasste um ihren Hintern und drückte sie an sich. Augenzwinkernd schaute sie zu ihm hoch. »Ich will dich in mir haben. Du hast gedacht, du lässt mich kommen, damit ich für dich bereit bin, aber da hast du falsch gedacht, Sam. Ich bin schon seit Tagen für dich bereit.«

Knurrend drehte er sie auf den Rücken. »Du lüsternes Weib.«

»Du verführerischer Schuft«, schoss sie zurück.

Er konnte nicht mehr abwarten. Keine Sekunde länger. Er musste in sie eindringen. Sofort.

Er fand ihren Eingang. Er brauchte nicht herumzufingern, ihn nicht in Stellung zu bringen. Wie immer passten sie trotz des Größenunterschieds mühelos zusammen. Sie gehörten zusammen.

Den Schwanz an ihrer Öffnung, blickte er ihr in die Augen, in ihre schönen blauen Augen, und sie schaute ihn an, und dann schenkte sie ihm ein leichtes Lächeln. Sie fasste seine

Schultern, aber davon abgesehen hielt sie ganz still und wartete.

»Élise«, brummte er und stieß ihn schließlich hinein.

Mit einem Aufschrei wölbte sie den Rücken, und er hielt erschrocken inne. Ihre Hitze umfing ihn mit eisernem Griff, und die Lust war so überwältigend, dass ein Zittern seinen unteren Rücken durchlief.

Aber die Angst war genauso stark. Er war zu schnell gewesen. Rücksichtslos. Hatte sich in ihren zierlichen Leib gezwängt.

»Hab ich dir wehgetan?«, krächzte er, selbst vor Erregung schaudernd. Seine Arme zitterten von der mühsam auferlegten Zurückhaltung. »Soll ich …«

»Nein«, stöhnte sie. »Nein, nein, nein … nicht aufhören, du Dummer. *Dieu*, du gibst mir ein Gefühl, als wäre ich endlich vollständig. Das ist so schön, Sam. Hör nicht auf. Mach weiter.«

Und das tat er. Langsam glitt er heraus und wieder hinein. Er beherrschte sich jetzt, denn anderenfalls würde er sie nehmen wie ein wildes Tier.

Also bewegte er sich langsam, versenkte ihn in ihre heiße Spalte und zog ihn wieder heraus. Das erregte ihn derart, dass er Sterne sah.

Seine schöne Élise. Sie hielt sich an ihm fest, kam seinen Stößen entgegen und keuchte auf, wenn er tief in ihr ankam. Er achtete auf ihr Mienenspiel, sah, wie sie leicht die Lippen öffnete, wie ihr Blick glasig wurde, wie sich die Verzückung abzeichnete.

Nein, er bescherte ihr keine Schmerzen, sondern Lust.

Als er davon überzeugt war, bewegte er sich schneller. Ein Kribbeln am unteren Rückgrat kündigte das süße Ende an, machte seinen Schwanz noch einmal härter.

»Ja«, hauchte sie und packte ihn fester, ihr Geschlecht schloss sich um ihn, sie spannte sich unter ihm an. »Ja. Mehr, Sam, mehr.«

»Ich muss ihn …« Mühsam keuchte er die Worte, seine Stimme verweigerte fast ihren Dienst. Er nahm nichts anderes mehr wahr als die Lust, die Élises Körper ihm bereitete. »Ich muss ihn rausziehen.«

Darauf hielt sie ihn umso fester gepackt und schlang die Beine um seine Oberschenkel. »Oh nein.«

Er hielt inne. Verdammt, er zitterte am ganzen Leib, so sehr musste er sich beherrschen. Er war kurz davor. Ganz kurz davor. »Ich will nicht …«

»Du kannst es ruhig tun«, sagte sie sanft, aber bestimmt. »Du weißt doch, ich bin unfruchtbar.«

Er schloss die Augen, denn ein Anflug von Bedauern klang am Ende mit. »Oh Élise«, stöhnte er.

»Komm in mir, liebster Sam. Ich möchte es.«

Jetzt konnte er nicht mehr an sich halten. Die Arme fest um ihren Leib geschlungen, stieß er tief und hart in sie hinein und überließ sich seiner Lust.

Das war so gut, so erfüllend. Sie war schlichtweg himmlisch.

Sie kam erneut. Mit einem Aufschrei bog sie den Rücken durch und erbebte. Den Bruchteil eines Augenblicks zögerte er, aber sie schloss sich so eng um seinen Schwanz, dass er sich erneut seiner Erregung hingab. Er stieß noch einmal, zweimal, dreimal hinein. Sie wurde heißer und glatter.

Beim nächsten Stoß kam er heftig, höchste Lust schoss durch seinen Leib.

Langsam verebbte sie, und es schien lange zu dauern, bis er zu sich kam, auch wenn er wusste, es waren nur ein paar Momente. Als ihm bewusst wurde, dass er sie halb zerquetschte, raffte er sich auf und rollte sich auf die Seite. Dabei zog er sie mit herum und blieb in ihr.

Sie schaute ihn an, errötet und wunderbar zerzaust. »Du bist so schön«, murmelte er.

»Du auch, mein Liebster«, sagte sie heiter lächelnd. »Du auch.«

16

Drei Tage später erhielt Sam im Morgengrauen die neuen Befehle seiner Vorgesetzten. Er und Élise hatten sich gerade geliebt und lagen Arm in Arm im Bett, als es an der Haustür klopfte. Eine dunkle Stimme rief schroff, aber zögernd: »Hawk?«

Élise erkannte sie. *Carter.*

Sam blickte sie an, aber seine dunklen Augen waren in dem Dämmerlicht unergründlich.

»Er bringt die Befehle«, flüsterte sie.

»Ja. Aber keine Angst. Ich werde mich nicht danach richten. Ich werde nicht zulassen, dass dir noch etwas geschieht.«

Sie nickte und sah zu, wie er aus dem Bett schlüpfte und sich hastig anzog.

Was immer passieren mochte, sie würde sich an diesen Moment erinnern – wie Sam sich bei Sonnenaufgang anzog und die ersten Sonnenstrahlen durch die Zweige vor dem Fenster auf seinen starken Körper schienen. Der goldene Schein hob die Wölbungen der Muskeln hervor. Er war so schön. Nicht dünn und weich wie Dunthorpe, sondern männlich und stark.

Er beugte sich über sie und küsste sie auf die Wange. »Bleib hier.«

»Tyrann«, murmelte sie neckend.

Er richtete sich auf und antwortete mit einem ernsten, warnenden Blick, dann verließ er das Zimmer.

Sie stand auf und wusch sich, zog sich das schlichte Wanderkleid an, das Sam irgendwo für sie beschafft hatte, als sie krank gewesen war, und schlang die Haare zum Chignon, den sie im Nacken feststeckte. Sie frisierte sich mit dem Kamm, den Masterson ihr geschenkt hatte.

Sie hatte sich entschieden, ihn zu mögen, auch wenn er ihr meistens aus dem Weg gegangen und ihr nicht so freundschaftlich begegnet war wie Laurent und Carter. Natürlich war sie, solange sie bei ihm waren, die meiste Zeit krank gewesen. Aber sie hatte gespürt, dass er Sam tiefen Respekt entgegenbrachte, und das genügte ihr.

Ob Carter auch Laurent mitgebracht hatte? Sie hoffte es. Sie stand von dem Stuhl der Frisierkommode auf, um hinunter in den Salon zu gehen und die Neuankömmlinge zu begrüßen, aber sowie sie einen Schritt auf die Tür zumachte, stürmte Sam herein.

Bei seinem wütenden Anblick hielt sie erschrocken inne. Finster und gefährlich sah er aus. »Wir müssen weg«, schnauzte er. »Sofort.«

Erschrocken stand sie da und nickte nur, während sich in ihrem Bauch die Angst breitmachte.

Adams hatte den Befehl geschickt, sie zu töten.

Benommen klaubte sie ihre Habe zusammen. Die Kleider, in denen sie geflohen war, hatten sie weggeworfen, und Sam hatte ihre Satteltasche am Straßenrand liegen lassen, sodass sie nur noch ein Kleid und die Unterwäsche besaß, die Sam ihr gekauft hatte.

Als es nichts mehr zu tun gab, nahm Sam sie bei der Hand und führte sie aus dem Schlafzimmer. Kurz schaute sie zurück zu dem zerwühlten Bett, wo er sie zum ersten Mal geliebt hatte.

Augenblicke später eilten sie die Auffahrt vor Mastersons

Haus hinunter, an deren Ende die Kutsche wartete. Klein, dunkel und unauffällig war sie, fast wie die, in der sie nach Norden gefahren waren und die am Windermere im Stall stand.

Laurent saß auf dem Kutschbock neben Carter. Beide tippten an die Mützen und nickten ihr zu, als sie sich näherte, aber selbst der sonst heitere Laurent machte ein finsteres Gesicht.

Sie konnte ihnen gerade noch zuwinken, bevor Sam sie in die Kutsche drängte. Kaum hatte er den Schlag geschlossen, rollte sie auch schon an.

Er war still und starr und schaute stur geradeaus. Sie legte die Hand auf seinen Oberschenkel. »Das kam aber plötzlich.«

Langsam drehte er den Kopf zu ihr. Im Zwielicht blickte sie in seine dunklen Augen. Es war unmöglich zu sehen, was in ihm vorging.

Die Organisation wollte ihren Tod.

Sie sollte Angst haben, zutiefst erschrocken sein.

Aber sie war bei Sam. Bei ihm war sie so sicher wie noch nie in ihrem Leben. Er würde verhindern, dass ihr etwas zustieß. Das war für sie so gewiss, wie sie den nächsten Atemzug tun würde.

Plötzlich packte Sam sie an der Taille und hob sie auf seinen Schoß. Er küsste sie wie ein Besessener.

Sie liebte ihn so sehr. Dabei war das schier unglaublich, denn er hatte ihren Mann getötet, sie entführt, verfolgt und eingesperrt. Trotz allem war er gut und anständig.

Erregung durchströmte sie, Hitze wallte zwischen ihren Beinen. Sie legte die Arme um ihn und erwiderte den Kuss leidenschaftlich.

»Nur ruhig«, sagte sie an seinen Lippen. »Alles wird gut, mein lieber Sam.«

Und so würde es kommen, dessen war sie ganz sicher.

Er fummelte an seinen Hosenknöpfen, dann riss er ihren

Rock hoch, ohne das Küssen zu unterbrechen, schob die Finger zwischen ihre Beine, und sie rieb sich daran. Rasch wurde sie unter seiner Liebkosung feucht.

Sie erschauderte in seinen Armen. Wie schnell er ihren Körper verstanden hatte. Er wusste bereits, wie er sie anfassen musste, um ihre Lust zu steigern. Ihr Ehemann hatte derlei Feinheiten nicht beherrscht.

Mit der freien Hand zog er die Haarnadeln aus ihrem Chignon und ließ sie auf den Boden fallen. »Ich liebe deine Haare. Ich mag es, wenn sie offen und frei sind wie dein Geist.«

Während er ihr Geschlecht streichelte, fuhr er mit den Fingern durch die Locken, die ihr jetzt auf die Schultern fielen.

Schließlich setzte sie sich rittlings auf seinen Schoß, er rückte sie über seinen Schwanz und senkte sie darüber ab. Stöhnend nahm sie ihn in sich auf.

Fast verdrehte sie die Augen, so überwältigend waren die Gefühle, die sein Eindringen auslöste. Nicht nur zog sich ihr Geschlecht um ihn zusammen, sondern eine glühende Erregung wogte durch ihren Körper bis in die Fingerspitzen. Sie hatte nicht gewusst, dass Geschlechtsverkehr für eine Frau solche Wonnen bereithielt, aber Sam machte es … vorzüglich.

Hart stieß er in sie hinein, das Gesicht an ihrer Schulter, die Hände um ihren Hintern gelegt, um ihre Bewegungen zu steuern, hob er sie an und drückte sie runter. So hart und tief waren seine Stöße aus diesem Winkel, dass sie bei jedem leise wimmerte. Sie hielt ihn auch fest, krallte die Finger in seine breiten Schultern und murmelte immer wieder »Sam, Sam«.

Er war so groß. Sie hatte ihre Bedenken verheimlicht, als sie ihn zum ersten Mal nackt sah. Da hegte sie doch leise Befürchtungen, er wäre zu groß für sie. Aber er passte. Er passte genau, als wäre er für sie geschaffen worden, wie ein Schlüssel für ein Schloss. Und wenn er sich in ihr bewegte, ihre Innenwand streichelte, bewirkte das alle möglichen sündhaften Gefühle in ihr. Gefühle und Gedanken.

Der Orgasmus setzte abrupt ein, und als sie sich um ihn zusammenzog, warf sie den Kopf in den Nacken und vergaß fast das Atmen. Sengende Lustgefühle brachen in ihr los. Sie verlor die Beherrschung, doch das war in Ordnung. Sam würde sie schützen.

Sie schwamm auf der Woge heißer, überwältigender Erregung. Nichts anderes spürte sie mehr, und Sam hielt sie fest und sicher in seinen Armen.

Langsam verebbte es. Keuchend bemerkte sie, dass sie lange die Luft angehalten hatte.

Sam war jedoch unermüdlich. Er hielt sie so, dass sein Schwanz tief und herrlich hart in sie eindringen konnte. *Bon Dieu*, es war überwältigend. Und ehe sie noch von ihrem Orgasmus ganz heruntergekommen war, kündigte sich ein neuer an.

Sein Schwanz schien noch einmal anzuschwellen, er berührte jeden Punkt in ihr. Innerhalb weniger Momente fühlte sie seinen Körper hart werden, und dann drückte er sie heftig auf sich, barg das Gesicht an ihrer Halsbeuge, während er kam. Sein Geschlecht pulsierte und überschwemmte sie von innen mit seinem Samen.

Der Gedanke war genug, um bei ihr noch einen Höhepunkt auszulösen. Ihr ganzer Körper spannte sich an auf dem süßen Gipfel der Lust.

Und sie hielten einander fest und schwelgten jeder in der Freude des anderen.

Als es vorbei war, drückte er sie an sich und liebkoste ihr Ohr mit den Lippen. »Du gehörst mir. Du bist mein.«

Sie schloss die Augen und ließ sich gegen ihn sinken. Das war die Wahrheit. »Ja«, murmelte sie. »Ich wollte nie etwas anderes.«

Das wusste sie jetzt. Und es war Balsam für ihre Seele. Alles, was sie durchgemacht hatte, hatte sie zu diesem Moment geführt. Dass sie nun mit diesem Mann zusammen war, hieß, sie sollte ihm gehören.

Das war ihr Schicksal, dazu war sie geboren worden. Sie sollte sein werden. Das stand völlig außer Frage.

Wie töricht, zweimal vor ihm zu fliehen. Zwei Mal!

Sie hielt ihn fest und atmete ihn ein. Er roch schwach nach Salz und Schweiß. Ungeheuer männlich. Das war so erregend, dass ihr Geschlecht erneut zuckte.

Er strich ihr die Haare aus dem Gesicht. »Sie mich an, Élise.«

Sie nahm den Kopf zurück, damit sie ihm in die Augen blicken konnte.

»Ich lasse nicht zu, dass dir etwas passiert.«

Sie starrte ihn an. »Also hast du den Befehl bekommen … mich zu töten.«

Einen Moment lang schwieg er, dann gab er die Antwort, bei der ihr schlagartig kalt wurde. »Ja.«

Die Finger in seine Schultern gekrallt, schloss sie die Augen. »Was soll ich tun?«

»Wir werden uns etwas einfallen lassen.«

»Alle wollen, dass ich sterbe. Dunthorpe. Ganz England. Sogar Frankreich, wenn Dunthorpe eine Nachricht geschickt hat.«

»Ich werde dich mit allem beschützen, was ich habe. Mit meinen Waffen, mit meiner Körperkraft, mit dem Einfluss meiner Familie. Mit meinem Leben, falls nötig. Mein Leben gehört dir.«

Sie schluckte schwer, und Tränen traten ihr in die Augen. »Das ist sehr viel, Sam«, sagte sie mit schwankender Stimme. »Zu viel.«

»Nein, das ist nicht zu viel.«

»Warum willst du das für mich tun?«

»Weil du mir neues Leben eingehaucht hast, Liebste«, antwortete er leise.

Sie ließ den Kopf auf seine Schulter sinken und stöhnte. »Ich werde dich enttäuschen.«

»Nein.«

»Ich habe dich schon zweimal enttäuscht. Als ich geflohen bin.«

»Du wurdest gefangen gehalten und wolltest deine Freiheit wiederhaben. Ich hätte dasselbe getan.«

»Was, wenn ich wieder flüchte?«

»Willst du das denn?«

Sie seufzte. »Ich weiß nicht. Bin ich wieder deine Gefangene? Du hast Befehl, mich zu töten. Vielleicht wäre es das Beste, wenn wir uns trennen. Du könntest der Organisation melden, dass ich dir entkommen bin …«

Er hielt sie energisch fest. »Nein. Lauf nicht vor mir weg, Élise.«

»Es scheint die vernünftigste Lösung zu sein«, hielt sie ihm entgegen.

»Was ich für dich empfinde – nein, das ist nicht vernünftig«, erwiderte er angespannt. »Ich brauche dich bei mir. An meiner Seite. Fliehen kommt nicht mehr infrage.«

»Und wenn ich nun nicht mehr deine Gefangene sein will?«

»Du glaubst, das bist du?«

Nun klang er verärgert, und sie drückte die Stirn an seine harte Schulter. »Nein.«

Sie sollte jetzt nicht mit ihm spielen, ermahnte sie sich. Sie sollte zu sich selbst ehrlich sein und ihm gegenüber. England wollte ihren Tod, Dunthorpe wollte ihren Tod. Sam würde ihr helfen. Er war so etwas wie ein Meisterspion, er beherrschte sein Metier, das hatte sie schon erlebt.

»Nein, ich bin nicht deine Gefangene«, bekräftigte sie. Sie hob den Kopf und schaute ihn forschend an. »Ich bin deine Geliebte.«

Unsicher und verlegen starrte sie ihn an, sie fürchtete, er könnte sie auslachen. Aber er lachte nicht. Er fasste ihr unters Kinn und widersprach: »Du bist mehr als meine Geliebte.«

Einen Moment lang genoss sie seinen Blick, dann flüsterte sie: »Ja.«

Ihr Gesicht glühte. Er war mehr als ein Geliebter, den sie fürs Vergnügen im Bett benutzte und dann beiseiteschob. Nicht dass sie dergleichen je getan hätte, sie hatte nicht mal einen Liebhaber gehabt. Er bedeutete ihr so viel mehr, zu viel vielleicht. So viel, dass es … ihr Angst machte.

Sie räusperte sich und stieg von seinem Schoß. Sie sah ihn nicht an, während er sich die Hose zuknöpfte und sie ihre Röcke richtete. Seufzend griff sie an ihre Haare. Als sie von der Bank aufstand, um sich nach den Haarnadeln zu bücken, griff er nach ihrem Unterarm.

»Lass sie offen«, verlangte er schroff. Bei seinem Blick zog sich ihr Unterleib zusammen. Mit gespielter Ungezwungenheit setzte sie sich wieder hin.

»Also gut.«

Ein Weilchen saßen sie schweigend da, aber Sam ließ ihren Arm nicht los.

»Wohin fahren wir?«, wollte sie schließlich wissen.

»Zum See. Wie geplant.«

Sie zog die Brauen hoch. »Ich will mich nicht wichtigmachen, Sam, und ich weiß auch, wie dringend du deine Mutter finden willst. Aber es sind recht viele Leute, die auf mich Jagd machen. Ich möchte nicht undankbar sein, doch vielleicht sollte ich woandershin gehen, solange du nach ihr suchst. Wir könnten uns danach treffen, vielleicht ...« Sie überlegte. »In Irland?«

»Wir haben das bereits erörtert«, sagte er mit einem knurrenden Unterton. »Du bleibst bei mir.«

Sie seufzte.

»Du bist nirgendwo sicherer als bei mir.«

»Du bist sehr stur, Sam Hawkins.«

Er nickte völlig ungerührt.

»Dunthorpe ist in der Gegend und sucht nach uns. Wer weiß, wenn deine Vorgesetzten merken, dass du mich gar nicht töten willst, werden sie doch sicher jemand anderen schicken, nicht wahr?«

»Dunthorpe sucht am falschen Ort. Er kann gar nicht wissen, wo wir sind. Nicht einmal ich weiß, wo wir sein werden. Und was Adams betrifft ... er wird für eine Weile nichts unternehmen können, denn Masterson weiß nichts von dem Befehl oder meinen Absichten, und Carter und Laurent stehen auf unserer Seite.«

Sie schluckte schwer. »Carter und Laurent wissen es also?«

»Ja.«

»Und die möchten mich auch nicht töten?«, fragte sie leise.

Sam lächelte. »Sie halten dich für unschuldig, genau wie ich. Carter ist schon länger in dem Metier als ich, aber er ist ein guter Mensch mit einem starken Ehrgefühl. Laurent ...«

»Ist arglos wie ein Kind«, murmelte sie.

Er war überrascht. »Richtig. Das trifft es genau. Er ist in vielen Dingen arglos, und er kam zu uns mit vielen vorgefassten Meinungen über Gut und Böse. Und eine Frau zu eliminieren ist in seinen Augen völlig gewissenlos. Und eine unschuldige Frau? Niemals.«

»Und Masterson?«

Er hielt inne, dann sah er ihr in die Augen. »Masterson ist ein Einzelgänger. Er hat immer in Abgeschiedenheit gearbeitet, mit keinem von uns engere Freundschaft geschlossen.«

»Aber er hat Achtung vor dir.«

»Das beruht auf Gegenseitigkeit«, sagte Sam.

»Meinst du, sein Gewissen erlaubt ihm, einen Unschuldigen zu töten?«

»Wenn das sein Befehl wäre, ja.«

Schweigend dachte sie darüber nach. Schließlich seufzte Sam. »Du musst das verstehen. Wir alle, nun ja, die meisten von uns, halten das, was wir tun, für abscheulich. Aber wir tun es für unser Land. Der Zweck heiligt die Mittel.«

»Ihr denkt wie Soldaten«, sagte sie, seinen Arm streichelnd. »Ich verstehe.«

Sie fasste ihn gern an. Er fühlte sich so verlässlich an. Wie eine unbezwingbare Kraft.

»Also hast du Carter und Laurent rekrutiert, damit sie uns helfen?«

»Keineswegs. Sie haben darauf bestanden, sich uns anzuschließen, und ich war einverstanden. Aber morgen werde ich sie wegschicken. Wenn wir Kendal hinter uns haben und den nördlichen Teil des Windermere passieren, sollten wir außer Gefahr sein.«

»Glaubst du, wir könnten Dunthorpe begegnen?«

»Das ist nicht wahrscheinlich, aber möglich. Und wenn es dazu kommt, werden uns Laurent und Carter eine unschätzbare Hilfe sein.«

Schaudernd stellte sie sich vor, wie es zwischen den Männern zur Schießerei käme.

Sam legte den Arm um sie und zog sie an seine Seite, wo sie sich an ihn schmiegte.

»Wir werden auf dich aufpassen, Élise«, versprach er.

17

An dem Tag sahen sie weit und breit nichts von Dunthorpe, und als es dunkel wurde, schlugen sie hinter einem Felsen ihr Lager auf, wo sie von der Straße nach Ambleside, einer kleinen Stadt am Nordende des Windermere, nicht zu sehen waren.

Élise hätte das wunderbar gefunden, wäre nicht halb England entschlossen gewesen, sie umzubringen.

»Ich habe noch nie im Freien übernachtet«, sagte sie zu den Männern, als sie mit einer Decke um die Schultern beieinander kauerten und aßen. Sie hatten Dörrfleisch, Brot und Käse, und dazu tranken sie eine Flasche Wein. Sam hatte angekündigt, er werde ihr im Fluss eine Forelle fangen, oder auch zwei, doch als sie endlich anhielten, ging die Sonne unter, und sie konnten gerade noch Holz sammeln und ein Feuer machen, bevor es völlig dunkel war.

Eines Tages, so hoffte sie, würde sie mit Sam zusammen angeln gehen, eine Forelle über dem Feuer braten und unter den Sternen liegen. Sie konnte sich nichts Idyllischeres vorstellen. Aber ihre Zukunft war völlig ungewiss. Und diesmal wollte sie Sam nicht darauf ansprechen. Er hatte schon einmal gesagt, er wolle sich darüber keine Gedanken machen, weil seine Zukunft todbringend sei.

Auch sie wollte nicht an eine Zukunft denken, die vielleicht den Tod brachte. Sie wollte nicht an die Männer denken, die im Dunkeln lauerten, um sie umzubringen.

Fürs Erste wollte sie sich mit der Gegenwart begnügen.

»Also ich habe schon mal draußen geschlafen, Mylady«, sagte Carter und lenkte sie von den düsteren Gedanken ab. »Viel zu oft. Inzwischen brauche ich nur auf den Boden zu sehen und mein Rücken protestiert.«

Laurent kicherte. »Armer alter Mann.«

Carter versetzte ihm einen freundschaftlichen Stoß. »Pass auf, was du sagst. Du bist schließlich noch grün hinter den Ohren. Ich mag ein alter Mann sein, aber ich kann dich immer noch zu Mus zerquetschen.«

Sam saß still neben ihr. Auf der Fahrt durch Kendal waren sie beide so still gewesen, dass das Rumpeln der Räder auf dem Kopfsteinpflaster unerträglich laut erschienen war.

Doch in Kendal war nichts passiert. Sie hatten es ohne Zwischenfall hinter sich gelassen. Sie wusste, Sam hatte nicht nur nach Dunthorpe und seinen Leuten Ausschau gehalten, sondern überdies nach seinen Geschwistern, die dort im Gasthaus wohnten, aber auch diese hatten sie nicht gesehen.

Gleichwohl hielt sich der neue Lord Dunthorpe irgendwo in der Gegend auf. Élise spürte es geradezu, wie er nach ihnen suchte.

Schaudernd drückte sie sich an Sam.

»Ich will, dass ihr beide morgen nach London zurückkehrt«, sagte er zu Carter und legte einen Arm um Élises Schultern.

Carter seufzte müde. Laurent, der sich gerade ein Stück Käse für sein Brot abschnitt, sah überrascht auf. »Warum das?«

»Es ist für euch zu gefährlich, bei uns zu bleiben.«

Carter blieb passiv, doch Laurent wehrte sich. »Wir sind deine Partner, Hawk. Wir können dich nicht allein lassen.«

»Doch, das könnt ihr«, widersprach Sam freundlich. »Und das werdet ihr. Morgen.« Entschlossen biss er in sein Dörrfleisch.

Carter blickte Sam ruhig an. »Wir wollen dir helfen. Euch beiden.«

»Hör zu, ich habe das so entschieden. Sobald Adams erkennt, was ich getan habe, stehe ich auf der schwarzen Liste. Er wird mich verfolgen.« Und zu Laurent sagte er: »Du bist der Organisation gerade erst beigetreten. Ich will nicht, dass du stirbst, bevor deine Arbeit richtig begonnen hat.«

Laurent zog die Brauen zusammen. Er sah weg und stocherte grübelnd im Feuer. »Ich will nicht mehr für die Organisation arbeiten. Nicht nach dieser Sache.«

»Dir bleibt gar keine andere Wahl«, erwiderte Sam leise.

Carter klopfte dem Jungen auf den Rücken. »Du hast deine Wahl getroffen, Freund. Du bist einer von uns. Du wusstest, dass man es sich nicht wieder anders überlegen kann.«

Élise tat es in der Seele weh, wenn sie Laurent so sah. Er war noch ein Kind gewesen, als er der Organisation beitrat, und in dem Alter eine so folgenschwere Entscheidung zu treffen ...

»Ich will nicht, dass einer von euch meinetwegen verfolgt wird«, stieß sie heiser hervor. »Es muss etwas geben, das ich tun kann ...«

»Nein«, beschied Sam schonungslos.

»Ich könnte eurem Mr. Adams alles sagen, was ich weiß ...«

»Du hast mir schon alles gesagt, Liebste. Es hat nicht gereicht«, erklärte er sanft.

Es war das erste Mal, dass er sie im Beisein anderer Liebste nannte. Ihre Wangen wurden heiß, und sie senkte den Blick auf ihre angezogenen Knie. Aber ihr wurde ganz warm ums Herz. Dass Sam vor seinen Freunden offen zeigte, wie er zu ihr stand, erfüllte sie mit Zuneigung – nein, mit einem viel stärkeren Gefühl.

»Die Organisation wird also nicht auf dich hören?«, fragte

sie leise. »Gewiss bist du einer der loyalsten und vertrauenswürdigsten Agenten.«

»Vor einigen Tagen schrieb Hawk an Adams einen Brief, in dem er Sie für unschuldig erklärte, Mylady«, sagte Carter. »In London hat man jedoch starke Beweise gegen Sie zusammengetragen.«

Sie spürte, wie sie blass wurde.

Carter fuhr fort. »Der neue Viscount hat die Gerüchte genährt, wonach Sie mit den Franzosen konspiriert haben, um Ihren Mann loszuwerden. Er hat aus Ihrer unglücklichen Ehe mit Dunthorpe erzählt, um seine Behauptung zu untermauern, dass Sie Hawk als Mörder gedungen haben und dass Sie mit ihm zusammen geflohen sind.«

Élise senkte den Kopf auf die Knie. »Und ich nehme an, dieser Adams glaubt den Unsinn?«

»Natürlich nicht, dass Sie Hawk gedungen haben. Aber seiner Ansicht nach waren Sie Dunthorpes Komplizin und sind deshalb an jenem Abend heimlich nach London gekommen.«

»Adams hält Francis also lediglich für den ausschweifenden Dummkopf, als den er sich ausgibt? Wer sich so geckenhaft benimmt, kann kein Verräter sein, denkt er also.« Élise klang bitter.

Carter nickte. »Der einzige Gegenbeweis, den wir haben, ist, was Sie Hawk erzählt haben.«

Laurent schnaubte. »Ich bin ihm einmal im Vorbeigehen begegnet. Der ist nicht nur ein Dummkopf und ein Geck, sondern dabei auch maßlos blasiert. Ein unerträglicher Kerl.«

»Aber wenn wir beweisen, dass er der Verbrecher ist? Dass er mit seinem Bruder von Anfang an unter einer Decke gesteckt hat?«

Die drei Männer wechselten einen Blick. Laurent seufzte schwer und stocherte wieder im Feuer.

Schließlich sagte Sam leise: »Adams hat noch nie einen Eliminierungsbefehl widerrufen, Élise. Noch nie.«

Später an dem Abend lag Élise wach unter ihrer Decke. Sam lag neben ihr, vermutlich auch wach, denn seine Atemzüge klangen nicht, als ob er schliefe. Laurent und Carter schliefen auf der anderen Seite des Feuers, halb verdeckt hinter einem Weißdornstrauch. Sie konnte Carter schnarchen hören.

Sam schnarchte überhaupt nicht, worüber sie froh war.

Sie hörte, wie er sich hinter ihr umdrehte; im nächsten Moment zog er sie zu sich heran, sodass sie mit dem Rücken an ihn geschmiegt lag.

Sie seufzte genüsslich. Er fühlte sich so gut an, so warm und hart.

Er streichelte ihre Seite, dann ihren Bauch, schließlich legte er die Hand um ihre Brust.

Élise machte die Augen zu, und als sein Daumen über die Brustwarze strich, zuckte sie mit dem Hintern. Sie spürte seine wachsende Erregung und stieß einen bebenden Seufzer aus.

»Schsch«, wisperte er an ihrem Ohr. Zärtlich zwickte er sie in die Brustwarze, bis sie sich aufrichtete und warm und erregt wurde. Dann wandte er sich der anderen zu und verfuhr mit ihr ebenso.

Élise biss sich auf die Lippen, um nicht zu stöhnen, während er die Hand tiefer schob und ihren Rock hochzog. Kurz darauf spürte sie seine Finger zwischen ihren Beinen. Er zerrte ihr das Höschen herunter und fand ihre Öffnung.

Sanft streichelte er sie, genau so, wie er sie innerhalb von Augenblicken zum Keuchen und Stöhnen bringen würde. Dann schob er einen Finger in sie und bewegte ihn raus und rein, wie er es am Morgen noch mit seinem Schwanz getan hatte. Sie griff hinter sich nach seiner festen Pobacke und drückte ihn gegen sich, während sie sich schamlos an seiner Erektion rieb, denn er war jetzt steinhart.

Leise stöhnend schob er einen zweiten Finger in sie hinein, und sie biss die Zähne zusammen und hielt den Atem an, um nicht aufzuschreien.

Kräftig bewegte er die Finger, und die köstliche Reibung machte sie verrückt. Und dann zog er sie heraus und winkelte ihr oberes Bein an. Sein heißer Schwanz lag schwer an ihrem Eingang.

Mit einem beherzten Stoß versenkte er ihn. Sie verkniff sich einen Schrei, aber es gelang ihr nicht ganz. Ein helles Wimmern entkam ihr dennoch. Sam atmete heftig, den Mund in ihre Haare geschoben. Er zog die Hand unter ihrem Rock hervor und fasste um ihre Brust.

Gemächlich führte er sie zum Höhepunkt und fegte ihren Kopf leer, befreite sie von ängstlichen Gedanken, sodass es für sie wieder einmal nur noch ihn gab. Er streichelte und drückte ihre Brust, zwickte und liebkoste ihre Brustwarze, küsste und leckte ihren Hals, während er seinen Schwanz mit kräftigen Stößen in ihr bewegte.

In dieser Stellung berührte er eine Stelle in ihr, von der köstliche Gefühle ausgingen. Sie brauchte ihre ganze Willenskraft, um nicht bei jedem Stoß aufzuschreien.

Ihre Erregung steigerte sich immer mehr, und dann war sie da, auf dem Gipfel der Lust. Sie krallte die Finger in seine feste Pobacke, und er stieß so tief und hart in sie, dass sie alles um sich herum vergaß.

Es ging immer weiter. Er bewegte sich in ihr, rieb über jene Stelle und bescherte ihr einen langen, berauschenden Orgasmus.

Dieser verebbte nicht sachte wie sonst, sondern unter neuerlichen Erregungsschauern kam sie herunter, wie eine Feder von einem Turm herabsegelt und von Windstößen ab und zu kurz wieder aufwärtsgetragen wird.

Es war schön, was ihr Sam für sie tun konnte.

Ihr Geschlecht wurde jetzt heiß für ihn und ließ ihn noch tiefer hinein. Und innerhalb von Augenblicken kam auch Sam zur Erlösung. Auch ihm gelang es nicht, völlig lautlos zu sein. Er gab ein tiefes Stöhnen von sich und ergoss sich in ihr.

Eine Weile lagen sie so zusammen und versuchten, leise zu Atem zu kommen. Dann zog er seinen Schwanz langsam heraus, schob den Arm unter sie und drehte sich auf den Rücken, wobei er sie mit herumdrehte und an sich zog.

Eine Hand auf seine Brust gelegt, schmiegte sie sich an seine Schulter. Sofort wurde sie schläfrig. Bevor sie einschlief, murmelte sie: »Gute Nacht, Sam.«

Seine Antwort ließ ein süßes Kribbeln in ihrer Brust entstehen.

»Gute Nacht, Liebste.«

Am folgenden Morgen fuhren sie nach Ambleside, wo sich Carter und Laurent von ihnen trennten, aber nicht ohne neuerliches Murren von Laurents Seite. Sie hatten beschlossen, Laurent solle nach London zurückkehren und eine Geschichte auftischen – er versicherte Élise, er sei ein ausgezeichneter Lügner –, wie Sam und sie in der Nacht verschwunden seien. Carter würde nach Penrith reiten und dann nach Carlisle, um nach ihnen zu »suchen«.

»Ich hoffe, ich sehe Sie beide bald wieder«, sagte sie gerührt, »und unter anderen Umständen.«

»Das hoffe ich auch, Mylady.« Carter schüttelte Sam die Hand. »Viel Glück, Hawk. Ich werde tun, was ich kann.«

Carter wusste ganz genau, dass Sam ein toter Mann war. Dennoch war es freundlich, das zu sagen, und Sam klopfte seinem Freund auf den Rücken. »Das weiß ich. Ich danke dir. Für alles.« Vielleicht würde er Carter nicht wiedersehen. Ein verflucht trübseliger Gedanke. Der Mann war lange Zeit ein bedeutender Teil seines Lebens gewesen.

Er sah ihn auf den Kutschbock steigen, als Laurent mit finsterer Miene auf ihn zukam. Sam streckte ihm die Hand hin, aber Laurent ignorierte sie und umarmte ihn stattdessen. »Pass auf, dass ihr nichts passiert, Hawk. Ich will dich nicht umbringen müssen.«

Sam klopfte ihm auf den Rücken. »Ich tue mein Bestes.«

»Und du pass auch auf dich auf …« Laurent trat von ihm zurück, und seine Augen glänzten von Tränen. Er schüttelte seine Rührung ab. »Da wäre ich wirklich froh.«

»Gut, dass ich das weiß«, sagte Sam ein wenig geistesabwesend, weil ihn seine Zuneigung zu dem Jungen gerade umhaute.

Laurent straffte die Schultern. »Also dann.«

Sie nickten einander zu, dann stieg Laurent zu Carter auf den Kutschbock. Carter schnalzte mit der Zunge, und kurz darauf bog die Kutsche hinter einem Kalksteinhaus mit blauem Dach in eine Straße ein.

Schweren Herzens sah Élise die Kutsche wegfahren. Carter und Laurent würden ihr fehlen. Sie hoffte sehr, die beiden wiederzusehen.

Nachdem sie hinter der Straßenecke verschwunden waren, wandte sie sich Sam zu. »Und nun?«

»Wir müssen von hier weg.«

Da hatte er recht. Wegen Dunthorpe und Adams durften sie sich nirgendwo aufhalten.

Sie schaute die Straße hinunter. Ambleside war ein hübsches, einladendes Städtchen an einem sanft ansteigenden Berghang mit hohen, schmalen Häusern aus der Tudor-Zeit, vor deren Fenstern hellrote Geranien blühten.

Die Häuser und Bäume entlang der Straße versperrten den Blick auf den See. In der anderen Richtung sah man hinter den Dächern die Bergkuppen hervorlugen, ihr Frühlingskleid leuchtete in allen Grüntönen.

»Nicht weit von hier gibt es einen Wasserfall«, sagte Sam. »Lass uns den anschauen und die Einwohner fragen, ob sie meine Mutter und Lowell gesehen haben.«

Sie lächelte ihn an. »Das ist eine ausgezeichnete Idee.«

Unterwegs zu dem Wasserfall, der, wie Sam ihr sagte, Stock-Gill Force genannt wurde, erörterten sie ihre Strategie für die nächsten Tage. Sie wollten sich als frisch vermähltes Paar ausgeben, das in dem Seengebiet seine Flitterwochen verbrachte, besonders wegen der Schönheit der Wasserfälle.

Es herrschte strahlendes Wetter, am Himmel standen nur Schönwetterwolken, und die Luft war kühl, aber doch angenehm mild.

»Es wird mir Freude machen, so zu tun, als wäre ich deine Frau«, sagte sie, als sie den Berghang hinaufspazierten.

Er zog die Brauen hoch und sah sie an. »Tatsächlich?«

Sie hakte sich bei ihm unter. »Ja. Das ist besser, als deine Gefangene zu sein, will ich meinen.«

Sie hatte das Falsche gesagt. Er wurde todernst, wirkte wieder hart und kalt. »Nein«, widersprach er bestimmt. »Das ist schlechter, viel schlechter.«

Sie bekam einen Kloß im Hals. Es war dumm gewesen, so etwas zu sagen. Denn natürlich musste er dabei an seine verstorbenen Frauen denken.

Es tat ihr von Herzen leid, dass sie ihn an seinen Schmerz

erinnert hatte. Vielleicht würde es ihm helfen, darüber zu sprechen.

»Erzähl mir von ihnen«, sagte sie leise.

»Nein.«

Bei seinem schroffen Ton wurde ihr kalt. Dummerweise kamen ihr auch noch die Tränen, und sie tat einen tiefen, zittrigen Atemzug.

»Verzeih mir, Sam.«

»Was denn?«

»Du weißt schon.«

»Du hast nichts getan.«

»Ich habe dich an sie erinnert ... an das, was damals geschehen ist.«

Er blieb stehen. Sie waren in eine recht einsame Straße eingebogen, wo zu beiden Seiten Großstauden sprossen. »Ich will nicht darüber reden«, brummte er.

Sie presste die Lippen aufeinander, damit ihr nicht noch ein unangebrachtes Wort herausrutschte, und nickte.

Sein Leben mit seinen Ehefrauen ging sie nichts an. Überhaupt nichts. Jedoch brannte sie vor Neugier. Und seltsamerweise ... war sie eifersüchtig. Eifersüchtig, weil sie Sam gekannt hatten, als er jünger und noch nicht so verhärtet war, als er noch hoffnungsvoll in die Zukunft blickte.

Und sie war traurig, weil er ihr keine weiteren Details seiner Vergangenheit erzählen wollte. Es ging sie gewiss nichts an ... aber trotzdem. In den vergangenen Wochen waren sie einander sehr nahegekommen. Sie hatte sich ihm anvertraut ... vielleicht zu sehr?

Er ging weiter, aber diesmal hakte er sich nicht bei ihr unter, und sie empfand das als Verlust. Sie kamen an einem Gasthaus vorbei. »The Salutation Inn« stand in kühner schwarzer Schrift auf dem Schild über der Tür.

Sam überlegte stirnrunzelnd. »Wir müssten schon ganz in der Nähe sein.«

»Lass uns den Wirt fragen.«

Sie gingen hinein und stellten sich unter ihren erfundenen Namen vor. Sam fragte nach dem Wasserfall, und der vergnügte rundliche Hausherr beschrieb ihnen den Weg. »Gehen Sie nur durch die Hintertür und geradeaus durch Mrs. Braithwaites Garten.«

»Vielen Dank, Sir«, sagte Élise. »Wir hoffen, uns sehr viele Wasserfälle ansehen zu können.«

»Natürlich. Viele Besucher kommen mit ebendieser Absicht hierher.«

»Tatsächlich? Sind kürzlich welche bei Ihnen gewesen?«

»In der Tat. Mehrere sogar.«

»Oh?« Élise rückte näher an Sam heran und schaute liebevoll zu ihm auf, wofür sie keine schauspielerischen Talente zu bemühen brauchte. »Vielleicht war darunter auch ein jungvermähltes Paar wie Mr. Samson und ich?«

Der Wirt kratzte sich seinen weißen Bart. »Könnte nicht behaupten, zwei wie Ihresgleichen gesehen zu haben. Aber Sie sollten Mrs. Braithwaite fragen.« Er lachte leise und tippte sich an die Stirn. »Die merkt sich jeden, der über ihr Grundstück zum Wasserfall geht. Sie wird sicher bald Wegezoll nehmen, könnte ich mir denken.«

Sie bedankten sich bei ihm und verließen das Gasthaus durch die Hintertür. Hinter dem Stall kam durch den dichten Wald ein Cottage in Sicht, und als sie näher kamen, ein Rasen und blühende Beete. Das Wasserrauschen wurde zusehends lauter.

»Wir sind schon ganz nah«, sagte Élise.

Sam zuckte die Achseln. »Eigentlich brauchen wir nicht hinzugehen. Wir müssen nur diese Mrs. Braithwaite fragen, ob sie …«

»Oh, da irrst du dich aber! Wir müssen zum Wasserfall gehen, nicht nur, um den Anschein zu wahren, sondern auch weil ich noch nie einen gesehen habe.«

»Noch nie?« Er blickte sie erstaunt an.

»Keinen einzigen.«

Er nahm ihre Hand und legte sie auf seinen Arm, und die Freude über seine Berührung durchströmte sie. »Dann sollst du ihn sehen.«

Sam klopfte bei Mrs. Braithwaite an, und als sie öffnete, stellte er sich vor und sagte, sie seien von Birmingham angereist, um die Flitterwochen am See zu verbringen, und seine Frau habe noch nie einen Wasserfall gesehen.

Mrs. Braithwaite hatte ein freundliches Gesicht und klare blaue Augen, denen nichts zu entgehen schien, und wenn sie lächelte, sah sie besonders runzlig aus. »Oh, du meine Güte. Wie schön. Ihr erster Wasserfall? Dann müssen wir für Sie etwas Besonderes daraus machen. Kommen Sie doch herein. Kommen Sie …«

Als wäre die reizende alte Dame auf ihren Besuch vorbereitet gewesen, packte sie ihnen einen Picknickkorb mit Taubenpastete, Beeren und Wein, gab ihnen eine Decke und beschrieb ihnen den Weg zu einer flachen Stelle, wo sie sich niederlassen konnten und einen schönen, romantischen Blick auf den Wasserfall hätten.

Mrs. Braithwaite war ein wahres Plappermaul, sodass Sam und Élise kaum mal ein Wort einwerfen konnten. Als sie tatsächlich einmal Luft holte, nutzte Élise das sofort aus. »Kommen viele Paare durch Ihren Garten, um sich den Wasserfall anzusehen, Mrs. Braithwaite?«

Mrs. Braithwaite legte die Stirn in Falten und versuchte, sich zu erinnern. Sie war sehr hübsch, fand Élise. Sie wünschte, sie könnte in Ambleside leben und sich mit ihr anfreunden. Die

Bemerkung des Wirtes, sie werde gewiss bald Wegezoll verlangen, war völlig lächerlich, denn Sam hatte ihr bereits Geld angeboten, und sie hatte es abgelehnt.

»Nun, da war ein Paar im fortgeschrittenen Alter, etwa vor einer Woche. Ein Zigeunerpärchen, um genau zu sein.«

Élise spürte, wie Sam sich versteifte.

»Ein Zigeunerpärchen?« Élise legte ein fein bestimmtes Maß an freundlicher Neugier in ihren Ton.

Mrs. Braithwaite strahlte sie an, und ihre blauen Augen funkelten. »Sie waren auch in den Flitterwochen. Jedenfalls sagte seine Frau das zu mir. Ich weiß nicht recht, ob die Zigeuner die gleichen Traditionen pflegen wie wir, wenn wir heiraten, aber«, sie machte eine wegwerfende Geste, »das ist unerheblich. Auf mich machten die beiden einen sehr englischen Eindruck, wenn Sie verstehen, was ich meine. Vielleicht floss auch englisches Blut in ihren Adern, andererseits bin ich in derlei Fragen nicht bewandert.

Jedenfalls kamen sie hierher, und sie waren zuckersüß. Sie wollten ebenfalls den Wasserfall erkunden, und er war der erste auf ihrer Rundreise an den Seen. Ich sah sofort, dass sie sehr verliebt waren. Darum habe ich ihnen auch einen Picknick-Lunch mitgegeben!«

»Wollten sie in der Stadt bleiben?«, fragte Sam.

»Oh nein, sie sind gleich weitergefahren, nachdem sie vom Wasserfall zurückkamen. Ganz nach Art der Zigeuner.« Mrs. Braithwaite lachte.

»Haben sie erwähnt, wohin sie als Nächstes fahren?« Élise bekam vor Aufregung Herzklopfen.

»Nun ja, in der Tat. Sie hatten sich eine bemerkenswerte Route vorgenommen, und ich habe ihnen manchen Weg beschrieben. Ich habe ihnen vom Skelwith Force erzählt, der sehr hübsch ist und nicht weit von hier entfernt liegt. Dann sagte ich natürlich, dass sie auch zum Tom Gill hinaufmüssten – oh, und den dürfen Sie beide sich auch nicht entgehen lassen! Danach wollten sie, glaube ich, zum Ullswater fahren und sich dort die Wasserfälle ansehen.«

»Und weiter?«, drängte Sam.

Mrs. Braithwaite blickte ihn scherzhaft tadelnd an. »Sie sind aber wirklich erpicht auf die Besichtigungstour, mein Lieber. Ich meine, sie hätten Derwent Water erwähnt, aber ich kann mich irren.« Sie warf die Hände hoch. »Da war mein armer alter Kopf schon von den vielen Namen überfordert. Es war von so vielen Orten die Rede, das kann ich mir nicht alles merken.«

Sie reichte Sam den Picknickkorb und tätschelte ihm den Arm. »Nun gehen Sie. Ihre Frau sieht hungrig aus, also versorgen Sie sie gut.«

»Das habe ich vor.« Sam dankte ihr für den Korb, und so verließen sie das Häuschen.

Es dauerte nur wenige Minuten. Sie folgten dem Rauschen und Mrs. Braithwaites Wegbeschreibung, und so war es ganz einfach, die grasbewachsene Terrasse zu finden, wo sie ihre Decke ausbreiten konnten.

Élise stand am Rand der Terrasse und schaute auf das schäumende Wasser, während Sam das Essen auspackte. Es war wirklich ein hübsches Plätzchen. Der Wasserfall teilte sich in der Mitte durch einen bemoosten Felsen und fand unterhalb wieder zusammen, wo das Wasser in einen friedlichen Teich prasselte. Bäume und Efeu und Farn standen dicht gewachsen am Rand, zweifellos aufgrund der ständigen Feuchtigkeit.

Sam kam zu ihr. »Was denkst du?«

Sie seufzte. »Wie schön es hier ist.«

»Ja, das ist es.«

Ein Weilchen schauten sie schweigend in das endlos fallende

Wasser. Und obwohl sie wusste, dass Wasser in einem fort aus der Erde in die Bäche sickerte, die die Wasserfälle speisten, kam es ihr magisch vor. Als müsste er, wenn er von dieser Welt wäre, langsamer werden und schließlich versiegen. Aber nein. Immer neues Wasser floss heran und stürzte weiß schäumend in den Teich.

»Komm«, sagte Sam, »du musst etwas essen.«

Sie seufzte. Das war der schwierigste Teil ihrer Genesung gewesen. Sie hatte ihren Appetit noch nicht zurückgewonnen. Aber als sie sich setzte und die köstlich duftende Taubenpastete roch, schaffte sie erstaunlicherweise ein halbes Stück.

Sam blickte missbilligend auf ihren Teller. »Das ist alles?«

»Ich bin restlos satt.«

Er brummte. Dann steckte er ihr eine Blaubeere in den Mund.

Der süße Saft floss über ihre Zunge und verbreitete sein kräftiges Aroma. »*Bon Dieu*, am liebsten würde ich die alle essen.«

»Dann tu das.«

Und sie verputzte eine nach der anderen, während Sam sie ihr mit unendlicher Geduld in den Mund steckte. Einmal wollte sie seine Hand wegschieben und bemerkte, sie könne sehr gut allein essen, aber er machte sogleich ein böses Gesicht und wollte ihr die Schüssel nicht geben. Also lenkte sie ein. Sie schmiegte sich an seine Seite, ließ sich füttern und schaute in den Wasserfall.

Und selbst wenn am nächsten Tag alle möglichen schrecklichen Dinge passieren sollten, jetzt an diesem schönen Fleckchen Erde war sie mit Sam sicher und genoss den Moment.

18

Sam und Élise verzichteten darauf, zu den von Mrs. Braithwaite empfohlenen Wasserfällen Skelwith Force und Tom Gill zu wandern, weil Sam annahm, dass seine Mutter und Lowell schon vor Tagen dort gewesen waren.

Stattdessen fuhren sie am selben Nachmittag, nachdem Sam zwei Pferde und einen offenen Wagen beschafft hatte, nach Norden. Bald gelangten sie in das Dorf Rydal. Von Dunthorpe war bisher weit und breit keine Spur gewesen, aber in Rydal erfuhr Sam, dass seine Mutter und Lowell gesehen worden waren. Sie hätten vorgestern die zwei Wasserfälle nordöstlich des Dorfes besichtigt, hieß es.

Die Leute pflegten auf Zigeuner zu achten, und nachdem die Herzoginwitwe und Lowell die Schaustellertruppe verlassen hatten, schien es, als hätten sie auch ihre Vorsicht aufgegeben. Wieder einmal hörten Sam und Élise, wie englisch das Paar wirkte und wie sehr sie ineinander verliebt seien.

Sam kannte seine Mutter gut. Sie hatte viele Liebhaber gehabt, und wenn sie liebte, dann leidenschaftlich und in aller Offenheit. Aber diese Situation war … mehr als seltsam.

Als die Herzoginwitwe vor einem Jahr von Ironwood Park verschwunden war, hatte sie keinen Hinweis hinterlassen, wohin sie gegangen sein könnte. Sam und seine Geschwister gingen damals vom Schlimmsten aus – dass sie entführt wurde, um Lösegeld zu kassieren, oder ausgeraubt und ermordet.

Sie verschwand mitsamt ihrer Zofe und dem Diener, und

Trent und Luke erzielten bei der Suche die ersten bedeutenden Fortschritte, indem sie den Diener aufspürten. Dieser erzählte, die Herzogin sei mit ihnen von einem Mann nach Wales gebracht worden, in einem Wagen, der von zwei Eseln gezogen wurde. Lukes weitere Ermittlung ergab, dass dieser Mann Roger Morton hieß und von einem gewissen Steven Lowell beauftragt worden sei, die Herzoginwitwe zu ihm zu bringen.

Sie war also nicht gewaltsam entführt worden. Dennoch gingen Sam schon damals viele Fragen durch den Kopf. Was hatte sie veranlasst, so ganz ohne Nachricht zu verschwinden? Ihr Leben und ihre Familie fluchtartig zu verlassen? Wegen einer neuen Affäre? Selbst für sie war dieses Verhalten ungewöhnlich. Aber vielleicht, weil dieser Mann Zigeuner war ...

Eine Herzogin ließ sich auf eine Romanze mit einem Zigeuner ein, der eine Schaustellertruppe anführte – Teufel noch mal, das war fast undenkbar.

Sam wollte seine Mutter und diesen Mann unbedingt finden. Er wollte diese Geschichte, bei der er Ängste um sie ausgestanden und um sie getrauert hatte, endlich abschließen. Er und seine Geschwister hatten es verdient, die Wahrheit zu erfahren.

In der Nähe von Rydal Hall gelangten sie zum unteren Wasserfall, wo sie ein warmes Abendessen zu sich nahmen, das er im Dorfgasthaus hatte einpacken lassen. Dann spazierten sie eine Weile bergan und machten am oberen Wasserfall Rast. Außer ihnen war dort niemand, und allmählich begann es zu dämmern. Die Tage wurden bereits länger und die Nächte milder, da es auf den Sommer zuging.

Wäre Sam allein unterwegs gewesen, wäre er sofort weitergegangen, aber Élise war von ihrer Krankheit noch nicht ganz genesen. Sich ein Zimmer im Gasthaus zu nehmen wäre zu auffällig, da Dunthorpe nach ihnen suchte. Als Ersatz fand er eine flache, trockene Stelle mit Blick auf den unteren Wasserfall und teilte ihr mit, dass sie hier übernachten würden. Élise zog überrascht die Brauen hoch.

»Nein! Wir müssen weiter. Deine Mutter und ihr ... Zigeuner sind sicher ganz in der Nähe.«

Statt etwas zu erwidern, rollte er den Schlafsack aus und sammelte Holz für ein Feuer. Sowie er sich abwandte, hörte er sie frustriert schnauben und schmunzelte.

Élise wollte ihm beim Aufschlagen des Lagers helfen, aber er winkte ab. Als er das Holz angezündet hatte, blickte er auf und sah sie ein paar Schritte entfernt im Gras sitzen. Die Knie an die Brust gezogen, schaute sie übers Wasser.

Einen Moment lang betrachtete er sie, und in seiner Brust zog sich etwas zusammen.

Seine Gefühle für sie gingen tief. Sie waren so intensiv, dass er wusste, sie könnten ihn vernichten.

Aber wie könnte er ihr das sagen? Wie könnte er wünschen, sie möge dasselbe empfinden, wenn er sich geschworen hatte, nie wieder eine Frau zu ermutigen?

Er hatte ein Leben gewählt, das sich mit der Liebe nicht vereinbaren ließ. Er hatte sich das nicht grundlos ausgesucht.

Wenn ihr etwas zustieße ...

Er hatte eine neuerliche Wahl getroffen, als er Adams' Befehl ignorierte. Mit Absicht hatte er es vermieden, über die Folgen nachzudenken. Denn die Tatsache, dass man aus der Organisation nur durch Tod ausscheiden konnte, war unmöglich zu ignorieren. Und er konnte auch nicht leugnen, dass ihm die Organisation alles bedeutet hatte, bis Élise in sein Leben getreten war.

Er schob die Gedanken beiseite und ging zu ihr. Als er sie an der Schulter berührte, hob sie den Kopf, ein leichtes Lächeln auf den Lippen. Aber ihre Augen glänzten feucht.

»Woran denkst du?«, fragte er.

Sie zuckte die Achseln. »An dies und das.«

Er zog die Brauen hoch. »Was denn?«

»Setz dich zu mir.« Sie streckte eine Hand zu ihm hoch.

»Komm mit zum Feuer. Es wird kühl.«

Wehmütig schaute sie zum Wasserfall hinüber. »Gleich wird es dunkel, und dann sehe ich ihn nicht mehr.«

»Aber du wirst ihn die ganze Nacht hören.«

Das brachte sie zum Lächeln. »Ja. Das wird schön.«

Sie nahm seine Hand, und er zog sie hoch. Zusammen gingen sie zu der Decke, die er am Feuer ausgebreitet hatte.

Sie setzte sich und zog sich die Lederhandschuhe aus, um sich die Hände zu wärmen.

Ihre Hände. Sie waren blass und langgliedrig. Zierlich. Ohne Narben und Schwielen. Die Hände einer Adligen. In jüngster Zeit vergaß er oft ihre Herkunft. Ihr früheres Leben war von ihr abgefallen, und die wahre Élise war zum Vorschein gekommen – eine charaktervolle, faszinierende, schöne Frau.

»Und jetzt bist du nachdenklich.« Sie warf ihm einen ironischen Blick zu. »Was geht in dir vor?«

»Ich denke an dich«, sagte er leise.

»Tatsächlich?«

»Ja, andauernd.«

Sie lächelte und lehnte den Kopf an seine Schulter.

»Nun verrate mir, was du gedacht hast«, bat er.

Sie seufzte. »Nur, dass mir der heutige Tag wie ein Traum vorgekommen ist. Alles ist schön und friedlich. Ich wünschte, ich könnte vergessen, dass die ganze Welt es auf mein Leben abgesehen hat.«

»Nicht die ganze Welt«, widersprach er.

Sie schnaubte. »Außer Marie bin ich doch allen gleichgültig.« Es drückte ihr das Herz ab, aber sie fuhr fort. »Ich habe vor Langem erkannt, dass ich in der englischen Gesellschaft nicht mit offenen Armen empfangen werde. Das habe ich akzeptiert.«

Und nun glaubte sie, niemand werde sie nach einem gewaltsamen Tod durch Dunthorpe oder Adams betrauern.

»Mir bist du nicht gleichgültig«, widersprach er sanft.

Sie schaute ihn durch ihre langen Wimpern an. »Das ist sehr seltsam, meinst du nicht?«

»Wieso das?«, fragte er überrascht.

»Viele, viele Jahre hat mich niemand gemocht. Dann kamst du, hast mich entführt und gefangen gehalten. Ich habe dir beträchtliche Schwierigkeiten gemacht, und dennoch behauptest du beharrlich, dass ich dir etwas bedeute.«

»Du glaubst mir nicht?«

»Doch«, murmelte sie. »Und das ist das Seltsamste daran.«

Er blickte ins Feuer und zum Wasserfall, der in der Dämmerung verschwamm, und wunderte sich, wie es dazu gekommen war: Er liebte diese Frau.

Aber er durfte sie nicht lieben. Er durfte niemanden mehr lieben.

Zu spät.

»Sam?«

»Ja?«

»Liebe mich. Hier vor dem Wasserfall. Bevor es zu dunkel ist und wir ihn nicht mehr sehen können.«

Mit angehaltenem Atem sah er sie an. Er kannte keine Frau, die so direkt war wie sie. Sie äußerte immer klar, was sie wollte. Dafür liebte er sie, und aus vielen anderen Gründen.

Langsam wandte er sich ihr zu, fasste ihr unters Kinn und hob ihr Gesicht an. Er küsste sie lange und genüsslich zum Rauschen des Wassers, das nur ein paar Schritte entfernt herabstürzte.

Er drückte sie auf die Decke nieder. Auf einen Ellbogen gestützt, befahl er: »Sieh hinüber.«

Sie drehte den Kopf zum Wasser hin, dann zu ihm zurück. »Ich kann nicht entscheiden, was schöner ist, du oder der Wasserfall.«

Er lachte. Ihre Art zu denken bezauberte ihn immer wieder. »Der Wasserfall, Élise. Schau hin, bis du ihn nicht mehr sehen kannst. Es bleiben nur noch wenige Minuten Tageslicht.«

Sie fasste um seinen Nacken und zog ihn zu einem raschen Kuss herab, dann gab sie seufzend nach und wandte sich wieder dem Wasser zu.

»Braves Mädchen«, murmelte er. »Schau hin und fühle.«

Er bewegte sich an ihr hinab und drückte Küsse auf ihre Kleidung. Als er beim Fuß ankam, zog er ihr die Schuhe aus. Dann löste er das Strumpfband, rollte den Strumpf ab und küsste dabei die Haut, die er langsam entblößte. Einen ganz sanften Kuss gab er auf die frische Narbe am Knie. Er zog den Strumpf über die Ferse und den Spann, schließlich die Zehen, und drückte sie dabei mit den Fingern.

Sie stöhnte von dem Wohlgefühl. »Ich will für immer deine Gefangene sein, geliebter Schuft, wenn du mich auf diese Weise verführst.«

Lächelnd küsste er sie auf den Spann und auf die Zehen, vom größten bis zum kleinsten.

Die Prozedur wiederholte er am anderen Bein und knetete auch den zweiten Fuß durch. Dann rückte er an dem Bein hinauf, um unter ihrem Rock die Innenseite des Oberschenkels zu streicheln, bis er die Schleife der Unterhose fand. Er zog sie auf und lockerte den Bund. Sie hob den Hintern an, damit er ihr das Höschen ausziehen konnte. Schließlich war sie unter dem Rock nackt.

Während er die Unterhose beiseitelegte, bemerkte er, dass sie ihn wieder ansah.

»Der Wasserfall«, ermahnte er sie.

»Ich weiß. Aber ich muss die ganze Zeit daran denken, was du als Nächstes mit mir anstellen wirst.«

Lustvolle Dinge, dachte er. Er wollte ihr unbeschreibliches Vergnügen bereiten. Sie sollte sich mit jeder Körperstelle an ihn erinnern.

»Der Wasserfall, Élise«, sagte er streng.

Mit einem Lächeln in den Mundwinkeln drehte sie den Kopf weg, um zum Wasser zu schauen. Er drehte sie auf die Seite, um ihr das Kleid und den Unterrock aufzuknöpfen, schnürte ihr das Mieder auf und fasste sie dabei an, sowie er wieder ein Stück Haut freigelegt hatte. Schließlich lag sie im Unterhemd vor ihm. Er drückte sich von hinten an sie, sodass sie aneinandergeschmiegt dalagen.

»Ist dir kalt?«

»*Non.* Es ist ein warmer Abend.«

Gut. Er fürchtete dennoch, sie könnte sich wieder verkühlen, darum legte er eine der Wolldecken über sie, die er mitgenommen hatte. Als sie es beide darunter bequem hatten, streichelte er ihre Hüfte und den Bauch über dem Hemd und fasste um ihre Brust.

Wie wunderbar sie in seine Hand passte! Nicht zu groß und nicht zu klein. Und vollkommen weiblich.

Gemächlich beschäftigte er sich mit ihren Brüsten, reizte die Brustwarzen, bis sie sich fest aufrichteten und Élise sich keuchend unter seinen Händen bewegte. Sie befolgte aber seine Anweisung, den Blick nicht vom Wasserfall abzuwenden.

Er küsste ihre Ohrmuschel, stupste sie an und leckte sie, während er sich den Rock auszog, dann die Hose und die Unterhose. Das Hemd ließ er an. Er zog ihr die Haarnadeln heraus und legte sie diesmal neben die Decke. Die gelösten Haare breitete er in ihrer ganzen goldblonden Pracht auf der Decke aus.

Sanft strich er ihr die Haare aus dem Nacken und küsste ihren schlanken Hals, wanderte küssend über ihre Schultern und an der Wirbelsäule entlang.

»Du machst mich verrückt.« Ihre Stimme war rau vor Erregung.

Als er am Ansatz ihres Hinterns anlangte, drehte er sie auf den Rücken und schob ihr das Unterhemd hoch, um sich zwischen ihre Beine zu legen.

Er leckte ihre inneren Oberschenkel. Sie versteifte sich, je höher er mit der Zunge gelangte, je kitzliger es wurde, und er reizte sie noch mehr, küsste und zwickte sie mit den Zähnen, bis sie sich schüttelte und keuchte und Beschwerdelaute von sich gab.

Er lachte an ihrer Haut, aber griff um ihre Beine, um sie stillzuhalten.

Und endlich bewegte er sich zu ihrem Geschlecht. Bei dem ersten Kontakt mit seiner Zunge stöhnte sie. Er leckte sie gründlich, dann nahm er die Finger hinzu und schob diese in sie hinein, während er mit den Lippen über ihre empfindlichste Stelle glitt, zuerst langsam und träge. Als sie sich heftiger bewegte, schob er die Finger schneller und tiefer in sie hinein, ohne bei den Liebkosungen mit der Zunge nachzulassen.

Ihre Oberschenkel brauchte er nicht mehr festzuhalten, sie drückte sie von selbst fest gegen ihn.

Sie wurde feuchter, heißer, steifer. Tief schob er die Finger hinein, und sie schrie auf. »Ja. Da. Bitte. Da.«

Er tat es immer wieder. Ihr Geschlecht zog sich um seine Finger zusammen, dann kam sie. Er fühlte die heftigen Kontraktionen an den Fingern und unter der Zunge. Er setzte seine

Stöße fort, bis sie sich entspannte und die Oberschenkel zur Seite sinken ließ.

Er küsste sie noch einmal sanft und wandte sich erneut einem ihrer Füße zu, den er ein Weilchen knetete, während er die Forderungen seines Schwanzes ignorierte.

Die gleichen Aufmerksamkeiten ließ er dem anderen Fuß zukommen, dann kroch er zu ihr nach oben und stellte fest, dass sie ihn ansah.

»Es ist zu dunkel, um den Wasserfall zu sehen«, murmelte sie. »Er ist verschwunden, als ... als ...«

»Als du kamst?«

»Ja.« Sie lächelte breit. »Genau da.«

Er grinste.

»Ach, Sam, du siehst viel zu zufrieden aus«, tadelte sie. »Wie die Katze, die den Kanarienvogel gefressen hat.«

Er zog die Brauen hoch und leckte sich über die Lippen, wobei er schwelgerisch brummte.

Ehe er wusste, wie ihm geschah, packte sie ihn bei den Schultern und warf ihn auf den Rücken.

»Jetzt bin ich dran.« Sie hatte ein lüsternes Funkeln in den Augen.

Sie kroch an seinem Körper hinab und widmete ihm dieselbe Aufmerksamkeit, die er ihr gewährt hatte. Sie schob sein Hemd hoch, streichelte spielerisch seine Brust, zwickte seine Brustwarzen, drückte die Lippen auf seine Narben. Sie begleitete ihre Bewegungen mit aufreizenden Küssen.

Sein Schwanz war so hart, als könnte er jeden Moment platzen, und während sie seine Brust küsste, rieb sie sich schamlos an ihm.

Diese lüsterne Frau wusste genau, was sie tat.

Sie rückte weiter an ihm nach unten, bis sie mit den Lippen federleicht seine Eichel streifte. Er stöhnte laut. Noch nie hatte er dort die Lippen einer Frau gespürt. Er hatte es sich stets nur ausgemalt. Und Teufel noch mal, das war ein fantastisches Gefühl.

Sie nahm seinen Schwanz in beide Hände und begann mit einer süßen Tortur, die ihn ganz gewiss umbringen würde, dessen war er ziemlich sicher.

Sie küsste und leckte ihn, saugte an ihm. Sie nahm ihn in die Faust und zog sie auf und ab. Sie nahm ihn tief in den Mund und ahmte mit Lippen und Zunge die Bewegungen des Geschlechtsverkehrs nach.

Seine Erregung war ... zu viel. Zu stark. Er war ...

Er stöhnte laut. Er konnte nicht anders, er wippte mit dem Unterleib und stieß in ihre Faust hinein und in ihren Mund, während sie summte, sodass die Vibration den ganzen Weg bis zu seinen Ohrspitzen nahm.

»Élise«, stöhnte er, »hör auf. Hör auf!«

Er sollte sich zurückziehen. Doch sie packte ihn nur fester, nahm ihn tiefer in den Mund. So tief. Sein Schwanz wuchs, wurde heiß. Und dann stürmte der Orgasmus durch ihn hindurch mit der Wucht eines Wasserfalls, und er spürte die Lust bis in alle Poren.

Élise hörte noch nicht auf. Sie saugte weiter, drückte jeden Tropfen aus ihm heraus. Sie schluckte und saugte, bis nichts mehr kam.

Schließlich ließ sie ihn herausgleiten. Völlig kraftlos lag er da, und die Wucht des Orgasmus rauschte ihm noch in den Ohren. Nur eine leise Stimme der Vernunft sagte ihm, dass er wahrscheinlich nur den Wasserfall hörte.

Küssend bewegte sie sich an ihm entlang nach oben, dann legte sie sich neben ihn und zog die Decke über sie.

Er legte den Arm um sie und machte die Augen zu.

Er liebte sie. Er brauchte sie.

Weder das eine noch das andere hatte er gewollt. Er würde keiner Frau seine Liebe an den Hals wünschen.

»Sam?«, fragte sie leise.

»Hm?«

»Geht es dir gut? Hat es dir gefallen?«

Er drückte sie an sich. »Es war fantastisch. Es war ...« Er schüttelte den Kopf. Ihm fiel kein passendes Wort ein.

Sie seufzte. »Was ist denn?«

»Nichts.«

Einen Moment lang war sie still. »Das ist gelogen.«

Ja, war es. Sie war zu schlau.

Sie streichelte seine Brust. Und er fand es tatsächlich beruhigend.

Er rang sich durch. »Ich habe sie nicht geliebt«, flüsterte er mit heiserer Stimme.

Ihre Hand hielt inne, dann streichelte sie weiter. »Wen?«

»Charlotte und Marianne.«

Sie stieß einen langen Seufzer aus. »Das tut mir leid.«

»Marianne und ich waren noch Kinder, erst siebzehn, als wir heirateten. Genauso alt wie du, als du Dunthorpe nahmst. Sie war erst achtzehn, als sie starb.«

»Oh Sam«, wisperte sie.

»Ich habe sie zur Frau genommen, weil meine Mutter und Mariannes Vater dachten, es sei eine gute Verbindung, und ich habe zugestimmt, um den Frieden zu wahren.«

»Genau wie ich damals. Das ist für viele ein triftiger Grund. Solche Verbindungen sind üblicher als Liebesheiraten.«

»Jedenfalls starb sie, Élise. Und ich hatte sie nicht einmal geliebt. Ich habe sie kaum gekannt. Und sie starb, weil sie mich zum Mann genommen hatte.«

»Ihr Tod war nicht deine Schuld.«

Ein paar Augenblicke lang schwieg er. »Und dann Charlotte. Sie habe ich geheiratet, weil es der Wunsch des Colonels war. Um meine Laufbahn beim Militär zu fördern.« Er lachte verächtlich. »Ich war ein verdammter Narr. Es dauerte nicht lange, bis ich meinen Fehler erkannte. Charlotte war ein behütetes junges Mädchen, unschuldig in jeder Hinsicht. Aber sie hat mich immer abgelehnt.« Er spürte, wie sich Élise versteifte, doch er fuhr fort. »Sie hat mich verachtet, weil ich ein Bastard war, und ich denke, dieser Makel, der sich durch die Heirat auf sie erstreckte, nagte an ihr, und schließlich hasste sie mich.«

»Ich hasse sie«, zischte Élise. Er spürte geradezu, wie ihr vor Zorn heiß wurde. Fast musste er schmunzeln.

»Sie war noch so jung. Sie bekam nicht mehr die Chance, klüger zu werden.«

Élise stieß einen lautlosen Pfiff aus. »Ich werde nicht schlecht über eine Tote reden. Obwohl ich sehr in Versuchung bin. Sehr.«

»Aber ich ... ich habe sie nicht geliebt. Und sie starb, weil ich sie geschwängert habe ...«

Sie drückte ihn fest. »Du kannst nichts dafür. Wie hättest du das wissen sollen?«

»Ich dachte immer ...« Seine Stimme versagte, doch er musste ihr das erzählen, musste bekennen, was er noch nie ausgesprochen hatte. »Ich dachte, sie und unser Sohn wurden mir genommen, um mich dafür zu bestrafen, dass ich sie nicht geliebt habe. Hätte ich sie geliebt, hätte ich ihr mehr Aufmerksamkeit geschenkt, anstatt ständig Dienst zu tun. Ich hätte sie ermutigt, häufiger ihr Bett zu verlassen, anstatt darin zu verkümmern ...«

»Sam, wie hättest du das wissen sollen? Selbst wenn du sie mehr als dein Leben geliebt hättest, wäre sie bei der Geburt gestorben.«

Er war still. Der Gedanke hatte sich ihm schon oft aufgedrängt, aber er hatte ihn immer schuldbewusst weggeschoben.

»Sie waren mir wichtig.«

»Natürlich. Weil du ein fürsorglicher Mensch bist.«

»Aber geliebt habe ich sie nicht«, sagte er leise. »Und beide haben gelitten und sind gestorben. Meinetwegen.«

»Nein.« Das wies sie sehr bestimmt zurück. Doch sie war nicht dabei gewesen, um die Fülle an Fehlern zu sehen, die er bei beiden Frauen begangen hatte.

Er liebte Élise. Er brauchte sie.

Aber sie zu nehmen wäre selbstsüchtig. Er war schon bei Marianne und Charlotte selbstsüchtig gewesen.

»Ich darf mit keiner Frau mehr eine Verbindung eingehen. Ich bringe ihnen nur Unglück. Ich bringe ihnen den Tod.«

»Das ist völliger Unsinn«, sagte sie.

»Meinst du wirklich?« Er seufzte. »Sind dir etwa nicht etliche Leute auf den Fersen, die dich töten wollen? Das ist nur meine Schuld.«

»Mein lieber Sam, du hast mich vor diesen Leuten bewahrt, mehr als einmal. Nur Dunthorpe ist daran schuld, dass sie meinen Tod wollen, nicht du.«

»Deshalb bin ich der Organisation beigetreten. Diese Arbeit lässt sich mit einem Familienleben nicht vereinbaren. Das ist dir sicher schon aufgefallen.«

»Ja, durchaus.«

»Dann wirst du sicher einsehen ... Du siehst gewiss selbst, dass das zwischen uns nur vorübergehend bestehen kann.« Er versuchte, keine Miene zu verziehen. Aber, zum Teufel, es war ihm schwergefallen, das zu sagen.

»Nein.«

Er riss die Augen auf. »Nein?«

»Nein, ich werde nicht einsehen, warum das nur vorübergehend sein kann.«

Er seufzte und war doch überrascht, weil er es ihr erklären musste. »In meinem Metier lebt man gefährlich, mehr noch als beim Militär.«

»Nun ja.« Er hörte ihr an, dass sie lächelte, als sie sich enger an ihn schmiegte. »Dann ist es doch gut, dass du in dem Metier nicht mehr arbeitest.«

»Wie meinst du das?«

»Du hast die Organisation verlassen, nicht wahr? Um mein Retter in der Not zu werden. Das ist dein neues Metier. Und dafür bin ich dankbar«, fügte sie hinzu.

Es zerriss ihm fast das Herz. Er wollte Élise mehr als alles andere in seinem Leben. Aber wenn er eine tiefe Verbindung mit ihr einginge, würden sie am Ende beide unglücklich werden.

Élise hatte genug durchgemacht. Er könnte es nicht ertragen, sie noch mehr leiden zu sehen.

»Du verstehst nicht«, erwiderte er schroff. »Es würde nur schlimmer werden ...«

Sie küsste ihn auf die Brust. »Du vergisst etwas, Sam.«

»Was denn?«

»Wir sind jetzt ein Paar. Das macht uns doppelt stark. Ich habe Angst, natürlich.« Ihre Lippen strichen über seine Brust, während sie weitersprach. »Aber ich vertraue dir, und du musst mir vertrauen. Wenn es eine Möglichkeit gibt, sich aus dieser fatalen Lage zu befreien, dann werden wir sie finden. Gemeinsam.«

19

Sam und Élise fanden die Herzoginwitwe nicht am nächsten und auch nicht am übernächsten Tag. Während Sam ein gemächliches Tempo anschlug, hätte Élise gern im Galopp die Gegend durchquert, um seiner Mutter näher zu kommen und sich von ihren Verfolgern zu entfernen. Sie wollte nicht rasten, bis sie die Herzogin gefunden hatten, und dann sollten Sam und sie irgendwohin flüchten, wo Dunthorpe und Adams sie bestimmt nicht fänden.

Sam jedoch bestand darauf, langsam und stetig zu reisen. Sie wusste, warum – er war um ihre Gesundheit besorgt. Er fasste sie oft an, um unauffällig zu prüfen, ob sie Fieber hatte. Aber sie durchschaute diese kleinen Gesten.

Er war außerdem sehr vorsichtig, stellte überall, wohin sie auch kamen, raffinierte Fragen über die Besucher, nicht nur um seine Mutter aufzuspüren, sondern auch, um herauszufinden, ob Dunthorpe oder jemand von der Organisation vor ihnen da gewesen war.

Hinweise auf Sams Mutter und Lowell bekamen sie überall, aber was Dunthorpe und die Organisation betraf, blieb alles ruhig. Wenn Élise es nicht besser gewusst hätte, hätte sie glauben können, diese hätten die Suche aufgegeben. Aber sie machte sich keine Illusionen. Irgendwo lauerten ihre Mörder.

Am vierten Tag ihrer Wasserfallroute näherten sie sich gegen Nachmittag dem Ullswater, wo der Aira Force zu bewundern war. Er war ein berühmter Wasserfall, vielleicht der berühmteste von denen, die sie bisher gesehen hatten. Die Pferde und den Wagen ließen sie am Straßenrand stehen und spazierten einen ausgetretenen steinigen Pfad entlang, über sich ein Blätterdach, das die Sonne fernhielt.

»Oooh«, staunte Élise, als er in Sicht kam. Auf der Holzbrücke, die den Sturzbach überspannte, blieben sie stehen und schauten. Der Wasserfall war ein majestätischer Anblick – höher und reißender als die anderen. Er hatte die Felswand zu einer Schlucht ausgehöhlt und stürzte in den Ullswater mit solcher Kraft, dass ein beständiger Dunst herrschte. Weit über ihnen führte eine zweite Brücke über die Schlucht.

Auch hier war von Sams Mutter keine Spur, auch sonst war niemand da.

Mit einer heftigen Armbewegung machte Sam seiner Enttäuschung Luft.

Élise schob die Hand in seine und drückte sie. »Wir werden sie finden«, sagte sie laut, um das Rauschen zu übertönen. »Wir sind ihnen gewiss ganz nah.«

Seufzend erwiderte er ihren Händedruck.

Hand in Hand betrachteten sie eine Weile das herabstürzende Wasser. »Ich wünschte, ich könnte malen oder wenigstens zeichnen«, sagte sie. »Dann würde ich diesen Moment verewigen. Aber wie es nun mal ist, muss ich mir den Anblick einprägen und hoffen, dass ich ihn nicht mit der Zeit vergesse.«

»Du zeichnest nicht?«

»Nein. Womit sich Frauen gemeinhin die Zeit vertreiben, dafür habe ich kein Talent. Ich kann auch nicht singen und spiele kein Instrument. Ich nähe und sticke miserabel, und ich habe noch nie eine Stricknadel in die Hand genommen.«

Er lachte leise. »Wofür kannst du dich begeistern?«

»Oh, für viele Dinge«, rief sie aus. »Aber zu meinem Leidwesen werden nicht viele davon von der Gesellschaft gebilligt.«

Das brachte ein schelmisches Funkeln in seine Augen, und sein Blick fiel auf ihren Körper.

Sie gab ihm einen gutmütigen Klaps. »Ich meinte Dinge wie lateinische Bücher lesen und Sumpfhühner jagen. Nicht, woran du denkst! Du bist eben doch ein Schuft.«

»Bei dir ja.«

»Nun, wenigstens gibt er es zu. Vielleicht wirst du auch zugeben, dass ich von Anfang an recht hatte.«

»Vielleicht.« Er sah sie von der Seite an. Ein Grinsen spielte um seine Mundwinkel. »Vielleicht auch nicht.«

Sie schnaubte ganz undamenhaft. »Wie ungalant.«

Er küsste sie auf die Stirn. »Wir sollten weitergehen. Eine halbe Meile von hier kommt der nächste Wasserfall, und wir müssen einen sicheren Platz für unser Nachtlager finden.«

Sie nickte und folgte ihm. Der Weg war von da an ein wenig tückisch, die Steine am Boden rutschig vom Moos, und zudem wurde er immer steiler. Sam hielt Élise fest beim Ellbogen, damit sie nicht fiel. Es dauerte nicht lange, bis sie an ihr Ziel gelangten.

Auch dieser Wasserfall war hübsch, aber nicht so mächtig wie der Aira Force. Er stürzte in einen kleinen Teich, aus dem bemooste Felsen ragten.

Auf einem davon saßen zwei Leute. Sie erinnerten Élise an Sam und sich, da sie die Arme umeinander gelegt hatten und in trauter Zweisamkeit in den Wasserfall schauten. Élise blickte zu Sam auf, um zu sagen, sie sollten umkehren und die zwei allein lassen, aber in dem Moment blieb er abrupt stehen.

Er starrte die beiden mit offenem Mund an. Élise bekam Herzklopfen und drehte langsam den Kopf zu dem Paar.

Sie waren etwa dreißig Schritte entfernt und saßen mit dem Rücken zu ihnen.

Sams Mutter. Sollte sie es wirklich sein?

Und als hätte sie den Blick gespürt, schaute die Frau hinter sich. Auch sie erstarrte. Dann sprang sie auf, halb taumelnd auf dem moosigen Felsen. Élise konnte sie durch das laute Rauschen nicht hören, sah aber ihre Mundbewegungen: »Sam!«

Die Frau sprang in das wadentiefe Wasser, offenbar war ihr gleichgültig, dass sie nass wurde. Sie trug einen schweren blauen Wollrock, der ihr bis zu den Knöcheln reichte, und war barfuß. Ein bunt gestreifter Schal war um ihre Taille gebunden, und ein zweiter in Hellgelb bedeckte ihre dunklen, grau gesträhnten Haare, die sie offen trug.

Sam ließ Élises Arm los und ging der Frau mit großen, energischen Schritten entgegen.

Élise raffte ihre Röcke hoch und eilte ihm nach. Augenblicke später gelangte die Frau – nun, Élise musste jetzt wohl glauben, dass es sich bei dieser bescheidenen, schönen Frau um die Herzoginwitwe von Trent handelte – ans Ufer und warf sich in Sams Arme.

Fasziniert beobachtete Élise, wie die Herzogin in Tränen ausbrach.

»Oh Sam. Sam, mein Liebling. Ich dachte, ich sehe dich nie wieder!«

Wie immer der Starke, stand Sam aufrecht da und hielt seine Mutter in den Armen, solange sie es wollte.

Élise schaute an ihnen vorbei und sah den Mann den Weg über die Felsen nehmen, und er ließ sich dabei Zeit.

Er war groß und kräftig und trug eine dunkle Hose, ein weißes Hemd und einen schlichten dunklen Rock, war also konventioneller gekleidet als die Herzogin. Allerdings war er ebenfalls barfuß. Dennoch konnte man eher ihn für einen Engländer halten als sie mit ihrem exotischen Aufzug. Außer am Schläfenrand hatte er dichte schlohweiße Haare, ein fröhliches rundes Gesicht, das keineswegs dick war, und dunkelbraune Augen, die lebhaft und neugierig in die Welt schauten.

Sam tätschelte seiner Mutter den Rücken. »Schsch, Mama. Schsch.«

Der Mann trat nun neben sie. Sie hob den Kopf von Sams Brust, sah ihren Begleiter an, dann ihren Sohn und brach erneut in Tränen aus.

Darauf holte der Mann tief Luft und ließ sich mit lauter Stimme vernehmen. »Guten Tag«, grüßte er, und man hörte fast keinen fremdländischen Akzent. »Ich bin Steven Lowell.«

Sam würdigte ihn kaum eines Blickes. »Ich weiß.« Er strich seiner Mutter über den Kopf und zögerte. »Ich bin Samson Hawkins.«

Lowell schaute ihn ruhig an. Dann sagte er nur: »Ich weiß.«

Es dauerte noch ein wenig, aber schließlich gelang es Sam, seine Mutter zu beruhigen. Eigentlich wollte er sie schütteln, sie zur Rede stellen, doch er wusste, das hätte keinen Zweck. Sie würde sich erst verständlich machen können, wenn ihr Gefühlsausbruch seinen Lauf genommen hatte. Das Rauschen des Wassers war ohnehin zu laut, um eine gesittete Unterhaltung zu führen, und seine Mutter war nicht nur sehr aufgeregt, sie hatte auch einen triefend nassen Rocksaum, und wenn sie noch lange mit den Füßen im Wasser stehen blieb, würde sie sich den Tod holen.

»Lass uns ins Trockne gehen und einen Platz finden, wo wir miteinander reden können«, sagte er an ihrem Ohr.

Schniefend, die Augen noch feucht von Tränen, nickte sie.

Sie löste sich von ihm, hielt aber seinen Arm fest, und als sie die Fassung zurückerlangt hatte, bemerkte sie Élise und fragte mit klarer Stimme und laut genug, dass Élise es hörte: »Wer ist das, Liebling? Sie kommt mir bekannt vor.«

Also war sie noch immer so direkt wie früher. »Mama, das ist Lady Dunthorpe. Lady Dunthorpe, das ist meine Mutter, die Herzogin von Trent.«

Wie seltsam, sie unter diesen Umständen miteinander bekannt zu machen. Die Titel klangen falsch. Denn seine Mutter hatte zweifellos die Rolle der Herzogin vollständig abgelegt. Und Élise ... Teufel auch, es tat ihm weh, sie bei ihrem rechtmäßigen Namen zu nennen. Doch er war auch darüber hinaus, sie mit ihrem Mädchennamen vorzustellen. Sie bedeutete ihm so viel, dass er keinem aus seiner Familie verheimlichen wollte, wer sie war.

»Ah, jetzt erinnere ich mich«, sagte seine Mutter knapp. »Lord Dunthorpes französische Frau.« Sie wischte mit dem Handrücken eine Träne weg und wandte sich wieder Sam zu.

»Hinter der Wegbiegung liegt eine Wiese«, sagte er freundlich. »Dort können wir uns hinsetzen. Ich denke, wir haben einander einiges zu erklären.«

»Darf ich vorschlagen, zu unserem Lager zu gehen und zusammen zu Abend zu essen?«, warf Lowell ein. »Ich habe heute Nachmittag eine schöne Forelle gefangen, und wir würden uns freuen, sie mit euch zu teilen.«

Als seine Mutter dem Vorschlag lebhaft beipflichtete, nickte Sam, konnte Lowell aber kaum ansehen, ohne die Hände zu Fäusten zu ballen. Er weigerte sich jedoch, die Beherrschung zu verlieren. Sobald seine Mutter ihm ihr Verschwinden erklärt hätte, würde er entscheiden, ob der Bastard eine Abreibung verdiente.

Zu viert wanderten sie still den Berg hinunter. Er ließ das

ältere Paar vorangehen und folgte mit Élise, die er fest beim Ellbogen hielt. Nicht dass sie einmal stolperte. Sie war die wendigste Frau, die er kannte. Dennoch hielt er sie lieber fest, auch wenn das übertrieben erscheinen mochte.

An der Straße angelangt, stiegen sie in ihren Wagen, und Lowell führte sie eine halbe Meile weit zu seinem Lager am Ufer des Lake Ullswater. Es schien, als hätten dort schon häufiger Leute ihr Lager aufgeschlagen, denn mehrere alte Feuerstellen waren auf der Lichtung zu sehen. Unter einer alten Eiche hatte Lowell ein einfaches Zelt aufgebaut.

Als Sam die Pferde anband, zündete Lowell das Feuer an, und die Herzogin nahm die Forelle aus, als hätte sie das schon tausendmal getan.

Staunend sah Sam seiner Mutter zu, einer Frau, die ihr Leben lang von vorne bis hinten bedient worden war und die nun eigenhändig einem Fisch die Eingeweide entfernte. Er konnte es kaum fassen, wie sehr sie sich verändert hatte. Dennoch war sie zweifellos seine Mutter, gefühlsbetont und direkt, einfach eine sehr beeindruckende Frau.

Lowell und sie wirkten wie ein altes Ehepaar, das Freunde bewirtet. »Setzt euch doch«, sagte Lowell zu ihnen und deutete mit großer Geste auf zwei flache Steine am Feuer, als handelte es sich um elegante Polstersessel. Ungewöhnlich still folgte Élise der Aufforderung, und auch Sam kam dieser nach.

Lowell entnahm einem Jutesack einige Kartoffeln und jonglierte damit, zuerst mit dreien, dann nahm er stetig eine mehr dazu, bis es sieben waren. Sam und Élise schauten verblüfft zu. Schließlich warf er eine nach der anderen ins Feuer.

Währenddessen stellte Sams Mutter, von den Jonglierkünsten offensichtlich nicht mehr zu beeindrucken, eine lange Pfanne mit Fett aufs Feuer. Als das Fett zu zischen anfing, legte sie die Forelle hinein und ging an den See, um sich die Hände zu waschen. Danach setzte sie sich neben Sam auf den Stein und breitete ihren Rock um sich aus.

Sam zögerte noch, unsicher, wie er dieses gewaltige Gespräch beginnen sollte.

Er wollte auf jeden Fall eine Erklärung. Er brauchte sie, und zwar jetzt.

»Warum bist du von Ironwood Park verschwunden?« Er warf einen Blick zu Lowell, der sie von der anderen Seite des Feuers gelassen beobachtete. »Hat er dich gegen deinen Willen mitgenommen?«

Sie lachte. Das hatte er vermisst. Sie hatte ein helles offenes Lachen, das er immer geliebt hatte.

»Nun, Steven hat nicht den idealen Augenblick dafür gewählt, das gebe ich zu. Ich war aufgebracht, als dieser Kerl zu mir kam, um mich mitzunehmen, so ganz unangekündigt. Ich habe vieles nicht mehr tun können. Aber«, sie schenkte Lowell einen liebevollen Blick, und sie tauschten ein verstohlenes, inniges Lächeln, »das ist nun erledigt. Nein, Liebling, er hat mich nicht gegen meinen Willen mitgenommen.«

»Aber warum?«, fragte Sam. »Warum hast du Ironwood Park verlassen? Hast du überhaupt daran gedacht, was das für meine Geschwister bedeutet? Du ahnst wohl gar nicht, was du ihnen damit angetan hast.« *Und mir, Mama. Weißt du, was du mir damit angetan hast?*

Ihre Augen füllten sich erneut mit Tränen. »Wie geht es meiner lieben kleinen Esme?«

»Es geht ihr gut.« Sie schrieb außerdem glühende Liebesromane für einen Londoner Verleger unter Pseudonym, aber das war Esmes Geheimnis, nicht seines.

»Und die Jungen?«

Er zögerte. Sie hatten so viele Familiengeheimnisse erfahren, und es gab so viel zu erzählen, nicht zuletzt, dass Trent und Luke die Liebe ihres Lebens gefunden und geheiratet hatten.

»Mama, du musst mir sagen, warum du alles zurückgelassen hast.«

Lowell räusperte sich, und Sam schaute zu ihm hinüber und sah, dass er ihn warnend anblickte, er solle seine Mutter nicht aufregen. In dem Moment empfand Sam Respekt für ihn, trotz des tiefen Misstrauens, das er gegen ihn hegte. Mit Bedacht wandte sich Lowell Sams Mutter zu. »Wie wär's, wenn du uns jetzt die Forelle servierst, Maddie?«

Maddie. Sam brauchte einen Moment, um zu begreifen. Das war die Kurzform von Madeline, dem Vornamen seiner Mutter. Er hatte noch nie jemanden zu ihr Madeline sagen hören, und erst recht nicht Maddie.

Mit einem Bratenheber nahm sie den Fisch aus der Pfanne, zerlegte und verteilte ihn auf vier Schalen, von denen sie zuerst Élise eine reichte, dann Sam und Lowell, und zuletzt nahm sie sich selbst eine Portion. Lowell holte geschickt die Kartoffeln aus der Glut und warf jedem welche in die Schale.

Élise schaute sich nach Besteck um, und Sams Mutter lachte wieder. »Oh nein, meine Liebe, wir haben keine Gabeln. Wir speisen nach Art der Roma: mit den Fingern.« Zur Illustration wackelte sie mit ihren schwieligen Fingern.

Nun war es Sam, der sich zu einem warnenden Blick veranlasst sah. Wollte seine Mutter Élise auf die Probe stellen? Glaubte sie, Élise werde sich empören, wie es wohl die meisten Damen der Gesellschaft getan hätten?

Wie auch immer, Élise bestand die Prüfung, denn sie grinste seine Mutter an. »Ich bin sicher, das ist eine ausgezeichnete Art zu speisen.« Und damit blies sie auf ihr Essen, bevor sie eine Kartoffel nahm und hineinbiss.

Seine Mutter hatte versucht, Élise zu schockieren, er wusste aber schon aus Erfahrung, dass das nicht leicht möglich war. Er hatte sie aufs Äußerste schockiert, als er Dunthorpe erschoss, aber seitdem hatte sie alles heiter ertragen, was er ihr zumutete.

Seine Mutter musterte Élise, und kurz huschte ein Ausdruck der Überraschung über ihr Gesicht.

Ein Weilchen aßen sie schweigend. Der Fisch und die Kartoffeln waren ausgezeichnet und eine willkommene Abwechslung zu Dörrfleisch, Brot und Käse, von dem sie sich in den vergangenen Tagen ständig ernährt hatten.

Schließlich seufzte seine Mutter. »Ich habe nicht angenommen, dass ich es eines Tages erklären muss.«

Darauf konnte er nur wortlos schnauben.

»Irgendwann würdet ihr meine Abwesenheit bemerken, dachte ich, euch dann für eine Weile wundern und euer Leben weiterführen.«

Entgeistert starrte er sie an. Dann schüttelte er den Kopf und musste seinen aufsteigenden Zorn zurückdrängen. »Eine wirklich törichte Vermutung.«

Sie schloss die Augen. »Ja, vielleicht war es Wunschdenken. Ich dachte, ihr lebt euer Leben und ich fange an, mein eigenes zu leben. Aber das war schwierig für mich, Liebling. Ich habe euch alle unsäglich vermisst. Von euch so weit weg zu sein hat mich eine schmerzliche Leere spüren lassen.«

»Warum bist du dann nicht ein Mal nach Hause gekommen?«

»Ich ... durfte das nicht tun. Verstehst du denn nicht?« Sie deutete auf Lowell und sich. »Das bin ich jetzt. Ich bin nicht mehr die Herzogin von Trent. Wie sollte ich das jemandem erklären? Ich bin auf diese Art gegangen, weil ich wusste, ein offener Abschied würde meine Familie, meine geliebten Kinder ruinieren. Eine Herzogin, die mit einem Zigeuner davonläuft, von solch einem Skandal kann sich keine Familie erholen, Sam. Das weißt du.

Dass ich so sang- und klanglos verschwunden bin …« Sie schaute gequält, und in ihren Augen sammelten sich Tränen. Schniefend blinzelte sie dagegen an. »Ich weiß, das war euch gegenüber grausam, aber anderenfalls wäre es für euch noch grausamer geworden. Ich wählte das kleinere von zwei Übeln. Eine Zeit lang werdet ihr traurig sein, dachte ich, aber in unseren Kreisen kann man über den Verlust einer Mutter hinwegkommen. Den Verlust seiner gesellschaftlichen Stellung kann man dagegen nicht verkraften.«

Sam starrte sie noch immer an, er konnte seine Bestürzung nicht verbergen. »Du meinst, du bist spurlos verschwunden, weil du das House of Trent nicht in einen Skandal hineinziehen wolltest? Weil du uns blamiert hättest?«

»Euch blamiert … vielleicht. Aber davon abgesehen hätte es euch ruiniert.« Nach langem Schweigen fügte sie hinzu: »Du weißt, wie sehr Trent Skandale verabscheut. Und wenn seine Mutter das Leben einer Zigeunerin dem Leben einer Herzogin vorzieht … ich bin mir nicht sicher, ob sein Stolz solch einen Schlag verkraften könnte. Luke stand bereits kurz davor zu scheitern. Der Skandal hätte ihn vernichtet. Mark und Theo hatten eine glänzende Zukunft vor sich, die ich ihnen nicht verderben wollte. Und Esme …« Sie schüttelte den Kopf. »Ich hatte für sie getan, was ich konnte. Sie durfte nicht länger an meinem Rockzipfel hängen.«

Sam war sprachlos. Diese Frau begriff nicht im Geringsten, welche Turbulenzen sie in der Familie verursacht hatte. Ein Jahr lang hatten sie sich den Kopf zerbrochen, was aus ihr geworden sein könnte.

Élise legte die Hand auf seinen Unterarm und drückte ihn

sanft, eine Geste, die seiner Mutter nicht entging. Die enthielt sich aber klugerweise einer Bemerkung. Vorerst. Er hegte keine Zweifel, dass sie ihn später mit Fragen bombardieren würde.

Er fand keine Worte. Darum sprang Élise rettend ein. Während der vergangenen Tage hatte er ihr in allen Einzelheiten erzählt, was er und seine Geschwister bei der Suche nach ihrer Mutter durchgemacht hatten.

Nun sagte sie in ruhigem Ton: »Sam und seine Geschwister haben das ganze Jahr über verzweifelt nach Ihnen gesucht. Sie fürchteten, Sie wären ermordet worden. Sie haben jeden Stein umgedreht.«

Seine Mutter runzelte die Stirn. »Das ganze Jahr? Bis heute?«

»Ja«, sagte Sam. »Wir wollten nicht aufgeben. Wir waren entschlossen, dich zu finden, ganz gleich wie lange es dauert.«

»Aber …« Sie schüttelte verwirrt den Kopf. »Ihr habt euer eigenes Leben.«

»Deshalb vergessen wir doch nicht, dass wir eine Mutter haben.« Das kam schroffer heraus als beabsichtigt, und sie zuckte zusammen, als hätte er sie geschlagen.

Zwei Tränen lösten sich vom unteren Lidrand und rannen ihr über die Wangen. Lowell beobachtete mit zusammengekniffenen Lippen das Gespräch. Sam warf ihm böse Blicke zu. Er war nicht mehr bereit, seinen Ärger zu verbergen. »Und was hast du dazu zu sagen, dass du die ganze Familie in helle Aufregung gestürzt hast? Oder kümmert dich das nicht, da wir ja unser eigenes Leben haben und du nichts mehr über uns weißt?«

Lowell holte scharf Luft. »Ich weiß viel über euch. Mehr als du denkst, Junge.« Seine Miene war gütig, aber die Warnung in seinem Ton unmissverständlich.

Sam wandte sich wieder seiner Mutter zu. »Esme war es, die dein Verschwinden entdeckte. Trent rief darauf die anderen nach Ironwood Park. Luke bekam die Nachricht nicht, aber wir sind sofort angereist. Wir haben ganz Ironwood Park nach dir abgesucht, ebenso das Dorf. Wir haben den See mit einem Schleppnetz abgesucht. Mark fuhr zum Windermere, weil du zu deinem Haus am See gereist sein konntest. Trent und ich haben in London nachgefragt, ob dich jemand gesehen hatte, und als Luke schließlich von allem erfuhr, machte er sich ebenfalls auf die Suche.«

»Oh Luke«, murmelte sie. »Mein armer Luke. Wie sehr er mir fehlt.«

Sam fuhr fort. »Wir schrieben an deine Verwandten, an deine Freunde. So verbreitete sich die Nachricht, und bald redete ganz London von deinem Verschwinden. Und dann ...« Er zögerte, es ihr zu sagen. Doch vermutlich ahnte seine Mutter davon ebenso wenig wie von den Mühen, die sie ihretwegen auf sich genommen hatten. Die Tatsachen mussten ausgesprochen werden. »Und dann fanden Trent und Luke die Leiche deiner Zofe.«

Seine Mutter riss die Augen auf und schlug sich die Hand vor den Mund. »Binnie?«

Er nickte. »Sie hatte die Hälfte deiner Juwelen in ihrem Besitz. Inzwischen verstehe ich, warum du sie ihr geschenkt hast – du hattest keine Verwendung mehr dafür, sehe ich das richtig?«

»Ja, aber –«

»Sie hat damit geprahlt, und daraufhin wurde sie ausgeraubt und ermordet.«

»Oh, wie entsetzlich«, wisperte sie unter Tränen. »Meine süße, treue Binnie.«

»Wir fürchteten, James könnte dasselbe Schicksal erlitten

haben. Sarah fand ihn schließlich. Er erzählte uns, wie Roger Morton dich aus dem Witwenhaus mitgenommen hatte.«

»Dieser Kerl.« Angewidert presste sie die Lippen aufeinander. Sie gab sich keine Mühe, ihren Abscheu zu verbergen.

»Luke verfolgte den Mann«, fuhr Sam fort. »Von Wales nach Bristol, von da nach Schottland und zurück nach London, wo er ihn endlich stellte. Morton hatte mehrere Verbrechen begangen, die mit deinem Verschwinden nichts zu tun hatten. Unter anderem ließ er Luke mit einer falschen Anschuldigung ins Gefängnis werfen. Er kam schließlich selbst in den Kerker und starb dort an den Wunden, die Luke ihm beigebracht hatte. Kurz vorher verriet er noch den Namen Steven Lowell.«

Seine Mutter schaute zu Lowell hinüber. »Ich sagte dir ja, dass diesem Lumpen nicht zu trauen ist.«

»Du hast recht gehabt«, räumte Lowell gelassen ein.

»Trent bekam heraus, wo wir Lowell finden könnten. Zuletzt solltet ihr euch in Preston aufgehalten haben, hieß es. Darum fuhren Mark und Theo dorthin. Ich war aus verschiedenen Gründen auch in der Gegend.« Er deutete auf Élise. »Wir sind eurer Spur an den Wasserfällen entlang gefolgt.«

Seine Mutter holte tief Luft. »Gütiger Himmel, Sam. Ich habe das alles nicht geahnt. Wirklich nicht. Ich dachte ...«

Er schnitt ihr das Wort ab. »Ich weiß. Du dachtest, wir trauern ein paar Tage um dich und fahren mit unserem Leben fort. Da hast du von deinen Kindern eine sehr geringe Meinung.«

Sie schaute von ihm zu Lowell und wieder zu ihm. »Iss«, sagte sie mit belegter Stimme. »Du hast dein Essen kaum angerührt.«

Das war ein Befehl aus seiner Kindheit, und ehe er sichs versah, biss er gehorsam in eine Kartoffel.

Nachdem er geschluckt hatte, deutete er mit dem Kinn auf Lowell, ohne ihn anzusehen. »Wer ist er, Mama? Was ist in dich gefahren, dass du uns seinetwegen verlassen hast?« Seine Stimme schwankte stark, er konnte es nicht verhindern. »Für dieses Leben hier? Hast du ihn schon vorher gekannt? Gab es irgendeine Verbindung?«

Sam konnte sich nicht erinnern, den Mann je auf Ironwood Park gesehen zu haben, obwohl vielen Liebhabern seiner Mutter begegnet war, sowohl dort als auch in London – was ihm immer sehr unangenehm gewesen war. Aber Lowell hatte er noch nie gesehen.

Sie zögerte spürbar mit ihrer Antwort. Wieder schaute sie zu Lowell hinüber. Dieser nickte knapp. »Du solltest es nie erfahren«, murmelte sie.

»Was erfahren?«

Mit feuchten Augen sah sie ihn an. »Sam, mein Liebling.« Heftig blinzelnd deutete sie auf Lowell und wisperte: »Ich möchte dich mit deinem Vater bekannt machen.«

20

Sam erstarrte. Dann spürte er Élises Hand auf seinem Arm, eine tröstende Geste. Er zwang sich, den Mann anzublicken.

Mein Vater.

Nein.

Er hatte sich immer als vaterlos betrachtet. Und jetzt saß sein Vater in Fleisch und Blut vor ihm.

Mein Vater.

Er blickte Lowell an, der den Blick mit unerbittlicher Miene erwiderte. Nach diesem Ausdruck zu urteilen, wusste der Mann von jeher über ihn Bescheid.

Sein Vater hatte zweiunddreißig Jahre lang gewusst, dass er einen Sohn hatte. Und hatte nie einen Versuch unternommen, ihn kennenzulernen.

Mit deinem Vater bekannt machen – die Worte schallten durch seinen Kopf, aber er konnte nicht reagieren. Nicht angemessen.

Nein, er hatte keinen Vater. Er war der uneheliche Sohn der Herzogin von Trent. Hervorgegangen aus einer ihrer vielen Affären.

»Nein«, krächzte er.

»Doch«, sagte seine Mutter bestimmt.

»Ich … verstehe nicht.« Seine Stimme klang tief und heiser, für ihn selbst fremd. Élise drückte seinen Arm. Er drehte den Kopf und sah ihr Mitgefühl. »Ich verstehe nicht«, wiederholte er zu ihr gewandt.

»Ich weiß«, sagte sie.

Hilflos schaute er zu seiner Mutter. »Erklär mir das«, krächzte er.

»Oh, mein Liebling«, auch sie klang mitfühlend, »das ist eine sehr lange Geschichte.«

Er schüttelte den Kopf. »Ich will sie hören.«

Sie senkte den Kopf, um sich einen Bissen Fisch in den Mund zu stecken, und schaute noch einmal zu Lowell. Eine stille Verständigung lief zwischen ihnen ab, die Sam wütend machte.

»Die Geschichte musst du erzählen, Maddie«, sagte Lowell ruhig. »Wir haben darüber gesprochen. Du weißt, was du zu tun hast.«

Sie seufzte dramatisch, dann wandte sie sich Sam zu. »Es war besser für dich, es nicht zu wissen. Obwohl du unehelich geboren wurdest, hast du es im Leben weit gebracht. Du warst Offizier, und jetzt ... Nun, ich weiß nicht genau, was du jetzt tust, aber deine Stellung ist von großer Wichtigkeit.«

Sie legte beide Hände auf seine Faust auf seinem Oberschenkel. »Ich kenne dich, mein Liebling. Wenn du erfahren hättest, wer dein Vater ist, hättest du es nicht für dich behalten. Und du hättest die Vorurteile der Gesellschaft schmerzlich zu spüren bekommen. Aber so bist du beim Militär rasch befördert worden. Wäre das passiert, wenn alle Welt gewusst hätte, dass du der Sohn eines halben Zigeuners bist?«

Sam blickte zu Lowell hinüber, der ihn mit seinen unergründlichen Augen ansah. Der Mann war also halb Engländer, halb Zigeuner. Das erklärte einiges, zum Beispiel, warum er nicht bei seinem Stamm lebte. Da wurde er vermutlich abgelehnt, weil er nur ein halber Zigeuner war. Und die Engländer lehnten ihn ab, weil er nur ein halber Engländer war. Er saß zwischen allen Stühlen.

Sam schloss die Augen. Seine Mutter hatte recht. Er wäre weder in Cambridge aufgenommen worden noch beim Militär aufgestiegen. Was wäre aus ihm geworden?

»Das Geheimnis musste gewahrt bleiben«, schloss sie.

Und dennoch verriet sie es ihm jetzt. Sie hatte diesen Moment gewählt, um ihn zu vernichten.

Élise musste ihm angesehen haben, was er dachte, denn sie drückte seinen Arm und sagte: »Du bist noch immer du, Sam. Nichts von alldem kann das ändern.«

Sam ließ sich Zeit, um den Satz auf sich wirken zu lassen.

Sie hatte recht. Gestärkt blickte er auf.

»Ich habe dir das nicht verschwiegen, weil ich dachte, du würdest mich dafür hassen«, erklärte seine Mutter, »sondern weil die Welt dich dafür schlecht behandelt hätte. Davor wollte ich dich bewahren.«

Das leuchtete ihm ein. Er war als vaterloser Bastard bekannt gewesen, was schlimm genug gewesen war, aber der Bastard eines halben Zigeuners wäre übler behandelt worden.

Dennoch hatte er jetzt Kopfschmerzen. Er hob den Kopf, um Lowell anzusehen. Seinen Vater. Der Mann war vollkommen ruhig, ließ die Frau das Gespräch führen. Doch was dachte er von der ganzen Sache?

Sie schien ihn nicht weiter zu kümmern. Anderenfalls hätte er schon vor Langem etwas unternommen und sich Sam offenbart.

Sam sah weg. Er wusste nichts über Lowell, nichts verband sie miteinander außer der Blutsverwandtschaft. Diese bedeutete gar nichts, wenn man kein persönliches Verhältnis zueinander hatte.

»Erzähl mir, wie es dazu gekommen ist«, verlangte er von seiner Mutter.

Sie nickte. »Also gut. Wie du weißt, lebte ich in Northampton auf Tarn Hall, dem Anwesen deiner Großeltern, bevor ich den Herzog heiratete.«

Sam nickte. Er war nie dort gewesen. Sie hatte nie geäußert, warum sie ihn nicht dorthin mitnahm, aber er konnte es sich denken. Sein Großvater hatte es sich verbeten, dass sein unehelicher Enkel einen Fuß in sein Haus setzte.

»Steven und seine Truppe kamen in einem Sommer nach Northampton. Ich war gerade achtzehn geworden. Ich ging hin, um ihre Vorführung zu bestaunen. Als ich ihn sah, wie er lachte und jonglierte ...« Errötend schaute sie zu Lowell. Sam weigerte sich, auch nur in dieselbe Richtung zu schauen, und starrte stur seine Mutter an. »Ach, mein Liebling, es war Liebe auf den ersten Blick. Ich wusste, mein Vater wollte mich mit dem Herzog von Trent verheiraten, den ich aber nicht leiden konnte. Steven war so frei, so unbeschwert und glücklich, ebenso seine Leute, da wollte ich nichts mehr, als mich ihnen anzuschließen.«

Sie seufzte und erzählte weiter. »Ich war eine junge Dame von hoher Geburt, eingeschränkt durch die Erwartungen der feinen Gesellschaft. Mein Leben ... Ach, Sam, ich war ein sehr unglückliches Mädchen. Ich glaubte, ich würde ersticken vor lauter Zwängen. Ich fühlte mich wie im Gefängnis. Steven war ungestüm. Er war glücklich und frei. Das wollte ich auch sein. Ich sehnte mich danach. Noch in derselben Nacht beschloss ich, mit ihm durchzubrennen. Er kam nach Tarn Hall, und ich kletterte aus meinem Zimmerfenster. Wir rannten querfeldein davon.

Zwei Tage lang waren wir zusammen. Das waren die schönsten Tage meines Lebens. Ich lernte viel über das alltägliche Leben einfacher Leute, über körperliche Liebe, über die Welt.« Sie drückte seine Faust. »Aber mein Vater fand mich. Er riss mich buchstäblich aus Stevens Armen. Er brachte mich nach

Hause, wo er mich schlug und in mein Zimmer sperrte. Mein Fenster ließ er für die nächsten Monate zunageln. Was ich als Gefängnis empfunden hatte, wurde nun tatsächlich eines. Und der Weg in die Freiheit führte durch die Heirat mit dem Herzog.«

Sam bemerkte erst, wie sehr er mit den Zähnen knirschte, als seine Kiefer zu schmerzen anfingen. Darauf riss er sich zusammen und entspannte sich bewusst. Als er die Faust öffnete, schob sie die Finger in seine.

»Der Herzog wollte mich, Sam. Er wollte meine Mitgift, die beträchtlich war – die größte, die das Land seit Jahren gesehen hatte. Bis die Hochzeit stattfand, wusste ich schon, dass ich ein Kind erwartete. Ich sagte ihm, ich werde ihn nicht heiraten, außer er nähme das Kind in sein Haus auf. Er müsse dem Kind kein Vater sein, ihm aber seinen Namen geben. In diesem Punkt ließ ich nicht locker, mein Liebling. Ich wollte keine Mutter sein, die ihr Kind weggibt und bei einem Bauern aufwachsen lässt. Ich wollte dich haben.« Letzteres sagte sie mit großem Nachdruck.

»Wo war er die ganze Zeit über?« Sam deutete grob in Lowells Richtung.

»Steven versuchte, mich zu treffen, aber er wurde von meinem Vater abgewiesen. Der drohte sogar, ihn zu erschießen, sollte er das Anwesen noch einmal betreten.«

Sam atmete tief durch. Élise, die die ganze Zeit still dabeisaß, strich mit den Fingerspitzen beruhigend über seinen Arm.

»Ich brachte dich zur Welt, meinen schönen dunkelhaarigen Jungen, der mich so sehr an seinen Vater erinnerte, den ich weiterhin von ganzem Herzen liebte. Und zwei Monate später heiratete ich den Herzog von Trent.«

Den Rest der Geschichte kannte Sam. Er stieß den Atem aus, als hätte er die ganze Zeit die Luft angehalten.

Er hatte noch viele Fragen. »Woher wusstest du, dass er zurückkommt? Nach mehr als dreißig Jahren ... Warum hast du so lange gewartet? Wie habt ihr euch während dieser Zeit verständigt? Wieso hast du eingewilligt, zu ihm zu gehen?«

»Die Geschichte ist noch nicht zu Ende, mein Liebling«, sagte sie. »Steven und ich sahen uns zwei Mal in den ersten Jahren deines Lebens. Beide Male waren ...« Sie zögerte, dann senkte sie den Blick. »Schwierig. Ich war verheiratet und eine Herzogin. Er war ein fahrender Schausteller. Ich zog seinen Sohn groß, und ich wollte nicht, dass dieser Sohn von seinem Vater erfuhr. Ich musste als Herzogin den Schein wahren. Ich musste meine Pflichten erfüllen, für meine Kinder da sein.«

Sie senkte die Stimme. »Du erinnerst dich sicher an diese Zeit, Sam. Sie war turbulent. Ich wollte euch Kinder zusammenhalten, euch das bestmögliche Leben bieten und ...«

»Indem du uns belogst?«, fiel Sam ihr ungläubig ins Wort.

Das machte seine Mutter sprachlos. Sie sah ihn forschend und zugleich ängstlich an.

Er hielt ihrem Blick stand.

»Was weißt du schon?«, wisperte sie dann.

Er lachte bitter. »Mehr, als dir lieb ist, fürchte ich.«

»Heraus damit.« Jetzt klang sie grob. »Sag mir, was du weißt.«

Er zog seine Hand weg und rieb sich die Stirn. »Was ich weiß?« Er schüttelte den Kopf. »Dann werde ich dir jetzt erzählen, was kurz nach deinem Verschwinden passierte, Mama. Unser alter Nachbar, Baron Stanley, trat an Trent heran und erpresste ihn, damit er seine Tochter heiratet. Weißt du, womit er ihn in der Hand hatte? Er wusste, dass meine Geschwister, außer Trent selbst, illegitim sind. Stanley ist Lukes Vater, und Mark und Theo stammen vom alten Herzog und seiner Mätresse ab. Stanley mutmaßte sogar, dass Esme illegitim ist, hatte dafür aber keinen Beweis.«

Alle waren still, selbst Élise bewegte sich nicht. Er hatte ihr viel über sich erzählt, aber die Geheimnisse seiner Geschwister für sich behalten.

»Trent war bereit, Stanleys Tochter zu heiraten, damit der Mann den Mund hielt. Denn ihm war klar, wie es ihnen ergehen würde, falls das bekannt würde.«

»Gütiger Himmel.« Die Herzogin schien in sich zusammenzusinken. Sie barg das Gesicht in den Händen. »Das habe ich nicht gewollt, Sam. Das musst du mir glauben.«

»Wir haben Stanleys Beweise geprüft, er sagte die Wahrheit. Luke stammt aus deiner Affäre mit dem Baron. Theo und Mark aus der Affäre des alten Herzogs. Und Esme? Nun, ihre Herkunft liegt im Dunkeln.«

»Esme ist deine Schwester«, schluchzte die Herzogin.

»Das hoffe ich doch«, erwiderte Sam kalt.

Mit tränenüberströmtem Gesicht blickte sie auf. »Nein, Sam, du verstehst mich falsch. Steven ist auch Esmes Vater.«

Sam hielt sich kerzengerade. Wie viele Tiefschläge konnte ein Mann an einem Abend einstecken? Wenn er sich jetzt gehen ließe – wenn er auch nur einen Muskel lockerte –, würde er zusammenbrechen und nicht wieder aufstehen.

Er holte mehrmals tief Luft und versuchte, Haltung zu bewahren. »Wie?«, stieß er hervor.

Seine Mutter schniefte und rieb sich die Nase. Lowell stand auf und brachte ihr ein Taschentuch, das sie dankbar entgegennahm. Er kniete sich vor sie und nahm sie in die Arme, murmelte beruhigend auf sie ein.

Sam sah das halb entsetzt und halb fasziniert mit an. Seine Mutter. Und sein Vater. Umarmten einander in seinem Beisein.

Die Wahrheit war noch immer nicht ganz in seinen Verstand vorgedrungen.

»Ich habe einen Fehler begangen, Steven. Schon wieder. Ach, ich habe so viel falsch gemacht.«

»Du hast getan, was du für das Beste hieltest, Maddie. Für deine Kinder. Für sie alle.«

»Aber es war nicht das Beste. Sie wissen es. Alle wissen es.«

Lowell rieb ihr beruhigend den Rücken. Er blickte zu Sam hoch, sah aber schnell wieder weg. Er wollte ihm nicht in die Augen sehen.

Sein Vater.

Teufel noch mal, würde er das je akzeptieren können? Er war sich nicht sicher. Bisher war er ohne Vater ausgekommen und hatte sich auf seine Weise damit abgefunden. Jetzt ... hatte sich sein Leben geändert. Er würde die Welt mit anderen Augen sehen müssen.

Lowell zog die Herzogin auf seinen Schoß. Er hielt sie und wiegte sie in den Armen. Und Sam fand, sie sah plötzlich älter aus. Älter, zerbrechlicher und ungeheuer verletzlich.

Sie war immer stark gewesen. An sie hatten sie sich gewandt, wenn sie sich die Knie aufgeschlagen oder ein Spielzeug verloren hatten oder von einem Bruder geschubst worden waren. Sie war ungestüm, exzentrisch, und sie verstellte sich nie.

Und sie hatte ihre Kinder ohne Unterschied geliebt, auch Mark und Theo, mit denen sie gar nicht verwandt war, so innig und vehement, wie es beim Adel selten war.

Sie hatten sich auf sie verlassen, wurde ihm jetzt bewusst, aber wann hatte sie mal jemanden gehabt, auf den sie sich stützen konnte? Wann hatte sie sich mal bei jemandem ausweinen können? Ihre Verletzlichkeit zeigen können? Wer hatte sie im Arm gehalten, wenn sie das brauchte?

Sam dachte an die Liebhaber, die durch ihr Haus gegangen

waren. Hatte sie Affären gesucht? Nach etwas gesucht, das Lowell ihr hätte geben können, das sie aber bei keinem anderen fand?

Vielleicht.

»Sag es ihm«, drängte Lowell. »Du musst ihm auch den Rest noch erzählen.«

Aha. Wenigstens ermunterte er sie nicht zum Lügen.

Schniefend sah sie über die Schulter Sam an, aber dabei hielt sie sich an Lowell fest wie an einer Rettungsleine.

»Als du elf Jahre alt warst, kam er zu mir.« Sie lehnte den Kopf an seine Schulter. »Trent war krank, und alle wussten, er würde sterben. Steven wollte, dass ich ihn verlasse und mit ihm gehe. Aber wieder sagte ich, ich könne es nicht tun.« Einen Moment lang schwieg sie, dann schloss sie die Augen. »Esme ist aus dieser Begegnung hervorgegangen.

Während der folgenden Jahre sahen wir uns hin und wieder. Aber jedes Mal, wenn er zu mir kam, Sam, war das für mich, als fände ich das fehlende Stück meiner Seele. Von Anfang an hatte ich gewusst, dass er der Mann ist, den ich will, den ich liebe und immer lieben werde. Aber ich konnte das Leben als Herzogin von Trent nicht aufgeben. Nicht bevor meine Kinder erwachsen waren.

Ich habe so lange wie möglich gewartet. Und dann eines Tages bekam ich eine Nachricht von Steven. Er bat mich, endlich zu ihm zu kommen. Endgültig. Ich hatte so lange auf ihn verzichten müssen, und ich dachte, ich könne es nicht noch länger ertragen. Esme war erwachsen – neunzehn Jahre alt – und ihr übrigen noch älter. Theo an der Universität. Mark hatte gerade die Abschlussfeier am Trinity College hinter sich und begann sein neues Leben. Luke rang noch darum, seinen Weg zu finden, doch ich hatte nicht mehr die Kraft, ihn auf den richtigen Kurs zu bringen. Trent hatte schon vor Jahren in seine Rolle des Herzogs hineingefunden. Und du, Sam, mein Liebling, du hattest so viel durchgemacht, aber du warst einunddreißig Jahre alt, und ich wusste, du führst dein eigenes Leben, du brauchtest mich als Mutter nicht mehr.

So war es. Meine Kinder waren flügge geworden und hatten das Nest verlassen. Das war der richtige Zeitpunkt, um zu gehen, um zu sein, was ich immer sein wollte, mit dem Mann, den ich immer gewollt hatte.«

Sam schüttelte den Kopf. Dann sagte er leise: »Esme hatte das Nest noch nicht verlassen, Mama.«

»Aber ja, Sam. Sie war in der letzten Ballsaison in die Gesellschaft eingeführt worden.«

»Mit großer Enttäuschung«, ergänzte Sam.

»Ja. Das war mein Fehler. Ich habe sie überfordert. Wenn sie eine zweite Saison gebraucht hätte, wenn sie mehr Anleitung von mir gebraucht hätte, wäre ich auf Ironwood Park geblieben. Aber Esme ...« Sie schüttelte den Kopf. »Sie war mir immer ein Rätsel. Ich habe mir bei ihr alle Mühe gegeben, aber schließlich war ich ratlos. Ich hatte immer den Eindruck, dass Sarah einen besseren Einfluss auf sie hatte als ich. Daher wusste ich, bei Sarah ist sie in guten Händen.«

Nun, da hatte sie recht. Sarah war Esme eine wahre Freundin.

»Wie geht es Sarah?«, fragte seine Mutter mit verschleiertem Blick.

Sam zögerte. Dann musste er lächeln. »Du weißt wirklich gar nichts, oder?«

»Was weiß ich nicht?«

»Trent hat sie geheiratet. Sie haben einen Sohn.«

Sie griff sich ans Herz. »Nein!«

»Doch.«

»Nein. Du scherzt wohl. Du erzählst mir Märchen. Ich

weiß, das Mädchen hat den Boden angebetet, auf dem Trent ging, aber ... soll das heißen ... er hat sich herabgelassen, sein oberstes Hausmädchen zu ehelichen?«

»Er hat sich nicht herabgelassen, Mutter. Er liebt sie. Er betrachtet sie als ebenbürtig.«

»Du meine Güte.« Sie schaute Lowell an. »Ich glaube, ich habe noch nie solch ein Wechselbad der Gefühle erlebt – auf einmal bin ich ganz glücklich. Sarah Osborne, die neue Herzogin von Trent. Ich könnte mir keine bessere in dieser Rolle vorstellen.« Sie schmunzelte. »Obwohl die Gesellschaft das gewiss anders sieht.«

»Das ist vollkommen unerheblich. Trent würde dir beipflichten, und das ist alles, was zählt«, sagte Sam.

Sie gab einen tiefen Seufzer von sich. »Ich glaubte, Trent werde eine der Debütantinnen zur Frau nehmen, eine wie das Stanley-Mädchen. Ich war froh, das nicht mit ansehen zu müssen. Aber nun bin ich unbeschreiblich froh, dass er zur Vernunft gekommen ist.«

»Luke hat auch geheiratet, Mama«, sagte Sam.

Sie richtete sich auf und blickte ihn streng an. »Jetzt erlaubst du dir wirklich einen Scherz mit mir.«

»Ganz und gar nicht.«

Sie zog die Brauen zusammen. »Lass mich raten – er wurde mit einem unschuldigen Milchmädchen erwischt und zum Altar geschleift, der Vater der Ärmsten hat ihm buchstäblich die Pistole an die Brust gesetzt.«

Sam kicherte. »So hatte ich mir das auch vorgestellt. Aber nein. Tatsächlich war es ganz anders.«

Gespannt beugte sie sich nach vorn. »Erzähl es mir.«

»Bei seiner Suche nach Roger Morton lernte er Emma Anderson kennen, die ebenfalls nach Morton suchte. Der Kerl hatte ihre Familie ruiniert.«

Das war nicht der rechte Augenblick, um die Geschichte in allen Einzelheiten auszubreiten, darum fasste er sich kurz. »Sie sind zu zweit durchs Land gereist auf der Suche nach Morton. Emma ist wohl durch Lukes harte Schale zu seinem Herzen vorgedrungen. Lange glaubte er, sie sei zu gut für ihn, aber sie half ihm, diesen Irrtum einzusehen.«

Die Herzogin seufzte. »Sind sie miteinander glücklich?«

»Sehr.«

»Also hatte mein Verschwinden am Ende doch sein Gutes.«

Nachdenklich schüttelte Sam den Kopf. »Wenn du es so sehen willst, was Luke betrifft, so hast du recht. Er ist ein neuer Mensch. Du würdest ihn kaum wiedererkennen.«

Sam blickte auf und stellte fest, dass es inzwischen dunkel geworden war und nun rapide kalt wurde. Die Sterne funkelten am wolkenlosen Himmel, und der Vollmond stand über dem See.

Er legte einen Arm um Élise und zog sie an sich. Wie immer passte sie perfekt an seine Seite. Sie schmiegte sich sogar noch mehr an ihn.

Seine Mutter bemerkte das, sagte aber nichts dazu. »Habt ihr fertiggegessen?«

Er nickte, blickte in Élises Schale, die noch halb voll war, und die Versuchung, sie streng zum Essen aufzufordern, war groß. Aber die halbe Schale war schon doppelt so viel, wie sie sonst aß, also sollte er sie nicht tadeln.

Seine Mutter sammelte das Geschirr ein, und ohne ein weiteres Wort stellte sie es in die große Pfanne und ging damit zum See, um abzuwaschen.

Einen Moment lang sahen sie ihr dabei zu, dann stand Élise auf. »Ich werde ihr helfen gehen.«

Ehe Sam etwas einwenden konnte, hob sie den Rocksaum an und eilte hinter seiner Mutter her.

So war er nun zum ersten Mal seit zweiunddreißig Jahren mit seinem Vater allein.

Erst einmal saßen sie unbehaglich schweigend da. Dann fragte Lowell: »Hast du im Gasthaus ein Zimmer genommen?«

»Nein.« Sam wusste, er klang schroff und kurz angebunden, aber er hegte nicht die Absicht, zu erklären, dass Dunthorpe und eine Geheimorganisation hinter Élise und ihm her waren.

Lowell schien sich nicht angegriffen zu fühlen. »Dann müsst ihr heute Nacht bei uns bleiben. Natürlich nur, sofern es deiner Dame nicht unangenehm ist.«

Sam nickte. »Wir werden bleiben.« Er machte über Élise keine Bemerkung. Seine Mutter und Lowell würden bald selbst sehen, dass Élise sehr gut ohne Diener und ein weiches Bett auskam.

Die Wahrheit war, es war bereits dunkel, und es wäre schwierig, jetzt noch einen anderen Lagerplatz zu finden. Außerdem war Élise gewiss müde.

Lowell und er saßen weiter schweigend da. Sam starrte grübelnd ins Feuer. Er wusste nicht, wie er sich seinem Vater gegenüber verhalten sollte. Was könnte er zu dem Mann sagen?

»Sie hat mir alles über dich erzählt«, sagte dieser nun.

Sam sah kurz zu ihm hinüber. Wie sollte er darauf reagieren?

»Sie ist sehr stolz auf dich.« Lowell zögerte merklich, dann fügte er hinzu: »Und ich auch.«

Sam kam augenblicklich in Wut. Dieser Mann kannte ihn überhaupt nicht. Er hatte kein Recht, so etwas wie Stolz zu empfinden, nachdem er sich nie die Mühe gemacht hatte, ihn kennenzulernen. Doch Sam biss die Zähne zusammen und sagte nichts. Er war geübt darin, zu schweigen und seine

Gefühle für sich zu behalten. Das hatte er als Kind gelernt. Als vaterloses Kind, wohlgemerkt.

Kurz darauf sagte Lowell: »Ich wollte deine Mutter heiraten, Samson. Noch mehr sogar, als sie mir von dir erzählte. Ich bat sie, mit dir zusammen zu mir zu ziehen, damit wir eine Familie sein können. Sie wollte es nicht.«

Sam zwang sich zu nicken.

»Sie glaubte, es sei besser für dich, im Haus des Herzogs aufzuwachsen, mit allen Privilegien, die damit verbunden sind. So dachte sie auch hinsichtlich deiner Schwester.«

»Aber letztendlich hat sie dieses Leben vorgezogen.« Sam deutete auf die Umgebung. Das Feuer prasselte, die Luft war frisch, über ihnen schienen die Sterne. Hier erlebte man einen Frieden, der auf Ironwood Park nicht zu finden gewesen war, vor allem nicht zu Lebzeiten des alten Herzogs.

»Die meisten würden sich nicht dafür entscheiden«, bemerkte Lowell.

Dem konnte Sam nicht widersprechen.

»Manchmal ist es nicht leicht. Wir arbeiten jeden Tag hart. Deine Mutter und ich verleben hier sozusagen unsere Flitterwochen, doch bald werden wir wieder an die Arbeit gehen müssen.«

»Also hast du sie endlich geheiratet.«

»Ja.« Die Befriedigung war Lowell anzusehen.

»Und wo ist deine Truppe jetzt?«

»Bei Manchester. Die meisten haben dort Verwandte. Sie gönnen sich eine Atempause, bevor die rege Sommersaison beginnt.«

»Ihr wollt dort zu ihnen stoßen?«

»Nein. Sie haben nur noch ein paar Tage frei. Dann treten sie in den folgenden Wochen zwischen Manchester und Birmingham auf. Erst danach werden wir uns anschließen.«

»Dann leitet wohl ein anderer die Truppe?«

Lowell nickte. »Mein langjähriger Gehilfe. Er ist der Aufgabe gewachsen, wenn es auch erst das zweite Mal ist, dass ich sie allein lasse. Das erste Mal im letzten Frühjahr, als ich zu Maddie nach Wales fuhr.«

Sam sagte nichts dazu, und so schwiegen sie wieder eine Weile. Sam fragte sich, wo die beiden Frauen so lange blieben. Vielleicht führten sie unten am Ufer auch so ein peinliches Gespräch.

»Sie hat recht, weißt du.«

Sam zog fragend die Brauen hoch.

»Auf Ironwood Park hast du mehr bekommen, als ich dir hätte bieten können. Du und deine Schwester.«

Sam biss die Zähne zusammen, um nicht angewidert zu schnauben. Der Mann wusste wirklich gar nichts. Wie konnte er das miteinander vergleichen? Vaterlos in den kalten Sälen von Ironwood Park aufzuwachsen anstatt bei seiner angestammten Familie.

Doch weder seine Mutter noch Lowell würden je verstehen, wie seine Kindheit als unehelicher Sohn der Herzogin von Trent ihn geformt hatte. Sie mochten glauben, sie hätten ihm mit dieser Entscheidung Gutes getan. Aber er sah das anders.

Doch wozu jetzt noch grollen? Was geschehen war, war geschehen. Und die arme Esme wusste noch immer nicht, ob der Herzog von Trent ihr Vater war oder jemand anderer.

»Du musst es Esme sagen«, verlangte er.

Lowell zog die Brauen hoch.

»Morgen werde ich dich und meine Mutter zu ihr bringen. Und dann wirst du ihr alles erzählen. So wie mir heute.«

21

»Welches Spiel treiben Sie mit meinem Sohn?«, fragte die Herzogin.

Sie hatte Élise ein Handtuch gegeben, damit sie das Geschirr abtrocknen konnte, und sie spülte gerade die zweite Schale, als sie mit der Frage das Schweigen brach.

Élise schluckte schwer. Wie seltsam, sich gegen eine überfürsorgliche Mutter verteidigen zu wollen. Überfürsorglich sogar gegenüber Sam, der ein überaus fähiger Mann war.

Sie schlug einen milden Ton an. »Da gibt es kein Spiel, Euer Gnaden.«

Die Herzogin schnaubte. »Nennen Sie mich nicht so. Ich bin jetzt Maddie. Oder Madeline, wenn Sie lieber förmlich sein wollen.«

Eine Herzogin mit dem Vornamen anzureden fand Élise nicht im Mindesten förmlich, aber sie erwiderte nichts.

»Da gibt es kein Spiel, soso. Nun, Sie sind eine verheiratete Frau, also …«

Élise bekam heiße Wangen bei dem Gedanken, dass die Herzogin annahm, sie habe eine ehebrecherische Affäre mit ihrem Sohn. Ich bin nicht mehr verheiratet.«

»Nein?«

»Nein. Dunthorpe ist tot.« Élise zögerte, dann fügte sie leise hinzu: »Er wurde ermordet.«

Die Herzogin schaute sie weiter mit hochgezogenen Brauen an. »Wie sind Sie dann zu Sam gekommen?«

»Durch die Umstände«, antwortete Élise mysteriös.

Das brachte Élise einen durchdringenden Blick ein. Sie trocknete weiter die Schale ab und tat, als ob sie den Blick nicht bemerkte.

»Hat das mit seinen geheimen Operationen zu tun?«, fragte die Herzogin.

»Vielleicht.« Élise antwortete ausweichend, aber sie beherrschte diese Kunst nicht annähernd so gut wie Sam.

»Ich verstehe.« Und einen Augenblick später: »Sie schützen ihn. Gut.«

Immer, dachte Élise, doch sie hielt den Mund. Ihr Drang, Sam zu schützen, sogar vor seiner eigenen Mutter, war ebenso überraschend wie überwältigend.

Weil ich ihn liebe.

Und das bedeutete Liebe schließlich. Unter anderem jedenfalls. Sie lernte durch Praxis.

»Machen Sie sich meinetwegen keine Sorgen, Euer – Madeline.« Sie sprach den Namen französisch aus. »Ich will für Sam nur das Beste, genau wie Sie.«

»Tatsächlich?«, erwiderte die Herzogin langsam. »Noch niemand hat für Sam so empfunden, obwohl ich mir nicht erklären kann, warum. Er ist ein hochanständiger Mann, und doch wurde er immer wieder schwer gekränkt. Von der Gesellschaft, von seinem Land und dessen Feinden, von seinen Ehefrauen und von dem alten Herzog von Trent. Er hat genug ausgehalten. Ich würde ihn gern glücklich sehen.«

Élise tat es weh, von so vielen Kränkungen zu hören. Von manchen wusste sie bereits, von anderen nicht. »Er erzählte mir, der Herzog habe ihn ignoriert.«

Die Herzogin lachte bitter. »Das ist wahr. Vielleicht wissen Sie nicht, wie das ist, Lady Dunthorpe, aber manchmal empfindet man das wie Prügel.«

Élise dachte kurz darüber nach, dann nickte sie. »Ich verstehe das.«

»Und seine Frauen waren alberne Geschöpfe, alle beide, wenn auch auf ganz unterschiedliche Weise.« Sie schaute Élise von der Seite an. »Sie dagegen sind nicht albern, wie ich glaube. Sie scheinen unter der makellos geschliffenen Schale recht robust zu sein. Obwohl ich sagen muss, robust war nicht mein erster Eindruck. Ich meine, wir sind uns vor ein paar Jahren bei Lord Symonds' Ball begegnet.«

»Ja, da haben Sie wohl recht.« Élise seufzte. »Ich trug die Maske der Lady Dunthorpe, so gut ich konnte. Obwohl das bisweilen unerträglich war.«

»Oh, das verstehe ich, meine Liebe«, sagte die Herzogin und gab Élise die nächste Schale. »Mehr als Sie vielleicht denken.«

Spät am Abend lag Élise neben Sam unter den Sternen. Das alte Pärchen hatte sich schon vor Stunden ins Zelt zurückgezogen, und dort war alles still.

Sie lag wach. Ihr ging unaufhörlich durch den Kopf, was im Lauf des Nachmittags und des Abends gesprochen worden war. Am meisten dachte sie allerdings an Sam, der still, aber hellwach war. Er konnte nicht schlafen, und das verstand sie gut. Nach zweiunddreißig Jahren hatte er endlich seinen Vater kennengelernt. Einen Vater, der keinen Versuch gemacht hatte, seinen Sohn zu treffen.

Es musste schwer sein, darüber hinwegzukommen.

Wie meistens lag sie in seiner Armbeuge, und jetzt drückte sie einen Kuss auf seine Brust.

»Es tut mir so leid, mein lieber Sam«, wisperte sie.

Er spannte sich an. »Was denn?«

»Was du heute erfahren hast. Einem Knaben den Vater vorzuenthalten ... was könnte schmerzlicher sein?«

Sam holte tief Luft und seufzte, und sie drückte ihn fest.

»Wie kommt es, dass du das verstehst und sie nicht?«, fragte er leise.

»Ich weiß es nicht.«

Er schob den Mund in ihre Haare. »So war es zwischen uns von Anfang an. Du hast geglaubt, auf bestimmte Weise fühlen zu müssen, da ich dich gefangen hielt, aber tief im Innern haben wir einander immer verstanden.«

»Ja«, murmelte sie. »So war es. Ich kann es mir nicht erklären, aber es ist wahr.«

»Ich will nicht mehr ohne dich sein, Élise.«

Sie schloss die Augen und ließ die Worte in sich nachklingen. Sie waren Balsam für ihre Seele. »Ich will auch nicht mehr ohne dich sein.«

»Das habe ich noch nie zu einer Frau gesagt. Aber ich ...« Er stockte, und sie wartete wie am Rand einer Schlucht und fragte sich, ob er sie davon wegziehen oder sie hineinstoßen würde.

»Ich liebe dich«, sagte er schließlich, und es klang rau vor Rührung.

»Oh Sam, ich liebe dich auch.«

»Uns steht einiges bevor«, begann er. »Dunthorpe, Adams und die Organisation. Die werden alles tun, um mich zu töten. Und wenn ich dich nicht mehr beschützen kann ...«

»Halt.« Sie drückte die Finger an seine Lippen und wisperte: »Hör auf. Wir werden einander beschützen.«

Er schüttelte den Kopf, und als sie die Finger wegnahm, sagte er: »Wir sind nur zwei. Die haben reichlich Geld, Leute und Waffen. Es ist gar nicht möglich ...«

»Wenn ich beweisen kann, dass ich nie mit Dunthorpe im Bunde stand ...«

»Wir haben es dir gesagt: Adams nimmt nie einen Befehl zurück.«

Sie ignorierte die Verzweiflung, die in ihr aufwallte. »Wir könnten weit weggehen, nach Amerika vielleicht ...«

Sam schüttelte den Kopf.

»Aber wir müssen doch etwas tun können ...«

»Nein.« Er klang gequält. »Es gibt nichts. Ich werde für dich kämpfen bis zum Ende, aber du musst mir etwas versprechen.«

»Was?«

»Dass du zu Trent gehst. Er wird dich schützen können wie kein anderer.«

»Ich will bei dir bleiben.«

»Wenn ich nicht da bin, musst du zu Trent gehen. Versprich es.«

Einen Moment lang schwieg sie. Dann sagte sie mit trockener Kehle: »Ich verspreche es. Aber es wird nicht dazu kommen.«

Er schüttelte wieder den Kopf, doch sie fasste um seine Wange und zog ihn zu sich herum, um ihm einen harten Kuss auf die Lippen zu drücken.

Und ganz plötzlich wurde daraus mehr. Mit dem harten Kuss kam ein verzweifeltes Verlangen. Der Wunsch, bei ihm zu sein, mit ihm eins zu sein, flammte mit aller Macht in ihr auf.

Er musste es gespürt haben, denn er zog sie an sich und drückte sie, als könnte er sie nicht nah genug bei sich haben. Als bekäme er nicht genug von ihr. »Élise. Élise, meine Liebste«, flüsterte er.

Sie schloss die Augen, als ihre Lust sie durchströmte. Es gab keine größere Freude, als von Samson Hawkins geliebt zu werden.

Sie küsste ihn härter, dann bewegte sie die Lippen über sein stoppeliges Kinn zu seinem Ohr und zwickte es mit den Zähnen.

Seine Erektion wuchs rasch und drückte gegen ihr Bein. Sie küsste seinen Kiefer und den Hals, dann seine Schulter durch das Hemd, etwas sanfter die Narbe von der Schusswunde, dann die kräftigen Brustmuskeln.

Sie rückte weiter nach unten und saugte sein Wesen mit den Lippen ein. Er war so stark, so männlich und muskulös. Ein Beschützer. So anders als die Männer, denen sie bisher begegnet war.

Sie erreichte seine Unterhose und küsste seinen Schwanz durch das Leinen, dabei fummelte sie an dem Zugband herum. Schließlich hatte sie den Knoten gelöst. Sie zog die Unterhose ein Stück herab, sodass sein langes, heißes Geschlecht entblößt wurde. Er war vollkommen steif und schlichtweg eine Pracht.

Sie küsste ihn und atmete seinen männlichen Geruch ein, der dort unten so viel kräftiger war. Sie leckte ihn, stöhnend vor Lust. Es war ein Genuss, nicht nur wie er schmeckte, sondern auch wie er sich anfühlte und wie hart und lang er war. Die schiere Größe seiner Männlichkeit.

Sie schwang ein Bein über ihn, zog sich die Decke bis über die Schultern. Sie nahm ihn in die Hand und suchte mit der Spitze zwischen ihren Beinen, bis sie den Schlitz in ihrer Unterhose gefunden hatte.

Sie schob ihn an ihrem feuchten Fleisch hin und her, bis sie sich auf die Lippe beißen musste, um nicht zu stöhnen. Dann schob sie ihn an ihre Öffnung und drückte ihn in sich hinein, indem sie sich absenkte.

Sie nahm ihn ganz in sich auf, bis sie ihn unter dem Bauchnabel spürte und meinte, er fülle ihren ganzen Körper. Das dehnte sie, verursachte einen süßen, lustvollen Schmerz, bei dem sie scharf den Atem ausstieß.

Sam fasste mit beiden Händen um ihren Hintern, knetete ihre Backen, spreizte sie dabei und öffnete sie für ihn.

Dann begann sie sich zu bewegen, sodass sie über ihn glitt.

Er füllte sie aus. Sie liebte es, wie er sie anfasste, wie er mit einer Hand ihren Hintern hielt und mit der anderen ihre Brüste liebkoste. Durch den Stoff ihres Unterhemds reizte er ihre Brustwarzen, bis das Kribbeln mit der Erregung zwischen ihren Beinen zusammentraf.

Er war schön, ihr Sam. Er gab ihr das Gefühl, vollständig zu sein. Geschätzt und … geliebt zu werden.

Tränen brannten in ihren Augen. Denn die Wahrheit war, niemand hatte ihr je dieses Gefühl gegeben, erst Sam. Sam war etwas Besonderes. Er war echt, und er war in ihr, und er liebte sie so heiß und innig, wie sie ihn liebte.

Das könnte sie niemals aufgeben. Um keinen Preis.

Sie bewegte sich, spürte, wie er in ihr hin und her glitt, fast ganz heraus und dann ganz hinein, immer wieder.

Es fühlte sich so gut an. So ungeheuer gut. Wunderbar. Köstlich.

Sie rieb sich an ihm, rieb jene empfindliche Knospe über ihrem Eingang. Der Orgasmus setzte ein, ihre Muskeln spannten sich an, verdichteten sich zu einem heißen Ball in ihrem Innern. Sie zog sich zusammen, ihre Scheide wurde noch feuchter, heißer und enger.

Er drückte die Finger in das Fleisch ihrer Pobacken und ihrer Brust, und der köstliche Schmerz seines harten Griffs goss Öl in ihr Feuer.

Und sie explodierte, der Hitzeball in ihr zersprang in feurige Funken, die ihr in alle Glieder schossen. Er hielt sie fest auf sich gedrückt, während sie zuckte und schauderte und unter der Intensität der Erlösung keuchte.

Als die Wogen der Erregung verebbten, sank sie auf ihn. Er steckte noch tief in ihr, bewegte sich sanft und löste damit Empfindungen aus, die bei jeder leichten Bewegung seines Körpers durch sie schnellten.

Sie stöhnte laut, ehe sie sich zurückhalten konnte. Sie war jetzt, so kurz nach einem heftigen Orgasmus, sehr empfindlich.

Er packte sie fest, schob die Hände an ihrem Rücken hinauf und drückte sie an sich, kreiste mit den Hüften, trieb seinen Schwanz noch einmal zur Gänze hinein. Das Gesicht an seinem Hals geborgen, erschauderte sie und atmete tief seinen Geruch ein.

So hielt er sie an sich gedrückt, begann mit langsamem Rhythmus und wurde schneller und kräftiger, bis er noch tiefer in sie eindrang und sie so vollständig ausfüllte, dass sie kurz davor war, einen zweiten Höhepunkt zu erleben.

Sie bewegte sich mit ihm, passte sich seinem Rhythmus an und kam noch einmal, süß und heftig. Dabei drückte sie ihn so fest, als wollte sie ihn nie wieder loslassen.

Und da kam auch er mit tiefem Stöhnen, stieß aufwärts und hielt inne. Er pulsierte in ihrer heißen Enge. Sie waren beide so feucht und heiß, es war das süßeste Inferno, das beide überwältigte und mit heißer Lust einhüllte.

Sie barg das Gesicht an seiner warmen Halsbeuge, und als die letzten Zuckungen durch ihren Körper liefen, wisperte sie: »Ich liebe dich, Sam. Ich liebe dich so sehr.«

Am nächsten Tag gegen Mittag fuhren sie nach Kendal hinein – Sam, Élise und seine Mutter in Sams Wagen, Lowell in dem zweiten Wagen hinter ihnen.

Auf dem Hof des Crown Inn hielt Sam an und half den Stallknechten für ein paar Augenblicke mit dem Wagen und den Pferden. Als er schließlich in den Schankraum ging und nach Mark, Theo und Esme fragte, sagte der Wirt, diese seien nicht da.

»Wissen Sie, wo sie sind?«, fragte Sam.

»Nein, Sir.« Der Mann beäugte seine Mutter und Lowell mit leichtem Widerwillen.

»Hatten sie vor, heute Abend wieder hier zu sein?«

Der Wirt riss sich von dem Anblick der beiden los. »Oh ja. Ich nehme an, bis zum Einbruch der Dunkelheit. Die Herren sind immer zum Abendessen hier gewesen.«

Sam nickte. »Ich möchte für heute Nacht zwei zusätzliche Zimmer mieten, bitte.«

Wieder schnellte der Blick des Wirts zu Sams Mutter und Lowell und verweilte bei den Füßen der Herzogin. Diese hatte seit ihrem Wiedersehen kein einziges Mal Schuhe getragen, fiel Sam jetzt auf. Es war seltsam – er versuchte sich zu erinnern, ob er sie früher einmal barfuß gesehen hatte, und ihm fiel keine Gelegenheit ein.

Der Wirt neigte sich über die Theke. »Ein Zimmer für Sie und die Dame«, er deutete auf Élise, die neben Sam stand, »selbstverständlich. Aber ich fürchte, solche Leute beherbergen wir nicht.«

Élise, die eine Hand auf seinen Unterarm gelegt hatte, drückte fest zu, aber es dauerte einen Moment, einen langen Moment, bis Sam begriff, was der Wirt gesagt hatte. Als er endlich verstanden hatte, starrte er ihn ungläubig an. Wusste er, dass er über die Herzoginwitwe von Trent redete?

Sam setzte zum Sprechen an, doch seine Mutter kam ihm zuvor. »Sam«, sagte sie warnend und fasste ihn an der Schulter.

Sam blinzelte gegen den roten Dunst an, den er vor Augen sah.

»Du musst nichts sagen«, beschwichtigte sie. »Es ist nicht der Rede wert. Steven und ich werden außerhalb der Stadt unser Lager aufschlagen. So ist es uns lieber.«

Hätte sie Letzteres nicht gesagt, hätte Sam den selbstgerechten Wirt zur Schnecke gemacht. Aber sie hatte recht. Dies war das Leben, das sie hinter sich gelassen hatte, weil sie offenbar das Schlafen im Freien vorzog.

»Und mir ist es auch lieber«, raunte Élise ihm zu.

Er bedachte den Wirt mit einem kalten Blick. »Bemühen Sie sich nicht weiter«, sagte er eisig. »Wir werden anderswo unterkommen.« Was der Meinung seiner drei Gefährten nach sogar besser war. »Wir werden draußen auf meine Geschwister warten.«

Der Wirt wandte sich wortlos ab, und die vier gingen nach draußen.

Lowell sah ihn von der Seite an und sagte leise: »Ich sehe deinen Zorn, Junge. Verstehst du es jetzt? Das ist es, wovor deine Mutter dich bewahren wollte.«

Sam sah weg. Er sah es wohl ein, aber das genügte ihm nicht.

Er lehnte sich an die Ziegelmauer des Gasthauses und verschränkte die Arme vor der Brust, bereit, auf seine Geschwister zu warten.

Seine Mutter seufzte. »Wir sollten das Lager aufschlagen gehen.«

Sam nickte. »Geht nur. Élise und ich bleiben hier.«

»Wir kommen anschließend zurück.«

»Beeilt euch. Sie können jeden Moment kommen.«

Seine Mutter nickte und eilte zu Lowell, der die Pferde

holte. Dabei fiel Sam auf, dass die Stallknechte nicht einmal Lowells Tiere ausgespannt hatten.

Das machte ihn erneut wütend.

Neu war ihm das nicht. Er wusste, dass die Gesellschaft sich weigerte, Leute zu akzeptieren, die anders waren. Aber es ging hier um seine Mutter. Und um seinen Vater.

Er sah sie wegfahren und ließ ein wenig die Schultern hängen, als sie um eine Ecke bogen und außer Sicht gerieten.

Élise stand still bei ihm. Und ihm wurde klar, sie hatte dergleichen auch zu ertragen gehabt. Nicht in dem Maße wie die Zigeuner, aber sie war auch anders und wurde als Außenseiterin betrachtet. Sie war Französin, und Frankreich war derzeit Englands meistgehasster Feind.

Dennoch bestand zwischen Briten und Franzosen eine lange, komplizierte Beziehung. Élise wurde dem Feind zugerechnet, sie hatte aber für den britischen Betrachter auch etwas Vertrautes an sich. Sie kleidete sich nach der englischen Mode, sie sah aus wie eine englische Lady. Sie war durch und durch Aristokratin.

Sam schloss die Augen.

»Was für ein abscheulicher Mann«, sagte Élise leise, aber vehement.

Sam nickte.

»Aber sehr viele Leute werden sie so behandeln, fürchte ich.«

»Ja.«

»Sie hat sich dafür entschieden«, sagte Élise nachdenklich. »Ich habe mein Leben als Lady Dunthorpe oft gehasst, und ich schlafe gern unter freiem Himmel, wenn das Wetter schön ist und die Luft mild. Aber auf die modernen Annehmlichkeiten für immer verzichten? Das könnte ich nicht.«

»Ich auch nicht.« Sam hatte oft genug darauf verzichten

müssen, als dass er ein weiches Bett und einen warmen Herd nicht zu schätzen wüsste, wenn er dahin zurückkehrte.

»Da. Jetzt wissen wir es genau«, verkündete sie. »Deine Mutter ist eine einzigartige Person.«

Sam sah sie von der Seite an und musste lächeln. »Weißt du, da hast du recht, Liebste. Sie war schon immer anders. Etwas ganz Besonderes.«

Sie nickte und schob die Hand in seine.

Élise und Sam standen vor dem Gasthaus, bis Élise die Füße wehtaten und der Himmel dunkel zu werden begann. Mr. Lowell und die Herzogin waren am Nachmittag zurückgekehrt und hatten den Wagen im Hof abgestellt, obwohl der Stallknecht – ein ebenso selbstgerechter Bursche wie der Wirt – ihnen böse Blicke zuwarf.

Die Herzogin hatten ihnen kalte Röstkartoffeln, Maiskuchen und Dörrfleisch mitgebracht, und Sam kaufte bei einem Straßenhändler für jeden eine Orange.

Und sie warteten.

Es ging auf acht Uhr zu, als ein Reiter im vollen Galopp um die Straßenbiegung kam.

Abrupt zügelte er das Pferd, worauf es sich ein wenig aufbäumte, aber der Reiter hielt es im Zaum. Dann glitt er aus dem Sattel und rief nach dem Stallknecht, ohne die vier zu beachten, die müßig unter dem Dachvorsprung standen.

Sam trat hervor. »Theo?«

Der Mann fuhr zu ihm herum. Er war jung und stattlich und hatte ein ernstes Gesicht, dazu dunkle Haare und dunkle Augen, die ein wenig heller waren als Sams. Auch sonst sah er ihm nicht ähnlich. Seine Statur war schlanker, sein Gesicht schmaler, und sein Teint hatte nicht den olivenfarbenen Ton.

»Sam, bist du das?«, fragte er mit einer Spur Verzweiflung in der Stimme und kam auf Sam zu. »Gott sei Dank! Esme ist ...« Er stockte, als sein Blick auf seine Mutter fiel. »Mama?«, keuchte er. Er blinzelte heftig, als traute er seinen Augen nicht. »Mama?«

Auch die Herzogin blinzelte, aber wie Élise sah, tat sie das, um die Tränen zurückzuhalten. »Oh Theo, du verabscheust mich nicht?«

»Dich verabscheuen?« Der arme Mann klang völlig verwirrt und schaute die Herzogin verblüfft an. »Mama, bist du das wirklich?«

Und dann warf sie sich, ganz wie bei Sam, ihrem Sohn in die Arme – offensichtlich spielte es für sie keine Rolle, dass sie nicht blutsverwandt waren – und fing an zu schluchzen. Sam und Mr. Lowell traten schützend hinter sie, und zu dritt beruhigten sie die Dame, während Élise abseits stand und teilnahmsvoll zusah.

Die Herzogin war umringt von Männern, die sie liebten. Sie waren eine Familie. Das erinnerte Élise daran, wie es bei ihr zu Hause gewesen war, vor langer Zeit, vor der Revolution und der Guillotine ...

Dann redeten alle gleichzeitig.

»Geht es dir gut, Mama?«

»Wo sind Esme und Mark?«

»Warum hast du keine Schuhe an den Füßen?«

»Kannst du mir verzeihen, Theo, mein Liebling?«

»Moment.« Theo löste sich von seiner Mutter, nahm ihre Hand und küsste sie. »Ich bin zwar heilfroh, dass Sam dich gefunden hat, und ich will alles von dir erfahren, wir alle, aber ...«

Die Herzogin und Sam blickten ihn mit großen Augen an, und Élise konnte sehen, wie Sam sich versteifte.

Da lag etwas im Argen, begriff sie.

»Aber nicht jetzt«, fuhr Theo fort. »Das muss warten.«

»Warum? Was ist passiert?«, fragte Sam.

Theo sah ihn an und zog finster die Brauen zusammen.

»Esme ist seit vier Tagen verschwunden. Wir vermuten, sie wurde entführt.«

22

Élise sah, wie Sam sich verwandelte – in einen barschen tüchtigen Anführer, hart und befehlsgewohnt, dem sich niemand zu widersetzen wagte.

Theo berichtete, Esme sei am frühen Morgen, bevor die Zofe zum Wecken aufgestanden war, aus ihrem Zimmer verschwunden. Für Mark und ihn war sofort klar gewesen, dass sie jemand entführt hatte, weil ihr Notizbuch noch dalag, und das nähme sie doch überallhin mit.

Mark suche gerade die Umgebung nach ihr ab, schon den ganzen Tag, aber Theo erwarte ihn bald zurück, da es bereits dunkel würde. Sie hätten den Herzog benachrichtigt, der gerade ein paar freie Tage auf Ironwood Park verbringe, und sie rechneten mit ihm am späten Abend oder am nächsten Morgen. Wie schon beim Verschwinden der Herzogin hätten sie nicht die Stadtwache verständigen wollen, doch Mark wolle dies morgen tun, wenn der Herzog bis dahin nicht eingetroffen sei.

Sam schaute zu ihr, und ihre Blicke trafen sich.

»Dunthorpe?«, formte sie lautlos mit den Lippen. Gewiss hatte Adams genug Achtung vor Sam und seiner Familie, um sich nicht zu solch einer niederträchtigen Tat herzugeben. Dunthorpe dagegen hatte nicht derlei Skrupel.

Sam nickte kurz.

Durch ihre wortlose Verständigung wurde Theo auf Élise aufmerksam, und sie wurden einander hastig vorgestellt, ebenso Mr. Lowell. Ihr entging dabei nicht das leise Misstrauen in

Theos Blick. Aber natürlich kannte er die Geschichte seiner Mutter und Lowells noch nicht.

Danach wandte Sam sich seinem Bruder zu. »Theo, ich weiß, wer Esme entführt hat ...«

»Wer?«, riefen mindestens zwei Stimmen gleichzeitig.

»Die Straße ist kein geeigneter Ort, um darüber zu reden.«

»Dann gehen wir ins Gasthaus.«

»Nein«, sagte Sam. »Unsere Mutter und Mr. Lowell sind dort nicht willkommen.«

»Aber ...« Theo riss erstaunt die Augen auf.

»Fahren wir doch zu unserem Lager«, unterbrach Lowell ihn freundlich. »Das ist ganz in der Nähe, und dort wird uns niemand belauschen können.«

»Danke«, sagte Sam und blickte sich argwöhnisch um, zweifellos, um vielleicht einen von Dunthorpes Leuten zu entdecken, die das Gasthaus beobachten mochten.

Élise erschrak. Dunthorpe wäre dumm, wenn er keine Leute in der Stadt postiert hätte. Vermutlich wurden sie schon den ganzen Nachmittag beobachtet. Der Gedanke sandte ihr einen Schauder über den Rücken.

Eine Viertelstunde später saßen sie rings um die Feuerstelle, wo Mr. Lowell geduldig das Feuer schürte. Sam hatte aus der Stadt zwei Jungen angeheuert und mitgenommen, damit sie die Umgebung des Lagers beobachteten und ihm Bescheid gaben, wenn ein Verfolger nahte.

Alle saßen, bis auf die Herzoginwitwe, die rastlos auf der Lichtung auf und ab ging, und Sam, der vor dem Feuer stand.

Er vergeudete keine Zeit mehr, sondern blickte alle nacheinander an, um sich ihre Aufmerksamkeit zu sichern. »Ich habe einen Plan. Wie gesagt, ich weiß, wer Esme entführt hat.«

»Wer?«, fragte seine Mutter erneut, und ihre Angst war ihr anzuhören.

Sam seufzte. »Bitte setz dich, Mama. Um es kurz zu machen: Der neue Viscount Dunthorpe hat sie entführt, um an mich heranzukommen. Der gemeine Bastard benutzt meine Schwester, um mich in die Finger zu bekommen.« Das sagte er mit gehöriger Schärfe, und Élise fühlte mit ihm.

Ihr entging auch nicht, dass er sie bei seiner Erklärung ausließ. Dabei war sie wahrscheinlich das eigentliche Ziel. Dunthorpe wollte weniger an Sam als an sie herankommen.

Sie verschränkte die Arme, um ihren Zorn und ihre Angst im Zaum zu halten.

Theo hatte die Lippen zu einem schmalen, blassen Strich zusammengepresst. »Wie finden wir den Kerl?«

Sam warf Élise einen Blick zu. »Wenn ich recht in der Annahme gehe und er Esme als Köder benutzt, dann weiß ich genau, wo er ist.«

Élise nickte. Ja. Dunthorpe dürfte Esme in das Cottage am See gebracht haben. Das war der beste Platz, um Sam und sie zu sich zu locken.

Seine Mutter hob eine Hand. »Moment bitte. Würde dieser Mann meiner lieben Esme etwas antun?« Ihre Stimme wurde schrill. »Wird er dir etwas tun? Will er … will er dich umbringen?«

»Die letzte Frage kann ich dir beantworten«, sagte Sam. »Ja, er will mich töten, so viel ist gewiss. Aber«, er warf seiner Mutter einen grimmigen Blick zu, »ich lasse es nicht dazu kommen.«

»Und … Esme?«, fragte sie kaum vernehmlich.

Sam sah zu Élise. Und deshalb schauten auch alle anderen zu ihr. Sie dachte an Francis und wie tief er nun gesunken war.

»Vermutlich nicht«, sagte sie schließlich. »Ich glaube nicht, dass er einer unschuldigen Dame etwas antut. Aber …« Einen Moment lang biss sie sich auf die Unterlippe und blickte dann

Sam an. »Der hat etwas Irres an sich, Sam, ähnlich wie mein Ehemann, aber er ist noch labiler. Er weiß, was gut und böse ist, manchmal ist es ihm jedoch völlig gleichgültig.«

»Ich werde sie befreien«, versprach Sam entschlossen. »Theo, hast du deine Pistole mitgebracht?«

Dieser nickte. »Mark und ich haben jeder eine. Wir dachten«, errötend schaute er zu Mr. Lowell, »äh, sie könnten vielleicht von Vorteil sein.«

»Gut.« Sam wandte sich Mr. Lowell zu, doch ehe er etwas sagen konnte, stand dieser auf.

»Ich würde euch gern begleiten. Aber jemand muss bei den Damen bleiben. Darum komme ich nicht mit. Ich habe auch eine Pistole, falls es so weit kommt.«

Sam blickte ihn einen Moment lang an, dann nickte er. »Du wirst meine Mutter beschützen. Ich nehme zwar nicht an, dass uns jemand gefolgt ist, doch man kann nicht vorsichtig genug sein. Bleib wach, bis ich zurückkomme.« Und zu Theo gewandt: »Fahr mit Lady Dunthorpe zum Gasthaus zurück, und warte dort auf Mark und Trent. Ich hoffe, schon vorher wieder zurück zu sein, aber …«

Er ließ den Rest unausgesprochen, und Theo nickte. »Ich verstehe. Aber du wirst Hilfe brauchen …«

Sam schüttelte den Kopf. »Nein. Ich will dich nicht mehr als nötig mit hineinziehen.« Er drehte sich zu Élise hin. »Wenn ich nicht zurückkomme, wirst du sie hinführen. Du weißt, wohin er sie gebracht hat?«

Élise nickte. Sie wusste auch, welchen Weg man von Kendal aus nehmen musste.

Sam bot ihr die Hand. »Begleitest du mich die paar Schritte zu meinem Pferd?«

Sie ließ sich von ihm aufhelfen und hakte sich bei ihm unter.

Er nickte seiner Familie knapp zu. »Wir werden Esme zurückbekommen«, versprach er noch einmal.

Er ging mit Élise zu der Lichtung, wo die Pferde grasten. Still sah sie zu, wie er einem den Sattel auflegte. Ihr Herz schlug heftig.

Wie viele Leute mochte Dunthorpe haben? Sicherlich war Gherkin bei ihm. Aber wie viele noch? Sam war hoffnungslos in der Unterzahl. Wie sollte er sie alle überwältigen?

Er zog den Sattelgurt stramm und schloss die Schnalle.

»Sam«, hauchte sie und ließ sich von ihm in die Arme nehmen. Seine Stärke beruhigte sie ein wenig, aber der Ausdruck in seinen Augen gefiel ihr nicht. Er war entschlossen, seine Schwester um jeden Preis zu retten. Koste es, was es wolle.

»Nimm Theo mit«, bat sie inständig. »Ich kann allein auf den Herzog und Lord Mark warten. Bitte.«

Sie spürte, dass er den Kopf schüttelte. Sie kniff die Augen zu und drückte das Gesicht an seine Brust.

»Hör mir zu, Élise. Sollte ich nicht zurückkommen ...«

Sie gab einen halb erstickten Laut von sich, doch er sprach ruhig weiter. »Um Dunthorpe werde ich mich kümmern. Seinetwegen brauchst du dir keine Sorgen zu machen. Aber Adams' Befehl steht noch. Sprich mit Trent. Meine Mutter weiß, wie viel du mir bedeutest, und sie wird es ihm sagen. Trent wird helfen. Er wird dir ermöglichen, unter anderem Namen ein neues Leben zu beginnen ...«

»Nein«, stöhnte sie. Daran wollte sie gar nicht denken, sich vor diesem Adams verstecken zu müssen, während Sam nicht mehr auf der Welt war. Sie hob den Kopf und legte die Hände um seinen Nacken, um ihn zu sich herunterzubeugen. Sie küsste ihn hart auf die Lippen. »Du wirst zu mir zurückkommen. Hörst du mich, Samson Hawkins? Kein Wort mehr davon. Hast du mich verstanden?«

»Élise, du musst …«

»Non!«, unterbrach sie energisch. »Ich will davon nichts mehr hören. Du holst deine Schwester, und alles wird gut. Du musst überleben, denn ohne dich …« Plötzlich ließ sie die Schultern hängen, und die nächsten Worte schmerzten sie so sehr, dass ihr fast die Stimme versagte. »Denn ohne dich bin ich nichts.«

»Élise.« Er stöhnte leise und drückte die Lippen auf ihren Scheitel.

»Hol deine Schwester hierher«, sagte sie leise, aber bestimmt. »Du hast keine andere Wahl, Sam.«

Zwei Stunden später stieg Sam eine halbe Meile vom Cottage entfernt aus dem Sattel. Ein gutes Stück abseits der Straße band er das Pferd an einen Baum und ging dann durch den Wald.

Endlich kam hinter Bäumen und Büschen das Cottage in Sicht. Der Vollmond stand am wolkenlosen Himmel. Das war nur in einer Hinsicht von Vorteil. Er würde einen Gegner sehr gut erkennen können. Jener ihn aber leider auch.

Sam zog die Pistole aus der Rocktasche und prüfte die Zündpfanne. Dann tat er dasselbe bei der kleinen, die im Stiefelschaft steckte. Er hatte zwei Schuss. Es stand zu bezweifeln, dass ihm seine Gegner Zeit zum Nachladen lassen würden. Zwei Schuss und dann seine Fäuste gegen eine unbekannte Zahl von Gegnern.

Er steckte die Pistole in den Stiefel und schaute zum Cottage. In keinem Fenster brannte ein Licht. Alles war still.

Zu still, dachte er. In einer Lücke zwischen zwei Büschen ging er in die Hocke, von wo er das Gelände an drei Seiten überblicken konnte.

Eine Weile verharrte er, spähte und lauschte. Geduldig, wie

er es als Soldat gelernt hatte. Und endlich wurde seine Geduld belohnt. Zwischen den Bäumen an der Südseite der Auffahrt bewegte sich etwas. Langsam und lautlos atmete er aus.

Er hatte recht gehabt. Dunthorpe war da, er wartete auf ihn. Zwischen den Bäumen stand jemand Wache – eine gute Stelle, wo er das Cottage und die gesamte Lichtung im Blick hatte, aber auch die Auffahrt.

Sam merkte, wie ihn die gewohnte ruhige Gleichgültigkeit erfasste. Er war noch ruhiger und gleichgültiger als sonst, denn hier führte er keine Befehle aus, hier ging es um seine Familie. Um ihn und um Élise. Und um Esme. Diese Verbrecher hielten seine Schwester gefangen, misshandelten sie womöglich.

Er würde sie alle töten.

Er wich in den Wald zurück bis hinter die erste Biegung der ungepflasterten Auffahrt, um sie tief geduckt zu überqueren. Der Wächter konnte ihn von seinem Posten aus nicht sehen. Nahezu lautlos bewegte Sam sich voran. Er war groß, aber darin ausgebildet, sich unbemerkt an den Feind anzuschleichen.

Er näherte sich dem Mann von hinten. Dieser war ein Stümper. Er schaute weder in Sams Richtung, noch hörte er ihn kommen. Dicht hinter ihm blieb er an einer Eiche stehen, schaute sich nach allen Seiten um und beschloss zu handeln.

Er sprang den Kerl von hinten an, hielt ihm den Mund zu, riss ihn herum und rammte ihn mit dem Kopf gegen den Stamm der Eiche. Der Wächter hatte nur verblüfft gebrummt, und jetzt sackte er bewusstlos zusammen.

Sam durchsuchte ihn, fand eine Pistole und steckte sie ein. Damit hatte er drei Schuss.

Ein Mann weniger. Wie viele waren es noch? Von der Stelle aus schaute Sam zu den Cottagefenstern und zwischen die Bäume ringsherum. Nichts rührte sich, aber das hieß nicht, dass niemand da war.

Nun galt es, bis zur Hauswand zu gelangen, aber durch den hellen Mondschein würde er, wenn er den Rasen überquerte, bestens zu sehen sein. Es würde sich jedoch nicht vermeiden lassen. Er hatte dieses Cottage als Versteck der Organisation ausgewählt, weil es einsam und abgelegen war und weil man Feinde leicht abwehren konnte. Allerdings brauchte Sam die Burg jetzt nicht zu verteidigen, sondern musste in sie eindringen.

Er konnte nicht ewig zögern. Schon gar nicht bis zum Morgen, wo alle wach wären und noch mehr Augen nach ihm Ausschau hielten. Er musste es jetzt tun. Er sah nach dem bewusstlosen Wächter. Dieser regte sich nicht und würde noch eine ganze Weile so daliegen.

Die Pistole des Mannes hielt er schussbereit in der Hand.

Dann holte er tief Luft und rannte auf die Haustür zu.

Theo und Élise kehrten zum Crown Inn zurück, wo Theo den Wirt anwies, jeden, der nach ihm fragte, sofort nach oben zu schicken. Er ignorierte den neugierigen Blick des Mannes und stieg mit Élise die Treppe hinauf zu den von ihnen gemieteten Zimmern. Es waren drei Schlafzimmer mit einem angrenzenden Salon, in dem sie es sich beide bequem machten, gefasst auf eine lange Wartezeit.

Der Raum war üppig eingerichtet – offensichtlich übernachteten hier häufig anspruchsvolle Gäste. Der Kamin war aus Marmor und mit Gold verziert, die Sofas und Sessel reich geschnitzt und die Polster mit hellgelber Seide bezogen.

Theo war zunächst still und grüblerisch, offenbar mitgenommen durch das unerwartete Wiedersehen mit seiner Mutter, besorgt um seine Schwester und misstrauisch gegenüber Élise.

Auch sie war schweigsam. Sie hatte zu viel Angst um Sam, um mit seinem Bruder über Nichtigkeiten zu plaudern. Aber schließlich gab Theo Anweisung, das Abendessen heraufzubringen, und dazu eine Flasche Wein. Nachdem Élise ein volles Glas ausgetrunken hatte, fühlte sie sich schon mehr zum Reden aufgelegt. Sie schaute den jungen Mann an, der ihr gegenübersaß. Er hatte sein Essen kaum angerührt und blickte immer wieder zur Tür, als würde sie jeden Moment aufspringen und einer seiner Brüder käme hereingestürmt.

»Sie werden bald hier sein«, bemerkte sie in beruhigendem Ton.

»Gewiss«, sagte Theo. »Aber bis dahin bin ich dem Wahnsinn nahe.«

»Sie sollten etwas essen, Mylord. Sie werden Ihre Kräfte nötig haben.«

Er blickte auf seinen Teller, zog die Mundwinkel nach unten und sah sie wieder an. Élise fiel ein, was Sam ihr über seinen jüngsten Bruder erzählt hatte. Er sei der lernbegierigste von ihnen, an den Wissenschaften interessiert, stecke immerzu die Nase in ein Buch über Mathematik und Chemie. Er sei intelligent und nachdenklich und der verschlossenste von ihnen, Esme nicht nur im Alter, sondern auch dem Wesen nach am nächsten.

»Ich kann nichts essen.« Seufzend legte er die Gabel hin und schob seinen Rinderbraten und das sicherlich erkaltete Gemüse von sich. Élise blickte auf ihren Teller. Sie hatte mehr gegessen als er, worauf sie stolz war, denn als das Essen serviert wurde, hatte sie kaum Appetit aufbringen können.

»Sie sorgen sich um Ihre Schwester«, sagte sie.

»Ja. Und um Sam.«

Kurz schloss sie die Augen. Sie hatte schreckliche Angst um ihn, sagte aber: »Er weiß, was er tut.«

Theo lehnte sich nach vorn, plötzlich neugierig. »Sie wissen also, was Sam tut? Genauer als wir?«

Sie wollte Sams Geheimnisse nicht verraten, allerdings auch niemanden aus seiner Familie belügen. »Ja.«

»Was tut er?«

Sie schüttelte den Kopf. »Das darf ich nicht sagen.«

Theo kniff die Augen zusammen. »Woher kennen Sie ihn, Lady Dunthorpe?«

Sie staunte über seinen besitzergreifenden Ton. Sam und er waren nicht blutsverwandt, doch von der Herzogin gemeinsam erzogen worden. Nachdem sie ihre Mutter kennengelernt hatte, sollte es sie eigentlich nicht mehr überraschen, wie loyal die Geschwister untereinander waren.

Sie überlegte, wie sie auf die Frage antworten sollte. »Er hat meinen Gatten getötet« – damit würde sie zu viel preisgeben und unzählige neue Fragen auslösen.

Sie blieb möglichst dicht an der Wahrheit und dabei möglichst vage. »Er ...« Sie stockte. Vor ein paar Wochen hätte sie von einer Entführung gesprochen, aber jetzt wurde ihr klar, dass er etwas ganz anderes getan hatte. »Er hat mich gerettet.«

Sam hatte zu ihr gesagt, sie habe ihm neues Leben eingehaucht, aber in Wirklichkeit hatte er ihr neues Leben eingehaucht.

Ihr brannten Tränen in den Augen. Sie faltete die Hände im Schoß und versuchte, sie zurückzudrängen.

»Sie mögen ihn, nicht wahr?«, fragte Theo leise.

Sie konnte ihn nicht ansehen. Sie konnte auch nicht antworten, denn wenn sie das täte, würde sie anfangen zu weinen.

Sie weinte selten, doch diese Situation ... brachte sie aus dem Gleichgewicht. Ihre Gefühle waren zu heftig, um ein unbewegtes Gesicht zu wahren. Sie blinzelte hastig und rang die

Hände. Den Blick in den Schoß gerichtet, nickte sie schließlich.

»Ah, Mylady.« Plötzlich war Theo bei ihr und legte tröstend einen Arm um sie.

Wie bemerkenswert. Er hatte selbst Angst um seine Geschwister und war dennoch bereit, ihr Trost zu spenden, ihr, der Außenstehenden.

Eine Träne rollte ihre Wange hinab, und sie wischte sie weg, verlegen, weil sie sich nicht besser im Griff hatte. »Es tut mir leid«, sagte sie. »Bitte kümmern Sie sich nicht weiter um mich.«

Er drückte ihre Schulter. »Ganz offensichtlich liegen Sie meinem Bruder am Herzen, und das bedeutet, ich muss mich um Sie kümmern. Mein Bruder schließt nicht leicht jemanden ins Herz.«

Darauf brach sie in Tränen aus. Sie drehte sich zu ihm, und er hielt sie im Arm und ließ sie weinen.

Sie wollte Sam nicht verlieren.

Sie konnte nicht ohne ihn leben.

Sam erreichte die Treppe vor der Haustür und drehte sich, um sich flach an die Hauswand zu drücken und durch das Fenster hineinzuspähen, als er aus den Augenwinkeln eine dunkle Gestalt wahrnahm.

Er fuhr herum, aber zu spät. Der Mann packte ihn um die Taille und wollte ihn zu Boden ringen.

Sam leistete Widerstand, zuerst taumelnd, dann bekam er festen Stand und gewann das Gleichgewicht wieder. Er hob die Pistole. Doch ehe er sie dem Kerl an die Brust setzen konnte, prallte von hinten jemand gegen ihn und rammte ihn gegen die Wand. Bei dem Zusammenstoß entglitt ihm die Waffe, er hörte sie auf dem Boden aufschlagen.

Sam griff seinen ersten Gegner an und landete einen harten Schlag aufs Kinn. Der Mann ächzte und setzte zum Schlag an, aber Sam duckte sich.

Jemand – ein Dritter, wie er glaubte – packte von hinten seinen Arm, verdrehte ihn nach oben, dann wurde er zu Boden gestoßen und fiel so hart auf den Rücken, dass ihm erst mal die Luft wegblieb.

Vier Männer hielten ihn an den Boden gedrückt. Und einer hielt ihm eine Pistole an die Stirn. Sam schaute an dem schwarzen Lauf entlang in das schmale Gesicht von Edmund Gherkin, das im Mondlicht grässlich grau aussah.

»Sieh mal einer an«, sagte Gherkin mit tödlicher Ruhe. »Wen haben wir denn da?«

Kurz nach Mitternacht kam Lord Mark zurück, erschöpft und niedergeschlagen. Theo machte ihn mit Élise bekannt und erzählte ihm die Neuigkeiten.

Und gleich darauf schickten sie Élise zu Bett. Sie versuchte zu schlafen, warf sich aber die ganze Nacht von einer Seite auf die andere. Bei Sonnenaufgang hörte sie Schritte im Salon.

Sam!

Sie sprang aus dem Bett und hastete im Unterhemd nach nebenan. Doch es war nicht Sam, der mit Mark und Theo sprach. Da standen zwei Herren, ein blonder, den sie noch nie gesehen hatte, und ein stattlicher Mann von etwa fünfunddreißig Jahren, der eine natürliche Autorität ausstrahlte. Diesem war sie schon zweimal begegnet.

Er war der Herzog von Trent.

Er riss die Augen auf, als er sie sah, dann runzelte er die Stirn. »Lady … Lady Dunthorpe? Was tun Sie … hier?«

Er hatte sie erkannt.

Der Mann hinter ihm neigte neugierig den Kopf zur Seite und musterte sie von oben bis unten, um sich sodann mit fragender Miene an Mark und Theo zu wenden.

Errötend dachte sie an ihre unfrisierte und unbekleidete Erscheinung. Sie machte einen ungeschickten Knicks und wurde gewahr, dass die Brüder dem Herzog soeben erzählt hatten, was am letzten Abend passiert war, aber noch nicht zu der Stelle gelangt waren, wo Lady Dunthorpe im Nebenzimmer schlief.

»Euer Gnaden. Guten Morgen. Ich ... bitte um Verzeihung. Ich erwartete, jemand anderen zu sehen.«

»Sie erwartete Sam«, erklärte Theo.

Der blonde Mann trat auf sie zu und zog erwartungsvoll die Brauen hoch.

Mark räusperte sich. »Das ist unser Bruder, Lord Lukas Hawkins.«

»Lord Lukas«, sagte sie und neigte den Kopf.

»Wo ist Sam jetzt?«, fragte der Herzog an Mark und Theo gewandt.

»Das wissen wir nicht.«

»Aber ich weiß es«, sagte Élise leise.

Als sich die vier Brüder zu ihr umdrehten, straffte sie die Schultern und wappnete sich. Jetzt musste sie stark sein.

»Ich werde Sie zu Sam und Lady Esme bringen.«

»Mylady«, wandte Theo ein, »Sie sollten ...«

Sie hob die Hand und unterbrach ihn mitten im Satz. »Nein«, beschied sie ruhig. »Ich werde Ihnen zeigen, wo er ist. Unter keinen Umständen bleibe ich hier.«

23

Kalte, feuchte Luft verursachte Élise eine Gänsehaut, wo ihr ohnehin schon Schauder der Angst über den Rücken liefen. Die milchige Morgensonne kämpfte mit der dicken Wolkenschicht, um Wärme und Licht zu spenden. Das war der erste wolkenverhangene Tag, seit sie bei Masterson aufgebrochen waren, dachte Élise.

Sie fuhren in einer Kutsche zum Cottage am See. Als sie einen Baum erreichten, von dem sie wusste, dass er eine halbe Meile weit vom Cottage entfernt stand, klopfte sie ans Kutschendach und gab Lord Lukas auf dem Kutschbock damit das Zeichen, anzuhalten.

Er fuhr an den Straßenrand, und alle stiegen aus. Kaum standen sie neben dem Kutschenschlag, als Luke aufmerkte. Angespannt spähte er zwischen die Bäume. »Da hinten ist etwas. Ich bin gleich wieder da.«

Ehe jemand etwas einwenden konnte, rannte er in den Wald. Kurz darauf kam er zurück und führte Sams Pferd am Zügel. Sam hatte dieselbe Idee gehabt wie Élise und sich dem Haus zu Fuß genähert.

Sie schaute von einem zum anderen. Trent hatte eindeutig die Führung übernommen. Er war zuversichtlich und selbstsicher, aber er war Politiker, kein Soldat. Nicht wie Sam.

Die Angst kribbelte ihr im Bauch, doch sie setzte sich darüber hinweg. Diese vier Männer waren vielleicht keine Soldaten, aber Esmes und Sams Brüder, und seit gestern wusste Élise ohne jeden Zweifel, dass sie alles geben würden, um ihre Geschwister zu retten. Sie waren loyal und warmherzig, und Élise verstand, warum Sam auf seine Brüder stolz war.

Im Schatten der Kutsche standen sie am Straßenrand beieinander, während Élise ihnen beschrieb, wie es rings um das Cottage aussah.

Anschließend teilte der Herzog jedem eine Aufgabe zu. Theo und Mark sollten die Männer überwältigen, die draußen Wache standen, und Luke und Trent Deckung geben, die durch die Vordertür eindringen würden.

Die zwei jüngeren Brüder würden draußen bleiben, Luke und Trent würden Sam und Esme befreien.

»Und ich?«, fragte Élise.

»Sie bewachen die Kutsche«, antwortete Trent, und seinem Ton nach duldete er keinen Widerspruch.

Élise verkniff sich einen Kommentar. Sie wusste es besser, als Einwände zu erheben. Diese Männer hatten gewisse Ansichten, die ihnen verboten, eine Dame in Gefahr zu bringen. Wenn sie jetzt versuchte, sich durchzusetzen, würden sie sie an der Kutsche festbinden.

»Sehr gern«, zwang sie sich zu sagen, und es gelang ihr sogar, glaubwürdig zu klingen.

Sie stellte sich neben die Pferde und sah den vier Brüdern nach, die die Straße überquerten und zwischen den Bäumen verschwanden.

Sie wäre am Boden zerstört, wenn einem von ihnen etwas zustieße, erkannte sie gerade. Sie mochte sie, weil Sam sie alle liebte und weil sie anständige, loyale Menschen waren.

Sie flüsterte hastig ein Gebet.

Dann eilte sie ihnen nach.

Sam versuchte, seine schmerzenden Glieder zu strecken, aber sein Bewegungsspielraum war gering, da er an den Stützpfeiler des Dachbodens gefesselt war.

Dass die Verbrecher Esme als Köder benutzt hatten, machte ihn ständig von Neuem wütend.

Er zerrte an den Fesseln. Sie hatten ihm die Hände auf den Rücken gebunden und das Seil mehrmals um den Pfeiler gewunden. Die ganze Nacht schon versuchte er, sie zu lockern. Seine Handgelenke waren nass von Blut. Es hatte keinen Zweck. Das Seil gab nicht nach, und die Knoten waren zu fest.

Er schaute zu Esme hinüber, die zusammengekrümmt auf dem Boden lag. Man hatte ihr die Arme vor dem Bauch gefesselt und sie dann an den zweiten Stützpfeiler gebunden. Vor zwei Stunden war sie endlich eingeschlafen, nachdem sie die ganze Nacht miteinander geredet hatten.

Vier Tage lang hatten sie seine Schwester auf dem Dachboden eingesperrt, wo sie Todesängste ausgestanden hatte. Und wieder kam er in Wut, aber er unterdrückte sie sogleich.

Von draußen waren Geräusche zu hören. Sam hob den Kopf und lauschte. Er hörte Männerstimmen, konnte jedoch kein Wort verstehen.

Die Stimmen wurden lauter, und plötzlich brüllte einer: »Waffen fallen lassen!«

Sam richtete sich so weit auf, wie seine Fesseln es erlaubten. Theo und Mark mussten gekommen sein.

Esme schreckte mit einem kleinen Schrei aus dem Schlaf hoch. Sie blinzelte, um einen klaren Kopf zu bekommen. Die Angst war ihr anzusehen, als sie sich zu ihm drehte und sich linkisch auf die Knie erhob. »Was war das?«

»Theo und Mark sind draußen«, antwortete er leise. »Trent wahrscheinlich auch.« Vielleicht sogar Luke, aber da war er sich nicht so sicher.

»Sie kommen uns befreien? Wie du gesagt hast?«

Sam nickte.

Esme schauderte. »Ich will Mama sehen und dann nach Hause.«

Er hatte ihr die Geschichte über seine Mutter in allen Einzelheiten erzählt. Sie hatte es gut aufgenommen, wenn man bedachte, dass sie sich ihr Leben lang für die leibliche Tochter des Herzogs von Trent gehalten hatte. Letzten Sommer war zum ersten Mal die Vermutung, es könnte sich anders verhalten, an sie herangetragen worden, und Sam wusste, seitdem hatte sie die Frage, wer sie wirklich war, stark beschäftigt.

Als er ihr gestern Abend eröffnete, sie seien beide leibliche Geschwister, hatte sie ihn mit großen Augen angeschaut. »Ich weiß nicht, was ich sagen soll«, meinte sie schließlich in sanftem Ton. »Nachdem ich nun endlich die Wahrheit kenne …« Sie schüttelte den Kopf. »Eines muss ich aber sagen, Sam. Ich bin stolz, deine Schwester zu sein.«

Die Neuigkeit hatte sie nicht so erschüttert wie ihn. Doch immerhin hatte er eine Mutter, einen Vater, eine leibliche Schwester, zwei Halbbrüder und zwei Brüder, mit denen er nicht blutsverwandt war, und mehr Familie konnte er sich gar nicht wünschen.

»Wir werden bald wieder zu Hause sein«, sagte er, um ihr Mut zuzusprechen. »Aber du wirst sehr stark sein müssen, Esme.«

»W-was meinst du?«

Er drückte sich behutsam aus. »Diese Männer wollen uns benutzen, um zu bekommen, was sie wollen. Hör nicht auf sie. Lass alles an dir abgleiten, was sie sagen. Hör nur auf mich und unsere Brüder. Verstehst du das?«

»Ja.«

Mehr konnte er nicht mit ihr besprechen, denn in dem

Moment sprang die Tür auf. Ein sehr derangierter Edmund Gherkin schritt herein. Der Mann war dünn und klein, hatte ein spitzes Gesicht und glatte schwarze Haare, die seltsam abstanden, so als hätte man ihn gerade aus dem Bett geholt.

Er deutete auf Esme und sagte zu den drei Männern, die hinter ihm hereingekommen waren: »Bindet sie los, und bringt sie nach unten.«

»Halten Sie sie da raus«, brummte Sam. »Nehmen Sie mich mit nach unten.«

Gherkin blickte ihn säuerlich an. »Warum sollte ich das tun?«

»Weil sie schon einmal der Köder war. Jetzt bin ich an der Reihe.«

Gherkin grinste verschlagen. »Sie vergessen etwas, Hawkins. Wenn der Fisch sich zwischen einer netten Dame und einem zähnefletschenden Riesen entscheiden muss, wird er wohl eher nach der Dame schnappen, meinen Sie nicht?«

Sam wusste, was Gherkin und Dunthorpe wollten: Élise.

»Sie haben den falschen Fisch an der Angel«, erwiderte er. »Der, den Sie wirklich wollen, ist nicht hier.« Seine Brüder hatten ihr gewiss nicht erlaubt, sich in Gefahr zu begeben.

»Hm … vielleicht haben Sie recht. Vielleicht haben wir einen Gründling statt der Forelle gefangen.«

»So ist es.«

»Und wie sollte es uns bei unserem Bemühen, unsere saftige Forelle zu bekommen, helfen, wenn wir statt der Dame Sie nach unten bringen?«

»Ich weiß, wo sie ist«, sagte Sam. »Ich kann sie herbringen lassen.«

Gherkin lachte schallend. »Für wie blöd halten Sie mich?«

Tatsächlich hielt Sam den Mann gar nicht für dumm. Er hatte die Falle geschickter aufgestellt, als Sam gedacht hätte.

»Sie sind wegen Lady Esme gekommen, wegen ihrer Schwester«, stieß Sam hervor.

»Und nicht Ihretwegen?«

Sam zuckte die Achseln. Er schaute zu Esme, um zu sehen, wie es ihr ging. Sie hatte die Hände im Schoß zu Fäusten geballt und weigerte sich, die Männer auch nur anzusehen. Gut.

»Sie werden nicht ohne sie gehen«, warnte Sam.

»Wenn sie uns nicht geben, was wir wollen, werden sie eine schwere Enttäuschung erleben.« Gherkin drehte sich zu seinen Leuten um. Sam erkannte darunter den Wächter, den er bewusstlos geschlagen hatte und der ihn nun hasserfüllt anblickte. Vor dem Mann sollte sich Sam besonders in Acht nehmen.

Und genau diesen sprach Gherkin jetzt an. »Jack, du nimmst die Kleine. Ihr anderen nehmt den Mann. Seid vorsichtig«, fügte er ironisch hinzu. »Er beißt.«

Seinen hasserfüllten Blick auf Sam gerichtet, trampelte Jack zu Esme hinüber. Sam atmete auf, da Gherkin ihn ebenfalls nach unten bringen ließ. Teufel auch, er wollte bestimmt nicht hilflos auf dem Dachboden angebunden sein, während seine Brüder um ihr Leben kämpften und seine Schwester womöglich in den Schusswechsel geriet.

Um Gherkin keinen Vorwand zu liefern, verhielt er sich sanft wie ein Lamm, während sie ihn vom Pfeiler losbanden und zusammen mit Esme nach unten führten.

Am Fuß der Treppe im ersten Stock angelangt, verschwand Gherkin in ein Zimmer in der Mitte des Flurs. Dort versteckte sich Dunthorpe also und war zu feige, um sich blicken zu lassen. Davon war Sam überzeugt.

Während er über seinen Feind nachdachte, ließ er sich die zweite Treppe hinunterführen. Gherkin, Dunthorpe und drei weitere Männer. Möglicherweise noch mehr.

Sie stießen ihn in den Salon, wo ein weiterer Mann Trent und Luke mit einer Pistole bedrohte. Seine Brüder waren vermutlich schon draußen entwaffnet worden.

Verfluchter Mist. Sechs bewaffnete Leute – mindestens – gegen drei unbewaffnete. Ihre Chancen standen nicht besonders gut.

Mark und Theo mussten noch draußen sein, und soweit er wusste, waren diese noch im Besitz ihrer Pistolen. Sechs gegen fünf war schon besser.

Sam und seine Brüder nickten einander zu, bevor Trent und Luke Esme in Augenschein nahmen. Grimmig musterten sie sie von Kopf bis Fuß, ob sie verletzt war. Aber sie hielt sich kerzengerade, den Kopf hoch erhoben.

»Geht es?«, fragte er leise.

Sie nickte.

Einige Minuten vergingen, ehe Gherkin hereinkam. Währenddessen standen sie alle angespannt schweigend beieinander. Trent und Luke standen am Kamin, wo einer seine Pistole auf sie gerichtet hielt. Esme stand rechts der Tür bewacht von Jack, und Sam und die zwei anderen Männer links der Tür neben dem Sofa.

Sam war mal mit einer Strategie befasst, und mal versuchte er zu verstehen, was im oberen Stock gesprochen wurde.

»Nein!«, rief einer. Das war Dunthorpe, wenn er die weinerliche Stimme richtig zuordnete.

»Wir müssen unbedingt …« Der Rest des Satzes wurde undeutlich, aber neuerliches Gejammer von Dunthorpe unterbrach ihn ohnehin.

Sam fragte sich, ob der Viscount und sein Anwalt nicht begriffen, dass man sie streiten hörte. Vielleicht war es ihnen gleichgültig.

Schließlich hörte man Stiefeltritte auf der Treppe, und Gherkin erschien in der Tür. Er erinnerte Sam an eine Ratte: klein, aber muskulös und drahtig.

Der Anwalt blickte Trent und Luke, dann Sam an. »Sie wissen, was wir wollen.«

Trent zog die Brauen hoch. »Ich habe nicht die leiseste Ahnung, was Sie von uns erwarten oder welches Spiel Sie hier treiben, aber ich weiß, was ich will. Ich will, dass Sie meine Geschwister freilassen. Sofort.«

Gherkin deutete höhnisch grinsend auf Sam, hielt seine schmalen Augen aber weiter auf Trent gerichtet. »Was? Der Bastard hat Sie nicht in das Spiel eingeweiht? Es ist ein Angelspiel. Ich werfe den Köder aus, dann hole ich den Fisch ein.«

Trent verschränkte die Arme vor der Brust und gab sich gelangweilt. »Nun, Sie haben uns an der Angel. Sie haben gewonnen, Sir. Nun lassen Sie sie gehen.«

Gherkin schaute gequält zum Himmel auf. »Ihr Aristokraten seid so begriffsstutzig. Ich weiß nicht, warum mich das immer wieder überrascht. Ich dachte, Sie wenigstens wären ein bisschen schneller im Begreifen, Trent.«

»Was zum Teufel wollen Sie?« Luke ballte die Fäuste an den Seiten, und seine blauen Augen sprühten vor Zorn, als er einen Schritt auf den Anwalt zu machte.

Dieser blickte ihn abschätzig ab. »Der berüchtigte Lord Lukas, was? Was ich will, Mylord, ist Lady Dunthorpe.«

Lukes Gesicht wurde ausdruckslos. Er sah Trent an. »Lady Dunthorpe? Wer soll das sein?«

Trent zuckte die Achseln. »Die Frau von Lord Dunthorpe, dem Viscount, der letzten Monat in London erschossen wurde. Aber ich kann mir nicht vorstellen, was wir mit ihrem Verbleib zu tun haben sollen.« Er wandte sich an Gherkin. »Ich glaube, sie ist in London. Wie ich hörte, war sie dort, als Dunthorpe erschossen wurde.«

Sie spielten die Unwissenden so überzeugend, als hätten sie tatsächlich keine Ahnung von Élise. Aber das konnte nicht sein. Sie war bei Theo geblieben. Luke und Trent mussten wissen, wo sie war.

»Sie kennen sie nicht? Wirklich?« Gherkin warf Sam einen Blick zu. »Warum fragen Sie nicht Ihren Bruder?«

Sam machte ein völlig gelassenes Gesicht, als Trent und Luke ihn erwartungsvoll ansahen. Wegen Élise zu lügen würde nichts einbringen. Etwas preiszugeben allerdings auch nichts.

»Ihr Bruder und die Dame steckten unter einer Decke«, klärte Gherkin die beiden auf. »Sie haben den Viscount ermordet und sind zu diesem Cottage geflohen. Als sie merkten, dass wir hinter ihnen her sind, schwammen sie davon wie ängstliche kleine Gründlinge.« Gherkin unterstrich das mit einer illustrativen Geste. »Sie sehen also, wir verlangen nichts weiter als Gerechtigkeit. Wir werden Ihren Bastard und Lady Dunthorpe nehmen. Wir werden dafür sorgen, dass der Gerechtigkeit Genüge getan wird. Alle anderen dürfen dann ihrer Wege gehen.«

Luke schnaubte ungläubig. »Wenn Sie denken, wir lassen unseren Bruder in Ihrer Gewalt, dann sind Sie verrückt.«

Aber Trent sah Sam an, mit einer klaren Frage in den Augen. Sam nickte unauffällig. *Ja. Tu es. Spiel mit.*

Trent fasste Luke am Arm. »Wenn wir Ihnen sagen, was wir wissen, werden Sie unsere Schwester dann freilassen?«

»Ich will keine Informationen, Euer Gnaden. Sie werden Lady Dunthorpe beibringen. Eine französische Schlange gegen eine liebliche englische Lady. Ich habe Ihre Schwester in den vergangenen Tagen kennengelernt ...«

Luke knurrte drohend, und Gherkin zuckte die Achseln. »Na, jedenfalls ist das ein faires Tauschgeschäft.«

An Trents Kiefer zuckte ein Muskel. »Lassen Sie meine

Schwester frei, dann sage ich Ihnen, wo Sie Lady Dunthorpe finden.«

»Ich habe eine bessere Idee. Sie bringen die französische Hure her, wir vollziehen den Austausch, und dann sind wir miteinander fertig.«

Trents Blick schnellte zu Sam. Dieser nickte kaum merklich.

Trent straffte die Schultern. »Also gut.« Luke sah ihn ungläubig an, aber Trent ignorierte ihn. »Sie befindet sich unten an der Straße.«

»Trent!« Luke war empört über sein Einlenken. Er hatte von der stillen Verständigung zwischen seinen Brüdern nichts bemerkt.

Trent ignorierte seinen Protest.

Gherkin nickte. »Gut. Gehen wir.« Er gab dem Mann, der Trent und Luke bewachte, ein Zeichen. »Erschieße sie, wenn sie Dummheiten machen.«

Der Mann nickte grimmig.

Sam war froh, dass sie das Haus verließen. Draußen hatte man bei einem Kampf mehr Platz. Ganz zu schweigen davon, dass Theo und Mark dort irgendwo mit ihren Pistolen warteten und etwas unternehmen konnten.

»Sie bleiben hier«, sagte Gherkin zu Sam mit einem milden Lächeln, bei dem es Sam kalt überlief. »Schließlich brauchen wir Sie dabei nicht. Oder, Hawkins?«

Sam trat auf ihn zu und blickte mit jeder Sekunde finsterer. »Wenn Sie ihr etwas antun ...« Einer der Bewacher, der das Seilende seiner Fesseln hielt, versetzte ihm einen kräftigen Ruck. Ein sengender Schmerz drang bis in Sams Schultern. Er fiel rückwärts und drehte sich, um den Sturz mit einer Schulter abzufangen. Er richtete sich gerade ein wenig auf, als Trent und Luke mit vorgehaltener Waffe den Raum verließen.

»Nein!«, brüllte Sam. Doch es war zu spät. Sie waren auf dem Weg zu Élise.

Élise hatte zugesehen, wie Trent und Luke »nachgaben«, während Mark und Theo in Deckung geblieben waren. Nachdem die Wächter die beiden älteren Brüder ins Haus gebracht hatten, waren Mark und Theo über die Lichtung gerannt. Sie hatte sich zurückgehalten, bis die beiden an der Hauswand anlangten, dann war sie hinterhergeflitzt.

Sie war um die Ecke gebogen, und sie war wohl im Gegenlicht zwischen den Bäumen schwer zu erkennen gewesen. Aber den Pistolenlauf sah sie blinken, als Theo sofort den Arm hob und auf sie zielte, und sie hörte ihn den Hahn spannen. Doch Mark erkannte sie zum Glück und riss seinen Bruder fast um, während er zischte: »Das ist Lady Dunthorpe, du Idiot!«

Seitdem war Mark ihr nicht von der Seite gewichen und hatte sich wohl mit ihrer Anwesenheit abgefunden. Natürlich wäre es nicht schlau gewesen, in dieser Situation einen Streit anzufangen.

Jetzt hielt sie sich flach an die Hauswand gedrückt. Mark stand reglos neben ihr. Die Gesellschaft, die gerade aus der Haustür trat, durfte auf keinen Fall auf sie aufmerksam werden.

Während des gesamten Wortwechsels zwischen Gherkin und den Brüdern hatte Élise im Gebüsch unter dem Salonfenster gekauert und gelauscht. Von dort konnte sie jedes Wort verstehen, und einmal sah sie Gherkin durch den seitlichen Vorhangspalt.

Als die Gesellschaft ein Stück weit die Auffahrt hinuntergegangen war, drehte sich Élise zu Mark um. »Wir müssen zu Sam«, wisperte sie.

Er nickte. »Durch die Hintertür?«

»Ja.« Hoffentlich war diese nicht abgeschlossen.

Sie schlichen um die Hausecke, wo Theo wartete. »Wir gehen jetzt Sam holen«, sagte Mark leise.

Theo nickte, aber seine Augen waren vor Angst geweitet. »Wie viele sind noch drinnen?«

»Zwei, die ihn bewachen.« Élise zitterte, dennoch fühlte sie sich verhältnismäßig ruhig. Das war nicht der passende Moment, um seiner Angst nachzugeben. Jetzt musste gehandelt werden. Sie würde ihre Angst später noch würdigen können.

Sie sah die Brüder nicht an, sondern blickte zum Ufer und über den See, der still und grau unter dem wolkenverhangenen Himmel lag. Sie ließ seine Ruhe auf sich wirken. »Woanders im Haus könnten aber noch mehr sein. Wir müssen sehr vorsichtig sein.«

Theo nickte angespannt. Er hatte genauso viel Angst wie sie. Vielleicht mehr. Sie hatte schon häufiger gefährliche Situationen erlebt ... aber er? Wahrscheinlich keine einzige.

»Bleiben Sie hier«, flüsterte Mark.

Sie sah ihn verblüfft an. Das sollte doch wohl ein Scherz sein. »Im Ernst?«

»Ja. Sam bringt mich eigenhändig um, wenn er entdeckt, dass ich Sie in solche Gefahr gebracht habe.«

Élise kniff die Lippen zusammen. Mark hatte recht, und sie wollte auch nicht Sams Zorn über ihn bringen. Aber das war ihre, nicht deren Entscheidung.

Und vielleicht war es das Beste, wenn sie im Augenblick hier zurückblieb. Wenn, wer immer noch im Haus war, nichts von ihrem Hiersein ahnte, könnte sich das als Vorteil erweisen.

Sie seufzte. »Also gut. Ich werde hier auf Sie warten, dann werden wir Esme und den anderen helfen.«

Mark nickte. Theo probierte die Türklinke, die Tür ließ sich öffnen. Dunthorpe und Gherkin hatten wahrscheinlich gedacht, es sei nicht nötig, diese abzuschließen, weil man, um zur Hintertür zu gelangen, zuerst an der Vorderseite vorbeimusste.

Sowie Mark und Theo im Haus waren und die Tür leise hinter sich geschlossen hatten, schlich Élise auf Zehenspitzen zum Salonfenster zurück und duckte sich in das Gebüsch, dann hob sie vorsichtig den Kopf und spähte von der Seite durch den Vorhangspalt.

Sie hatte einen der Bewacher im Blickfeld. Er hielt die Arme vor der Brust verschränkt und machte ein selbstgefälliges Gesicht.

Ein paar Momente lang war es still. Plötzlich sprang die Tür auf. Der Wächter fuhr herum, dann flog er nach vorn, als hätte ihm jemand die Beine weggerissen. Das musste Sam getan haben.

Dann fiel ein Schuss. Élise fuhr zusammen. Er war so laut, als wäre er neben ihrem Ohr abgefeuert worden. Sie sprang auf, ihr war gleichgültig, ob sie jemand sah. »Sam!«, wimmerte sie. Hatte der andere Bewacher ihn erschossen?

Ein paar Sekunden zögerte sie, widerstand dem Drang, die Fensterscheibe zu zertrümmern, und versuchte ihre Gefühle und Gedanken zu ordnen, um zu erkennen, was sie jetzt tun musste – wie sie helfen konnte.

Theo verstellte ihr die Sicht. Er bückte sich und erhob sich wieder, Sam kam mit ihm hoch. Er stand aufrecht da und ließ sich von Theo die Fesseln lösen.

Er war unverletzt. Gott sei Dank. Élise drückte die Stirn an die Scheibe, kraftlos vor Erleichterung.

»Beeil dich«, sagte Sam zu Theo und blickte über die Schulter. »Ist der kampfunfähig?«

»Ja. Mindestens bewusstlos«, antwortete Mark.

»Der andere ist tot«, sagte Theo, der sich mit den Knoten abmühte. »Ich habe das Herz getroffen, oder, Sam?«

Endlich von den Fesseln befreit, drehte Sam sich zu seinem jüngsten Bruder um und legte die Hände auf seine Schultern. »Gut gemacht, Theo. Hast du noch Munition?«

Er ging in die Hocke, offenbar um die Pistolen der Bewacher zu suchen. In dem Moment fuhr Élise herum, weil sich schnelle Schritte näherten.

Es war Trent, dicht gefolgt von Gherkin, der ihm seine Pistole an den Rücken drückte. Nach ihnen kam Esme mit gefesselten Händen und ihr Bewacher, dann Luke und ein weiterer von Dunthorpes Leuten.

Sie kamen, weil sie den Schuss gehört hatten.

»Erschießt ihn!«, gellte eine Stimme aus dem Haus. »Trent weiß zu viel! Ihr müsst ihn töten!«

Élise stockte das Blut in den Adern. Die Stimme kannte sie. Francis wurde irre an seiner eigenen Feigheit.

Gherkin und Trent waren nur zwei Schritte von ihr entfernt. Sie hatten sie noch nicht bemerkt, aber sie sah die beiden ganz genau. Ihr Blick sank auf die Waffe in Gherkins Hand.

Der Anwalt hatte immer jede Anweisung befolgt. Deshalb hatte ihr Mann ihm vertraut. Und er würde auch diese befolgen. Élise sah, wie er langsam die Lippen und die Augen zusammenkniff und die Finger an der Pistole bewegte …

»Nein!«, kreischte sie und warf sich auf ihn. Gherkin drehte überrascht den Kopf, gerade als sie gegen ihn prallte. Er verlor das Gleichgewicht, stürzte auf den steinigen Weg und sie auf ihn drauf.

Er stieß sie sogleich von sich, sie landete schmerzhaft auf dem Rasen und schnappte nach Luft. Als sie benommen aufblickte, sah sie, dass der Herzog den Anwalt an den Boden drückte. Alle brüllten durcheinander. Sie hörte Faustschläge und ächzende Laute. Sam, Mark und Theo kamen herausgestürmt und warfen sich ins Handgemenge.

Aus dem Haus hörte sie Francis' grelle Schreie und polternde Schritte. Versuchte er zu flüchten? Doch wo sollte er hin?

Und dann hörte sie trotz des Tumults ein unheilvolles Klicken.

Auch die anderen hatten es wohl gehört, denn alle hielten inne und drehten sich zur Quelle des Geräusches um. Der Kerl, der Esme bewachte, hielt Esme beim Arm gepackt und drückte ihr seine Pistole an die Schläfe. Sie stand schreckensstarr da, vollkommen bleich, selbst ihre Lippen waren blutleer, ihre Augen weit aufgerissen.

»Jack!«, brüllte Sam. Er war an Trent und Gherkin vorbeigerannt und stand auf halber Strecke zwischen Esme und ihnen. »Lassen Sie sie los. Sie hat Ihnen nichts getan.«

»Ja, aber Sie, Freundchen.« Er rieb sich eine Stelle am Kopf.

»Ich wollte nur meiner Schwester helfen. Haben Sie eine Schwester, Jack?« Langsam trat Sam noch einen Schritt näher und sprach in ruhigem Ton.

»Was hat die damit zu tun?«, erwiderte Jack scharf.

»Sie lieben Ihre Schwester, nicht wahr? Wie ich meine liebe.«

Jack spuckte aus.

»Wenn Sie sie töten, nehmen Sie mir meine einzige Schwester«, sagte Sam. »Sie wissen, ich werde Sie dann auch töten.«

Jack wechselte unbehaglich das Standbein.

»Das wird kein leichter Tod«, fuhr Sam mit eisiger Ruhe fort. »Ich werde Sie quälen. Ich werde Ihnen die Hölle auf Erden bereiten, so lange wie irgend möglich.«

Jacks hellblaue Augen blickten zwischen Sam und Gherkin hin und her, der reglos am Boden lag. Trent drückte ihm das Knie in den Magen. Aus dem Mundwinkel sickerte Blut.

»Und wenn ich sie nicht umbringe?«

»Dann wird Ihr Schicksal viel angenehmer sein«, sagte Sam schlicht.

Ohne Sam aus den Augen zu lassen, senkte Jack die Waffe. Aber Sam bewegte sich blitzschnell. Esme taumelte rückwärts, und Sam riss Jack zu Boden. Im Nu hatte er ihm die Pistole aus der Hand gerungen, dann schlug er ihm mit dem Kolben an den Kopf. Der Mann erschlaffte. Sam sprang auf, die Pistole schussbereit in der Hand.

Mit einem Blick erfasste er die Situation. Mark hatte den Kerl, der ihn mit der Waffe bedroht hatte, überwältigt, denn dieser hielt sich stöhnend den Magen. Jack war bewusstlos. Gherkin wurde von Trent am Boden festgehalten.

Und keiner der Hawkins war verletzt. Élise schluchzte fast vor Erleichterung. Der *bon Dieu* war heute auf ihrer Seite gewesen.

Esme stand auf dem Rasen bei ihr und weinte leise in ihre gefesselten Hände. Mit wackligen Beinen stand Élise auf und ging zu ihr, löste ihr mit zitternden Fingern die Fesseln, nahm sie in die Arme und tätschelte ihr den Rücken. »Es ist vorbei, Mylady«, murmelte sie an ihrem Ohr.

Doch das stimmte nicht ganz. Francis war noch im Haus.

Sam fiel das im selben Moment ein wie ihr. Er blickte zur Tür und schritt auch schon darauf zu. Ohne ein Wort verschwand er im Haus.

Theo sah Trent fragend an, und dieser nickte. »Geh. Er wird vielleicht Hilfe brauchen.«

Theo ging ihm nach, und die Übrigen warteten. Élise starrte wie gebannt auf die Tür. Ihr Herz raste. Mit der Ruhe, die sie sich bisher abgerungen hatte, war es vorbei. Was, wenn Francis bereits auf der Lauer lag? Was, wenn ...?

Ein Schuss!

Das Haus schien zu zittern, und am Ufer stob kreischend ein Schwarm Wasserläufer auf.

Und dann war wieder alles still.

Sam verließ das Cottage, hinter ihm Theo. Suchend schaute er über die Leute auf dem Rasen und entdeckte Élise.

Sie stand bei Esme. Sowie sich ihre Blicke trafen, gaben ihre Beine nach. Sie sank in die Knie, und ihre Schultern bebten.

Sam rannte zu ihr, fiel auf die Knie und nahm sie in die Arme. »Schsch, Liebste. Alles ist gut. Alles ist gut. Schsch.«

Es dauerte ein Weilchen, aber schließlich konnte er sie beruhigen. Er löste sich ein wenig von ihr. Ihr schönes Gesicht war tränennass, ihre Augen gerötet.

Er hatte gesehen, was sie getan hatte. Sie hatte Gherkin umgeworfen, um Trent das Leben zu retten. Das war sehr mutig gewesen. Stolz und Liebe durchströmten ihn, und vor aller Augen drückte er ihr einen sanften Kuss auf die Lippen.

»Was ist passiert?«, wisperte sie. »Wo ist Francis?«

»Er war oben. Als ihm klar wurde, dass es für ihn kein Entkommen mehr gibt, hat er sich erschossen.«

»Mon Dieu«, hauchte sie und sank heftig zitternd gegen ihn.

Er hielt sie und tröstete sie, während seine Brüder die vier Überlebenden von Dunthorpes Leuten fesselten. Theo kümmerte sich um Esme, die leise weinte. Mark holte die Kutsche und Sams Pferd, während Luke zum Stall ging, wo er eine weitere Kutsche und mehrere Pferde vorfand.

Ein paar Stunden später trafen sie in Kendal ein. Sam und

Theo verbrachten eine weitere Stunde bei der Stadtwache, während ihre Brüder, erpicht darauf, ihre Mutter wiederzusehen, mit Esme und Élise zu dem Lagerplatz fuhren. Am späten Nachmittag saßen Dunthorpes Leute im Gefängnis von Kendal.

Ob Dunthorpe auch Leute in Kendal und der Umgebung postiert hatte, wusste der Himmel. Wenn ja, dann waren sie inzwischen in alle Himmelsrichtungen geflohen. Aber Sam war zufrieden. Weder Dunthorpe noch Gherkin würden Élise je wieder bedrohen können.

Nachdem sie ihre Angelegenheiten in der Stadt geregelt hatten, gingen sie zu Lowells Lager. Bei ihrem Eintreffen drehten sich alle zu ihnen um, und Sam blickte nacheinander in die erschöpften, aber hoffnungsvollen Gesichter seiner Familie: Trent, Luke, Mark, Theo, Esme, seine Mutter, sein Vater und Élise.

Es fehlten nur Sarah und Emma und der kleine Samson Lukas. Die waren auf Ironwood Park, und bald würden sie dort alle zusammen sein.

Er ging geradewegs zu Élise und legte einen Arm um sie. Sie schmiegte sich an ihn und passte wie immer perfekt an seine Seite.

Zum Abendessen gab es einen köstlichen Eintopf, den ihre Mutter für alle gekocht hatte, und dann begab sich jeder zur Ruhe. Trent, Luke, Theo, Mark und Esme kehrten zum Gasthaus zurück, Sam und Élise beschlossen, bei seinen Eltern zu übernachten.

Élise lag in seinen Arm gekauert in dem Bett, das sie auf einem weichen Laubhaufen zwischen hohen Büschen und Bäumen aufgeschlagen hatten, wo sie für sich sein konnten. Die Wolken hatten sich verzogen und über ihnen schienen die Sterne, doch Sam konnte die Augen nicht von der Frau lassen, die bei ihm lag.

Ihnen drohte nach wie vor Gefahr von Adams, aber vielleicht hatte Élise recht. Vielleicht würden sie gemeinsam einen Ausweg finden.

Jetzt unter dem Sternenhimmel ließ er seine Bollwerke brechen. Er wehrte sich nicht mehr gegen die Angst, ihr zu nahezukommen, die Angst, es könnte keine Zukunft für ihn geben, wenn sie bei ihm blieb, die Angst, sie zu verlieren. Er traf eine bewusste Entscheidung, er ließ die Risse weiter aufbrechen, bis die Bollwerke zusammenbrachen. Und da durchströmte ihn Hoffnung.

Sie würden einen Ausweg finden.

Er strich mit den Lippen über ihre Ohrmuschel, die zarte Wange, ihr Kinn, den schlanken, eleganten Hals, die festen Hügel ihrer Brust. Mit zärtlichen Küssen und jeder ehrfürchtigen Berührung zeigte er ihr, was er für sie empfand.

»Du hast mir ein großes Geschenk gemacht, Élise«, sagte er unter Küssen.

»Welches denn, mein lieber Sam?«, wisperte sie, während sie ihm die Brust entgegenwölbte und ihm über den Rücken strich.

»Das Leben«, sagte er. Denn so war es. Bevor er sie kannte, hatte er existiert, aber nicht gelebt. Es hatte keine Freude gegeben, keine Lebendigkeit, nur seine Pflicht, und auch diese hatte an seinem langweiligen Dasein gezerrt.

Élise hatte ihm Liebe und Hoffnung gegeben und einen Grund zu leben.

Sam legte sich zwischen ihre Beine. Seine Finger krümmten sich um den Saum ihres Nachthemds, zogen es an ihren Beinen hoch und über die Hüften. Er schob die Finger über ihre Hüften zu ihrem Hügel und zwischen die Beine. Sie war bereits feucht vor Verlangen nach ihm. Eine Weile streichelte er sie, bis sie keuchte und sich beklagte, sie brauche ihn jetzt.

Lächelnd zog er die Hand weg und legte sich auf sie. Mit einem festen Stoß schob er seinen Schwanz in sie und küsste sie, um ihr süßes Stöhnen in den Mund zu bekommen. Er küsste sie leidenschaftlich, nahm ihren Mund mit der Zunge in Besitz, während sie sich vereinigten, auf die natürlichste und bedeutsamste Art eins wurden.

Diese Frau, diese schöne, lebendige Frau war ein Teil von ihm geworden. Er wollte keine Sekunde mehr ohne sie sein.

Sie erwiderte seinen Kuss, und als er an ihren Lippen knabberte, schlang sie die Arme um ihn, kam mit den Hüften seinen Stößen entgegen und murmelte: »Ich liebe dich, Sam. Ich lasse dich nie wieder los.«

Gott sei Dank, wollte er sagen. Aber seine Lider sanken herab, und seine Gefühle für sie überwältigten ihn. Freude strömte durch seinen Körper und in sein Herz.

Sie war sein. Sie wollte ihn nie wieder loslassen. Und er würde sie auch nie mehr loslassen. Niemals.

Élise stöhnte in seinen Mund, ihr Körper spannte sich unter ihm an. Sie wurde enger, umklammerte ihn voller Lust. Ihr Körper erbebte, und dann spürte er die rhythmischen Kontraktionen.

»Ich liebe dich«, keuchte er. Dann überrollte ihn die Erregung wie eine Sturmwoge. Er taumelte hindurch, und zuckend ergoss er sich in ihr.

Es schien nicht mehr aufzuhören. Er konnte nicht denken, nicht einmal atmen. Er war überwältigt von der Ekstase.

Endlich wurde ihm die Umgebung wieder bewusst. Auf die zitternden Unterarme gestützt, lag er auf der Frau, die er anbetete, und sein Schwanz pulsierte noch. Élise hielt ihn mit Armen und Beinen umschlungen. Sie schaute zu ihm auf, ihre Augen silbrig blau vom Sternenschein, und er konnte in ihnen lesen, wie sehr sie ihn liebte.

Er küsste sie leidenschaftlich. Momente vergingen, Minuten, vielleicht Stunden. Schließlich zog er den Kopf zurück. Nur um einen Zoll, um ihren warmen Atem weiter zu spüren.

»Heirate mich«, sagte er schroff.

»Natürlich.«

Er lachte laut und voller Freude. Zu der Liebe und der Hoffnung in ihm gesellte sich Freude und machte sich in ihm breit. Er rollte sich auf die Seite und zog sie an sich, hielt sie fest an sich gedrückt und schob die Lippen in ihre seidigen blonden Haare.

»Élise«, murmelte er mit schwankender Stimme.

Sie schlang die Arme um ihn und hielt ihn ebenso fest wie er sie, das Gesicht an seiner Brust.

»Mein Sam«, wisperte sie, und auch ihre Stimme schwankte vor Rührung.

Es war wahr. Er gehörte ihr unwiderruflich, bedingungslos und für immer.

Epilog

Ironwood Park
Achtzehn Monate später

»Gamama!«

Élise schaute von ihrem wohl hundertsten Versuch, ein Taschentuch zu besticken, auf und sah, wie der kleine flachsblonde Lukas Samson auf pummeligen, wackligen Beinchen ins Zimmer flitzte. Das altkluge Kindermädchen folgte ihm gehetzt mit der kleinen Marie auf dem Arm.

Sarah und Esme hatten ihr Bestes getan, um Élise das Sticken beizubringen, aber sie war ein hoffnungsloser Fall. Dennoch gab sie es nicht auf, denn ihr behagte die Gesellschaft. Mittlerweile liebte sie ihre beiden Schwägerinnen wie leibliche Schwestern.

»Ist deine Großmama schon da?«, fragte Sarah ihren Sohn überrascht. Sie stand auf und wankte leicht, denn sie war mit ihrem zweiten Kind im sechsten Monat.

»Und Ganpapa!« Lukas liebte es, seinem »Großpapa« Steven Lowell beim Jonglieren zuzusehen.

Sarah sagte, Lukas Samson sei ganz genauso ernst und nachdenklich wie sein Onkel Sam in dem Alter. Aber kaum hatte er laufen gelernt, entwickelte er überschüssige Kräfte, sodass man ihn jetzt eher mit seinem wüsten Onkel Luke verglich.

Élise erhob sich ebenfalls. Sie nahm Marie dem Kindermädchen ab und sah in ihr wunderhübsches Gesichtchen. Die Kleine strahlte sie mit ihrem einen Zahn an, und Élise ging das Herz auf. Ihre neun Monate alte Tochter hatte dunkle Augen und dunkle Haare und war wunderschön, ganz wie ihr Vater.

Offenbar war Dunthorpe der Unfruchtbare gewesen, nicht sie.

Zwei Monate nach dem Wiedersehen mit der Herzoginwitwe hatte sie Sam eröffnet, dass sie schwanger war. Am gleichen Tag erhielt Sam einen Brief von Adams, mit dem dieser ihn nach London bat.

Zuerst wollte Sam sich weigern, wollte nicht in Adams' Nähe und Élise nicht allein lassen. Aber niemand anders als Laurent hatte das Sendschreiben überbracht, und dieser schwor bei seinem Leben, dass das Treffen nur Gutes bewirken könne. Daher war Sam widerstrebend abgereist.

Eine Woche später kehrte er mit der Neuigkeit zurück, zum ersten Mal in seiner Laufbahn habe er erlebt, dass Adams einen Befehl widerrief. Weil Élise den Herzog von Trent vor einem Hochverräter gerettet und England damit einen großen Dienst erwiesen habe, sei sie nun eine echte Heldin, und die Organisation verlange nicht mehr ihren Kopf auf dem Silbertablett.

Während Sam in London weilte, reichte er außerdem offiziell bei der Organisation seinen Abschied ein. Sein Ersuchen wurde angenommen, obwohl die Organisation allen Berichten nach niemals gestattete, dass ein Agent den Dienst quittierte. Élise war sich nicht sicher, aber sie hätte darauf gewettet, dass bei dieser Entscheidung der Herzog von Trent seine Hand im Spiel gehabt hatte.

Nachdem ihnen diese schwere Last von den Schultern genommen war, begannen für Sam und Élise die glücklichsten Tage ihres Lebens. Sie heirateten im November des gleichen Jahres und zogen in das Cottage am See. So teilten sie ihre Zeit zwischen ihrem Domizil und Ironwood Park auf. Ihre Heirat erregte in London einiges Aufsehen, doch es hatte sich auch herumgesprochen, dass die Viscounts Dunthorpe nie ganz das gewesen waren, wofür sie sich ausgegeben hatten, und die

Wogen glätteten sich rasch wieder, weil andere, wichtigere Skandale das Ereignis in den Schatten stellten.

Auf jeden Fall scherte es weder Élise noch Sam, was in der Gesellschaft vor sich ging, denn sie hatten die Entscheidung getroffen, ihr nicht mehr angehören zu wollen. Sie lebten weit genug von allem entfernt, um nur gelegentlich am Rande etwas mitzubekommen, wenn sie am Markttag nach Kendal fuhren.

Um Skandale machten sie sich nur Gedanken, wenn sie die übrige Familie aufregten, und kein einziger Hawkins hatte sich empört, weil Élise zu früh nach dem Tod ihres ersten Mannes wieder heiratete. Vielmehr hatten sie Sam und Élise ausnahmslos ermutigt, so rasch wie möglich den Bund der Ehe einzugehen.

Im Januar kam die kleine Marie zur Welt. Sam war vor Sorge wie versteinert gewesen, und obwohl Élise in ihrem ganzen Leben noch nie so höllische Schmerzen gelitten hatte, versicherte der Arzt ihr, es sei eine der leichtesten Geburten gewesen, die er je erlebt habe.

Sam vergötterte seine kleine Tochter. Élise liebte es, ihn mit ihr zu beobachten. Wie sein Gesicht sich in hundert Freudenfältchen legte, wenn er sie ansah.

Élise war so froh, dass sie ihm dieses Geschenk hatte machen können. Denn damit hatte sie ihm bewiesen, dass es normalerweise *nicht* zu furchtbaren Dingen führte, wenn man sich auf die Zukunft freute.

Sie setzte sich Marie auf die Hüfte und folgte den anderen hinaus. »Wir begrüßen jetzt deine Großmama und deinen Großpapa«, murmelte sie ihrer Tochter auf Französisch zu.

Marie lächelte breiter. Es gefiel ihr, wenn ihre *Maman* französisch mit ihr sprach.

Élise ging den anderen hinterher und sah lächelnd zu, wie die Familienmitglieder einander umarmten. Die Herzoginwitwe und Steven Lowell sahen beide gesund und munter aus. Élise und Sam hatten die beiden vor einigen Monaten zu Besuch gehabt. Sie hatten sich aber nicht lange in dem Cottage aufgehalten und waren nach wenigen Tagen zu ihrer fahrenden Schaustellertruppe zurückgekehrt.

Die Herzoginwitwe und Steven hielt es nie sehr lange an einem Ort. Der Familie fiel es gelegentlich schwer, das zu akzeptieren, aber es war nur eine ihrer merkwürdigen Gewohnheiten. Zu Élise hatte Sam gesagt, er habe sich entschieden, einfach froh zu sein, wenn er seine Eltern einmal sah, dankbar zu sein, dass seine Mutter lebte, er noch einen Vater hatte und sie miteinander glücklich waren.

Die Herzoginwitwe hatte gefürchtet, Trent könnte sie lieber tot sehen wollen, als bekannt werden zu lassen, dass sie das Leben als Zigeunerin dem einer Adligen vorzog. Aber er hatte ihr erlaubt, Ironwood Park, so oft sie es wünschte, zu besuchen.

Die Nachricht, dass die Herzoginwitwe von Trent noch unter den Lebenden weilte, hatte sich freilich wie ein Lauffeuer verbreitet. Als herauskam, dass sie einen Zigeuner geheiratet hatte, nahm der Klatsch eine schrille, hässliche Tonart an, doch das House of Trent verstärkte seine Wälle und stand unerschütterlich. Mit Solidarität und schierer Willenskraft hatte es eine Festung errichtet, die sich als uneinnehmbar erwies.

Die Liebe zu Sarah hatte den Herzog von Trent stärker verändert, als irgendjemand erwartet hätte, und obwohl er von den üblen Gerüchten am schwersten betroffen war, hatte er sie mit Humor ertragen und gesagt, ihm sei es lieber, wenn seine Kinder ihre Großmutter kannten, als wenn sie diese für tot halten mussten, nur um einen Skandal zu vermeiden.

Klatsch um die Herzoginwitwe und ihre »inakzeptable« Liebesheirat klang Élise und Sam auch jetzt noch, anderthalb

Jahre später, in den Ohren, auch wenn sie ihr Bestes gegeben hatten, um ihn zu ignorieren. Sam hatte sein Augenmerk darauf gerichtet, seine jüngeren Geschwister zu schützen und ihre Zukunft zu sichern. In der Tat waren Mark, Theo und Esme in den letzten anderthalb Jahren aufgeblüht.

Luke und Emma kamen von oben herunter. Sie sahen verlegen aus. Élise fragte sich schmunzelnd, was sie wohl gerade getan hatten. Die beiden waren wie die beiden Hälften eines Ganzen. Sie passten perfekt zusammen und waren wunschlos glücklich. Und unzertrennlich, dachte sie und sah zu, wie sie Lukes Mutter und Steven Lowell umarmten.

»Ah, da ist ja meine kleine Enkeltochter!«, rief die Herzoginwitwe und nahm Marie aus Élises Armen.

Marie starrte ihre *grandmère* mit großen braunen Augen an, die sich mit Tränen füllten, aber kaum öffnete sie den Mund, um zu schreien, entriss Esme sie der Großmutter.

»Wein doch nicht«, schalt sie das Kleinkind sanft. »Das ist doch deine Großmama.«

»Sie kennt mich nicht«, murmelte die Herzoginwitwe traurig.

»Es liegt am Alter«, sagte Sarah. »In dem Alter fürchten sie sich alle vor neuen Menschen.«

»Noch zwei Tage, und du wirst sie vergöttern, das verspreche ich dir!«, sagte Esme zu Marie, die bereits kicherte, während ihre Großmutter ihr Näschen mit kitzelnden Küsschen bedeckte.

»Das hoffe ich«, sagte die Herzoginwitwe und wandte sich Élise zu. Sie nahm sie bei den Händen. »Du siehst wunderbar aus, meine Liebe.«

»Danke sehr.«

»Und die süße Marie ist das schönste kleine Mädchen, das ich je gesehen habe.«

»Ihr Papa würde dir zustimmen«, sagte Luke grinsend.

Und jeder lachte, denn es war wahr.

Nach dem Abendessen versammelten sich alle im Salon. Nur die Erwachsenen, denn Sarah und Élise hatten die Kinder zu Bett gebracht, ehe sie sich an den Tisch setzten. Marie, Élises älteste Freundin und die Patin ihres Töchterchens, war aus dem Dorf gekommen, wo sie ihr ein eigenes Häuschen gekauft hatten. Laurent und Carter waren auch da. Beide waren wieder für die Organisation tätig, und obwohl sie so beschäftigt waren wie früher Sam, besuchten sie Sam und Élise oft zwischen den Einsätzen.

Sam sah zu seiner Frau, und Zufriedenheit überkam ihn. Als sie ihm sagte, dass sie ein Kind erwartete, war er vor Überraschung beinahe tot umgefallen. Die nächsten sieben Monate hatte er dann in einem Zustand zugebracht, der der Panik sehr nahe kam. Indem er sie schwängerte, hatte er vielleicht den größten Fehler seines Lebens begangen. Die Vorstellung, sie zu verlieren wie Charlotte ... diesmal könnte er den Schmerz nicht ertragen.

Aber so war es nicht gekommen. Die lange Zeit, in der ihm alles genommen wurde, von dem er glaubte, es wäre sein, schien vorüber. Denn Élise und die kleine Marie waren sicher, sie waren glücklich und sie waren sein. Sein für immer.

Élise zwängte sich auf den Platz neben ihm – er entspannte sich heute häufiger in einem Sessel, als an Fenstern und Türen zu stehen. Prustend hob er sie hoch und setzte sie sich auf den Schoß. Dann errötete er und sah in den Kreis der Familie.

Seine Mutter, die das Schauspiel verfolgte, warf ihnen ein liebevolles Lächeln zu, während Steven Lowell seine Frau hingebungsvoll ansah.

Trent beachtete sie nicht und setzte sich wie der vollendete Gentleman, der er war, neben seine Herzogin, indem er einen diskreten Abstand einhielt, auch wenn ihr angeschwollener Bauch verriet, dass dies nicht immer der Fall war.

Luke sah zu Sam und Élise hoch, kicherte und trank einen großen Schluck Tee – seit mehr als anderthalb Jahren war er eisern abstinent. Er legte seinen Arm fest um Emma und beugte sich nieder, um sie auf die Wange zu küssen. Sie lachte entzückt auf und blickte mit einem Funkeln in den Augen zu ihm hoch.

Marie betrachtete Élise mit ihrem Ausdruck mütterlicher Zufriedenheit. Marie hatte Élise immer liebgehabt und Sam anvertraut, wie sehr sie sich freue, dass ihr Schützling nach so vielen Jahren endlich glücklich war. Nichts mache sie so zufrieden.

Laurent, Carter, Mark, Theo und Esme führten eine lebhafte Diskussion über Napoleon, der vor einem halben Jahr nach Elba ins Exil geschickt worden war. Sie achteten überhaupt nicht darauf, dass Sam mit seiner Frau auf dem Sessel Zärtlichkeiten austauschte.

Man mochte es für unwahrscheinlich halten, aber allen seinen jüngeren Geschwistern ging es gut. Vergangenen Sommer hatte die gesamte Familie Theos Abschlussfeier am Trinity College beigewohnt. Nun führten Mark und er das Leben von Gentlemen, aber mit Verantwortungsbewusstsein. Mark hatte sich in die Politik vertieft und hoffte, eines Tages ins Unterhaus gewählt zu werden, während Theo vom Reisen sprach – vielleicht nach Indien, vielleicht weiter.

Esme hatte das Geheimnis um ihre Schriftstellerei weiterhin bewahrt. Sam und Élise wussten als Einzige davon, und nachdem sie eingeweiht waren, hatte Esme sich ihnen geöffnet wie noch keinem anderen Menschen. Élise und seine Schwester standen einander mittlerweile sehr nahe. Zu seiner Überraschung war auch er seiner Schwester viel nähergekommen.

Er hielt Élise fest, und sie schlang die schlanken Arme um seinen Hals und wandte sich ihm mit einem weichen Lächeln zu. »Woran denkst du?«

»An uns. An uns alle.«

»Ach, ich habe an sehr ähnliche Dinge gedacht. Jetzt, da deine Mutter wieder hier ist, scheint es einfach ...« Sie wusste nicht, wie sie es ausdrücken sollte.

»... zu passen«, murmelte er und beugte sich vor, dass er mit den Lippen an ihrem Ohr saugen konnte.

Sie gab einen leisen Laut des Behagens von sich. »Mit dir passt es immer, Sam. Immer.«

Er schloss die Augen und ließ ihre Worte in sich nachhallen. »Du hast einen glücklichen Mann aus mir gemacht.«

»Selbstverständlich habe ich das«, sagte sie. »Das kommt daher, dass ich die Richtige für dich bin, weißt du.«

Er lachte leise, denn dem konnte er nicht widersprechen.

Er lehnte sich zurück, zog sie mit und drückte sie an sich. Er dachte an sein süßes kleines Mädchen oben und an seine Familie, die ringsherum glücklich plauderte.

Und alles war perfekt.

Wenn deine einzige Chance ein Pakt mit dem Teufel ist ...

Lorraine Heath
TEUFLISCH VERFÜHRT
Roman
Aus dem amerikanischen
Englisch von
Susanne Kregeloh
384 Seiten
ISBN 978-3-404-17017-3

Die Londoner Gesellschaft nennt Lucian Langdon den Teufelsherzog in den Straßen der Stadt aufgewachsen, soll er nur durch Betrug an den Titel gekommen sein und gilt als skrupelloser Verführer und Mörder. Eine Lady riskiert mehr als nur ihren guten Ruf, wenn sie sich in die Nähe des ebenso sinnlichen wie gefährlichen Mannes begibt. Doch Catherine Mabry hat keine andere Wahl. Sie braucht seine Hilfe, um ihre beste Freundin zu retten. Dafür würde sie alles tun sogar einen Pakt mit dem Teufel schließen ...

Bastei Lübbe

Lesejury